Attirée par son ennemi

L'héritière en détresse

Un si séduisant célibataire

ANDREA LAURENCE

Attirée par son ennemi

Traduction française de
TATIANA ANDONOVSKI

PASSIONS

HARLEQUIN

Collection : PASSIONS

Ce roman a déjà été publié en 2021

Titre original :
FROM SEDUCTION TO SECRETS

HARPERCOLLINS FRANCE
83-85, boulevard Vincent-Auriol, 75646 PARIS CEDEX 13
Service Clients — www.harlequin.fr
ISBN 978-2-2805-1344-9 — ISSN 1950-2761

Édité par HarperCollins France.
Composition et mise en pages Nord Compo.
Imprimé en février 2025 par CPI Black Print (Barcelone)
en utilisant 100% d'électricité renouvelable.
Dépôt légal : mars 2025.

FSC www.fsc.org MIXTE Papier issu de sources responsables FSC® C159065

Pour limiter l'empreinte environnementale de ses livres, HarperCollins France s'engage à n'utiliser que du papier fabriqué à partir de bois provenant de forêts gérées durablement et de manière responsable.

1

Sawyer Steele n'avait pas assisté à beaucoup de mariages dans sa vie, mais celui-ci était plutôt réussi. Ses parents n'avaient pas lésiné, dépensant des sommes folles pour que la fête soit réussie. C'était peut-être d'ailleurs le mariage le plus extravagant jamais organisé à Charleston. N'étant ni expert en la matière, ni intéressé par le sujet, il n'aurait pas su dire. Le fait est que sa petite sœur Morgan célébrait son grand jour et qu'il avait répondu présent pour figurer sur les photos de famille et manger une part de pièce montée.

Tout le monde n'avait pas eu la chance, comme son frère jumeau, Finn, de partir en voyage d'affaires en Chine pour l'occasion.

À la réflexion, envoyer son fils le plus problématique hors du pays avait été pour Trevor Steele, leur père, une excellente façon de s'éviter des tracas. Ce dernier pouvait compter sur Sawyer et Tom, l'aîné, pour être présents au mariage et observer la bienséance requise dans ce genre d'événements.

Pour l'occasion, Sawyer avait fait nettoyer son costume queue-de-pie, était allé chez le coiffeur dans le but de dompter ses boucles châtaines, et avait même trouvé une jeune femme qui avait accepté de l'accompagner. C'est tout ce qu'on lui demandait. Être présent, ne pas faire de vagues, et s'assurer que Morgan est heureuse. Facile.

À présent, la soirée touchait à sa fin. Il y avait eu un nombre incalculable de toasts portés, les mariés avaient ouvert le bal par une valse et coupé la pièce montée recouverte d'un glaçage ivoire et or en se jetant des regards énamourés.

Encore quelques danses et il serait l'heure pour les invités d'agiter des cierges magiques en regardant les mariés partir vers leur nouvelle vie de couple.

Sawyer avait hâte que cela se termine ; son nœud papillon l'étouffait, et il commençait à trouver le temps long. Jetant un œil en direction de sa compagne pour la soirée, Serena, qu'il avait rencontrée quelques semaines auparavant à une conférence, il constata qu'elle regardait la piste de danse avec envie.

Prenant son courage à deux mains, il décida de l'inviter à danser. Ce n'était pas son activité préférée, mais il savait valser pour les occasions mondaines comme celle-ci.

— Veux-tu m'accorder cette danse ?

— Avec plaisir, répondit Serena en lui souriant.

Cela non plus ne lui demandait pas d'efforts surhumains, songea-t-il. Serena portait une robe longue bleu pâle avec un décolleté aguichant, des escarpins assortis, et ses cheveux blonds étaient relevés en un chignon sophistiqué. On aurait dit une danseuse étoile dans le rôle de Cendrillon. Elle était très jolie mais n'avait pas vraiment de personnalité, et il n'arrivait pas à éprouver un réel engouement en sa présence.

Elle lui faisait penser à la collection d'objets d'antiquités de sa mère. Magnifiques mais uniquement décoratifs.

Son frère Finn se vantait toujours de choisir des filles « Ferrari ». Sexy, très performantes et grisantes. Mais bien souvent, comme les voitures de sport trop puissantes, ses compagnes d'un soir lui attiraient des ennuis.

L'ex de Sawyer, Mira, entrait dans la catégorie « Ferrari ». Il avait d'ailleurs eu du mal à s'en remettre, n'ayant pas l'expérience de son jumeau. Ce dernier lui avait d'ailleurs conseillé avec humour de se rabattre sur la catégorie « SUV ». Vitesse de croisière assurée, agréable à regarder et capable d'aventure. Avec un peu d'effort et d'attention, l'expérience pouvait se solder par des années d'un bonheur tranquille et de sérénité.

Serena n'entrait dans aucune des deux catégories.

Pour ce soir, il devrait prendre son mal en patience et faire bonne figure jusqu'à ce qu'il trouve un moyen de mettre fin à leur relation.

Il l'emmena sur la piste de danse où des couples oscillaient tranquillement sur une chanson de Sinatra.

Quand il la prit par la taille et qu'elle vint se coller à lui, il comprit que c'était une erreur de l'avoir invitée au mariage alors qu'ils se connaissaient à peine.

Il avait tenu à être accompagné, pour honorer le protocole familial, mais il n'aurait pas dû choisir Serena. Cela risquait de faire naître en elle de faux espoirs et de rendre les choses plus sérieuses qu'elles ne l'étaient en réalité. D'autant qu'il n'avait aucunement l'intention de la revoir après cette soirée.

C'est alors qu'il repéra une jeune femme qui venait d'entrer dans la salle de réception. Même de loin, elle attira aussitôt son attention avec sa robe de soirée noire qui mettait en valeur son teint pâle et sa chevelure auburn.

Elle balaya la salle des yeux, cherchant visiblement quelqu'un en particulier.

Puis leurs regards se croisèrent.

Sawyer eut l'impression d'avoir été frappé par la foudre. Jamais il n'avait ressenti cela auparavant. Un phénomène d'une puissance inouïe qui lui fit oublier jusqu'à la femme qu'il tenait dans ses bras.

Alors que l'inconnue s'approchait de lui, il remarqua que ce qu'il avait pris pour une attirance fulgurante s'apparentait davantage... à de la fureur.

À présent, elle avançait à grands pas dans sa direction.

Même si sa raison lui disait de prendre ses jambes à son cou, il fut incapable de bouger, prisonnier de cette femme rousse qui l'avait visiblement ensorcelé.

— Espèce de sale goujat ! hurla-t-elle quand elle se trouva à sa hauteur.

Son intervention ne passa pas inaperçue. Les couples s'arrêtèrent de danser. L'orchestre marqua même une pause.

Un silence gêné s'ensuivit.

Tous les têtes se tournèrent vers la jeune femme flamboyante qui se trouvait face à Sawyer.

Un court instant, il se dit qu'il n'était peut-être pas l'objet de la colère de la nouvelle venue, même si cette dernière le fusillait du regard. Après avoir jeté un rapide coup d'œil derrière lui, il dut se rendre à l'évidence : c'était bien à lui qu'elle s'était adressée.

Comment cette inconnue pouvait-elle avoir autant de haine envers lui ? Il ne la connaissait même pas !

— Qui est cette femme, Sawyer ? s'enquit Serena.

C'était une très bonne question !

Il n'avait jamais vu cette femme de sa vie.

Il en était sûr et certain. Comment oublier cette chevelure flamboyante et ce teint de poupée de porcelaine ?

Malgré toute la colère qu'elle semblait lui vouer, il avait néanmoins envie de découvrir la raison de sa présence en ces lieux.

— Je ne sais pas, répondit-il.

— Menteur ! rétorqua l'inconnue.

Imperturbable, Sawyer ne céda pas à la panique.

— En quoi puis-je vous aider, mademoiselle ? demanda-t-il sur le ton le plus calme possible.

— En quoi tu peux m'aider ? En restant là où tu es, déclara-t-elle avant de s'approcher de lui pour le gifler avec force.

Il resta abasourdi quelques instants.

C'était la première gifle de sa vie. Bizarrement, le fait qu'elle provienne d'une inconnue rendait l'acte d'autant plus incongru. Cette femme avait sûrement une bonne raison d'avoir agi ainsi, mais il ne voyait vraiment pas ce qu'il lui avait fait pour mériter une telle correction. Et en public, de surcroît !

Les invités en eurent le souffle coupé, puis chacun se mit à murmurer en commentant l'événement.

Du coin de l'œil, Sawyer vit s'approcher les deux gardes du corps que son père avait engagés pour l'occasion.

— Suivez-nous, madame, s'il vous plaît, dirent-ils.

La mystérieuse rousse hésita un instant avant de tourner les talons, suivie de près par les gardes du corps.

Visiblement, elle avait accompli sa mission et n'attendait plus rien de sa petite intrusion.

Même s'il savait que ce n'était pas correct d'abandonner Serena pour courir après cette trouble-fête, Sawyer ne put résister à l'envie de connaître la raison de cet acte déplacé.

— Attends-moi, je reviens, dit-il à Serena.

Elle acquiesça en silence, la mine sombre.

Il s'empressa de sortir de la salle de réception pour se précipiter dans le hall d'entrée et tenter de rattraper l'inconnue.

Les deux gardes l'avaient déjà escortée en bas du perron.

Du haut des escaliers, il la vit parler à l'un des voituriers employés pour l'occasion.

— Je vous avais dit de ne pas la garer loin ! Je savais que je n'en avais pas pour longtemps, ajouta-t-elle, furieuse.

Alors qu'elle jetait un coup d'œil derrière elle, elle aperçut Sawyer qui n'avait pas bougé.

L'idée de lui demander pourquoi elle l'avait giflé lui sembla soudain prématurée, étant donné le contexte surréaliste de la situation.

Il opta donc pour une approche à contre-courant.

— Vous portez toujours du noir, quand vous allez à un mariage ? s'enquit-il. Il n'y a pas une règle qui dit que cela ne se fait pas ?

Elle soupira, se tourna vers lui, visiblement agacée, et croisa les bras sur sa poitrine.

— Je n'ai pas eu le temps de lire le mode d'emploi avant de venir, répliqua-t-elle. C'est la seule robe chic qui m'allait encore. Désolée pour ta sœur, j'espère qu'elle me pardonnera.

— Ce sera à elle d'en décider, dit-il, remarquant pour la seconde fois qu'elle le tutoyait, signe qu'elle avait vraiment l'impression de le connaître.

— Peu importe. J'ai compris que je n'étais pas la bienvenue, donc je m'en vais. Tu peux retourner à ta blondasse. Tu n'as pas chômé pour me remplacer, dis-moi !

Sawyer descendit quelques marches pour se rapprocher d'elle, gardant néanmoins ses distances. Pas question d'être giflé une seconde fois.

— Il doit y avoir un malentendu, mademoiselle. Vous pensez me connaître, mais je ne vous ai jamais vue.

Le picotement qu'il ressentait encore sur la joue indiquait qu'elle lui en voulait terriblement, mais il était sûr et certain de ne jamais avoir croisé le chemin de cette rousse sulfureuse.

Elle était belle à couper le souffle, même dans sa robe noire à bretelles toute simple et son maquillage minimaliste. Sa chevelure brillait au clair de lune, tombant en cascade sur ses épaules nues.

Il se serait souvenu de cette vision divine.

Elle le dévisagea de ses yeux émeraude aux lueurs ténébreuses.

— Tu plaisantes ? répliqua-t-elle. Tu as ignoré mes messages pendant des semaines après notre rencontre, et quand je réussis enfin à mettre la main sur toi, dans tous les sens du terme, tu as le culot de me dire que tu ne m'as jamais vue et que tu ne sais pas de quoi je parle ?

— En effet, c'est le cas.

— Bientôt tu vas me dire que c'est ton sosie maléfique qui t'a encore joué un tour pendable ? Et que c'est avec lui que j'ai passé une nuit de folie ?

Sawyer ouvrit la bouche, prêt à se défendre, mais en entendant le mot « sosie », le mystère commença à s'éclaircir.

Bon sang ! Pourquoi n'y avait-il pas pensé plus tôt ?

Finn lui avait raconté s'être fait gifler plusieurs fois par des conquêtes mécontentes.

— Je pense comprendre d'où vient le malentendu, dit-il. En fait, vous cherchez mon frère jumeau.

— Ah tiens, c'est la meilleure ! Bravo ! Je n'avais même pas pensé à ce scénario. Une excuse imparable.

— Ce n'est pas une excuse. Vous pouvez demander à n'importe qui ici, ils vous diront que j'ai un jumeau identique. Hormis notre famille et nos amis proches, bien souvent les gens n'arrivent pas à nous différencier.

Elle fronça les sourcils, comme pour mieux l'inspecter tout en réfléchissant à ce nouvel élément.

— Donc tu n'es pas Sawyer Steele ?

Sawyer se figea, interloqué.

Confondre quelqu'un physiquement, c'était une chose, mais l'identité en était une autre.

— Si, je suis Sawyer Steele. Mais je pense que vous cherchez mon frère jumeau, Finn Steele.

— Tu crois que je couche avec n'importe qui ? lança-t-elle, furieuse.

Il écarquilla les yeux, stupéfait de la tournure des événements. Habituellement, il était plutôt doué pour le relationnel et il savait user de techniques diplomatiques même avec les personnes les plus difficiles. Cette fois, pour une raison obscure, il n'arrivait pas à établir un contact serein avec cette jeune femme au tempérament de feu dont il ignorait encore tout.

— Mais non, voyons ! Pas du tout. Pourquoi dites-vous ça ?

— Parce que tu viens d'insinuer que j'avais eu une aventure avec un homme dont je ne connaissais pas le nom, répondit-elle, un doigt accusateur pointé vers lui.

— Ce n'est pas ce que je voulais dire, répliqua-t-il, levant les mains en signe de capitulation et descendant à sa rencontre.

— Ah bon ? Tu me prends pour une imbécile ?

Il eut envie de lui conseiller de respirer profondément afin de se calmer, mais il se ravisa.

— Je ne vous prends pas pour une imbécile. Loin de là. Je vous demande juste de m'écouter. Les gens me confondent toujours avec mon frère Finn. Et si je vous dis que je ne vous ai jamais vue, vous devez me croire. Maintenant, je n'arrive pas à comprendre pourquoi vous connaissez mon nom et pas celui de Finn, mais il doit y avoir une explication. Comment vous appelez-vous ?

— Katherine McIntyre, répondit-elle comme si elle était offusquée qu'il ne le sache pas.

— Katherine...

— Je préfère que l'on m'appelle « Kat », si cela peut te rafraîchir la mémoire.

Décidément, elle ne lâchait rien.

Cependant, ce nom l'interpella car il lui disait justement quelque chose. Même s'il était sûr et certain de ne jamais avoir couché avec elle.

Tout en réfléchissant à la meilleure façon de rebondir, il laissa son regard vagabonder sur ce corps pulpeux moulé dans la robe qui s'arrêtait au-dessus du genou et mettait en valeur ses formes féminines et ses jolies jambes.

Étrangement, il fut déçu qu'elle ait passé une nuit avec son frère et pas avec lui. Jamais il ne s'était attardé à faire le profil de sa femme idéale, mais cette Kat avait le don de déclencher en lui une multitude de sensations allant de l'excitation au désir en passant par une curiosité sans bornes.

Elle éveillait ses sens comme jamais aucune autre femme ne l'avait fait auparavant.

— On s'est rencontrés au gala de charité de Charleston qui a eu lieu à l'aquarium il y a trois mois. On a bu beaucoup de champagne, on a parlé de tout et de rien, et quand on en a eu assez de regarder les poissons, on a pris une chambre d'hôtel pour faire plus ample connaissance, expliqua-t-elle en ne le lâchant pas une seconde du regard, guettant la moindre de ses réactions.

Il n'était jamais allé à un événement à l'aquarium, mais les paroles de Kat lui avaient rafraîchi la mémoire.

Il y a trois mois, il avait en effet été question qu'il se rende au gala de charité de Charleston organisé à l'aquarium pour représenter ses parents trop occupés à organiser le mariage de Morgan. Or, ce jour-là, il ne s'était pas senti bien et avait supplié Finn de le remplacer. Son frère avait tout d'abord refusé de s'y rendre, mais il avait fini par le convaincre en lui offrant le nouveau jet-ski qu'il venait de s'acheter.

Incroyable...

Il prit soudain conscience de l'étrangeté de la situation et se frotta le visage pour tenter de faire partir la frustration qui montait en lui telle une bombe à retardement.

Cela faisait des années que Finn n'avait pas eu recours à ce tour de passe-passe. Cela devait même remonter à l'université, où son jumeau avait pris pour habitude de s'appeler « Sawyer » quand il rencontrait des filles afin de ne pas devoir gérer les conséquences du lendemain.

Il n'avait jamais réussi à savoir si Finn agissait ainsi pour s'amuser ou pour que les filles ne puissent pas le pister.

Toujours est-il qu'ils avaient aujourd'hui trente-trois ans et qu'ils étaient trop vieux pour ce genre d'enfantillages.

— Alors ? Tu as eu une révélation ? lança Kat.

— Oui, et je sais d'où vient le problème.

— C'était tellement bon au lit que tu as décidé d'enfouir les souvenirs au fond de toi parce que tu savais que jamais plus tu n'atteindrais le septième ciel ?

Interloqué, il la regarda, bouche bée. Jamais il n'avait été aussi jaloux de Finn...

— Non, ce n'est pas tout à fait ça, répondit-il. J'étais censé participer à l'événement, mais c'est mon frère jumeau qui y est allé à ma place.

— Son badge disait « Sawyer Steele ».

— Oui, car c'est moi qui étais attendu. Finn n'a pas jugé bon d'avertir les gens qu'il me remplaçait. Il a dû faire cela pour me couvrir afin que nos parents ne sachent pas que c'était lui qui y était allé à ma place.

Kat se figea un instant.

Elle devait être en train d'analyser ces nouveaux éléments d'information.

— Et quand il m'a embrassée ou que l'on a pris une chambre d'hôtel, il a oublié de dévoiler sa véritable identité, c'est ça ?

— Apparemment. Je ne sais pas pourquoi il ne l'a pas fait. Je suis vraiment désolé. Mon frère est l'élément turbulent de notre famille. On l'adore, mais il nous a toujours donné du fil à retordre. S'il était là ce soir, je l'aurais forcé à se mettre à genoux pour s'excuser d'avoir menti, mais malheureusement il est à Pékin pour affaires.

— À Pékin ?

— Oui. Il va y rester quelques semaines, mais je ne manquerai pas de lui faire passer le message, y compris la gifle.

À présent, la jeune femme semblait moins en colère. Elle lui parut soudain plus petite, plus vulnérable.

— Donc tu dis que l'homme que j'ai rencontré s'appelle en

réalité Finn Steele ? Je n'arrive pas à croire qu'il n'ait pas pris la peine de me dire comment il s'appelait réellement.

De son côté, Sawyer n'avait aucun mal à le croire.

En se faisant passer pour lui, Finn s'était senti pousser des ailes et ne s'était pas soucié des conséquences.

— Donc vous n'avez passé qu'une seule nuit ensemble ? s'enquit-il, au comble de la curiosité.

Elle le regarda, les yeux en proie au plus vif désarroi.

— Oui. Il n'a jamais donné signe de vie depuis.

De nouveau, Sawyer n'était pas étonné. C'était du Finn tout craché. Courtiser une jeune femme, l'attirer dans un hôtel et passer à autre chose le lendemain.

— Je pense que vous avez vite compris qu'il n'avait pas l'intention de vous recontacter, fit-il remarquer. Pour lui, il s'agissait d'une aventure d'un soir et il s'est dit que cela n'avait pas d'importance de s'être fait passer pour moi.

Kat lui jeta un regard penaud puis baissa les yeux.

— Sauf que là, ça a de l'importance car j'attends son enfant, murmura-t-elle.

Kat n'avait jamais vu un homme pâlir aussi rapidement. Même dans la nuit, avec l'éclairage extérieur, elle vit Sawyer Steele devenir livide.

Si elle n'avait pas eu confiance en sa nature robuste, elle aurait pu craindre qu'il s'évanouisse.

Cependant, elle n'arrivait pas à comprendre pourquoi l'annonce de cette nouvelle semblait le choquer autant. Après tout, ce n'était pas lui le père. Ce n'était pas lui qui allait accoucher. Et ce n'était pas non plus lui qui avait passé une nuit avec un imposteur.

Elle l'avait giflé, certes, alors qu'il ne le méritait pas, mais il s'en remettrait. Pour sa part, elle ne se remettrait pas aussi facilement du choc et il lui faudrait du temps pour digérer la nouvelle.

Enfin, le voiturier lui apporta sa voiture.

— Merci, dit-elle, tentant de retrouver ses bonnes manières.

— Désolé, j'ai eu du mal à la faire démarrer.

Avant de monter dans sa voiture, elle regarda une dernière fois en direction du vrai Sawyer Steele, qui était toujours blanc comme un linge.

— J'y vais, dit-elle. Au revoir.

— Non, attendez, restez. Rentrez à l'intérieur avec moi.

— Pourquoi ?

— Pour parler.

L'offre était tentante et lui parut sincère. Elle fut touchée par l'attention qu'il lui manifestait et éprouva une envie irrésistible de le suivre et de rentrer de nouveau dans la magnifique demeure. Seulement elle était trop chamboulée pour réussir à discuter de quoi que ce soit.

Ce qui la troublait le plus, c'était de se retrouver devant un homme qui était le sosie du père de son enfant, mais dont le regard envoyait des signaux très différents. En effet, c'était décontenançant de constater que deux personnes pouvaient se ressembler physiquement au point de tromper le monde, mais que dans le fond ils avaient des personnalités bien différentes.

De plus, à quoi bon passer du temps à parler au vrai Sawyer Steele alors qu'elle devait parler au vrai père de son enfant ?

Une Rolls Royce blanche arriva dans l'allée principale de la propriété. Les grandes portes de l'entrée s'ouvrirent, et les invités commencèrent à affluer en haut des marches du perron. Les mariés n'allaient pas tarder à faire leurs adieux et Kat n'avait pas l'intention de rester plus longtemps.

Accepter l'invitation de cet homme serait une erreur. Et question erreur, elle avait atteint son quota !

— C'est gentil, mais je ne peux pas rester, dit-elle. Pour ce qui est de Saw... Finn, pourrais-tu lui demander de me contacter ?

Elle fouilla dans son sac et en sortit une carte de visite. Celle qu'elle avait donnée à Sawyer/Finn le soir de leur rencontre avait dû finir dans une poubelle le lendemain matin.

La mâchoire tendue, le visage fermé, Sawyer semblait agacé par la situation mais accepta néanmoins la carte qu'elle lui tendait.

— Je veillerai à ce qu'il vous contacte au plus vite, répondit-il. Je vais moi-même l'appeler ce soir.

Kat acquiesça en silence et fit le tour de sa jeep pour s'installer au volant.

Une fois partie, elle s'efforça de ne pas regarder dans le rétroviseur… et finit par céder à la tentation. Elle vit que Sawyer la suivait des yeux. Il n'avait toujours pas bougé quand elle quitta la propriété pour rejoindre la route principale.

Déçue, les mains agrippées au volant, elle poussa un cri d'énervement pour relâcher la tension. Son intervention chez les Steele ne s'était pas du tout passée comme elle l'avait envisagé. Sa frustration était à son comble. Dans son idée, elle voulait simplement parler à son amant d'un soir et mettre les choses au clair entre eux.

Quand elle avait rencontré cet homme, elle pensait avoir affaire à Sawyer Steele. Son intention n'avait jamais été de tomber enceinte de son jumeau. Loin de là. Mais, dès qu'elle avait appris la nouvelle, elle avait tenté d'entrer en contact avec le père. C'était l'unique chose à faire, d'après elle.

Comme il n'avait pas répondu à ses messages, elle avait décidé de le pister afin de provoquer une rencontre. Maintenant, elle comprenait pourquoi Finn n'avait pas répondu à ses messages : il ne les avait jamais reçus. Mais pourquoi Sawyer n'avait-il pas répondu, lui, ne serait-ce que pour lui dire qu'il y avait erreur sur la personne ?

Tout était tellement compliqué !

En se rendant chez les Steele, ce soir, elle n'avait pas prévu de gifler le père de son bébé, mais, en le voyant au bras d'une jolie blonde, son sang n'avait fait qu'un tour. Entre les nausées, la fatigue et les hormones en folie, ses réactions prenaient parfois une tournure peu cohérente.

Pour compliquer les choses, elle venait de découvrir que l'homme qu'elle avait giflé n'était pas responsable de sa grossesse et que la situation n'était pas du tout ce qu'elle pensait.

Le père de son enfant était en Chine. Et, plus grave, le père de son enfant était un imposteur qui n'avait eu aucun scrupule à séduire une femme en se faisant passer pour son frère jumeau ! Ce n'était pas le genre d'homme qu'elle voulait dans la vie de son enfant. Seulement il était trop tard pour faire machine arrière. Elle devrait s'accommoder de la situation et trouver un moyen de gérer les conséquences de ses actes.

Elle se gara devant chez elle. C'était une bâtisse historique typique de Charleston. Elle avait eu le coup de foudre pour cet endroit. Les cent mètres carrés qu'elle possédait lui suffisaient amplement, et la cour intérieure lui permettait de passer du temps dehors en toute tranquillité et quand elle le souhaitait.

C'était très différent de la demeure grandiose des Steele, cela dit.

Avant de pénétrer dans l'allée de leur propriété, elle n'avait pas compris dans quelle famille elle mettait les pieds. En voyant la maison de style colonial, elle en avait eu le souffle coupé.

Des colonnes corinthiennes impressionnantes, des pierres blanchies, l'allée de vieux chênes... Elle se serait crue dans un roman gothique.

De nos jours, ce genre de lieux étaient convertis en musée ou loués pour des mariages ou autres cérémonies. Sauf que les Steele résidaient vraiment dans cette somptueuse propriété.

Kat ne venait pas d'un milieu défavorisé. Bien au contraire. Ses parents avaient tous les deux très bien réussi dans la vie en remportant du succès dans leurs carrières respectives. Son père en tant qu'écrivain de romans à énigmes et sa mère en tant qu'artiste peintre. Ils avaient malheureusement péri dans un accident de voiture.

Grâce à son héritage, elle avait pu payer ses études, s'acheter un appartement et se lancer dans une carrière d'artiste en se consacrant à son art, la sculpture sur bois, sans se soucier de trouver un gagne-pain pour joindre les deux bouts. Elle ne roulait pas sur l'or, mais elle ne manquait de rien. Et, même si sa jeep montrait des signes de fatigue, elle attendrait avant de s'acheter une nouvelle voiture car ce n'était pas une priorité.

Non. Sa priorité aujourd'hui, c'était son enfant à naître.

Elle lança son sac sur une table où trônait sa boîte à outils pour sculpter le bois. C'était sa passion. Elle avait la chance de pouvoir louer un atelier d'artiste dans le quartier des anciens entrepôts. Le bâtiment historique s'appelait le District. C'était là qu'elle passait le plus clair de son temps. Elle aurait pu travailler chez elle en transformant l'une des pièces en atelier, mais le travail du bois faisait énormément de poussière et elle aimait être au contact des gens. C'était tellement plus stimulant de faire partie d'une communauté liée par l'amour de l'art.

Quand elle n'était pas en train de sculpter ou de tenter de vendre ses œuvres, elle allait voir les autres artistes qui, depuis le décès de ses parents, étaient devenus sa famille.

Voilà pourquoi elle était aussi attachée au District. Si elle perdait la communauté d'artistes évoluant autour d'elle, ce serait comme perdre sa famille une seconde fois.

Or c'était justement le scénario auquel elle faisait face.

Quatre mois auparavant, le propriétaire du District était décédé et sa famille l'avait revendu à un promoteur immobilier, Sawyer Steele.

Les lieux allaient bientôt être fermés pour rénovation. Après les travaux, les loyers tripleraient pour couvrir les frais et l'atmosphère ne serait plus la même car beaucoup de locataires devraient partir. Kat comptait parmi les personnes chanceuses qui pourraient continuer à payer, mais la plupart des artistes étaient bien moins lotis qu'elle. Quand le District rouvrirait avec des ateliers et des galeries haut de gamme, la majorité de ses amis n'y reviendraient pas.

Et c'était la raison pour laquelle elle s'était mise sur son trente et un pour se rendre au gala de charité qui avait eu lieu à l'aquarium, avec la ferme intention de s'entretenir avec Sawyer Steele. Et elle s'était retrouvée au lit avec Finn Steele sans jamais réussir à aborder le sujet...

Une fois dans sa chambre, elle ôta sa robe. Devant la glace, elle observa son ventre qui s'arrondissait. Sa grossesse commençait à se voir. Ses courbes se faisaient plus marquées, et elle avait du mal à fermer son jean. Elle n'avait pas menti quand elle avait dit à Sawyer que c'était la seule robe de soirée dans laquelle elle rentrait encore.

Décidément, la vie réservait toujours des surprises.

Le bébé qu'elle attendait en était la preuve.

Elle était allée au gala à l'aquarium dans le but de faire changer d'avis le nouveau propriétaire du District, Sawyer Steele, mais au lieu de cela elle attendait un bébé de son jumeau, Finn Steele.

2

— Sacré Finn, tu n'en loupes pas une !

— Sawyer ? marmonna Finn d'une voix endormie.

Il devait être environ midi en Chine, et son frère se levait à peine, visiblement.

— Décidément, rien ne t'arrête. Tu penses grandir, un jour ?

— Sawyer, tu sais très bien que tu viens de me réveiller et en plus j'ai la gueule de bois, donc tu peux arrêter de tourner autour du pot et me dire pourquoi tu m'appelles ? Ensuite, je pourrai prendre de l'aspirine et me rendormir.

— Je ne sais pas si tu pourras te rendormir, après ce que j'ai à te dire.

— Ah bon ? Qu'est-ce que j'ai encore fait ?

— Je ne sais pas si tu es prêt à l'entendre.

— Je suis prêt à tout. Tu es comme papa, tu réagis toujours de manière exagérée.

Sawyer avala l'affront. Finn savait à quel point il détestait être comparé à leur père. Comme leur père, il aimait les situations harmonieuses et il préférait éviter les drames. La comparaison s'arrêtait là.

— Tu te souviens quand je t'ai donné mon jet-ski pour que tu ailles au gala de charité qui avait lieu à l'aquarium ? demanda Sawyer.

— Oui, pour recevoir un prix au nom des Steele.

— C'est ça.

— Et alors ? J'ai fait ce que tu m'avais dit et j'ai honoré mon contrat, non ? Papa n'a pas su que tu n'y étais pas allé et j'ai hérité d'un nouveau jet-ski. Tout le monde est sorti gagnant.

— Sauf que tu t'es fait passer pour moi jusqu'à usurper mon identité.

Le silence se fit à l'autre bout de la ligne.

Sawyer savait que ce n'était pas un silence de culpabilité. Connaissant Finn, il était sûrement en train de trouver un moyen de sortir de ce faux pas tout en se blanchissant.

— Je peux savoir qui m'a vendu ? demanda Finn. Tu n'avais aucun moyen de savoir que je m'étais fait passer pour toi. Et cela fait des mois que l'événement a eu lieu, donc je ne vois pas pourquoi tu me reparles de cette histoire aujourd'hui.

— Tu veux que je te dise pourquoi ? Parce que j'ai eu la visite d'une jolie jeune femme rousse qui était persuadée que j'étais toi.

Il entendit son frère grogner.

— La jolie rousse. En effet. On a passé une nuit d'enfer, mais je n'avais pas envie d'aller plus loin avec elle. Elle est superbe, mais ce n'est pas mon genre. D'ailleurs, à la réflexion, je dirais qu'elle serait plutôt ton genre.

Sawyer ne pouvait le contredire sur ce point !

— Pour tout te dire, je pense qu'elle non plus n'avait pas l'intention de te revoir, mais elle n'a pas eu le choix, dit-il.

Finn éclata de rire.

— Pourquoi ? Parce qu'elle ne pouvait plus se passer de moi ? Ce ne serait pas la première !

— Non, parce qu'elle attend un enfant de toi, espèce d'idiot ! Pourquoi n'as-tu pas pris tes précautions ? À quoi tu pensais ?

Cette fois, le silence de son frère fut d'une tout autre nature.

— Attends un peu, pas si vite, marmonna Finn. La jolie rousse dit qu'elle est enceinte *de moi* ? Ce n'est pas possible.

— Elle s'appelle Kat, au cas où tu l'aurais oublié.

Sawyer en voulait à son frère d'avoir fait un enfant à une jolie jeune femme dont il ne se souvenait même pas du prénom.

— Kat ? OK. Mais ce bébé n'est pas de moi.

— Pourtant, elle dit que c'est le tien. D'ailleurs, elle pensait que c'était *le mien* jusqu'à ce que je comprenne ce que tu avais fait et que je lui explique la situation.

— Et moi je te dis que ce bébé n'est pas de moi. Tu penses peut-être que je suis un idiot, mais s'il y a une chose à laquelle je fais attention, c'est bien ça ! Pendant toutes ces années, je n'ai jamais eu une seule inquiétude. J'ai procédé avec elle comme avec les autres. Elle se trompe. C'est le bébé de quelqu'un d'autre.

Sawyer aurait aimé croire son frère, mais Kat lui avait paru tellement sincère qu'il ne savait plus sur quel pied danser.

— Tu es sûr ? s'enquit-il. Le préservatif n'était pas percé ? Il n'y a pas eu une exception à la règle ?

— Jamais d'exception. Et je sais me servir d'un préservatif.

— Vous en avez utilisé plusieurs ?

— Oui, répondit Finn, agacé.

— Et c'est toi qui les as fournis ou c'est elle ?

Son frère marqua une pause.

— Maintenant que tu me poses la question, en effet, ce soir-là, je n'en avais pas. J'étais censé aller à un événement barbant et je ne m'attendais pas à ce qu'une rousse se jette en travers de mon chemin. C'est elle qui en avait.

L'inquiétude de Sawyer augmenta d'un cran.

Si son frère n'avait pas fourni les préservatifs, tout était possible.

— Donc elle aurait pu les avoir percés, fit-il remarquer.

— Tu penses qu'elle a fait exprès de tomber enceinte ?

Sawyer poussa un profond soupir.

Il n'avait pas de réponse à cette question.

Leur père les avait toujours mis en garde contre ce genre de scénario. Ils étaient les héritiers d'une grosse fortune et pouvaient facilement être la proie de femmes aux intentions douteuses.

— Je ne sais pas, avoua-t-il. Tu la connais mieux que moi.

— À peine. On a regardé des poissons dans un aquarium et on a fini dans une chambre d'hôtel. Donc cette fille est autant un mystère pour toi que pour moi.

— Cette fille s'appelle Kat. Essaye au moins de te souvenir du prénom de la femme qui porte ton enfant, répliqua Sawyer, furieux de la légèreté avec laquelle son frère abordait le problème.

— Cette affirmation reste à prouver.

— J'ai l'impression que c'est tout vu et je crois que tu devrais t'en occuper au plus vite.

— M'en occuper ? Mais je suis à Pékin ! Je n'ai même pas pu revenir pour le mariage de Morgan ! Je ne peux pas tout laisser en plan et rentrer pour gérer cette f... Kat. Papa m'a redonné une chance en me confiant un projet. Je veux lui prouver ce dont je suis capable avant qu'il soit trop tard.

— Je comprends. Seulement si papa apprend que tu as fait un enfant à une inconnue et que tu n'as pas assumé tes responsabilités, ce sera encore pire.

Finn poussa un grognement de frustration.

— S'il te plaît, Sawyer, ne lui dis rien pour l'instant. Je vais réfléchir à la meilleure façon de procéder.

— Alors fais vite. Il ne tardera pas à le découvrir. L'intervention de Kat n'est pas passée inaperçue, au mariage. Les rumeurs vont aller bon train.

— Comment ça ?

— Je t'expliquerai plus en détail quand je te verrai.

— D'autres personnes sont au courant ?

— Non. Elle a fait une entrée très remarquée, mais nous étions seuls quand elle m'a fait part de la nouvelle. J'étais choqué, mais je pense qu'elle était encore plus choquée d'apprendre qu'elle avait été victime d'une usurpation d'identité et que le père de son enfant était mon frère jumeau.

— Je comprends. Gardons ça entre nous pour le moment. Je vais voir ce que je peux faire de mon côté.

— Entendu. Je ferai tout mon possible pour ne pas ébruiter la nouvelle, mais je ne mentirai pas pour toi. Compris ?

— Oui. Je vais contacter mes avocats et je verrai ce qu'ils me conseillent de faire. J'imagine qu'ils me diront de lui faire une offre financière généreuse qu'elle ne pourra pas refuser. Avec un peu de chance, je pourrai étouffer l'affaire rapidement. Je te tiens au courant.

— D'accord. Attends ! J'ai encore une chose à te dire.

— Je t'écoute.

— Ne t'avise plus jamais de te faire passer pour moi, sinon ça ira mal pour toi et plus personne ne pourra nous confondre. C'est clair ?

— Comme de l'eau de roche, marmonna Finn avant de raccrocher.

Sawyer glissa son téléphone dans la poche de sa veste puis sortit de la bibliothèque.

La fête de mariage touchait à sa fin. Les mariés étaient partis. Les derniers invités étaient en train d'en faire autant. Les musiciens rangeaient leur instrument et le personnel du traiteur s'affairait à plier les tables et à tout remettre en ordre.

Il chercha Serena du regard. En vain.

Après avoir donné un coup d'œil sa montre, il constata qu'il était très tard. En quittant Serena, il lui avait dit de l'attendre, mais elle avait dû perdre patience, d'autant que de son point de vue à elle, il l'avait laissée en plan pour suivre une jeune femme aguichante. Au moins, il n'aurait pas à trouver d'excuses pour mettre fin à leur relation. Et c'était mieux ainsi car il avait été ensorcelé et ne pouvait s'empêcher de penser à la mystérieuse Kat…

Il fit un tour dans la salle de réception déserte, se dirigeant vers le gâteau de mariage, ou du moins ce qu'il en restait.

Quelques parts étaient disposées sur des assiettes à dessert en porcelaine, prêtes à la dégustation. Il en prit une qu'il emporta dans la cuisine.

Après s'être fait un café et s'être régalé du gâteau, il se souvint de la carte de visite qu'il avait glissée dans la pochette de sa veste.

En la lisant, il manqua de s'étouffer.

KATHERINE MCINTYRE, ARTISTE
LE DISTRICT, 2E ÉTAGE, ATELIER 210

Kat était une artiste du District !

Et son nom ne lui était pas inconnu.

Soudain il comprit pourquoi.

Il n'avait pas menti en lui disant qu'ils ne s'étaient jamais rencontrés. Mais il connaissait cette jeune femme. Du moins, il avait déjà vu son nom plusieurs fois. Dans ses mails. Au cours des derniers mois, elle lui avait envoyé de nombreux messages et avait maintes fois tenté de le joindre à son bureau au point de mener son assistante au bord de l'exaspération.

Il savait qui était cette Katherine McIntyre, et ce n'était pas la première fois qu'elle essayait d'entrer en contact avec lui. Elle était la meneuse du mouvement des artistes qui louaient des ateliers dans le District et qui n'étaient pas contents du projet de rénovation qu'il voulait mettre en œuvre.

La discussion était au point mort depuis le départ.

Sentant qu'il n'arriverait à rien avec ce groupe de résistants, il avait abandonné l'affaire, sans se douter que les messages à répétition de Kat, ces derniers mois, n'étaient en rien liés à son projet immobilier.

Elle voulait juste le contacter pensant qu'il était le père de son enfant.

À cet instant, il comprit que la présence de Kat à l'aquarium et sa relation d'un soir avec Finn, qui s'était fait passer pour lui, n'étaient pas un hasard.

Kat observa le morceau de bois qui se trouvait devant elle en se demandant ce qui lui avait pris de produire une œuvre aussi laide. Et aussi difforme.

Depuis qu'elle avait fait un test de grossesse et appris qu'elle était enceinte, elle n'avait pas réussi à se concentrer sur ses créations. C'était comme si la présence de ce petit être en elle lui avait ôté son talent créatif. Plus moyen de se remettre dans sa zone d'inspiration. Son esprit était vidé de toute sensation artistique. Jamais elle n'avait ressenti un tel désarroi.

À présent, elle comprenait pourquoi ses parents s'étaient attachés à préserver leur bulle de créativité, en protégeant à tout prix leur espace et leurs créneaux de travail. En tant qu'artiste, elle prenait conscience qu'elle évoluait dans un écosystème fragile, dont l'équilibre était susceptible de basculer à tout moment.

Cela n'augurait rien de bon pour son avenir professionnel, mais elle refusait de s'en soucier maintenant. Elle trouverait un moyen de reconquérir son art et son talent. Sans chercher à reproduire le modèle de ses parents.

Pas question de fermer son atelier. Encore moins de prendre une nourrice à plein temps ; c'était certes une méthode efficace, mais cela n'apportait pas l'amour et le soutien dont un enfant avait besoin en grandissant.

— Alors, comment ça s'est passé ?

Kat posa son ciseau à bois pour se tourner vers l'artiste qui louait l'atelier en face du sien et qui venait d'entrer.

Hilda Levy était spécialisée dans le travail du métal. Malgré son activité bruyante, Kat était ravie de l'avoir comme voisine car elle était devenue l'une de ses meilleures amies et conseillères.

— C'était horrible, avoua-t-elle.

Hilda souleva son masque de soudure.

— Zut. Pourquoi ? Que s'est-il passé ? s'enquit-t-elle.

Kat se laisse tomber sur un vieux futon qu'elle gardait dans un coin de son atelier. Hilda vint la rejoindre.

— D'abord, ce n'était pas la bonne personne.

— Comment ça ? répliqua Hilda, interloquée.

— Dans la chambre d'hôtel, ce n'était pas Sawyer Steele.

— Mais c'était qui, alors ?

— Son jumeau. Finn. Il m'a fait croire qu'il était Sawyer. Pour s'amuser, j'imagine.

— Ton histoire m'intrigue. Tu as réussi à parler à Finn ?

— Non. Après m'être infiltrée dans le mariage et avoir giflé Sawyer, on m'a demandé de sortir. J'ai quand même eu le temps de découvrir l'identité du père de mon enfant, et je sais qu'il est en ce moment en Chine. Donc c'est compliqué.

— Ah bon ? Je ne suis pas une jeunette, mais j'ai entendu parler d'une chose qui s'appelle l'Internet et qui permet aux gens de communiquer, même quand ils sont aux antipodes.

Kat leva les yeux au ciel, amusée.

— Oui, moi aussi j'en ai entendu parler. Et je vais entrer en contact avec lui. Mais pour le moment je digère la nouvelle et je réfléchis à la meilleure façon de procéder. Si je suis allée à cette cérémonie à l'aquarium, c'était pour parler à Sawyer Steele et tenter de le convaincre que son projet au District mettrait en danger toute une communauté d'artistes.

— Tu n'étais pas obligée de le suivre dans une chambre d'hôtel pour le convaincre, cela dit.

— Non, je sais, tu as raison. Ce n'était pas prévu au programme. Et avec le vrai Sawyer, cela ne serait pas arrivé. C'était un accident.

— Je sais.

— Je suis allée au gala à l'aquarium dans l'unique but de demander à Sawyer Steele en personne pourquoi il n'avait jamais répondu à mes messages et pourquoi sa secrétaire ne lui transférait jamais mes appels. Je pensais aider notre communauté, mais mon intervention n'a mené à rien puisque l'homme que j'ai rencontré était un imposteur. Non seulement nous n'avons jamais parlé du projet du District, mais je me retrouve aujourd'hui enceinte de Finn Steele.

— Tu n'as pas essayé de lui en parler ?

— Bien sûr que si, j'ai essayé. Mais à chaque fois il changeait de sujet et n'arrêtait pas de me draguer. Maintenant, je comprends pourquoi. Il ne voulait pas que je découvre qu'il n'était pas Sawyer. Je suis vraiment trop bête.

— Tu n'es pas bête. Tu t'es laissé courtiser par un milliardaire à l'allure séduisante après avoir bu un peu trop de champagne. Personnellement, j'aimerais bien être victime des charmes d'un beau parleur, ça fait tellement longtemps que cela ne m'est pas arrivé... J'ai oublié les sensations...

Kat sourit.

Hilda avait le don de savoir détendre l'atmosphère. De plus, elle avait le cœur sur la main et avait toujours su être à son écoute. Après le décès de ses parents, c'est grâce à Hilda si elle avait réussi à remonter la pente. Sans elle et les autres artistes du District, elle n'aurait pas donné cher de sa peau.

Hilda était un peu comme une mère de substitution et, même si elle ne s'était jamais mariée et n'avait jamais eu d'enfant, elle avait un instinct maternel étonnant. Sans compter un sens de l'amitié à toute épreuve.

— Il faut absolument que l'on remédie au problème ! s'exclama Kat.

— Comment ça ?

— On doit te trouver quelqu'un.

— Oh mon Dieu, non ! Je disais cela pour plaisanter. Je n'ai aucune envie de rencontrer quelqu'un.

— Je suis sûre qu'il y a un homme pour toi, quelque part sur cette planète. Et le jour où tu le rencontreras, tu n'auras pas le temps de te poser de question.

— Je ne sais pas, murmura Hilda, une lueur souriante dans les yeux.

— J'ai vu que Zeke venait souvent regarder ton travail.

— Zeke ? Tu plaisantes ? Il aime mon travail, c'est tout.

— Tu es sûre ?

Zeke était un sculpteur dont l'atelier était au bout de leur étage. Elle le voyait souvent chez Hilda. Était-ce vraiment une coïncidence ? D'après elle, il n'y avait pas que les œuvres en métal qui lui plaisaient...

— Je n'en sais rien, avoua Hilda. Dans tous les cas, cela ne m'intéresse pas.

— Pourquoi ?

— Parce qu'il est veuf.

— Et alors ?

— Et alors les hommes de son âge ne se lancent pas dans une relation par amour. Ils veulent une femme pour leur faire à manger et s'occuper d'eux. J'ai évité d'être la domestique de quelqu'un pendant cinquante-huit ans et je n'ai pas l'intention de commencer maintenant.

— Tu ne sais pas ce qu'il cherche tant que tu ne lui demandes pas.

Hilda lui jeta soudain un regard perplexe.

— Je peux savoir pourquoi on parle de ma vie amoureuse inexistante alors que c'est toi qui dois gérer une situation délicate ?

— Merci du rappel, dit Kat en se levant pour aller prendre une bouteille d'eau.

— Que vas-tu faire ?

— Sawyer a dit qu'il allait prévenir Finn. Donc j'attends qu'il me contacte.

— Et que lui diras-tu, quand il te contactera ? As-tu réfléchi à ce que tu veux faire ?

— Oui et non. Je veux garder le bébé, ça, j'en suis sûre. Pour ce qui est de Finn et de son rôle dans notre vie... Je n'arrive pas vraiment à me décider. J'ai toujours eu envie de me marier avec l'homme de ma vie pour fonder une famille, mais...

— D'après ce que tu me dis, je n'ai pas l'impression que ce Finn soit du genre à vouloir se marier. Surtout si c'est un coureur de jupons.

— Je sais que ce n'est pas le scénario idéal que j'avais envisagé, mais je ne veux pas que mon enfant naisse d'un couple non marié.

— Tes parents ont vécu vingt-cinq ans ensemble, ce n'est pas rien. Et s'ils n'étaient pas morts, il est probable qu'ils seraient restés ensemble jusqu'à la fin de leurs jours.

— Je sais, mais ils ne se sont jamais mariés.

Ils n'avaient pas jugé bon d'officialiser leur relation, et Kat n'arrivait pas à comprendre pourquoi. Elle n'avait jamais osé leur poser la question, et maintenant c'était trop tard.

— Et alors ? L'époque a changé. On n'est plus obligés d'être mariés pour avoir des enfants, fit remarquer Hilda.

— Je sais, mais je veux que mon enfant ait une famille.

— Tu connais à peine son père ! Tu ne vas pas me dire que tu aimerais te marier à un inconnu.

— Plus j'y pense et plus je me dis que c'est la seule solution.

— Tu plaisantes ?

— Non. Je pense que l'on devrait tous les deux sauter à pieds joints dans cette relation, se marier et voir ce qui se passe, quitte à ne rester ensemble que quelques années. Peut-être que notre relation aurait des chances de durer plus longtemps, ce qui serait encore mieux.

— Tu penses vraiment que ce serait la meilleure solution ?

— Oui. Pour mon bébé.

— S'il te plaît, réfléchis encore un peu avant de t'engager dans cette voie. Tu sais que la famille Steele est vraiment très riche.

Ils ne seront peut-être pas aussi réceptifs à ton idée que tu ne le penses. Et même si Finn acceptait de t'épouser, ce qui est loin d'être une certitude, tu devras faire face à leur armée d'avocats, quoi que tu fasses. Il y aura des contrats de mariage en veux-tu en voilà, pour protéger leur fortune, tu devras peut-être accepter une garde partagée qui ne sera pas forcément à ton goût. En résumé, je pense vraiment que ce sera loin d'être un voyage romantique dans la sphère matrimoniale.

— Je me fiche que notre relation ne soit pas romantique. Et je me fiche de la fortune des Steele. Je n'ai pas besoin d'argent. Je peux simplement faire en sorte que mon enfant ait droit à ce qui lui revient. Et je tiens à ce qu'il ait un père. Un vrai père qui soit présent, et prêt à s'engager dans son éducation et dans sa vie. Je veux pour lui ce que je n'ai pas eu.

— Tu exagères. Tu as toujours vécu avec tes parents.

— Oui, ils étaient là physiquement, mais ils n'étaient jamais disponibles pour moi.

Hilda poussa un soupir de résignation.

— Je sens que tu as déjà pris ta décision et que je ne vais pas réussir à te faire changer d'avis, dit-elle. Je voulais te mettre en garde car tu sais à quel point je tiens à toi, mais je te souhaite bonne chance dans cette entreprise qui me semble périlleuse, conclut-elle avant de se lever du futon.

— Merci, Hilda. Tu travailles sur quoi, en ce moment ?

— Tu sais, en ce moment, j'essaye surtout de voir comment je vais pouvoir déménager tout mon matériel et mes œuvres. Et surtout, *où* je vais les mettre. C'est un cauchemar logistique, et je ne sais pas comment ça va se solder.

Kat jeta un coup d'œil à son atelier, sentant la culpabilité monter en elle. Non seulement elle avait assez de place chez elle pour rapatrier ses œuvres et ses outils, mais, même après les travaux de rénovation et l'augmentation des loyers, elle pourrait quand même se permettre de revenir au District, contrairement à ses collègues qui, pour la plupart, devraient trouver des ateliers ailleurs, beaucoup plus loin du centre.

Elle devait absolument reprendre le combat.

— Hilda, ce n'est pas encore fini. Je vais repartir à la charge. Peut-être que tu pourras quand même revenir ici. Quoi qu'il arrive entre Finn et moi, je n'ai pas l'intention d'abandonner l'affaire auprès de ce crétin de Sawyer Steele ! S'il mène son enquête, il pensera que je suis une coureuse de dots dépravée et il ne me prendra plus au sérieux, mais ça m'est égal.

C'est alors que Kat vit que son amie Hilda la fixait, les yeux écarquillés, tout en se mordant la lèvre inférieure et secouant légèrement la tête.

Kat était dos à l'entrée de l'atelier.

Son sang ne fit qu'un tour.

— Il est derrière moi ? murmura-t-elle.

Hilda acquiesça en silence.

— Je suis peut-être un crétin, mais je ne pense pas que vous soyez uniquement une coureuse de dots dépravée, mademoiselle McIntyre.

3

Quand Kat se retourna vers lui, Sawyer lui offrit un sourire satisfait. Il était tombé à pic, sans même le vouloir. Il l'avait surprise en train de parler de lui en des termes peu reluisants. Ce n'était pas un problème pour lui puisqu'il était justement venu la voir pour lui faire part de pensées peu reluisantes à son sujet.

Cependant, maintenant qu'elle se trouvait face à lui, sa détermination lui faisait défaut.

Quand il l'avait vue pour la première fois au mariage, il l'avait trouvée magnifique. Aujourd'hui, elle était... Elle était la plus belle femme sur laquelle il avait posé les yeux. Ses cheveux roux étaient amassés en un chignon désordonné, retenus par deux pinceaux et saupoudrés de sciure de bois. Elle n'était pas maquillée, hormis quelques taches de peinture sur son visage. Elle portait un débardeur et un short en jean mettant en valeur ses cuisses joliment galbées.

Il attendit qu'elle dise quelque chose, mais elle garda le silence, visiblement choquée de sa visite surprise.

La femme qui était avec elle semblait beaucoup plus gênée.

— Bien. Je vais vous laisser. J'ai laissé mon fer à souder branché et j'ai cinq ans de fatras à mettre en cartons, dit-elle en sortant de l'atelier sans quitter Sawyer du regard.

Il allait devoir s'habituer à ce regard réservé au grand méchant promoteur immobilier qui va tout détruire autour de lui sans se soucier de la veuve, de l'orphelin, ou de l'artiste.

Du moins, c'est l'impression qu'il avait eue après avoir lu et écouté les messages envoyés par Kat et ses amis. Il aurait voulu trouver un moyen de les convaincre qu'il agissait pour leur bien et leur sécurité, mais il n'avait pas encore trouvé un moyen de s'y prendre. De plus, il avait le sentiment que, quoi qu'il dise, la communauté d'artistes choisirait de le prendre à contre-pied sans jamais se rallier à sa cause.

Ils ne semblaient pas prêts à reconnaître que le bâtiment tombait en ruine autour d'eux et qu'il était devenu dangereux. Les installations électriques étaient vétustes, la plomberie datait de Mathusalem et l'ascenseur n'était plus conforme à la réglementation. Bientôt, sans la mise aux normes, le bâtiment serait condamné et ils perdraient tous leur atelier.

Sawyer voulait remettre les choses en l'état et sauver le District afin qu'il puisse être classé bâtiment historique. Il agissait pour la bonne cause. Mais, en échange, les locataires devaient faire deux grandes concessions.

La première, libérer les lieux pour la durée des travaux.

La seconde, accepter une augmentation de loyer.

Malgré ses bonnes intentions, Sawyer n'en restait pas moins un homme d'affaires. Il ne rénovait pas le bâtiment pour le plaisir ou parce qu'il dirigeait une œuvre de charité. Il avait vu le potentiel du District et comptait en faire un investissement lucratif. Non seulement il y aurait des ateliers d'artistes, mais il voulait en faire un centre qui attirerait une foule de gens intéressés par l'art et les belles choses.

D'après lui, ce projet avait toutes les chances de réussir. Il espérait simplement convaincre les personnes récalcitrantes que les travaux étaient nécessaires pour sauver le bâtiment et repartir sur de bonnes bases.

Certes, tous les artistes ne pourraient pas se permettre de relouer dans les nouveaux locaux, mais, depuis qu'il avait découvert qu'il ne pourrait jamais satisfaire toutes les parties prenantes, il avait arrêté de se rendre malade à ce sujet.

Une fois seul avec Kat, il se tourna vers elle.

Elle se tenait debout devant lui, les joues rouges.

De honte ? De colère ? Ou était-ce ces bouffées de chaleur des femmes enceintes ?

— Alors, Sawyer Steele, quel bon vent vous amène ?

— J'aurais juré que la première fois que l'on s'est vus, vous m'aviez tutoyé.

— Je pensais que vous étiez l'homme dont j'attends l'enfant. Mais cela ne répond pas à ma question. Quel bon vent vous amène ?

— Eh bien… Quand vous m'avez dit votre nom, la première fois, j'avais l'impression de l'avoir déjà entendu ou vu quelque part. Ce n'est qu'en retrouvant votre carte de visite que le puzzle a enfin pris forme dans mon esprit.

— Et alors ? Quelle est la prochaine étape ? Les avocats de la famille Steele vont concocter une offre visant à étouffer l'affaire et à me faire disparaître ?

Il sourit avant de balayer du regard les œuvres exposées dans l'atelier.

— J'ignore ce que les avocats vont faire, répondit-il. Ou s'ils sont au courant. J'ai contacté Finn en lui demandant de s'en occuper, précisa-t-il, avant d'observer de plus près la sculpture d'un hibou.

Un travail d'une minutie impressionnante. L'oiseau en bois, grandeur nature, avait des grands yeux animés et des plumes si délicatement taillées qu'elles semblaient réelles.

Visiblement, Kat était une artiste de talent avec un don pour la sculpture sur bois.

— Donc vous avez prévenu votre frère ?

Quand il se tourna vers elle, elle se mordillait la lèvre inférieure et semblait anxieuse.

Instinctivement, il voulut caresser cette lèvre du bout des doigts… Il fourra vivement ses mains dans les poches de son pantalon pour éviter tout impair.

— Je l'ai appelé après votre départ, en effet. J'avais hâte de lui faire part de la grande nouvelle.

— Je sens une pointe de sarcasme, fit-elle remarquer. En tout cas, il ne m'a pas encore contactée.

— J'avoue que cela ne me surprend pas. Le connaissant, il doit être en train de remettre de l'ordre dans ses affaires avant de savoir sous quel angle il va pouvoir aborder le sujet. Potentiellement, cela pourrait prendre un peu de temps.

Kat posa une main sur son ventre.

— Je suis un peu *pressée*, si vous voyez ce que je veux dire. J'espère que sa réflexion ne va pas s'éterniser car, qu'il le veuille ou non, son bébé sera là cet hiver.

— Je ne doute pas un seul instant qu'il va vous joindre. Laissez-lui juste le temps de se remettre du choc. D'après ce que j'ai compris, et comme vous pouviez vous en douter, il ne s'attendait pas à recroiser votre chemin un jour.

— Dans la mesure où il ne m'a pas donné sa véritable identité, il ne souhaitait pas le recroiser, répliqua-t-elle, moqueuse.

— Pour ce qui est de jouer aux imposteurs et de se faire passer pour moi, je pense que c'était la dernière fois car je l'ai mis en garde. Cependant, une question me taraude.

— Ah bon ? Laquelle ?

Il plongea son regard dans le sien et, l'espace d'un instant, il l'imagina légèrement vêtue, arrivant à la cérémonie de l'aquarium, avec une seule cible en tête : le méchant promoteur Sawyer Steele. À présent, il en était persuadé : elle s'était rendue à cet événement pour faire valoir ses revendications, par tous les moyens.

— Je me demande comment la soirée se serait terminée si j'avais été là, comme prévu, à la place de mon frère.

Cette question le hantait depuis sa rencontre avec Kat. Elle était à l'aquarium pour le voir, lui parler, le séduire, même. Et, pour finir, c'est Finn qui avait touché le gros lot. Comme toujours.

— Je suis sûre qu'elle se serait terminée différemment.

— Ah bon ? Et pourquoi ? s'enquit-il, curieux.

— Premièrement vous n'auriez pas évité mes questions sur la situation du District et nous aurions pu avoir un vrai dialogue à ce sujet. Et deuxièmement, vous n'avez pas le charisme de Finn.

Il laissa échapper un rire moqueur.

— Vous appelez ça du *charisme* ? s'exclama-t-il. J'appelle cela... autrement. En tout cas, c'était tout à votre avantage.

Kat se renfrogna aussitôt.

— Que voulez-vous dire, au juste ? demanda-t-elle.

— Je pense que vous êtes allée à cet événement avec un seul but en tête et que le comportement de Finn vous a permis d'arriver plus facilement à vos fins. Avec moi, ça se serait passé différemment car je ne suis pas une proie aussi facile que mon frère.

Kat leva les mains, comme pour se défendre.

— Attendez une minute. Vous insinuez que je suis allée là-bas dans l'unique but de vous séduire ? Vous pensez que j'étais sûre qu'en vous attirant dans un lit, j'arriverais à vous faire changer d'avis sur les travaux du District et que vous vous soumettriez à mon bon vouloir ?

Sawyer haussa les épaules, plus tout à fait sûr de lui, à présent.

— J'ignore ce que vous aviez en tête, dit-il. Mais plus j'y pense, plus je me dis que c'était le scénario idéal pour vous. Jusque-là, toutes vos tentatives pour me contacter avaient échoué. Vos appels et vos lettres étaient restés sans réponses. Les articles dans la presse n'avaient donné aucun résultat. Pas plus que les rassemblements de protestation. Donc vous auriez pu avoir envie de changer de tactique et d'essayer de m'amadouer, voire de m'appâter.

— Je ne suis pas allée à cette cérémonie dans le but de vous *appâter* ! rétorqua-t-elle, visiblement vexée. J'y suis allée car vous refusiez d'entrer en contact avec moi ! C'était la seule façon de vous forcer à m'écouter.

— Et pourtant vous avez quand même fini dans un lit avec un homme qui se faisait passer pour moi et sans même avoir réussi à faire valoir vos revendications. Je dois dire que j'admire votre dévouement à la cause.

À présent, Kat avait l'air très en colère contre lui. Dans un dessin animé, elle aurait eu de la fumée sortant des oreilles.

Les joues empourprées, les yeux brillants, les lèvres prêtes à hurler… Cette vision n'était pas pour lui déplaire, cela dit. Elle aurait sûrement la même allure dans un lit, en proie à la plus vive des passions. Il lui suffit d'imaginer sa chevelure rousse éparse sur l'oreiller, ses mains agrippées à ses épaules et ses ongles s'enfonçant dans sa chair…

Seulement ils n'étaient pas dans un lit, et elle ne donnait aucun signe d'être sur le point de succomber au plaisir. Loin de là !

— Quel culot ! s'exclama-t-elle. Quelle arrogance ! Vous n'êtes qu'un goujat, comme votre frère ! J'ai été bête de me rendre à cet événement et encore plus bête de croire que je pourrais discuter du sort du District avec vous. Vous vous fichez de ce que les gens pensent ou ressentent ! Tout ce qui vous intéresse, c'est le profit. Vous n'avez que faire de la communauté d'artistes qui évolue au District depuis des années. Vous n'avez pas de cœur. Seul votre portefeuille a de l'importance à vos yeux !

Soudain, sa fureur la rendit beaucoup moins attirante et il fut même peiné par ses paroles. Elle jouait à la victime et s'évertuait à ne voir la situation que de son côté ? Il allait lui expliquer la situation de son point de vue à lui.

Il s'approcha d'elle et lui parla sur un ton froid et calme :

— Au cas où vous l'ignoreriez, sachez qu'à ce jour les loyers collectés couvrent à peine les frais liés à ce bâtiment. Et je ne parle pas des travaux d'entretien d'urgence. Le District tombe en ruine et, si on ne le rénove pas au plus vite, il pourrait vous tomber dessus. Je serais alors responsable de tous les dégâts, aussi bien matériels qu'humains. Or personne n'accepte de voir cette réalité en face.

— Ce n'est pas notre problème.

— Si, justement. Je vous dis que ce bâtiment est dans un état de délabrement avancé. Les tuyauteries au sous-sol menacent d'exploser à tout moment et d'inonder le rez-de-chaussée. L'installation électrique n'est plus aux normes, et même ici, dans votre atelier, vous n'êtes pas à l'abri d'un court-circuit qui pourrait déclencher un incendie. Le propriétaire précédent s'est limité à faire des réparations de fortune, mais il ne s'est pas attaqué aux travaux structurels, ni à la mise aux normes. Et, surtout, il s'est contenté de toucher vos loyers sans se soucier de votre sécurité. Moi je suis un homme d'affaires mais, malgré ce que vous pensez, j'ai un cœur et je me soucie de la sécurité des locataires. Seulement cette sécurité a un prix. Et aucune tentative de séduction n'influencera ma décision.

Kat ne trouva rien à répondre. Ce qui était un phénomène rare chez elle. Sawyer Steele ne la connaissait pas, mais il comptait maintenant parmi la poignée de personnes capables de la faire taire.

Il lui avait parlé sur un ton froid, certes, mais elle sentait la chaleur émanant de son corps. C'était comme si les battements de son cœur avaient mis ses mots en sourdine, et que son esprit n'en avait gardé que la cadence sensuelle.

Très dérangeant, pour une discussion de cette importance.

Elle aurait dû s'éloigner de lui et contrer ses arguments, mais elle resta sans voix. Pire, elle avait envie de réduire l'espace entre eux pour se coller à lui…

Ce qui était une idée folle.

Un désir insensé.

Ce n'était que la deuxième fois qu'elle rencontrait Sawyer, mais il avait le don de lui faire perdre la tête et de la mettre dans tous ses états.

Elle était hantée par le souvenir de cette nuit partagée dans un hôtel avec un homme qui lui ressemblait comme deux gouttes d'eau. Si bien que c'était presque naturel d'avoir envie de le toucher pour retrouver cette proximité charnelle. Comme si son désir était sourd au fait qu'il ne s'agissait pas du même homme.

Mais son cerveau n'était pas dupe et savait que tout cela n'était qu'un mensonge. Ces souvenirs… Cet homme… Il ne s'agissait pas de Sawyer. Même si son corps lui semblait familier, l'homme qui se tenait devant elle était un inconnu. Un inconnu qui voulait lui enlever ce à quoi elle tenait le plus au monde : sa communauté artistique, sa famille.

De son point de vue, il pensait bien faire. Dans les faits, son projet était aux antipodes de ce dont les locataires actuels avaient besoin. Bien sûr que des travaux étaient nécessaires mais il n'avait pas besoin de cafés et de restaurants chics, d'une salle de concerts, d'une galerie huppée, d'un parking pavé et d'une cour paysagère avec des fontaines à l'italienne !

Voilà ce qu'elle aurait dû lui répondre. Seulement voilà, elle avait perdu sa verve à l'instant où il avait plongé les yeux dans les siens.

De nouveau, comme le premier soir, elle avait vu la grande différence entre les deux frères.

Finn ne l'avait pas regardée de cette façon-là. Pourtant, c'est ce regard langoureux qu'elle avait toujours voulu lire dans les yeux d'un homme. Un regard de convoitise lui laissant entrevoir à quel point il avait envie d'elle.

Elle voyait que Sawyer était en colère contre elle et pourtant elle aurait juré qu'il avait envie de l'embrasser.

Elle soutint son regard. Dans le silence qui s'était fait soudain, elle se sentit encore plus proche de lui, au point de percevoir son souffle lui caresser la peau...

La dynamique entre eux avait changé. Elle n'était pas la seule à l'avoir remarqué. L'atmosphère était électrique.

— Vous ne dites rien ? s'enquit-il.

— Que voulez-vous que je... ?

L'instant d'après, les lèvres de Sawyer vinrent recouvrir les siennes, et elle fut parcourue d'une vague de chaleur intense l'embrasant tout entière.

Elle ne chercha pas à se soustraire à ce baiser. Même si sa raison l'avait sommée de le faire, elle en aurait été incapable.

Collant son corps au sien, elle se laissa transporter par ce tsunami émotionnel. De ses bras virils, il la prit par la taille pour resserrer leur étreinte.

C'est alors qu'elle comprit à quel point les apparences étaient trompeuses. Sawyer avait beau être le jumeau identique de Finn, il embrassait beaucoup mieux que son frère. Finn avait la réputation d'un play-boy. Sawyer avait visiblement coché la case « Qualité » et non « Quantité ».

Alors qu'il approfondissait son baiser, il laissa traîner sa langue sur ses lèvres, comme s'il avait tout le temps devant lui de l'explorer à sa guise. Elle laissa échapper un gémissement de plaisir.

Cet homme d'affaires en apparence sérieux cachait en lui un amant doué et plein de ressources. Plus elle était en contact avec lui et plus elle regrettait de ne pas avoir passé cette fameuse nuit avec lui, trois mois auparavant…

Or ce n'était pas le cas, et elle devait s'en faire une raison.

Cette pensée furtive fut comme une révélation qui la ramena soudain à la réalité. À quoi pensait-elle ? De quel droit se retrouvait-elle dans les bras de Sawyer Steele alors qu'elle voulait épouser son frère ?

Sans réfléchir plus avant, elle s'arracha à cette étreinte pour mettre de la distance entre Sawyer et elle. Ensuite, elle tâcha de reprendre ses esprits.

Ce n'était pas le bon jumeau.

Ils se ressemblaient, mais ils n'avaient pas le même comportement et elle n'avait pas besoin de Sawyer dans sa vie. Finn était le père de son enfant. Embrasser son frère ne faisait qu'empirer une situation déjà très compliquée.

— J'ai fait quelque chose de mal ? s'enquit Sawyer, visiblement abasourdi par son retrait précipité.

— Non, pas du tout mais… Je pense que c'était une erreur.

Elle le vit serrer les dents pour se maîtriser.

Après avoir fermé les yeux quelques instants, il reprit la parole :

— Tu as raison. Je suis allé trop loin.

— Tu n'es pas le seul. Moi aussi.

— Non. C'est ma faute. Mon comportement est inacceptable.

— Je suis tout aussi fautive que toi.

Cela ne faisait que quelques instants qu'elle s'était arrachée à sa bouche, et ses lèvres vibraient encore de leur baiser.

— Ce n'est pas ta faute. Tu es attirée par mon frère, je lui ressemble, donc j'imagine que c'est troublant. C'est facile de penser que tu es attirée par moi alors que ce n'est pas le cas, dit Sawyer en remettant les mains dans ses poches.

— Sawyer, je ne suis pas aveuglée de désir au point de ne pas savoir qui j'embrasse. En plus, vous n'êtes pas si semblables que ça.

— Pourtant tu m'as confondu avec lui.

— Je sais. Génétiquement, vous êtes semblables, mais il y a des différences subtiles entre vous.

— Comme ?

— Vos yeux. Il y a quelque chose dans ton regard que je n'ai pas vu chez Finn.

Sawyer était le plus responsable des deux. C'était aussi le plus gentil et le plus sincère. Et il la regardait différemment. Dans le regard de Finn, elle n'avait lu que du désir. Dans celui de Sawyer, elle voyait du désir mêlé à une lueur qu'elle n'arrivait pas à définir avec précision.

Maintenant qu'elle espérait construire un avenir et une famille avec Finn, elle avait un doute. Et si le père de son enfant ne pouvait pas la regarder comme Sawyer le faisait, pourrait-elle vraiment trouver le bonheur à ses côtés ?

Cette pensée était dangereuse, et elle fut prise de panique.

Il était trop tard pour faire machine arrière.

Les dés étaient jetés. Finn était le père de son enfant, et rien ni personne ne pourrait changer la donne.

— J'y vais, dit Sawyer, comme s'il avait entendu ses pensées.

Avant qu'elle ait eu le temps de réagir, Sawyer Steele disparut, la laissant encore plus déroutée qu'à son arrivée.

Sawyer se hâta de sortir du bâtiment, ignorant les regards désapprobateurs des locataires. Il avait le mauvais rôle. Celui du rabat-joie capitaliste. Mais pour le moment c'était le cadet de ses soucis.

Sa visite ne s'était pas du tout passée comme il l'avait imaginé. Au départ, il avait bon espoir de s'en tenir à ses résolutions mais, en embrassant Kat, il avait saboté leur entrevue. C'était l'une des choses les plus idiotes qu'il ait faites de sa vie ! Il n'en revenait pas lui-même.

Non seulement cette femme était sa pire adversaire au District, mais elle était enceinte de son frère. Il ne pouvait absolument pas lui faire confiance.

Malgré tout, il était tombé sous son charme.

Il était impératif qu'il reprenne ses esprits. Et rapidement. Une fois dehors, il put enfin respirer. Encore une chose à laquelle il fallait remédier. Le District n'était pas équipé de la climatisation et il n'y avait pas beaucoup de fenêtres pour aérer, donc il y faisait une chaleur étouffante.

Il ne comprenait pas comment les artistes faisaient pour travailler. S'il avait été locataire, il aurait volontiers payé plus pour éviter de fondre dans son atelier.

Alors qu'il montait à bord de sa voiture, il reçut un appel.

C'était Finn. Il prit quelques secondes pour remettre son esprit en état de marche.

— Salut, Finn.

— Salut, jumeau. Comment ça va, à la maison ?

— Les parents n'arrêtent pas de me cuisiner pour connaître l'identité de la femme mystère au mariage de Morgan. Grand-mère Ingrid est rentrée définitivement d'Europe. Et la mère de ton enfant milite depuis des mois pour faire capoter mon projet de rénovation du District.

— Ah bon ? C'est pour ça qu'elle n'arrêtait pas de me poser des questions à ce sujet, le soir où je l'ai rencontrée. J'ai bien sûr tout fait pour contourner le sujet puisque je ne savais rien.

— En effet, elle s'est rendue à cette soirée dans l'unique but de me parler pour me convaincre de changer mes plans. La nuit à l'hôtel avec toi était...

— En prime ?

— J'allais dire « une erreur », mais utilise le mot que tu veux.

— J'ai parlé à mes avocats. Ils m'ont recommandé de faire une offre qu'elle ne pourra pas refuser, donc ils sont en train d'étudier la question.

Sawyer fut surpris d'apprendre que son frère avait déjà mis ses avocats à l'ouvrage. Il avait demandé à leur futur beau-frère, Harley Dalton, d'enquêter sur Kat, mais Harley n'était pas encore revenu vers lui avec les résultats.

— Ce n'est pas un peu prématuré ? Je pensais que tu voulais attendre de savoir si tu étais vraiment le père, avant d'agir.

— Justement, c'est pour ça que je t'appelle. Pour faire un test de paternité, il faut un échantillon sanguin de la mère et du père. Mais, pour accélérer les choses, ce serait super si tu pouvais aller au labo à ma place.

— Tu plaisantes ?

— Pas du tout. En tant que jumeaux identiques, on a les mêmes marqueurs. Ce n'est pas une enquête criminelle. Et, à moins que tu aies aussi eu des rapports sexuels avec elle, ton ADN sera suffisant pour déterminer si je suis le père.

— Pourquoi tu ne fais pas ça en Chine ?

— Ce serait trop long et trop compliqué d'envoyer les échantillons, apparemment. Et j'aimerais autant ne pas attendre mon retour pour le faire. Plus vite je serai fixé, mieux ce sera.

— Finn...

— S'il te plaît. Je t'ai pris rendez-vous dans un labo. Je t'envoie l'adresse. Donne-moi un peu de ton temps et de son sang, et je gérerai le reste. Promis. Je veux être sûr de mon coup avant d'en parler aux parents.

— Le rendez-vous est à quelle heure ?

— 15 heures, cet après-midi.

Sawyer regarda sur le tableau de bord.

Il était presque 14 heures, et comme d'habitude Finn s'attendait à ce qu'il mette tout de côté pour lui sauver la mise.

— Alors là, mon vieux, je peux te dire que si je vais à ce rendez-vous, tu me seras redevable à vie.

— Si c'est un garçon, on l'appellera Sawyer.

De rage, Sawyer raccrocha.

L'instant d'après, il recevait l'adresse du laboratoire.

Il l'entra dans son GPS puis jeta son téléphone sur le siège passager.

Non seulement il en voulait à son frère de se comporter avec une telle insouciance, mais il s'en voulait de ne pas réussir à effacer de sa mémoire le baiser qu'il avait échangé avec Kat.

4

En arrivant chez elle, Kat trouva une épaisse enveloppe FedEx sur le pas de sa porte. Elle n'avait rien commandé, donc elle reporta aussitôt son attention sur l'expéditeur. C'était le cabinet d'avocats Carson, Turner et Leeds.

Le cabinet l'avait appelée pour lui demander si elle était prête à faire un test de paternité. Elle avait évidemment accepté, mais elle pensait tout de même qu'après le résultat Finn la joindrait, *avant* de demander à ses avocats de faire le nécessaire pour la prochaine étape. Apparemment, Finn n'était pas pressé de reprendre contact avec elle.

Elle passa la belle porte en bois sculptée pour arriver dans la cour intérieure. Après avoir déposé ses affaires sur une table, elle s'assit et regarda de nouveau l'enveloppe. Prenant une grande inspiration, elle se décida enfin à l'ouvrir pour en découvrir le contenu.

Après avoir lu la lettre de présentation, elle entra dans le vif du sujet, ouvrant l'épais dossier qui consistait en un contrat entre Finn et elle à propos de leur futur enfant.

Elle constata sans surprise que Finn était bel et bien le père du bébé, puis elle parcourut les sections relatives à la garde partagée, l'allocation mensuelle, un compte épargne pour l'enfant, l'achat d'une maison pour elle et le bébé.

Finn se montrait des plus généreux, et ce à tous les points de vue. Il assumait ses responsabilités, mais il était surtout prêt à payer le prix fort pour que tout le monde soit content afin qu'il n'y ait pas de drame ni trop de vagues autour de cette histoire.

D'un point de vue matériel, cette offre dépassait largement ses attentes. D'un point de vue personnel, l'offre ne comblait aucune de ses attentes. C'était peut-être naïf et idiot de sa part d'espérer plus, mais c'était néanmoins le cas.

Elle ne voulait pas d'un papa pour le week-end signant des chèques à tout-va. Elle voulait fonder une famille. Une vraie famille. Si elle avait dû choisir son futur mari dans un catalogue, elle n'aurait sûrement pas choisi Finn. À présent, elle n'avait pas le choix et devait faire avec ce que le destin lui avait donné.

Alors qu'elle était profondément absorbée dans ses pensées, son téléphone sonna, la ramenant au moment présent.

— Allô ?

— Katherine ? Kat ?

Seules les personnes de son entourage proche l'appelaient « Kat ».

— Oui..., répondit-elle, méfiante.

— Finn Steele à l'appareil.

— Ah...

Cela faisait des mois qu'elle voulait lui parler, mais c'est tout ce qu'elle trouva à lui dire en cet instant.

Elle tenta de se concentrer pour ne pas passer pour une imbécile incapable d'aligner deux mots.

— Comment vas-tu ? s'enquit Finn.

— Figure-toi que je viens de recevoir ta déclaration d'amour.

— Quoi ?

— L'offre de contrat de tes avocats.

— Je vois. Désolé, je ne pensais pas qu'ils l'enverraient aussi vite. Je voulais te parler avant qu'elle arrive, pour te prévenir. Le cabinet s'est montré zélé. C'est rare.

— Je suis sûre qu'ils ont un modèle prêt à l'emploi pour gérer au plus vite les scénarios où leurs riches clients se retrouvent avec leur maîtresse enceinte sur le dos.

Elle s'en voulut de se montrer aussi sarcastique, mais elle n'avait pas pu s'en empêcher.

Elle se ressaisit, décidant d'adopter le ton cordial que Finn avait pris en l'appelant. Quoi qu'il arrive, cela ne servirait à rien de se mettre Finn à dos.

— Je suis désolé si tu as cette impression, dit-il.

— Non, c'est moi qui suis désolée. J'ai parfois des réactions un peu étranges, ces derniers temps. Je mets ça sur le compte des hormones. Et j'étais littéralement en train de lire de contrat, donc cela n'a pas joué en ta faveur.

— Comment ça ? Qu'est-ce qui ne va pas ? Il me semble que l'offre est très généreuse.

— C'est généreux, en effet. Peut-être même trop, étant donné les circonstances. Disons que j'ai surtout l'impression que tu essayes de te débarrasser de moi. Il ne suffit pas de signer un gros chèque pour me voir disparaître ou faire comme si je n'avais jamais existé. Il s'agit d'un enfant. De *notre* enfant. Et il mérite une famille. Une vraie famille.

Après sa déclaration, un long silence se fit à l'autre bout de la ligne. Elle fut tentée de continuer son monologue, pour arrondir les angles mais se ravisa. C'était la vérité, et Finn avait besoin de l'entendre, de la comprendre et d'y répondre en conséquence.

Donc elle attendit sa réponse.

— Je suis désolé, marmonna-t-il. Tu as raison. Tu n'es pas une maîtresse cachée ou un secret honteux. Tu portes un Steele. Et c'est important. Ce n'est pas le scénario idéal, mais ce n'est pas la fin du monde. Nous allons trouver un terrain d'entente. Le fait d'être en Chine ne me facilite pas la tâche, mais je vais annoncer la nouvelle à mes parents. Je vais les appeler pour leur expliquer la situation, et je suis certain qu'ils auront hâte de faire ta connaissance.

— Tu veux que je rencontre tes parents ? Sans toi ?

— Oui. Tu verras, ils seront très accueillants. Tu auras l'occasion de faire connaissance avec tout le monde et, le temps que je rentre, tu auras davantage l'impression que ma famille est prête à accueillir notre enfant. Qu'en penses-tu ?

C'était positif, mais ce n'était pas ce à quoi elle avait pensé.

— J'avoue que j'avais envisagé quelque chose de plus officiel entre nous, avoua-t-elle.

— Je peux t'assurer que l'offre envoyée par mes avocats est ce qu'il y a de mieux pour tout le monde.

— Pas pour moi. Je voudrais que l'on se marie...

— Ce serait une erreur monumentale.

— Comment le sais-tu ?

— Je ne suis pas fait pour le mariage et j'ai un tas de défauts. Je suis sûr que mon frère t'en a déjà fait la liste.

— Je me fiche de tes défauts.

— Tu ne devrais pas. J'en ai un paquet. Je comprends que dans ton esprit se marier et élever notre enfant ensemble serait la chose la plus pratique et la plus responsable, mais je ne suis ni pratique ni responsable. Tu peux demander à ma famille, à mes amis. Ils te diront tous la même chose. Je peux t'assurer que m'épouser ne répondrait pas à tes attentes. Et puis...

— Et puis quoi ?

— Nous ne sommes plus dans l'ancien temps où un homme devait épouser une femme si elle était enceinte de lui pour masquer le fait qu'ils avaient péché. Je doute que les mariages célébrés dans ces conditions aient été placés sous le signe du bonheur. Je doute aussi que nous trouvions le bonheur si nous décidions de nous marier. Si je pensais que j'étais capable d'assumer mon rôle de mari et de père, je serais capable de te demander en mariage à l'instant où l'on se reverrait. Sauf que je ne me vois pas dans ces rôles et je ne veux pas te mentir. Je préfère te proposer ce que j'ai de mieux à t'offrir. Un soutien financier à vie et mon nom de famille pour notre enfant. Il ou elle fera partie de la famille Steele, pour toujours. Tu pourras toi aussi faire partie de notre famille, comme un membre à part entière, mais crois-moi quand je te dis que m'épouser serait une erreur monumentale.

Kat réfléchit à ses propos. Il avait très bien argumenté son point de vue, et si le mariage n'avait pas été aussi important dans son esprit depuis qu'elle était enfant, elle aurait pu être convaincue. Mais, étant issu de parents mariés, Finn ne pouvait pas comprendre ce qu'elle avait ressenti en grandissant avec des parents non mariés.

Certes, comme Hilda et Finn lui avaient dit, de nos jours, un homme et une femme pouvaient avoir un enfant sans pour autant se marier. Mais elle, elle voyait cela d'un autre œil. De plus, elle pensait que c'était égoïste de la part de Finn de refuser de se marier.

— J'ai l'impression que tu dis surtout cela parce que tu ne veux pas te marier, reprit-elle.

— Évidemment que c'est pour ça ! Je ne veux pas me marier. Je n'ai jamais eu envie de me marier et je ferais un piètre époux. Tu dois me croire. Ne le prends pas personnellement. Je n'ai même jamais envisagé cette possibilité. J'aime trop les femmes pour en choisir une avec qui passer le restant de mes jours. C'est une certitude que j'ai depuis l'adolescence et c'est pour ça que j'ai toujours fait très attention au niveau de la contraception. Je n'ai jamais voulu me mettre ou mettre une femme dans l'embarras. Jusqu'à présent, j'avais fait un sans-faute. Maintenant, je suis prêt à assumer ma paternité, mais je n'irai pas plus loin car je sais que rien de bon ne pourrait découler de notre mariage.

— Laissons de côté ce sujet pour l'instant et parlons de ton rôle de père. As-tu l'intention de t'impliquer dans l'éducation de l'enfant et d'être présent le plus possible ?

— Absolument ! Je pense que dans le contrat il est question de droit de visite un week-end sur deux, et une semaine de vacances sur deux. C'est assez standard.

Kat soupira. Assez *standard*. Elle qui adorait le romantisme...

— Et le reste du temps ? s'enquit-elle. Les spectacles de fin d'année ? Les tournois de foot ? Les concerts ? Les projets éducatifs ? Les sorties à l'aire de jeux ? Les fêtes d'anniversaire ?

— J'avoue que je ne m'attendais pas à ce que tu veuilles que je sois impliqué à ce point. Je suis prêt à m'impliquer autant que tu le voudras ou que tu le jugeras nécessaire. J'ai des journées de travail assez longues et je voyage beaucoup, donc je ne pourrai peut-être pas assister à tous les matchs du week-end et tous les anniversaires, mais si tu tiens à ce que je sois à tes côtés je ferai ce que je peux. Je te le promets.

Les paroles de Finn furent comme une victoire pour elle. Ce n'était pas ce qu'elle avait envisagé ni ce qu'elle aurait souhaité, mais c'était déjà une avancée énorme, pour leur première conversation. Elle avait bon espoir que les choses tournent en sa faveur. Peut-être qu'à son retour Finn se rendrait plus disponible pour passer du temps avec elle. Et peut-être qu'en apprenant à la connaître il changerait d'avis et déciderait de s'impliquer davantage dans leur histoire.

— Merci, Finn. C'est un bon début.

— Je suis soulagé de te l'entendre dire. Regarde bien les documents. Je t'assure que je ne vais pas disparaître. On pourra en reparler d'ici quelques jours, si tu veux. En attendant, je vais appeler mes parents pour leur annoncer la nouvelle. À bientôt.

— Au revoir, dit-elle avant de raccrocher.

Elle s'adossa au dossier du fauteuil, éprouvant soudain une profonde lassitude.

Après tout ce qui s'était passé avec Sawyer et Finn, ces derniers jours, elle était émotionnellement et physiquement épuisée. Depuis peu, il ne lui en fallait pas beaucoup pour se sentir fatiguée. Le petit être qui grandissait en elle semblait lui pomper toute son énergie. Elle ignorait comment elle allait pouvoir gérer la situation à mesure que le bébé grossirait, et surtout quand il serait né.

L'idée d'élever un enfant seule la terrifiait. Au point qu'elle s'interdisait d'y penser. Elle n'abandonnait pas l'idée que Finn finisse par la demander en mariage et décide de fonder une famille avec elle. Ainsi, il serait à ses côtés et elle n'aurait pas à jouer à la mère célibataire.

Mais était-ce de l'ordre de l'illusion ?

Si elle arrêtait de se faire des illusions et faisait face à l'éventualité d'être seule à la naissance du bébé, ne mettrait-elle pas davantage les chances de son côté pour être prête à affronter la réalité ?

Finn avait raison. L'offre qu'il lui avait faite était très généreuse.

Seulement son argent ne l'aiderait pas quand il faudrait changer le bébé en pleine nuit ou le nourrir tôt le matin.

Elle eut soudain l'image de Finn en caleçon, se levant dans la nuit pour aller prendre le bébé dans son berceau et le tenant dans ses bras avant de l'embrasser sur le front pour le rassurer. Cette image la toucha au point de lui faire monter les larmes aux yeux. Alors qu'elle laissait ce scénario se développer dans son esprit, elle comprit qu'il y avait une anomalie. En y regardant de plus près, ce n'était pas Finn qui portait le bébé.

C'était Sawyer.

Sawyer se tenait devant chez Kat, un grand carton orné d'un magnifique nœud à la main. Il avait obtenu l'adresse par les avocats de Finn et il se sentait assez mal à l'aise de se trouver sur le perron de son domicile avec un cadeau dans les bras. Sans l'avoir prévenue de sa visite. Comme s'il était venu lui apporter un bouquet d'orchidées et lui demander de l'accompagner au bal de fin d'année. La comparaison le fit sourire et le détendit un peu.

Il n'était pas là en visite de courtoisie ni pour parler de son frère. Ni du District. Ni pour lui dire à quel point elle occupait la moindre de ses pensées, nuit et jour. Et à quel point il mourait d'envie de l'embrasser de nouveau.

Il était là en mission, dans le rôle de l'émissaire de la famille Steele. Il fallait juste… qu'il ne l'oublie pas.

Après avoir sonné, il admira le haut de la porte en bois sculpté. Le tableau était d'une minutie extraordinaire avec des feuilles, des glands et des petites créatures de la forêt. C'était sans doute une des œuvres de Kat.

Cette dernière ne tarda pas à venir lui ouvrir.

— Sawyer ? Que fais-tu là ?

Étant donné qu'ils ne s'étaient ni contactés ni revus depuis le baiser qu'ils avaient échangé dans son atelier, et qu'il débarquait chez elle à l'improviste, c'était une question tout à fait justifiée.

À la vérité, il n'avait pas annoncé sa venue ou demandé la permission de passer de peur qu'elle refuse. Malgré ses efforts pour ne pas entrer en contact avec elle afin de ne pas compliquer plus avant la situation, c'est lui qui s'était porté volontaire pour venir la voir.

— Je suis ici en mission officielle, envoyé par la famille Steele, répondit-il avec un grand sourire, espérant détendre l'atmosphère.

Il voulait qu'elle sache qu'il n'était pas là pour lui faire une proposition indécente ou l'emmener hors du droit chemin. Même si ce n'était pas l'envie qui lui manquait...

— En mission officielle ? s'enquit-elle, méfiante, croisant les bras et s'appuyant contre le cadre de la porte.

— Disons que l'annonce faite par Finn au sujet du bébé s'est répandue dans la famille à la vitesse de l'éclair.

Il n'était pas là quand Finn avait téléphoné à leurs parents, mais il avait eu le récit de la nouvelle par Lena, la gouvernante. Apparemment, il avait fallu appeler le médecin de famille car son père était devenu rouge écarlate et sa tension était montée en flèche.

Il se garderait bien d'en parler à Kat, bien sûr. Elle n'avait pas besoin de se soucier des coulisses de la famille Steele.

— Je vois...

— Tout le monde a hâte de te rencontrer. Comme ils ne veulent pas attendre le retour de Finn, mes parents souhaiteraient t'inviter à une petite réunion qui aura lieu ce week-end, dans notre propriété.

— Une petite réunion ?

Sawyer avait volontairement réduit l'échelle de l'événement pour ne pas lui faire peur, sachant que pour ses parents, une réunion avec une centaine d'amis proches entrait dans la catégorie des réunions « intimes ».

— Après le décès de mon grand-père, ma grand-mère a voyagé pendant trois ans en Europe. Elle a enfin décidé de rentrer définitivement à Charleston. Mes parents organisent une réunion ce samedi après-midi pour fêter son retour et ils aimeraient que tu sois de la partie.

— Je vois, répéta-t-elle.

Elle n'avait pas l'air d'être emballée par l'idée. Certaines personnes auraient donné n'importe quoi pour être invitées chez les Steele. Sauf que tout le monde ne portait pas l'enfant illégitime du fils rebelle de la famille.

Pour quelqu'un dans son cas, être invitée à une réunion avec des inconnus serait comme être plongée en bikini dans un bassin avec des requins affamés.

Il allait peut-être devoir user de sa force de persuasion pour la convaincre.

— Je peux entrer ? s'enquit-il.

Elle acquiesça et lui fit signe de le suivre. Ils traversèrent une cour intérieure avant de pénétrer chez elle.

Une fois qu'elle eut refermé la porte, il lui tendit le cadeau.

— C'est pour toi.

— C'est quoi ? demanda-t-elle, méfiante.

— On m'a dit que c'était une robe. De la part de ma sœur Jade.

— Pourquoi m'offrirait-elle une robe ? Ou autre chose, d'ailleurs. On ne se connaît pas.

— C'est vrai. En fait, Jade est ma sœur, mais elle n'a rejoint notre famille que depuis peu.

— Ah bon ? Pourquoi ?

— Jade et Morgan ont été victimes d'un malencontreux échange à la suite d'un kidnapping et d'une demande de rançon. Donc Jade est ma sœur biologique, mais on ne le sait que depuis peu. Quand elle a appris la nouvelle à ton sujet, ça l'a beaucoup touchée et elle a voulu faire un geste.

— Pourquoi ?

— Elle comprend ta situation et elle sait ce que ça fait d'arriver chez les Steele dans le rôle de l'outsider.

Kat prit le carton et le posa sur une table basse.

— C'est vraiment gentil de sa part, dit-elle. Mais pourquoi une robe ? Finn a dit que j'étais une clocharde ? Vous aviez peur que j'arrive en haillons à votre fête ?

— Mais non, ce n'est pas ça du tout ! Elle voulait t'offrir quelque chose et m'a demandé si j'avais des idées. Je me suis souvenu que tu avais dit que la robe noire que tu portais l'autre soir était la seule tenue de soirée dans laquelle tu rentrais encore, donc elle a décidé de t'offrir cette robe. J'espère que tu ne m'en veux pas.

— Pas du tout. C'est très attentionné de ta part. Et de la part de ta sœur.

— C'est sa façon à elle de t'accueillir dans notre famille.

— J'imagine que je devrais être reconnaissante que quelqu'un ait envie de m'accueillir dans votre famille, murmura Kat en ouvrant son cadeau.

Elle sortit la robe enveloppée dans du papier crépon blanc puis la mit devant elle.

Sawyer comprit aussitôt le choix de Jade. La couleur corail allait bien au teint de Kat, et la forme mettait en valeur ses courbes féminines, grâce à la taille haute et au décolleté plongeant. Comme la jupe s'arrêtait au-dessus du genou, ses mollets joliment galbés tenaient aussi le haut de l'affiche.

— Elle est superbe, fit-elle remarquer. Et c'est la bonne taille. Comment a-t-elle deviné ?

— J'imagine qu'elle ne devait pas être loin quand tu m'as giflé au mariage et que ça lui a permis de se faire une idée de la taille qu'il te faudrait. Elle est très portée sur la mode et assez douée dans ce domaine.

— Je ne manquerai pas de la remercier samedi, dit-elle en remettant la robe dans sa boîte.

— Donc tu acceptes l'invitation ?

Elle s'assit sur le canapé et l'invita à en faire autant.

— Je pense que si je refusais cette invitation, ce ne serait pas de bon augure pour mes relations futures avec la famille de Finn, expliqua-t-elle. Enfin, avec votre famille. Même si j'aurais aimé les rencontrer en plus petit comité.

— En fait, c'est peut-être mieux que ce ne soit pas en petit comité.

Elle le regarda la tête inclinée, les sourcils froncés.

— Tu peux m'expliquer ta logique ?

— Comme il y aura plein d'invités et que la réunion est surtout pour fêter le retour de ma grand-mère, tu n'auras pas tous les yeux rivés sur toi. Alors que si on avait fait cela en petit comité, à l'occasion d'un dîner, toute l'attention aurait été concentrée sur toi et tu aurais eu l'impression de subir un interrogatoire. Crois-moi.

— Je te crois.

— La fête commence à 15 heures.

— Tu n'as pas d'autres informations à me donner ?

— Évite les chaussures à talons aiguilles sinon tu risques de t'enfoncer dans la pelouse. Et mets de la crème solaire si tu as peur pour ta peau car la réception aura lieu dehors.

Elle sourit.

— Merci, mais je ne pensais pas à ce genre d'informations.

C'était bien ce qu'il craignait...

— Que veux-tu savoir ?

— Comment tes parents ont-ils réagi à la nouvelle ? Et sois honnête envers moi, s'il te plaît.

— Sur le coup, je pense que papa l'a assez mal pris.

— Je m'en doutais...

— Pas si vite. Écoute-moi. Mes parents se sont toujours préoccupés de leur image publique et du qu'en-dira-t-on. Surtout mon père. Mais, au fil des ans, il a compris que ses enfants étaient devenus des adultes et qu'il ne pouvait pas continuer à contrôler leur vie. Il s'est aussi rendu compte que plus il se mêlait de nos histoires et plus cela compliquait les choses. Il apprend à réduire son ingérence, même si ce n'est pas toujours facile pour lui.

— En bref, ils me détestent, conclut-elle sur un ton dépité.

Elle avait l'air si triste qu'il eut envie de la prendre dans ses bras, de la serrer contre lui et de l'embrasser pour lui faire oublier ses parents et cette situation pour le moins délicate.

Ne voulant pas embrouiller les choses plus avant mais souhaitant malgré tout la réconforter, il opta pour un compromis en posant la main sur son genou. Comme elle portait un jean, il décida que cela ne comptait pas comme un contact charnel.

— Mais non ! Comment pourraient-ils te détester alors qu'ils ne connaissent pas ? Justement, ils ont envie de te rencontrer et d'apprendre à te connaître.

— Ils ne me détestent peut-être pas, mais ils m'en veulent

sûrement, murmura-t-elle. Ils pensent peut-être que tout ce qui m'intéresse, c'est votre nom de famille et votre fortune.

— Arrête de penser cela. Même s'ils ont des inquiétudes à ce sujet, ils seront assez polis pour attendre de mieux te connaître avant de se faire leur propre idée sur la question. Dans tous les cas, il s'agit avant tout de leur petit-enfant. C'est surtout ça qui les intéresse. Et, s'il y a quelqu'un à qui ils pourraient en vouloir, c'est à Finn. Pas à toi. De ce côté-là, je tiens à te rassurer, je suis sûr qu'ils s'attendaient à ce scénario, un jour ou l'autre. Donc ils sont prêts à faire face à la situation.

— Je vois, dit-elle, visiblement perturbée.

— Kat, ne crains rien. Viens, rencontre ma famille, sois toi-même, et je te promets que tout se passera bien. Samedi tu ne te sentiras peut-être pas en pleine confiance, mais au moins tu auras fait le plus dur. Après, les choses iront en s'améliorant et tu n'auras plus jamais cette appréhension. Nous ne sommes pas des monstres. Et, de près, nous sommes moins coriaces qu'il n'y paraît.

— Je te trouve assez *coriace*, toi, répliqua-t-elle en lui jetant un regard en coin accompagné d'un sourire taquin.

— Bien vu ! Comme tu l'apprendras bientôt, Morgan est la princesse, Tom le fils prodigue, Finn l'enfant terrible et moi le dur à cuire. Bienvenue dans la famille, Kat !

5

La seconde fois que Kat arriva en voiture dans la propriété des Steele, les circonstances étaient très différentes. Contrairement à quelques semaines auparavant, où elle était arrivée incognito et sans invitation, cette fois, elle faisait partie de la liste officielle des invités. Avec un peu de chance, elle ne giflerait personne et ne provoquerait aucun drame.

Il y avait déjà beaucoup de voitures quand elle se gara sur le parking. Après avoir donné ses clés au voiturier, elle fut conduite jusqu'au jardin à l'arrière de la demeure, là où se déroulait la fête.

À mesure qu'elle avançait, elle commença à entendre de la musique classique et le brouhaha des voix et des rires au loin.

Quand elle contourna l'angle de la bâtisse et qu'elle vit l'étendue de la « petite réunion » dont Sawyer lui avait parlé, son sang ne fit qu'un tour et son appréhension monta en flèche.

Elle ignorait combien de personnes étaient déjà présentes mais la foule d'invités s'étendait en petits groupes sur la terrasse et la pelouse impeccable. Le buffet était installé sous une grande tente, à l'abri du soleil, et des serveurs en queue-de-pie blanche proposaient des boissons et des petits-fours aux invités vêtus de tenues très sophistiquées. Beaucoup de femmes portaient des chapeaux. On se serait cru à une réception au palais de Buckingham !

Alors qu'elle restait à l'écart, se demandant comment elle allait trouver le courage de faire son entrée, un serveur l'accosta.

— Mademoiselle, désirez-vous une flûte de champagne ?

— Non, merci, je ne bois pas d'alcool.

— Pas de problème, mademoiselle, dit le serveur en faisant un signe à l'un de ses collègues qui arriva aussitôt avec un plateau de boissons sans alcool.

— Puis-je vous offrir un verre de jus de fruits, mademoiselle ? lui demanda le second serveur.

— Volontiers, merci, répondit-elle, surprise par le niveau de politesse et d'efficacité du service.

Décidément, les Steele ne faisaient pas les choses à moitié.

En d'autres circonstances, pour se détendre, elle aurait aimé siroter quelques gorgées de champagne, mais elle devait avant tout penser au bébé.

Les serveurs prirent congé, la laissant seule et contrainte de se lancer dans le vif du sujet.

Elle avança, le pas lourd.

Elle n'avait vraiment pas envie d'être là.

— Katherine ?

Elle n'était pas habituée à être appelée par son prénom. Sa mère était la seule personne qui le faisait.

Elle se retourna pour voir qui la hélait.

Il s'agissait d'une jolie jeune femme blonde qui se dirigeait vers elle, un grand sourire aux lèvres.

Kat soupira.

L'heure de vérité avait sonné.

Elle ignorait qui était cette personne, mais jamais elle n'avait vu une jeune femme aussi belle. Une chevelure blonde soyeuse, de grands yeux de biche, un sourire des plus avenants et des lèvres fuchsia assorties à la couleur de sa robe. Élancée, mince, élégante, gracieuse... Rien à redire.

— Tu es bien Katherine ?

Kat prit une grande inspiration et s'efforça de lui offrir son plus beau sourire.

— En effet. Mais je préfère que l'on m'appelle « Kat ».

— Kat, enchantée. Je suis Jade, la sœur de Finn. Je t'ai reconnue grâce à la robe que je t'ai fait envoyer par l'intermédiaire de Sawyer.

Aussitôt, Kat se détendit. Jade était la première personne qu'elle rencontrait et elle se montrait très amicale.

— Oh ! Jade, merci infiniment pour la robe. Il ne fallait pas, mais je l'adore.

— Elle te va à merveille. J'en suis ravie. Quand j'ai demandé à Sawyer s'il pouvait me donner une idée de ta taille, c'était comme si j'avais demandé à un tigre de préparer un repas végétarien !

Kat sourit, soulagée d'avoir trouvé une alliée.

— Franchement, sans cette robe, je ne sais pas si je serais venue, avoua-t-elle. J'ai tellement le trac.

— Je te comprends. La première fois que j'ai rencontré les Steele, j'avais presque trente ans. J'étais leur fille biologique, mais nous ne nous étions jamais vus. J'étais sous pression. Tout s'est très bien passé. Maintenant, j'ai deux familles extraordinaires, quatre frères et une sœur que j'adore.

— Oui, cela n'a pas dû être évident pour toi. Mais dans mon cas, c'est différent. Toi tu appartenais déjà à cette famille, même si tu n'en avais jamais fait partie. Moi j'arrive comme un cheveu sur la soupe. Et j'ai peur d'être perçue comme une chasseuse de dots.

Jade l'observa un instant en silence.

— C'est pour ça que tu es ici ? s'enquit-elle.

— Bien sûr que non ! Seulement Sawyer m'a fait part de ses doutes quant à l'honnêteté de mes intentions, et j'avoue que je ne me sens pas dans une position de force.

— Ne te soucie pas de Sawyer. Il doute de tout et de tout le monde. C'est dans sa nature. Il n'y peut rien. Oublie-le !

Kat n'eut pas le cœur de lui faire part de l'ironie de la situation. Oublier Sawyer ? Alors qu'il occupait la moindre de ses pensées depuis leur rencontre ?

Qu'il l'accuse de vouloir mettre la main sur la fortune des Steele ou qu'il la regarde les yeux emplis de désir, elle ne pouvait s'empêcher d'avoir envie de se couler dans ses bras… Même si cela ne faisait que compliquer la donne dans la mesure où ce n'était pas lui le père de son enfant.

Jamais elle n'avait ressenti cela avec un homme. Malheureusement, ce n'était pas le bon…

— On t'a présentée à grand-mère ? lui demanda Jade.

— Non. Je viens d'arriver. Tu es la première personne que je rencontre.

— Alors suis-moi, dit Jade, la prenant par le bras pour la guider à travers la pelouse en direction du petit chapiteau érigé pour l'occasion.

Heureusement qu'elle avait rencontré Jade et que cette dernière la tenait fermement par le bras, sinon elle aurait facilement pu faire demi-tour.

— Ah, mère Patricia, regardez qui j'ai trouvé.

Une dame blonde se tourna vers elles. Kat eut l'impression de voir le portrait de Jade dans vingt-cinq ans. On aurait pu tout aussi bien les prendre pour des sœurs.

La femme l'observa quelques instants en silence avant de prendre la parole :

— Vous devez être Katherine ? s'enquit-elle en lui offrant un sourire plus chaleureux que ce à quoi elle s'attendait.

— Je vous en prie, appelez-moi « Kat », dit-elle en lui tendant la main.

— Kat, je te présente Patricia Steele, notre mère, intervint Jade.

— Enchantée.

Patricia Steele balaya la foule du regard avant de reporter son attention sur Kat.

— Je pense que Trevor, mon mari, est rentré pour parler affaires. Toutes les excuses sont bonnes pour se soustraire à une réunion de famille. C'est sa hantise. En attendant qu'il réapparaisse, je vais vous présenter à sa mère, Ingrid. Je suis sûre qu'on vous l'a dit, mais cette fête est organisée en son honneur. Elle a décidé de rentrer à Charleston après avoir voyagé plusieurs années à travers l'Europe.

Kat acquiesça, légèrement perdue, et suivit les deux femmes sans trop savoir à quoi elle devait s'attendre.

Enfin, elle vit apparaître devant elle une femme que l'on aurait pu confondre avec la reine d'Angleterre. Elle portait une robe rose pâle avec une veste de blazer assortie, des gants blancs et des ballerines blanches coordonnées. Pour tout bijou, elle avait un collier de perles et des boucles d'oreilles nacrées en forme de gouttes d'eau. Ses cheveux blancs étaient élégamment coiffés. Il ne lui manquait plus qu'une tiare pour compléter sa tenue d'apparat.

Quand cette dernière se tourna vers elle, Kat eut l'impression que ses jambes n'allaient pas la soutenir tellement elle avait le trac. C'était la matriarche de la famille, l'invitée d'honneur, et son opinion devait avoir plus de poids que celle de toutes les personnes réunies sur la pelouse.

Elle ne devait pas commettre d'impairs. Si elle faisait une bonne impression, tous les espoirs étaient permis.

— Mère, j'aimerais vous présenter Katherine McIntyre. L'amie de Finn, dit Patricia Steele sur un ton affecté.

La reine mère scruta Kat, un rictus moqueur aux lèvres avant de reporter son attention sur sa belle-fille.

— À en juger par l'arrondi du ventre, je dirais que mademoiselle est plus qu'une amie pour Finn, n'est-ce pas, ma chère Patricia ?

Puis elle délaissa sa bru pour se tourner vers Kat.

— Approchez, ma chère, et prenez place ici, dit-elle en tapotant le siège vide à côté d'elle de sa main gantée.

Kat obtempéra sans se faire prier. L'aïeule n'était pas une mamie gâteaux. Elle avait l'esprit vif et ne s'en laissait pas compter. Mieux valait être dans ses petits papiers.

— Enchantée de faire votre connaissance, madame Steele, dit-elle. On m'a appris que vous veniez de rentrer d'Europe ? Quelle chance ! J'espère avoir l'occasion de m'y rendre un jour.

— Parfois, il faut s'échapper pour prendre du recul par rapport à sa vie et remettre les choses en perspective. C'est toujours mieux de le faire avant d'avoir quatre-vingts ans, mais mieux vaut tard que jamais. N'est-ce pas, Katherine ? Ou peut-être est-ce Kate ?

— Kat.

— Parfait. Moi c'est Ingrid. Il y a trop de Mme et Mlle Steele, dans les environs. On en perd son latin. Donc appelez-moi « Ingrid » pour faire simple.

Kat acquiesça sans broncher, remarquant l'air pincé de la

mère de Finn. Avait-elle peur que la petite amie de son fils veuille aussi l'appeler par son prénom ?

— Patricia, vous pouvez nous laisser, décréta Ingrid. Je suis sûre que vous avez un tas d'invités à qui vous n'avez pas encore dit bonjour. Et toi, ma petite Jade, va donc t'amuser. J'aimerais faire la connaissance de cette demoiselle.

— Bien sûr, répondit Patricia. Nous vous laissons. Nous aurons amplement le temps de faire connaissance avec Kat plus tard.

Une fois que les deux femmes furent parties, Ingrid posa la main sur le genou de Kat.

— Détendez-vous, mon petit. Je sais que vous devez être très tendue, mais je n'ai jamais mordu personne. Ce n'est pas facile d'être la femme d'un Steele. Je sais de quoi je parle. Cela remonte à plus de soixante ans, mais je me souviens encore du soir où Edward, mon défunt mari, m'a présentée à ses parents. J'étais dans tous mes états, une vraie boule de nerfs, mais j'ai relevé le défi, fièrement. Comme Patricia l'a fait. Et comme vous allez le faire. Devenir Mme Steele, c'est comme prendre une nouvelle identité.

Ses mots étaient attentionnés et rassurants, mais Kat n'arrivait pas à s'identifier à ce scénario dans la mesure où elle était dans une autre position qu'Ingrid ou Patricia. Finn Steele ne l'avait pas demandée en mariage. Bien au contraire !

Avec la tradition et le poids des idées reçues, tout le monde partait du principe qu'elle attendait un gros diamant et une part du gâteau Steele.

Elle laissa Ingrid continuer, ne voyant pas où elle voulait en venir et ne sachant pas comment rebondir sans se trahir.

— Quand mon mari est décédé, il y a trois ans, j'ai compris que je ne savais plus qui j'étais. Qui était Mme Steele sans M. Steele ? J'étais devenue une vieille femme errant dans une maison, à boire du thé et à attendre de mourir. C'est pour cette raison que je suis partie. Je suis allée en Europe pour faire le deuil d'Edward et découvrir qui était Ingrid, à présent. Je me suis rendue à Londres, à Barcelone, à Florence et enfin à Paris. J'ai passé de nombreuses heures sur mon balcon de l'île Saint-Louis, face à la Seine, à écouter les cloches de Notre-Dame. J'ai bu des cafés crème, j'ai mangé ce que je voulais et j'ai déambulé dans les rues sans savoir où j'allais. J'ai retrouvé Ingrid à Paris. Et, le soir où la cathédrale a pris feu, j'ai décidé qu'il était temps de rentrer.

Kat fut transportée par l'idée de cette vie de bohème. En tant qu'artiste, c'était forcément propice à la création.

— Il était tant que je rentre ici, poursuivit Ingrid. Je l'ai senti et maintenant je sais pourquoi. Je devais rentrer pour vous.

— Pour moi ? s'exclama Kat, abasourdie.

La vieille dame sourit en hochant la tête.

— Oui ! Comme je vous l'ai dit, ce n'est pas facile d'intégrer la famille Steele, surtout dans votre situation. Les gens aiment parler, répandre des rumeurs, juger autrui sans savoir de quoi ils parlent. Vous avez besoin de quelqu'un de votre côté. À l'instant où j'ai posé les yeux sur vous, j'ai décidé que c'était à moi de jouer ce rôle.

Kat la regarda, intriguée, prenant une gorgée de son jus de fruits pour se redonner des forces.

— Ne devriez-vous pas être du côté de votre famille ? demanda-t-elle.

Pour toute réponse, Ingrid lui offrit un rire d'adolescente tout à fait charmant.

Sawyer n'en revenait pas. Comment Kat avait-elle réussi cette prouesse ? Déjà qu'il lui prêtait des dons de sorcellerie, persuadé d'avoir été hypnotisé par ses charmes, mais voilà qu'elle avait recommencé ce tour de passe-passe avec sa grand-mère.

Il connaissait beaucoup de gens qui en avaient peur ou qui avaient manqué de perdre connaissance à l'idée de se retrouver dans la même pièce qu'Ingrid Steele. Sa grand-mère ne mâchait pas ses mots, allait droit au but et disait toujours haut et fort ce que tout le monde pensait tout bas. Elle avait aussi un talent inné pour démasquer les gens qui n'étaient pas sincères. Et toute personne ayant essayé de la prendre de haut avait été d'emblée remise à sa place de la plus directe des façons.

Malgré tout, Kat avait passé une bonne partie de l'après-midi assise à côté de sa grand-mère. Cette dernière venait de rentrer d'Europe, la fête était en son honneur, et beaucoup de gens s'étaient déplacés pour lui parler. Mais Ingrid Steele s'en fichait. Elle semblait avoir été hypnotisée par la jeune Mlle McIntyre. Tout comme lui, d'ailleurs.

Appuyé contre l'un des poteaux du chapiteau, il observa Kat un long moment, de loin, se demandant pourquoi il s'intéressait tant à la maîtresse de son frère jumeau.

Attendait-il que la vérité éclate au grand jour et que l'on découvre quelles étaient les véritables intentions de Kat ?

Si quelqu'un pouvait percer le mystère « Katherine McIntyre », c'était bien sa grand-mère. Pourtant, les deux femmes avaient passé leur temps à discuter, rire, boire du thé et manger des petits-fours, comme si leur amitié remontait à la nuit des temps. Et aucun mélodrame ne s'était produit.

Soit Kat était la reine de l'imposture, soit elle était la plus sincère des femmes. Il avait tout de suite mis en doute l'authenticité de ses actions sans pour autant trouver quoi que ce soit de condamnable. Même l'enquête menée par Harley Dalton, le fiancé de Jade, n'avait rien donné.

Elle était blanche comme neige. Orpheline depuis la fin de son adolescence, elle avait hérité d'une belle somme au décès de ses parents. D'après les résultats d'enquête, elle avait investi l'argent et vivait des intérêts depuis qu'elle s'était acheté une maison. Pas de casier judiciaire. Pas de dettes. Pas même un message sur les réseaux sociaux qui pourrait être retenu contre elle.

À moins qu'elle ait changé de personnalité le soir où elle avait rencontré Finn, en pensant que c'était le promoteur Sawyer Steele, sa grossesse était réellement un accident, comme elle le disait depuis le début. Tout portait à le croire. Même Finn avait dit qu'elle avait trouvé son offre trop généreuse et se sentait gênée d'accepter autant de compensations financières.

Si elle s'était lancée dans une carrière d'arnaqueuse, soit elle ne savait pas y faire, soit elle était vraiment diabolique.

Au fond de lui, Sawyer devait se rendre à l'évidence : Kat

n'avait aucun plan machiavélique en tête ; elle était simplement honnête et sincère. Seulement, s'il partait de cette hypothèse… il aurait envie de la regarder différemment. Et, s'il la regardait différemment, cela ne pourrait que lui attirer des ennuis.

— Je serais prête à parier que tu en pinces pour la jolie rousse, lui dit Jade, le tirant de ses rêveries.

— Pas du tout ! répliqua-t-il, embarrassé d'être pris la main dans le sac.

— En tout cas, je suis sûre que Morgan serait de mon avis, si elle n'était pas partie en lune de miel avec son chéri.

— Eh bien vous auriez toutes les deux tort. Au fait, tu as des nouvelles de leurs pérégrinations ?

— Ne change pas de sujet. Tu peux me dire pourquoi tu es tapi dans un coin en train de reluquer la femme qui attend un bébé de Finn ?

Il croisa les bras pour se redonner un peu de prestance.

— Je ne *reluque* personne. Finn m'a demandé de veiller sur elle jusqu'à son retour de Chine.

— Il t'a demandé de veiller sur elle en précisant de ne pas la quitter des yeux ? Cela dit, je te comprends.

— Pourquoi ?

— J'imagine que si tu devais commander une femme sur catalogue, ce serait une copie conforme de Kat McIntyre.

Sawyer se tourna vers sa sœur, exaspéré.

— Arrête de dire des bêtises !

— Vu ta réaction, je crois que ce ne sont pas des bêtises.

— Où veux-tu en venir ? Même si c'était le cas, elle n'est pas disponible. Comme tu l'as dit, elle est avec Finn.

— J'ai dit qu'elle portait l'enfant de Finn. Nuance. Tu es sûr qu'elle a des sentiments pour lui et qu'ils forment vraiment un couple ?

— Essayerais-tu de me faire passer un message subliminal ?

— Non. C'est juste que Finn clame à qui veut l'entendre qu'il ne se mariera jamais. Je pense que même avec un bébé dans l'équation, cela ne changerait pas la donne pour lui. D'après moi, ils ont fait un enfant, mais ils ne vont pas se marier dès le retour de Finn et vivre heureux jusqu'à la fin de leurs jours.

Son jumeau n'était pas du genre à se marier, certes, mais dans leur famille les enfants n'avaient pas toujours le dernier mot.

Morgan en avait fait la cruelle expérience.

— On ne sait jamais ce qui peut arriver, fit-il remarquer. Il s'est déjà passé quelque chose entre Finn et Kat une fois, et rien ne dit que cela ne pourrait pas se reproduire. Et même s'ils décident de ne pas vivre ensemble, cela ne veut pas dire qu'il y a une place pour moi dans la vie de Kat.

— Non, mais tant que tu ne sais pas ce qu'elle pense, tu n'es sûr de rien. Laisse-lui du temps. Je l'ai vue te regarder à plusieurs reprises, cet après-midi.

— Tu sais très bien que ça ne veut rien dire puisque je suis le sosie de Finn. Peut-être qu'elle me regardait en pensant à lui. Ou elle se demandait si leur bébé allait plutôt lui ressembler ou ressembler à son père. Même si elle me regardait dans les yeux, ce serait comme si elle regardait Finn.

— Et moi je dis qu'elle te regardait, toi, Sawyer Steele. Hormis le physique et votre date d'anniversaire, Finn et toi avaient très peu de choses en commun.

Sawyer soupira.

— Où veux-tu en venir, au juste ?

— Si Kat devait choisir un mari et un père pour son enfant, elle n'opterait pas forcément pour Finn-le-Play-boy, c'est tout, répondit Jade avant de le laisser seul face à son dilemme.

Sawyer la regarda aller rejoindre son fiancé, Harley. Dès qu'elle arriva à sa hauteur, ce dernier la prit dans ses bras. Harley était un ancien militaire, assez intimidant pour soutirer des aveux à l'insurgé le plus rebelle. Pourtant, avec Jade, il se comportait comme un nounours. Si Jade avait réussi à convaincre Harley de l'épouser, alors tout était possible entre Finn et Kat.

Pourquoi cette pensée s'accompagnait-elle d'une pointe d'amertume ? N'était-il pas censé souhaiter le bonheur de son frère ? N'était-ce pas mieux pour l'enfant d'être élevé pas son père et sa mère ? Pourquoi le fait de penser que les choses pouvaient fonctionner entre Kat et Finn le mettait-il dans cet état ?

La réponse était simple : dès qu'il voyait Kat, il avait envie de l'embrasser et de la faire sienne. Le baiser qu'ils avaient échangé dans son atelier l'obsédait. Sa bouche douce contre la sienne, ses courbes féminines collées à son corps, son goût qu'il avait gardé bien après avoir quitté le District... Il s'était passé la scène en boucle, au point d'en perdre la tête.

Elle l'avait repoussé, certes, mais il ne savait pas pourquoi.

Peut-être que Jade avait raison et que Kat n'était pas insensible à ses charmes ? Si c'était le cas, elle devait forcément se sentir coupable. Et, pour finir, c'est son désir d'agir au mieux pour son enfant qui l'emporterait.

Sawyer en savait quelque chose. Toute sa vie il s'était appliqué à agir au mieux, pour le bien de tout le monde. Au final, cela ne lui avait pas rendu service. Ni dans sa famille, ni dans son environnement professionnel. On partait du principe que Sawyer agissait toujours au mieux et, à force, il en devenait quasiment invisible.

Jetant un œil en direction de Kat, il vit qu'elle le regardait. Au moins, sur ce point, Jade avait raison.

Kat lui sourit et lui fit un petit signe de la main.

En cet instant, il eut une révélation. La première occasion venue, il embrasserait Kat de nouveau. Même si ce n'était pas la bonne chose à faire. Il en avait assez d'agir au mieux pour le bien de tous.

Désormais, il allait agir pour son bien à lui, quitte à ne pas faire ce que les gens attendaient de lui.

6

— Allez, démarre, saleté de jeep..., marmonna Kat entre ses dents. S'il te plaît...

Le voiturier était revenu vers elle quelques instants auparavant pour lui annoncer la mauvaise nouvelle : sa jeep refusait de démarrer. Résignée, elle lui avait repris les clés et s'était dirigée vers sa voiture pour voir si elle aurait plus de chance. Hélas, sa jeep n'était pas décidée à écouter ses prières.

Cela faisait longtemps que cette situation lui pendait au nez. Elle avait refusé d'y faire face, espérant toujours un miracle, mais la réalité l'avait rattrapée.

Cette jeep, c'était un cadeau de ses parents pour ses dix-huit ans. Depuis, elle n'avait jamais eu envie d'en changer, même quand elle avait commencé à montrer des signes de faiblesse. Ces derniers temps, elle avait eu plus de mal à la démarrer. Et, avec l'arrivée du bébé, elle s'était dit qu'il était peut-être temps de changer de carrosse.

— S'il te plaît. Démarre. Je promets que si tu me ramènes à la maison, je te vendrai à un fermier qui se fera un plaisir de te retaper et de t'emmener dans la cambrousse.

Elle tenta encore plusieurs fois de tourner la clé dans l'espoir qu'un miracle se produise enfin. Sans succès. La jeep refusait d'obtempérer, restant sourde à ses prières.

Au bord des larmes, elle posa son front sur le volant, admettant la défaite cuisante de ses efforts.

Pourquoi aujourd'hui ?

Pourquoi *ici* ?

Elle qui voulait impressionner la famille Steele par son indépendance, c'était raté ! Elle allait devoir appeler une dépanneuse et regarder sa vieille voiture se faire remorquer dans l'allée de chênes probablement centenaires. Quelle honte !

Sa rencontre avec Ingrid avait été une agréable surprise, et quoi qu'il se passe avec Finn par la suite, elle était sûre que la vieille dame lui garderait son amitié. Pour ce qui était des autres invités, elle n'avait pas vraiment eu l'impression d'être la bienvenue.

Quand elle était allée se servir une assiette au buffet, le groupe de femmes qui se tenaient non loin d'elle s'était tu le temps qu'elle se serve et n'avait repris sa conversation qu'à son départ. Il y avait peut-être un élément de paranoïa qui venait s'ajouter à son impression, mais toujours est-il qu'elle n'avait pas aimé attirer les regards, comme si elle était un phénomène de foire. Sans compter qu'elle craignait encore d'être prise pour une coureuse de dots.

Et maintenant, voilà que sa voiture refusait de repartir !

La coupe était pleine.

Et sa frustration était à son comble.

— Tu as besoin d'aide ?

Elle releva la tête et soupira. Sawyer était à côté de sa voiture et la regardait.

— Je ne t'ai pas entendu arriver, dit-elle. Tu as fait une formation d'espion ou de détective privé ?

— Morgan dit que je ferais un très mauvais espion et que, même avec une fanfare dans les environs, je ne réussirais pas à la surprendre. Je n'ai même jamais essayé de sortir de chez moi la nuit quand j'étais ado, persuadé que je me ferais prendre. Donc je dirais que tu étais distraite.

— Oui, on va dire ça, grommela-t-elle, tout en se penchant pour prendre son sac à main.

— Tu es en panne ?

— Monsieur est perspicace.

— Que vas-tu faire ?

— Appeler un dépanneur.

Tous les invités étaient partis donc, avec un peu de chance, il n'y aurait pas beaucoup de témoins quand il arriverait.

— Il est tard, tu vas en avoir pour une fortune, à cette heure-ci, lui fit remarquer Sawyer. Et si je te ramenais chez toi ? Tu appelleras quelqu'un demain pour la faire remorquer. Ou lundi.

Kat le regarda en soupirant, ne sachant quoi faire. Elle n'avait pas envie d'attendre l'arrivée d'un éventuel dépanneur, entourée de moustiques voraces. Ni de payer une fortune.

Mais accepter que Sawyer la raccompagne lui paraissait tout aussi périlleux.

— Je peux appeler un Uber, dit-elle, coupant la poire en deux.

— Ne dis pas de bêtises. Je vais te raccompagner. Personne n'aura envie de faire la route jusqu'ici à cette heure. En plus, tu habites sur mon chemin, donc ce n'est pas un problème.

Elle l'observa, tentant de découvrir si elle pouvait lui faire confiance. Quand il lui tendit la main, elle céda.

— Entendu, j'accepte, dit-elle sans conviction.

— Arrête de faire cette tête. Ce n'est pas si terrible que ça. En plus, ma voiture est quasiment neuve et très bien entretenue, donc tu auras l'impression d'être dans un Uber. Viens.

Elle le suivit en souriant.

Ils se dirigèrent vers un autre parking où se trouvaient un SUV Audi et une Porsche jaune. Quand elle vit le SUV s'allumer, elle repensa au soir où elle avait rencontré Finn. À l'époque, si elle avait enquêté sur Sawyer Steele avant d'aller à cette soirée, elle aurait su qu'il y avait erreur sur la personne. Finn, grand seigneur, l'avait fait monter dans sa Ferrari rouge pour se rendre jusqu'à l'hôtel.

En gentleman, Sawyer lui tint la portière ouverte jusqu'à ce qu'elle prenne place sur le siège passager. L'habitacle avait encore l'odeur d'une voiture neuve. On aurait vraiment dit qu'elle sortait de chez le concessionnaire. Pas de gobelet en carton, pas un seul papier roulé en boule. C'était impeccable.

— Tu l'as depuis combien de temps ? s'enquit-elle.

— Deux mois.

— Je pensais que tu dirais deux jours. On croirait qu'elle n'a jamais servi.

— J'aime les choses propres et ordonnées.

— C'est comme ça chez toi aussi ?

— Oui, mais j'ai une femme de ménage qui vient deux fois par semaine.

Quel luxe ! Elle aurait bien aimé en avoir une qui vienne ne serait-ce que deux fois par mois !

— J'imagine que ton tiroir à caleçons est organisé comme la vitrine d'un musée, fit-elle remarquer.

Il laissa échapper un petit rire.

— Je n'irais pas jusque-là, mais ils sont en effet roulés méticuleusement, comme le préconise Marie Kondo, répondit-il.

— Tu suis les conseils de Marie Kondo pour organiser ton dressing ? Alors je pense que tu as vraiment besoin d'un grain de folie, dans ta vie.

— Je suis curieux de savoir comment tu en es arrivée à cette conclusion en parlant de mes caleçons ! répliqua-t-il, amusé.

— Je ne sais pas... Je te trouve assez collet monté, dans l'ensemble. Tu essayes peut-être de compenser par rapport à ton frère jumeau, mais j'ai l'impression que tu fais toujours tout pour rester dans le droit chemin. Tu devrais lâcher du lest. Même ta grand-mère est d'accord avec moi.

Sawyer marqua un temps d'arrêt, l'air étonné.

— Tu as parlé de moi avec ma grand-mère ?

— Oui. Elle m'a dit un tas de belles choses sur toi. Je crois que tu es son chouchou.

— Qu'est-ce qui te fait dire ça ?

— La façon dont elle a parlé de toi. Elle se fait du souci pour toi. Elle aimerait que tu trouves une femme à ton goût. Pas quelqu'un qui correspondra aux attentes de ta famille, comme tes conquêtes passées. Juste quelqu'un qui te rendra heureux, dit-elle en se tournant vers lui pour voir sa réaction.

Elle le vit s'agripper au volant, comme pour réprimer une envie de crier.

— Je pensais que le but de ta visite était de faire connaissance avec ma famille, non de partager des commérages sur ma vie privée avec ma grand-mère.

Elle se concentra de nouveau sur la route, ne comprenant pas sa réaction.

— Nous n'avons pas *partagé des commérages*, précisa-t-elle. Ta grand-mère m'a parlé de toute la famille et surtout de ses petits-enfants. J'ai l'impression qu'elle m'aime bien. Je ne sais pas pourquoi.

— Tu ne sais pas pourquoi ? s'enquit-il alors qu'il se garait devant chez elle.

— Non, vraiment, je ne vois pas.

— Alors je vais te le dire. Ma grand-mère aime la compagnie des personnes intéressantes. Tu es vive, intelligente, tu aimes parler aux gens et tu es une artiste. Franchement, je ne vois pas qui pourrait ne pas être intéressé par ta compagnie. Moi aussi, j'aime ta compagnie.

Il avait prononcé cette dernière phrase à voix basse, comme s'il s'agissait d'un secret qui devait rester entre eux.

C'était un aveu étrange de la part d'un homme qui, lorsqu'il était venu la voir dans son atelier, l'avait accusée de vouloir extorquer de l'argent à sa famille.

— Moi aussi, j'aime ta compagnie, avoua-t-elle.

Un silence maladroit s'ensuivit, qu'aucun des deux n'osait briser.

Kat s'attendait à tout moment à ce que Sawyer se penche vers elle pour l'embrasser. C'était l'évolution naturelle de leur conversation, selon elle. L'énergie charnelle à l'intérieur de l'habitacle était quasiment palpable. Même avec la climatisation, elle sentait la chaleur émanant du corps viril de Sawyer, l'odeur musquée enivrante de son parfum...

Elle avait envie d'enlever sa ceinture et de se pencher vers lui pour qu'il la prenne dans ses bras. À en juger par la façon dont ses oreilles bourdonnaient et par les vagues de frissons qui l'envahirent quand il croisa son regard, il ne pouvait y avoir aucun doute dans l'esprit de Sawyer sur le fait qu'elle mourait d'envie qu'il l'embrasse.

Pourtant, il semblait hésiter.

Elle comprenait pourquoi. L'enfant qu'elle portait n'était pas de lui mais de son frère, et Finn étant en Chine, il ne voulait pas marcher sur les plates-bandes de son jumeau. Attitude des plus honorables.

Elle devait le remercier de l'avoir raccompagnée, descendre de sa voiture et rentrer chez elle. Ensuite, elle envisagerait d'acheter une nouvelle voiture. Pour elle et le bébé.

Elle ne devait plus penser à Sawyer, à ses lèvres sur les siennes, à la façon dont sa veste de blazer épousait à merveille sa carrure athlétique, à son regard ténébreux et son charme enivrant.

Envisager une relation avec Sawyer était de la folie et ne mènerait à rien de bon.

Faisant appel à sa raison et à son self-control, elle posa la main sur la poignée et se tourna vers Sawyer pour le remercier de l'avoir raccompagnée et lui dire au revoir.

— Tu veux venir boire un café ? demanda-t-elle, oubliant le scénario raisonnable qu'elle venait d'échafauder.

Les mots étaient sortis sans qu'elle puisse les arrêter.

Pourquoi avait-elle invité Sawyer à entrer chez elle ?

L'estomac noué, elle attendit sa réponse. Il allait sans nul doute refuser.

— Avec plaisir, répondit-il.

Après un léger pincement de culpabilité et d'angoisse, un tourbillon d'excitation éclata en elle. Qu'allait-il se passer entre eux ? Elle avait hâte de le découvrir.

Sawyer s'en voulait d'avoir accepté l'invitation de Kat. Seulement il n'avait pas pu résister car il mourait d'envie de se retrouver seul avec elle.

Il descendit de voiture et alla lui ouvrir la portière en se disant qu'il était toujours temps de refuser.

Kat était la femme qui attendait un enfant de son frère. Comment osait-il la suivre chez elle, un samedi soir, tout en sachant qu'il nageait en eaux troubles ?

Cherchant à se calmer, il se dit qu'après tout elle l'avait invité pour boire un café et que, par courtoisie, il avait accepté. Sauf qu'au fond de lui il savait que c'était un mensonge et que, dès l'instant où il passerait le seuil de chez Kat, il aurait atteint le point de non-retour.

L'envie de l'embrasser se faisait de plus en plus forte en lui. Sur le trajet, il avait dû se faire violence pour ne pas poser la main sur son genou dénudé. Sentir sa peau douce et la caresser, comme il en avait rêvé tout l'après-midi…

C'était idiot d'avoir accepté de la suivre chez elle, même pour un café !

C'était exactement le genre de comportement qu'il condamnait, d'habitude.

Et pourtant…

Pour une fois il avait envie de jouer à Finn. Agir à sa guise sans se soucier des autres ni du lendemain.

Une fois à l'intérieur, il regarda Kat poser son sac et enlever ses chaussures en poussant un soupir de soulagement.

— Ah, enfin ! C'est la meilleure chose qui me soit arrivée aujourd'hui, dit-elle en lui lançant un sourire de connivence.

— Ne dit-on pas qu'il faut souffrir pour être belle ?

— C'est tout à fait ça ! Seulement en paroles, c'est moins douloureux ! Fais comme chez toi, je vais nous faire un café, dit-elle en disparaissant dans la cuisine.

Il ôta sa veste et la posa sur une chaise, puis il reporta son attention sur l'univers de Kat. Il était déjà venu une fois, quand il avait porté la robe, mais il s'était uniquement concentré sur sa mission, de peur de perdre le contrôle de la situation.

Cette fois, avec Kat dans la cuisine, il se sentit plus à l'aise pour passer les lieux en revue.

La première chose qu'il remarqua, ce fut les nombreuses sculptures en bois. Il y avait une sirène, un couple qui s'embrassait dans le vent, et la table basse était constituée d'un plateau en verre posé sur le dos d'une tortue de mer.

C'était vraiment une artiste talentueuse.

Une grande toile colorée accrochée au mur au-dessus du canapé attira son attention. De près, on avait l'impression que cela ressemblait à un amas confus de couleurs. De loin, on discernait une petite fille avec un ciré jaune et des bottes en caoutchouc sautant dans une flaque d'eau.

La toile était signée « Astrid Elliott », la mère de Kat.

Astrid Elliott avait eu la chance de faire partie de ces artistes qui sont reconnus de leur vivant et avait joui d'une excellente réputation tout au long de sa carrière, avant sa mort tragique. Il avait même déjà vu ses œuvres exposées dans des musées de la ville.

Sur le dessus de la cheminée, il remarqua une photo de famille qui devait avoir été prise peu de temps avant l'accident. On y apercevait une version de Kat plus jeune et plus insouciante. Depuis, beaucoup de choses avaient été chamboulées dans sa vie.

Il ne repéra pas d'autres photos.

Hormis ses parents, il ignorait si Kat avait de la famille proche. Peut-être que depuis le décès de ses parents elle s'était retrouvée sans famille ?

Il venait d'une grande famille très soudée, par conséquent il avait du mal à imaginer comment il ferait s'il se retrouvait seul au monde.

La voix de Kat le tira de ses rêveries.

— Tu prends du lait dans ton café ? s'enquit-elle en revenant avec un plateau et deux tasses.

— Volontiers. D'habitude je le prends noir, mais comme il est tard j'ai peur de rester éveillé toute la nuit.

Kat lui lança un regard intrigué, sa bouche formant un sourire amusé qui le décontenança.

Avait-elle essayé de lui faire passer un message ? Après tout, il était déjà tard et il était seul avec elle, donc il se pouvait qu'il reste éveillé toute la nuit.

Cette pensée l'embrasa, et il pria pour avoir la chance de passer la nuit éveillé, aux côtés de Kat.

Elle posa le plateau puis fit un geste indiquant qu'elle n'était plus très à l'aise, dans sa robe.

Avant de prendre place sur le canapé, il voulut en avoir le cœur net.

— J'ai l'impression que tu as envie de changer de tenue.

— Tout à fait ! J'ai envie d'enfiler quelque chose de plus décontracté. Mais je ne suis pas sûre de pouvoir ouvrir la fermeture Éclair, dit-elle, tout en versant du lait dans les deux tasses.

— Je peux t'aider, souffla-t-il.

Kat posa les yeux sur lui et le scruta quelques instants.

C'était comme s'ils s'étaient tous les deux arrêtés de respirer le temps qu'elle réfléchisse à son offre et aux conséquences de cet acte.

— D'accord, répondit-elle enfin.

Elle s'approcha, lui tourna le dos et releva sa longue chevelure pour lui donner libre accès à sa nuque.

Les doigts de Sawyer se mirent à trembler quand il entreprit de descendre la fermeture Éclair.

Alors qu'il séparait les dents une à une, doucement, pour faire durer le plaisir, il dévoilait petit à petit le dos nu de Kat. Il croisa le fermoir de son soutien-gorge rose pâle avant de continuer jusqu'à la naissance de ses hanches. Normalement, il aurait dû voir apparaître une culotte, mais il ne vit que sa peau. Oh bon sang !

— Tu as osé te présenter devant ma grand-mère sans même porter de petite culotte ? murmura-t-il, la bouche sèche et les sens en ébullition.

Kat gloussa et rejeta sa chevelure en arrière avant de lui faire face.

— Je n'avais pas le choix, expliqua-t-elle. Habituellement, je porte des culottes, mais avec cette robe, on voyait trop la marque et je n'ai jamais été fan de strings.

Elle avait plongé son regard dans le sien et le scrutait avec attention. Il ignorait ce qu'elle voyait dans ses yeux, mais il était certain que toutes les émotions qu'il essayait de cacher étaient visibles à l'œil nu !

En général, il arrivait assez bien à masquer ses émotions, mais il se rendait compte aujourd'hui qu'il n'avait jamais éprouvé de telles sensations vis-à-vis d'une femme.

Immobile devant Kat, s'attendant à tout moment à ce que sa robe glisse de ses épaules et ruisselle à ses pieds, il fut envahi d'un tourbillon émotionnel d'une force jusque-là inconnue.

Sans dire un mot, il posa la main sur le haut de sa robe, effleurant la peau laiteuse de Kat. Cette dernière cessa de respirer alors qu'il tirait doucement sur le tissu, mettant à nu une épaule. Avec le poids de la robe, l'autre épaule ne tarda pas à être dénudée également.

Kat ne tenta pas de retenir le vêtement, le laissant choir à ses pieds en une flaque couleur corail.

Elle était quasiment nue devant lui, immobile. Il en eut le souffle coupé. Quand elle bougea de nouveau, ce ne fut pas pour ramasser sa robe ou se couvrir. Au contraire. Elle mit les mains derrière le dos pour dégrafer son soutien-gorge.

L'instant d'après, le sous-vêtement atterrit sur le sol.

Elle était entièrement offerte à lui, nue, et il put se régaler de la vue de ce corps soyeux qui était pour lui comme le plus beau des trophées.

Il était très attiré par sa poitrine ronde et pleine, et ses tétons roses raidis qui semblaient se tendre vers lui, le suppliant de les toucher. Ce n'était pas l'envie qui lui manquait. Il hésitait cependant, car la prochaine étape serait fatidique.

Paralysé, il n'arrivait pas à franchir le pas suivant.

Devait-il partir ou l'envelopper de ses bras ?

C'est Kat qui réduisit l'espace entre eux, en se libérant de sa robe à ses pieds et en s'approchant de lui au point que ses seins viennent caresser sa chemise.

— Tu n'as pas envie de me toucher, Sawyer ?

En l'entendant prononcer son prénom et non celui de son frère, son corps s'embrasa. Il n'était plus question d'erreur d'identité. Elle avait envie de lui. En cet instant, nue et offerte à lui, elle voulait qu'il la touche et il était plus désireux que jamais d'accéder à son souhait.

— J'en meurs d'envie, avoua-t-il.

Jamais une femme n'avait eu un effet aussi dévastateur sur lui. Jamais une femme ne l'avait obsédé à ce point.

— Alors touche-moi, s'il te plaît. Moi aussi j'en meurs d'envie, murmura-t-elle sensuellement.

Elle en avait envie. Il en avait envie. C'est tout ce qui comptait. Le reste attendrait.

Il avait un tel besoin de posséder Kat, qu'il pourrait perdre la raison à force de ruminer ce désir inassouvi. Il serait peut-être amené à regretter son impulsion, mais, s'il ne passait pas à l'acte, il s'en voudrait d'avoir raté une occasion en or. Donc, autant suivre son instinct et agir dans le feu de l'action.

Il prit un sein à pleine main, le malaxant doucement et avec volupté. Kat rejeta la tête en arrière, yeux mi-clos, savourant sa caresse avec un gémissement de volupté.

Sa peau était encore tellement soyeuse... Il fit courir ses doigts sur sa poitrine, titillant au passage ses tétons.

De son autre main, il lui prit la nuque, enfouissant ses doigts dans ses cheveux et l'attirant à lui pour mieux prendre possession de sa bouche.

Elle s'ouvrit à lui, poussant un doux gémissement de plaisir alors que sa langue venait la fouiller. Enfin, il la but avidement, se délectant du parfum fruité de ses lèvres.

Sentant ses doigts fins dans son cou, il s'arracha à sa bouche assez longtemps pour qu'elle puisse lui enlever sa cravate. Après l'avoir fait tomber sur le sol, elle défit le bouton du col de sa chemise. Pour lui, c'était une vraie libération. Le meilleur moment de la journée, comme avait dit Kat en enlevant ses chaussures.

Il s'apprêtait à baisser la tête pour s'emparer de ses seins à pleine bouche, mais Kat mit les mains sur son torse pour le forcer à reculer jusqu'à ce que ses mollets butent contre le canapé.

Une fois assis, elle vint s'installer à califourchon sur lui, tout en continuant à défaire les boutons de sa chemise.

Il s'agrippa à ses hanches alors qu'elle laissait ses ongles parcourir les poils de son torse en direction de sa ceinture qu'elle s'empressa de défaire. Elle se souleva quelques instants, le temps qu'il descende son pantalon le long de ses cuisses, puis sans plus attendre, elle vint se rasseoir sur lui, s'abaissant sur son sexe dressé avec lenteur et langueur, un sourire coquin aux lèvres.

Il gémit de plaisir contre ses seins alors qu'il l'entourait de ses bras pour l'attirer à lui. Ainsi imbriqués, Kat confortablement assise sur lui, il l'immobilisa un instant, yeux clos, désireux de savourer ce moment inouï qui ne se reproduirait peut-être jamais.

Ils ne tarderaient pas l'un ou l'autre à revenir à la raison et se rendraient alors compte à quel point ils avaient été idiots de s'abandonner à la tentation. Mais, pour le moment, il comptait profiter de chaque instant partagé avec Kat, de chaque sensation délicieuse qu'elle lui procurait.

Au bout de quelques instants, Kat passa les doigts dans ses cheveux, et il plongea dans les profondeurs de son regard émeraude.

Elle se souleva et se rassit de nouveau sur lui.

Il sourit en pensant que cette femme passionnée qui prenait le contrôle de la situation était la même que celle qui l'avait giflé au mariage de Morgan. Celle qui avait tenté maintes fois d'entrer en contact avec lui pour lui demander de revoir son projet immobilier pour le District. Elle était sensationnelle, sexy et sensuelle. Il n'avait jamais rencontré une femme comme elle.

Le brasier qu'elle avait provoqué en lui manquait de le consumer à tout moment. D'ailleurs à ce stade, c'était à la limite de la torture. Il était temps de passer à la vitesse supérieure. Tandis qu'il s'agrippait à ses hanches, elle posa les bras sur ses épaules, laissant sa poitrine osciller de manière excitante juste devant sa bouche. Alors il planta les talons dans le sol et donna un coup de reins pour mieux la pénétrer.

Il observa l'expression de Kat à mesure qu'il oscillait en elle et qu'il la réclamait davantage à chaque pénétration. Son visage était tour à tour animé de plaisir et de surprise. Quand ses traits changèrent, il sut qu'elle était sur le point de jouir.

Il ralentit volontairement, glissant ses doigts entre leurs deux corps pour venir la caresser. Kat ouvrit la bouche en un râle infini, les yeux clos, se laissant emporter par le rythme de la chevauchée, en direction du firmament. Puis, quand il sentit qu'elle atteignait l'orgasme, il s'agrippa plus vigoureusement à elle, la pénétrant avec force jusqu'à ce qu'il jouisse à son tour.

Ils restèrent quelques instants pantelants, satisfaits et repus.

Kat finit par s'effondrer d'épuisement, et il fut ravi de la sentir fondre contre lui. Elle enfouit son visage dans son cou, la chevelure en bataille, éparpillée sur leurs corps.

C'était tellement bon de l'entourer de ses bras, de la serrer contre lui, et de sentir leurs cœurs battre à l'unisson, leurs respirations revenues à un rythme normal.

Voilà donc ce que l'on ressentait quand on laissait libre cours à ses désirs ?

Il n'était pas mécontent d'avoir emprunté la recette à son frère. Certes, il n'était pas fier d'avoir fait l'amour à la femme qui attendait un enfant de Finn, mais, ce soir, il avait décidé de ne pas se soucier des conséquences de ses actes !

C'était libérateur, et il avait hâte de recommencer.

7

Kat se réveilla plus tard que d'habitude, ce qui n'était pas étonnant, dans la mesure où elle avait passé une bonne partie de la nuit à faire l'amour avec Sawyer.

Elle prit quelques instants pour se remémorer les événements. Après leurs premiers ébats passionnés sur le canapé, ils avaient bu leur café puis ils avaient rejoint sa chambre et avaient refait l'amour. Plusieurs fois.

À présent, elle avait peur d'ouvrir les yeux et de faire face à la réalité. Tant qu'elle restait au lit, elle pouvait repenser à la nuit écoulée sans se soucier des conséquences.

Elle avait passé des moments merveilleux, elle n'avait pas peur de l'admettre. Finn et Sawyer se ressemblaient physiquement, mais, dans un lit, c'était la nuit et le jour. Elle préférait de loin le style de Sawyer. Il était plus sérieux mais aussi plus attentionné.

Elle n'aurait pas su dire combien de fois elle avait joui grâce à ses caresses expertes... Il avait mis un point d'honneur à ce qu'elle retire autant de plaisir que lui, sinon plus. À chaque fois. Jamais elle n'avait rencontré un homme aussi soucieux de ses besoins et de ses envies.

Finn s'était montré un peu plus sauvage et elle avait passé un bon moment avec lui mais, niveau intimité, c'est Sawyer qui remportait la palme d'or. C'était exactement ce genre de complicité qu'elle recherchait avec un amant et c'était précisément ce que Sawyer lui avait servi, sur un plateau.

Elle ressentit un pincement au cœur.

Si seulement elle attendait l'enfant de Sawyer et non de Finn... La situation ne serait quand même pas idéale mais, dans un sens, elle lui paraîtrait plus naturelle et ce serait aussi plus facile pour elle de l'accepter.

Elle pourrait davantage envisager un avenir avec Sawyer. Un avenir placé sous le signe du bonheur.

Avec Finn, elle sentait que le bébé et elle ne seraient qu'un poids pour lui.

Elle passa la main sur le matelas à côté d'elle. L'espace était vide. Elle ouvrit un œil. Sawyer était parti. Depuis longtemps, à en juger par la fraîcheur du drap.

Ce constat amer la ramena à la réalité. Il était clair qu'elle n'attendait pas l'enfant de Sawyer. Et elle ne vivait pas non plus dans un conte de fées.

Déçue, elle se redressa. Elle avait l'impression d'avoir la gueule de bois sans avoir bu une seule goutte d'alcool. C'étaient ses ébats avec Sawyer qui l'avaient rendue ivre d'amour et elle en subissait les effets secondaires.

— C'est bien fait pour toi, dit-elle à voix haute en se levant.

Il était temps d'établir ses priorités et de s'y tenir. Cela n'avait aucun sens de vouloir faire l'amour avec un jumeau tout en voulant en épouser un autre.

Certes, Finn n'était pas adepte de la monogamie, mais il n'apprécierait sûrement pas qu'elle ait des rapports avec son frère en attendant son retour de Chine. Surtout en étant enceinte de lui !

Toute moralité mise à part, elle avait passé une nuit extraordinaire et jamais elle ne la regretterait. Cela dit, personne ne devait apprendre ce qui s'était passé entre Sawyer et elle, et cela ne devait en aucun cas se reproduire. Pas question de laisser son désir compromettre l'avenir de son enfant.

Elle prit son déshabillé fleuri en soie dans sa penderie et l'enfila comme une deuxième peau. En descendant dans la cuisine, elle espéra y trouver Sawyer en train de boire un café... Hélas, tout était silencieux.

Le bruit d'un camion qui manœuvrait dans la rue pour entrer

dans son allée attira soudain son attention. Peut-être que Sawyer avait organisé le remorquage de sa jeep ?

Chaussant une paire de tongs, elle sortit pour voir ce qui se passait devant chez elle.

Il y avait en effet un camion en pleine action, mais il était en train de décharger un SUV de luxe. Le véhicule rouge cerise était magnifique, mais il ne lui appartenait pas.

Elle qui pensait récupérer sa jeep...

Il ne manquait plus que ça ! Il y avait dû y avoir une erreur quelque part et on lui avait livré la mauvaise voiture. Sa jeep était sûrement en train d'être déposée devant l'une des propriétés de Mount Pleasant et quelqu'un était sur le point d'avoir une crise de nerfs.

Elle tenta d'attirer l'attention du conducteur.

— Un problème, ma petite dame ?

— Oui. Ce n'est pas ma voiture ! Vous m'avez livré le mauvais véhicule. C'est une erreur. Moi, j'ai une jeep.

Le chauffeur marqua un temps d'arrêt puis prit un document qu'il avait à portée de main.

— Vous n'êtes pas Katherine McIntyre ?

— Si.

— Dans ce cas, il n'y a pas d'erreur, dit-il, reprenant la manœuvre pour descendre le SUV à terre.

— Vous ne comprenez pas. Ce n'est pas ma voiture. J'ai une jeep. Elle est tombée en panne hier soir.

À présent, elle pouvait voir que le véhicule était une Lexus SUV toute neuve.

— Écoutez-moi, ma petite dame. On ne m'a pas parlé d'une jeep. On m'a demandé de livrer ce véhicule à cette adresse et c'est ce que je fais.

— Et qui a passé cette commande ?

Il regarda derechef ses papiers.

— Un M. Steele. Si la voiture ne vous plaît pas, voyez ça avec lui. Moi, mon boulot, c'est de vous la livrer.

Avant qu'elle ait eu le temps de lui demander s'il avait le prénom du M. Steele en question, il avait recommencé sa manœuvre et le véhicule neuf venait de toucher terre.

Le conducteur descendit du camion, enleva toutes les attaches puis remonta dans sa cabine et revint avec un document qu'il lui tendit.

— Signez là, s'il vous plaît.

Épuisée de sa courte nuit, elle n'eut pas la force de le contrer de nouveau. Elle signa sans rechigner, ce qui parut soulager le conducteur. Il lui tendit deux jeux de clés.

— Il y a pire que de se réveiller et de recevoir une voiture neuve devant chez soi, non ? Bonne journée, ajouta-t-il, remontant dans sa cabine.

Kat regarda les deux clés dans la main, incrédule.

Puis elle s'approcha du SUV comme on s'approcherait d'une bête sauvage. Il était magnifique, avec des lignes assez sportives et des ornements chromés élégants. C'était sûrement le dernier modèle en date. Les sièges en cuir étaient rouges et noirs, le tableau de bord était en bois laqué.

Du plus bel effet.

À côté, sa jeep était comme un jouet en papier mâché.

C'est exactement le modèle qu'elle aurait choisi si elle avait pu acheter la voiture de ses rêves. Chaque détail était parfait. Du toit ouvrant aux roues, en passant par les vitres.

Un seul problème, et de taille : elle ne pouvait pas accepter ce cadeau.

Ni de Finn ni de Sawyer.

Elle retourna chez elle et chercha son téléphone.

Une fois qu'elle l'eut trouvé, elle vit qu'elle avait un message de Sawyer.

Tu es contente de ton cadeau ?

Elle prit quelques instants pour choisir ses mots puis répondit à Sawyer.

Oui, bien sûr. Mais je ne peux pas l'accepter.

Son téléphone sonna cinq secondes plus tard.

C'était Sawyer, évidemment.

— Viens chercher la voiture, répondit-elle sans même prendre la peine de lui dire bonjour.

— Bonjour, Kat. Ravi de t'entendre, dit-il sur un ton enjoué.

Il savait pertinemment la réaction qu'il susciterait chez elle en lui offrant un tel cadeau et il semblait se délecter de la situation.

— Oui. Pardon. Bonjour, Sawyer. Tu peux me dire pourquoi il y a une Lexus rutilante devant chez moi ? Où est ma jeep ?

— Dans un garage. J'ai fait le nécessaire pour qu'elle soit remorquée tôt ce matin. Le garagiste a jeté un œil et, après un état des lieux rapides, il a dit qu'elle était en fin de vie. Le starter est fichu, c'est pour ça qu'elle ne démarre pas. Il ne veut pas te facturer un starter neuf alors que le moteur est sur le point de rendre l'âme. Pas question de faire une réparation de fortune et que tu te retrouves en panne au bord de la route, enceinte et à la merci de n'importe qui.

Elle se doutait que sa voiture n'était plus de première jeunesse, mais elle ne s'imaginait pas qu'elle était en si mauvais état.

— Donc, naturellement, tu t'es dit que tu allais m'acheter une nouvelle voiture, marmonna-t-elle.

— Voilà. Tout naturellement.

Elle aurait quasiment pu peindre l'expression satisfaite qu'il devait arborer en disant cela !

— Sawyer..., dit-elle sur un ton grave, quasi menaçant.

— Attends, écoute-moi. Avoue que tu as besoin d'une nouvelle voiture.

— En effet, j'ai besoin d'une nouvelle voiture, mais cela ne veut pas dire que j'attendais que Sawyer Steele m'en achète une. Si ma jeep n'est pas réparable, alors je prendrai autre chose. Le fait que tu m'offres une voiture après la nuit dernière, ça me gêne. J'ai l'impression que c'est pour me remercier de mes... services.

Sawyer éclata de rire.

C'était la première fois qu'elle l'entendait rire de bon cœur. Elle fut conquise par ce son joyeux jaillissant des profondeurs de sa gorge. Si seulement elle avait pu être à côté de lui pour voir son visage, ses yeux étincelants et ses fossettes.

— Tu penses vraiment que j'offre une voiture à toutes les femmes avec qui je passe la nuit ?

— Eh bien...

— La réponse est non. Je ne suis pas aussi *actif* que Finn dans ce domaine, mais même pour moi, ce serait une habitude très coûteuse.

— Me voilà rassurée, ironisa-t-elle.

— Plaisanteries mises à part, le fait est que ta voiture n'est plus en état de marche et qu'elle est dangereuse. Mon frère m'a demandé de veiller sur toi jusqu'à son retour et d'après moi, la meilleure chose à faire, c'était de te procurer un nouveau véhicule où tu seras en sécurité.

Elle fut soulagée d'apprendre que la voiture n'était en rien liée à leurs ébats de la nuit précédente, ce qui ne changeait rien au fait qu'elle ne pouvait pas accepter ce cadeau.

De Sawyer. Ou de n'importe qui.

— Désolée, Sawyer, je ne peux pas.

— Voyons, Kat, sois raisonnable. En plus, tu n'as pas d'autre moyen de transport.

— Je veux ma jeep.

Il marqua un temps d'arrêt.

— Dans ce cas, je dirai au garagiste de la réparer. Ça va prendre un peu de temps. J'espère que tu n'as rien à faire dans les jours à venir sinon tu seras coincée.

Elle soupira.

— Si, j'ai des choses à faire. J'ai un rendez-vous chez le gynécologue mardi et je dois aussi me rendre à mon atelier.

— Ta jeep ne pourra jamais être prête pour mardi. Le garagiste a accepté de la prendre aujourd'hui pour me rendre service, mais il ne travaille pas le dimanche, en général.

— Je vois... Mais tu as quand même trouvé un concessionnaire ouvert ?

Sawyer ne répondit pas au sarcasme.

— Écoute, voilà ce que l'on va faire, dit-il. Comme tu as besoin d'une voiture, utilise la Lexus pour le moment. Je vais voir ce que je peux faire pour ta jeep. Si le garagiste arrive à la réparer et qu'il m'assure que tu peux la conduire en toute sécurité, tu pourras l'avoir et je reprendrai la Lexus.

— Et qu'en feras-tu ?

— Je la donnerai à Morgan.

Elle fut étonnée qu'il abandonne la partie aussi facilement.

— Tu plaisantes ?

— Pas du tout. Le rouge n'est pas la couleur préférée de Morgan mais je suis sûr que ça lui plaira.

— Pourquoi tu ne la rends pas au concessionnaire ? Je peux prendre une voiture de location en attendant.

— Non, j'ai fait une affaire en achetant cette voiture. Si tu n'en veux pas, je ne vais pas te forcer à la garder. Je la donnerai à quelqu'un d'autre. Aucun problème.

— Je comprends. Donc c'est pour t'occuper de ça que tu es parti de chez moi aux aurores ?

— Aux *aurores* ? Il était 8 h 30 et tu dormais profondément. J'avais envie de régler cette histoire de voiture et je ne voulais pas te réveiller. J'ai été plutôt efficace, tu ne trouves pas ?

— Oui, marmonna-t-elle, peu convaincue.

Décidément, Sawyer avait le don de la mettre dans tous ces états, tous domaines de la vie confondus. Surtout au lit.

En attendant, elle n'avait toujours pas réussi à lui parler du District. À chaque fois, il y avait quelque chose pour la distraire et le temps pressait.

— Parfait ! Alors je te recontacte quand j'ai des nouvelles de ta jeep et on avisera, dit-il. Entendu ?

— Entendu.

— Au fait, j'allais oublier. Tu as quelque chose de prévu le 4 juillet ?

— Je ne pense pas, répondit-elle, emballée à l'idée de le revoir.

— Grand-mère voulait que je t'invite à notre fête de famille.

Elle ravala son sentiment de déception.

C'était Ingrid et non Sawyer qui voulait la revoir.

Cependant, le fait qu'elle soit de nouveau invitée était plutôt bon signe, et elle pouvait être fière de ne pas avoir été bannie de chez les Steele après sa première apparition remarquée.

— Encore une fête ? demanda-t-elle.

— Cette fois, ce sera différent. Il n'y aura que la famille proche et la réunion aura lieu au port.

— Au port ?

— Sur notre yacht, pour voir le feu d'artifice.

Elle ouvrit de grands yeux. Elle n'en revenait pas de l'aisance avec laquelle Sawyer lui annonçait le programme des festivités, comme si toutes les familles américaines avaient un yacht d'où admirer le feu d'artifice de la fête nationale !

— Je vais y réfléchir, dit-elle.

— D'accord. Je dirai à grand-mère que tu as accepté son invitation. Au revoir et bon dimanche !

Avant qu'elle ait eu le temps de réagir, il avait raccroché.

Elle fixa son portable avec la nette impression d'avoir été menée par le bout du nez.

Quand elle avait décidé d'entrer en contact avec le promoteur Sawyer Steele, elle n'avait pas réfléchi à la place qu'elle occuperait dans la famille Steele. Maintenant, au train où allaient les choses, elle ferait bientôt partie intégrante de leur clan. Ce qui n'était pas pour lui déplaire. Surtout après toutes les années solitaires qu'elle avait passées depuis le décès de ses parents.

— Venez, monsieur Steele. Mlle McIntyre est déjà dans la salle de consultation. Le médecin va bientôt arriver.

Sawyer suivit l'infirmière.

L'instant d'après, elle le fit entrer dans la salle où se trouvait Kat.

— Devinez qui est là ? s'exclama l'infirmière sur un ton enjoué.

— Sawyer ?

— Papa a finalement pu se libérer pour être au rendez-vous, fit remarquer l'infirmière, tout sourire. N'est-ce pas formidable ?

Kat parut beaucoup moins enthousiaste que l'infirmière, mais elle ne chercha pas à faire de scène en exigeant qu'il soit renvoyé manu militari de la clinique.

— Super, dit-elle sur un ton neutre.

Une fois qu'ils furent seuls, le sourire de Kat disparut.

— Qu'est-ce qui t'a pris de venir à ce rendez-vous sans me prévenir ? lança-t-elle sèchement.

Sawyer haussa les épaules et prit place sur l'un des sièges.

— Mon frère m'a chargé de veiller sur toi. Je suis sûr qu'il voudrait être présent au rendez-vous, s'il était à Charleston, donc je me suis dit que j'allais venir pour pouvoir le rassurer et lui relayer les informations.

— Parce que je n'aurais pas été capable de le faire ?

— Si, bien sûr.

— Donc tu leur as dit que tu étais le père et ils t'ont laissé entrer ?

— Oui… et non. Au départ, j'attendais patiemment dans la salle d'attente que tu sortes. Puis ils m'ont demandé si j'étais le père et si je voulais être là pour l'échographie et les résultats des tests. J'ai dit oui. Ils ne sauront jamais que je ne suis pas Finn Steele.

— Moi, je le sais, marmonna Kat, en rajustant la blouse d'hôpital qu'elle portait.

— Inutile de faire ta timide. Je t'ai déjà vue en tenue d'Ève. Il n'y a pas si longtemps, précisa-t-il avec un clin d'œil.

— C'est différent, répliqua-t-elle, contrariée.

Il ne fit aucun commentaire et observa la pièce.

Il n'était jamais entré dans un cabinet gynécologique.

Il y avait des grandes affiches au mur avec des dessins qui lui rappelaient ses cours de biologie au lycée. Et la table d'auscultation n'était pas comme d'habitude.

— C'est quoi ces bouts métalliques étranges ? s'enquit-il.

Kat leva les yeux au ciel.

— Des étriers, répondit-elle.

— Comme à cheval ?

Pour toute réponse, elle leva de nouveau les yeux au ciel.

Non seulement il n'était jamais entré dans un cabinet gynécologique, mais il ne savait pas ce qu'il s'y passait.

À présent, il se demandait s'il avait vraiment bien fait de rejoindre Kat.

Ses pensées furent interrompues par l'arrivée d'un homme de petite taille vêtu d'une blouse blanche.

— Bonjour ! Comment allez-vous ?

— Bonjour, docteur Wheeler, dit Kat.

Il lui serra la main puis se tourna vers Sawyer.

— Père ? Ami ? Soutien moral ?

— Les trois, mon capitaine.

— Parfait, dit le Dr Wheeler sans chercher plus loin.

Il s'assit sur son tabouret roulant et ouvrit le dossier médical qu'il avait apporté.

— Tous les tests sont normaux, donc il n'y a aucune inquiétude à avoir. Vous prenez vos vitamines ?

— Oui.

— Bien. Comment ça se présente, pour le moment ? Vous avez des nausées ? Des saignements ?

Le médecin se leva et guida Kat jusqu'à la table d'auscultation.

Sawyer entendit Kat répondre aux questions du Dr Wheeler, mais choisit de décrocher. Il n'avait pas pris conscience de ce à quoi il s'exposait en rejoignant Kat et il n'était plus sûr de vouloir connaître l'envers du décor. Fixant ses genoux, il tenta de ne pas penser à ce que le gynécologue était en train de faire à sa patiente.

Mais l'instant d'après, alors que la pièce venait d'être plongée dans une semi-obscurité, la curiosité l'emporta et il leva de nouveau les yeux pour voir le médecin badigeonner le ventre nu de Kat d'un gel visqueux.

— On va prendre quelques photos et écouter le cœur avec le Doppler, expliqua le médecin. Avec un peu de chance, vous aurez une bonne vue du bébé.

— On pourra voir si c'est un garçon ou une fille ? s'enquit Sawyer en se levant pour s'approcher.

— J'aimerais bien savoir, dit Kat.

— D'après les premières images, c'est une fille

Kat laissa échapper un cri de joie.

Sawyer eut envie de se précipiter vers elle et de la prendre dans ses bras pour partager ce moment d'euphorie, mais il se ravisa. Ce n'était pas son bébé.

— Mes sœurs vont être aux anges, dit-il. Maman et grand-mère Ingrid également. Une fois que la nouvelle sera annoncée, tu vas être envahie d'une montagne d'objets et de vêtements roses.

Kat souriait, des larmes de bonheur aux yeux.

Touché, il lui prit la main et la serra dans la sienne. Il n'était pas le père mais, jusqu'au retour de Finn, il ferait tout pour épauler Kat.

Leurs regards se croisèrent.

Elle lui offrit un sourire plein de reconnaissance.

— Merci d'être là, Sawyer, murmura-t-elle. Je suis contente de ne pas être seule pour vivre ce moment.

Il lui serra de nouveau la main, et ils reportèrent tous deux leur attention sur l'écran.

Quand Sawyer discerna le profil du bébé, il fut surpris par la vague d'émotions qui le submergea.

Il découvrit son visage, son nez, sa bouche, et même ses mains. Il vit sa colonne vertébrale et ses jambes recroquevillées contre son ventre. Les battements de son cœur étaient visibles mais pas clairement audibles.

Pendant qu'ils observaient la vie du bébé en temps réel, le médecin prenait des photos sous des angles différents.

À un moment donné, le Dr Wheeler se tourna vers eux.

— Regardez. C'est la preuve que vous attendez une fille.

Puis il reporta son attention sur le cœur du bébé et, grâce au Doppler, la pièce fut envahie de battements sourds.

Pendant tout ce temps, Sawyer n'avait pas lâché la main de Kat. Ils étaient tous les deux unis pour vivre ce moment. Comme un père et une mère. Comme si c'était le cœur de sa petite fille qu'il écoutait battre pour la première fois.

En cet instant, il éprouva un profond sentiment de jalousie envers son frère. Une jalousie déplacée et injustifiée.

Il n'avait pas le droit d'être jaloux de Finn. Il n'avait jamais pensé à fonder une famille auparavant, donc il pouvait difficilement en vouloir à son frère. Pourtant, le fait de savoir qu'un simple coup du sort avait mis cette femme ravissante en travers du chemin de Finn et non du sien le contrariait au plus haut point.

Après tout, Kat était venue à la soirée de l'aquarium dans le but de le rencontrer lui, pas Finn.

S'il ne s'était pas senti mal ce soir-là, c'est lui qui aurait fait la connaissance de Kat. Il ne l'aurait probablement pas invitée dans un hôtel, mais il aurait sûrement été tenté de la revoir, de l'inviter à dîner. Et plus si affinités.

Au fil du temps, ils auraient peut-être fini par devenir amants et, aujourd'hui, ils se réjouiraient de la naissance prochaine de leur fille...

Finalement, Finn ne lui avait pas seulement pris son jet-ski, ce soir-là. En se faisant passer pour lui et en portant un badge à son nom, c'est comme s'il lui avait volé sa destinée avec Kat.

8

— Je peux t'inviter à déjeuner ?

Kat parut surprise de l'offre qu'il lui fit en sortant de la clinique.

— Tu n'as pas besoin d'aller travailler ? s'enquit-elle.

— Arrête, on dirait mon père.

— Joli compliment.

— C'est toi qui l'as cherché. Allez, dis-moi où tu voudrais aller manger. Je t'invite. Quelles sont tes envies de femme enceinte ?

— Je ne sais pas.

Jamais elle ne lui avait semblé aussi mal à l'aise en sa présence. Ce qui était d'autant plus étrange, étant donné les moments forts qu'ils venaient de partager.

— Comment ça, tu ne sais pas ?

— Je crois... que ce n'est pas une bonne idée, murmura-t-elle.

Il s'arrêta net pour lui faire face.

— Pourquoi ? Que se passe-t-il ? Il y a un problème ?

Elle n'osait pas le regarder dans les yeux, ce qui ne lui ressemblait pas.

Elle repositionna son sac à main sur l'épaule, gênée.

— Je me dis que...

— Tu te dis quoi ?

— Je pense que ce n'est pas une bonne idée de passer trop de temps ensemble, répondit-elle très vite.

Ses paroles eurent l'effet d'une douche froide. Il fut profondément blessé dans sa fierté. Peut-être avait-il mal lu les signes ?

Jusqu'à présent, il s'était dit que leur duo fonctionnait à merveille et qu'ils passaient de très bons moments, tous les deux.

Peut-être trop bons ?

Rien que de penser à la nuit de samedi, son cœur battait la chamade. Et, si les membres de sa famille apprenaient qu'il avait offert une voiture à Kat, les langues ne manqueraient pas de se délier.

Mais il se fichait de tout cela. Il avait décidé d'agir comme bon lui semblait, sans se soucier des autres. Kat méritait d'être choyée, et il en avait fait sa mission.

Finn n'était pas là pour accompagner Kat chez le gynécologue ou s'assurer que sa voiture était en état de marche. Bien sûr, comme il était à des milliers de kilomètres, ce n'était pas un combat équilibré, mais Sawyer aurait juré que même si Finn avait été à Charleston, il ne serait pas venu la retrouver à l'improviste pour l'échographie. Et il ne serait pas non plus en train de l'inviter à déjeuner.

Son jumeau lui avait demandé de veiller sur Kat et il avait pris son devoir à cœur. Peut-être un peu trop. À présent, il se retrouvait dans une situation très délicate. Il sentait qu'il commençait à avoir des sentiments pour la femme qui attendait un enfant de son frère. Ces sentiments étaient pour l'instant gérables. Ils n'allaient pas l'être bien longtemps ; jamais il n'avait éprouvé autant d'affection pour une femme depuis sa séparation avec Mira.

— Voyons, Kat, il s'agit d'une simple invitation à déjeuner. Si tu as peur que cela dégénère, je te conseille de garder tes vêtements, conclut-il d'un ton moqueur.

Kat se mordit la lèvre en replaçant une mèche de cheveux rebelle derrière l'oreille.

— Bon, d'accord. Allons déjeuner, dit-elle sur un ton agacé.

— On pourra discuter de la situation, puisque cela a l'air de t'inquiéter, ajouta-t-il, ignorant délibérément le ton sec sur lequel elle lui avait répondu.

— Oui. Bonne idée.

— On va dans le restaurant d'en face ? J'ai lu de bonnes critiques.

— Si tu veux.

Ils traversèrent la route et entrèrent dans le restaurant bondé où une serveuse les accueillit. Elle les installa près de la fenêtre, et ils prirent place sans mot dire. Puis un serveur leur porta une carafe d'eau et un petit panier de chips de maïs avec une sauce piquante au miel. Il les laissa consulter le menu et promit de revenir au plus vite.

Kat parut se détendre.

Sawyer reprit espoir.

Il jeta un rapide regard sur la carte et opta pour un burger avec du bacon, du fromage et des rondelles de tomate frites. Kat choisit une salade au poulet, noix de pécan et fruits secs.

Puis elle le regarda droit dans les yeux.

— Sawyer, je tenais à te remercier d'avoir été là pour le rendez-vous. Je ne pensais pas que j'avais besoin d'être accompagnée, et finalement c'était un moment très agréable à partager.

— Je t'en prie, j'étais ravi d'être à tes côtés.

En voyant l'expression inquiète qui se peignit sur le visage de Kat, il comprit qu'il venait de vivre la partie la plus agréable de la conversation.

Elle attendit toutefois que le serveur ait enregistré leur commande pour reprendre.

— Nous devons reparler de ce week-end.

L'heure de vérité avait sonné. Il avait insisté pour inviter à déjeuner cette jeune femme qui lui plaisait beaucoup et elle était sur le point de rompre avec lui alors que techniquement, ils n'étaient même pas en couple.

— Je t'écoute, dit-il, l'air penaud.

Il prit une chips de maïs pour éviter de donner son avis sur la question. Si elle voulait balayer tout ce qu'ils avaient vécu, il ne voulait pas se ridiculiser en lui avouant que la nuit qu'ils avaient passée ensemble était l'une des plus belles de sa vie.

D'autant que leur histoire se résumait très simplement : le hasard les avait réunis et une attirance mutuelle irrésistible les avait menés dans le même lit pour une nuit de folie ; sans promesse ni engagement.

— Je trouve que tu es parti très tôt, dimanche matin, fit-elle remarquer.

— Oui. Je voulais faire remorquer ta jeep et te faire livrer une voiture toute neuve devant chez toi.

— Je sais. Seulement, nous n'avons pas eu le temps de parler de ce qui s'était passé entre nous. C'était une erreur qui ne devrait plus jamais se reproduire.

— Je ne trouve pas que c'était une erreur. J'ai passé un excellent moment. Pas toi ?

— Bien sûr que si, mais...

Elle s'interrompit, les joues rouges comme des pivoines.

— Mais ?

— On n'aurait jamais dû faire ça. À cause de la situation entre Finn et moi. J'espère qu'à son retour, lui et moi pourrons nous rapprocher, pour le bien du bébé. Tu comprends ?

Sawyer eut envie de lui dire de ne pas se faire trop d'illusions quant à son frère mais il se ravisa, ne sachant pas s'il cherchait à aider Kat ou s'il se montrait tout simplement jaloux de Finn. Si elle voulait tenter l'aventure avec Finn, ce n'était pas à lui de l'en empêcher. Elle découvrirait bien assez tôt sa vraie personnalité.

— Je comprends ton point de vue. Sache que pour ma part, je ne regrette rien. C'est du passé et, si c'est ce que tu désires, cela ne se reproduira plus, promis, dit-il pour tenter de la rassurer.

Kat leva les yeux vers lui. Elle scruta son visage, tentant peut-être de lire dans ses pensées. C'était peine perdue. Même lui ne savait pas quoi penser de la situation.

Il comprenait ses inquiétudes par rapport à ce qui s'était produit entre eux, d'autant que lui-même s'était fait violence pour ne pas la recontacter et lui dire qu'il avait envie de la revoir et de passer du temps avec elle.

Comme elle avait toujours l'air renfrognée, il tenta de la convaincre qu'elle n'avait rien à craindre de lui.

— Personne ne saura ce qui s'est passé entre nous, Kat. Je te le promets. Si Finn et toi réussissez à former une famille unie et heureuse, alors tant mieux pour vous. Je me ferai discret et je ne m'opposerai pas au mariage, si c'est ce dont tu as peur.

Après son petit laïus, elle sembla d'autant plus contrariée.

Décidément, il ne savait pas y faire, avec elle ! Peut-être qu'il avait pris un ton un peu trop détaché ? Comment faire autrement ? S'attendait-elle à ce qu'il exige qu'elle devienne sa femme et qu'elle abandonne Finn ? Voulait-elle qu'il se lance dans une grande tirade pour lui prouver qu'il était meilleur que son frère ? D'après ce qu'il avait compris, cela ne servirait à rien car elle avait l'air d'être décidée à tenter sa chance avec Finn.

— Je n'ai pas peur de toi, mais je pense en effet qu'il vaut mieux mettre cet épisode derrière nous et clore le sujet, dit-elle enfin.

— Comme tu voudras.

— Pour ce qui est de Finn, il m'a appelée hier pour me dire qu'il rentrait la semaine prochaine. Tu le savais ?

— Non, répliqua-t-il sèchement.

Il n'avait pas parlé à Finn depuis quelques jours.

Il pensait qu'il ne rentrerait pas avant une quinzaine de jours et qu'il pourrait encore profiter de Kat. Cela dit, comme elle venait de lui faire comprendre que tout était fini entre eux, autant que son frère rentre plus tôt et mette fin à son supplice.

Il se ressaisit pour ne pas trahir ses émotions.

— Formidable ! Et si la nouvelle usine est en bonne voie, Finn va toucher un bonus. Donc c'est une double bonne nouvelle pour toi.

— Pourquoi dis-tu ça ? L'argent de Finn ne m'intéresse pas.

— Tu dis ça, mais tu finiras par en avoir une part. Au moins sous la forme d'un livret pour ta fille.

Kat prit une chips au maïs.

— Peut-être. En tout cas, nous n'avons parlé ni livret ni ouverture d'usine. Il m'a simplement dit qu'il serait de retour mercredi après-midi.

— Parfait ! Comme ça, c'est lui qui pourra assister aux rendez-vous médicaux et veiller sur toi. Quant à moi, je pourrai de nouveau me concentrer sur mon projet. Le District ferme ses portes dans deux semaines, et je voudrais que ce soit rouvert juste avant Noël.

Kat se raidit en l'entendant parler du District.

— J'ai commencé à emmener des choses chez moi, mais j'ai encore tout mon équipement à transporter, dit-elle. Je vais devoir prendre quelqu'un pour déménager le reste. J'avoue ne pas m'en être occupée car j'espérais...

Elle s'arrêta, levant vers lui ses grands yeux emplis d'espoir.

— Tu espérais quoi ? Que tu réussirais à me faire changer d'avis et que tu n'aurais pas à déménager tes affaires ? demanda-t-il.

Ils n'avaient jamais reparlé du sujet depuis le jour où il était venu la voir dans son atelier. D'autres sujets, comme le bébé ou faire l'amour, avaient eu la priorité.

Il avait espéré que ses arguments seraient suffisants pour faire taire les revendications de Kat.

En fait, ce n'était qu'une trêve illusoire.

Ils avaient été distraits par leur attirance mutuelle et, maintenant que le moment était passé, ils étaient de nouveau dans l'arène, prêts à s'affronter.

Puisque Kat ne voulait plus entendre parler de lui, autant la provoquer, cela mettrait un peu de piment dans leur relation.

— Oui, c'est ça. Tu as tout compris, rétorqua-t-elle sur un ton sarcastique.

— C'est pour ça que tu as couché avec moi ?

Ses joues s'enflammèrent encore.

— J'aimerais bien que tu arrêtes de m'accuser de coucher avec un homme pour obtenir quelque chose en retour ! s'exclama-t-elle. Je n'ai jamais utilisé mes atouts féminins pour arriver à mes fins et je ne le ferai jamais !

— Pourtant, tu viens d'avouer que tu espérais que je change d'avis après la nuit que nous avons passée ensemble.

— Tu déformes tout. J'espérais qu'une fois que tu apprendrais à me connaître, tu comprendrais mieux mon point de vue. Ou que tu serais davantage intéressé par le destin des gens que tu mets à la rue.

— Kat, je ne mets personne à la rue. Ils n'habitent pas là ! Arrête de me faire passer pour le méchant promoteur alors que pour ma part je pourrais très bien me dire que tu essayes de me manipuler depuis le début.

— Oui, c'est vrai, j'oubliais. C'est moi l'ensorceleuse qui a usé de ses pouvoirs de séduction pour faire partie de la famille Steele. D'ailleurs, même si j'avais couché avec toi pour sauver le District, cela n'aurait pas marché, n'est-ce pas ?

Elle avait tort. Le dimanche matin, en partant de chez elle, il avait réfléchi à un moyen de modifier son projet, dans l'unique but de lui faire plaisir et de la voir sourire.

Maintenant que Finn allait rentrer et que sa lune de miel avec elle prenait fin, ce n'était plus la peine d'y penser.

Mieux valait mettre un terme à cette histoire, une bonne fois pour toutes.

— Probablement pas, répondit-il enfin.

— C'est bien ce que je pensais.

— Comme je te l'ai dit, j'ai passé d'excellents moments avec toi. C'était sympa. Mais le sexe c'est le sexe et les affaires sont les affaires. Je ne mélange jamais les deux. Le District fermera ses portes pour rénovation dans deux semaines, comme prévu. Aucun argument valide ni aucune déclaration d'amour ne pourra me faire changer d'avis.

Kat l'observa un instant puis acquiesça stoïquement.

— Dans ce cas, je vais y aller, dit-elle, très calme.

— Nous n'avons pas encore mangé.

— Le bébé et moi avons perdu l'appétit.

Elle se leva, mit son sac sur l'épaule et partit au moment où le serveur apportait leurs plats.

Ils la regardèrent tous deux sortir du restaurant.

Sawyer n'était pas surpris de sa réaction. Il avait fait exprès de jouer au goujat pour en finir au plus vite. Pas question de tenir la chandelle au retour de Finn.

— Je vais prendre le burger maintenant et je vais emporter la salade, s'il vous plaît, annonça-t-il au serveur figé avec ses plats dans la main.

— Jolie voiture, dis-moi.

— Oh ! Hilda, bonjour. Il faut que je te raconte.

— J'ai l'impression que toutes tes tentatives de sauver le

District se retournent contre toi. Nuits de folie, héritiers à foison et maintenant voiture de luxe.

— Je sais, je suis complètement en dessous de tout. Chaque fois que j'ai essayé de parler du District à Sawyer, il y avait quelqu'un pour nous interrompre.

— Et quand vous étiez seuls, il y avait *autre chose* pour vous interrompre, je comprends, ma chérie, dit Hilda, toujours pince-sans-rire.

— C'est ça ! marmonna Kat, penaude.

— Espérons que le rassemblement de demain fera une différence car la fermeture des lieux est imminente. Si on arrive à rallier quelques journalistes et à attirer l'attention sur notre situation, on finira peut-être par avoir gain de cause, qui sait ?

Le rassemblement ? Le rassemblement !

Kat se prit le visage dans les mains.

Elle avait complètement oublié le rassemblement organisé devant les bureaux de la société Steele le 4 juillet. Les artistes avaient décidé de faire une dernière tentative pour faire entendre leur voix.

C'est même elle qui avait lancé l'idée et qui avait fixé la date. Ce souvenir lui revint à l'esprit comme s'il s'agissait d'une autre vie. C'était avant qu'elle apprenne qu'elle était enceinte, avant sa visite impromptue chez les Steele, avant que Sawyer ne finisse dans son lit.

Et avant qu'elle ait accepté de passer le 4 juillet sur le yacht de la famille Steele...

— Tu avais oublié ? s'enquit Hilda.

Kat leva les yeux vers son amie, horrifiée.

— J'ai honte mais oui, j'avais oublié. Comment cette date a-t-elle pu me sortir de l'esprit ? C'est moi qui ai tout organisé.

Hilda la prit dans ses bras.

— Ne te mets pas dans tous tes états, ma chérie. Et ne t'inquiète pas. C'est normal d'avoir oublié, avec tout ce qui se passe dans ta vie en ce moment.

— Ce n'est pas ça...

— C'est quoi, alors ?

— Les Steele m'ont invitée à leur fête de famille.

Son amie l'observa un instant.

— Eh bien, vas-y, dit-elle. Qu'est-ce qui t'en empêche ?

— Mais je ne peux pas, voyons ! Je dois me battre aux côtés des autres artistes pour défendre nos intérêts. Je ne vais pas aller faire la fête sur le yacht des Steele pendant que vous allez faire le piquet devant les bureaux de Sawyer. Ce serait vraiment hypocrite.

— Tu n'es pas la seule à te battre pour le District. Tu as été la personne la plus engagée dans le combat jusqu'à présent, mais il y a un tas d'autres gens qui doivent aussi intervenir et jouer leur rôle. Ils peuvent très bien s'organiser sans toi et faire leurs pancartes avec leurs slogans. D'ailleurs, je pense que c'est mieux pour toi de ne pas venir. D'une part, cela pourrait créer du stress inutile pour le bébé et, d'autre part, cela pourrait te mettre en porte-à-faux avec ta nouvelle famille d'adoption. Ce serait dommage de gâcher tous tes efforts.

— Mais c'est vous, ma famille. C'est tout ce que j'ai.

— Plus maintenant. Tu nous auras toujours, mais tu as aussi ta nouvelle famille. Ils ont l'air d'avoir envie de t'inclure dans leur vie, c'est fantastique ! Je suis vraiment heureuse pour toi. C'est tout ce dont tu as toujours rêvé.

— Je ne veux pas vous perdre, toi, Zeke et les autres.

Hilda la prit de nouveau dans ses bras.

— Tu ne vas pas nous perdre, ma chérie. Nous sommes là. Les familles évoluent mais ne disparaissent jamais. Que l'on soit ici, au District, ou disséminés aux quatre coins de la ville, tu pourras toujours nous trouver. Je te le promets.

— Non, j'ai tout gâché. J'ai perdu de vue mon objectif.

— Pas du tout. Tu as revu tes objectifs en fonction de tes priorités, c'est normal. Tu dois te concentrer sur ton bébé. Demain, tu vas mettre une jolie robe et beaucoup de crème solaire et tu vas profiter de cette journée en famille. Nous, nous porterons le flambeau et tout ira bien. Quoi qu'il arrive.

Kat ouvrit la bouche, mais Hilda leva un doigt pour la faire taire.

— Quoi qu'il arrive.

Kat prit une grande inspiration et se força à sortir de la Lexus qu'elle venait de garer sur le parking du port de plaisance. Elle n'avait pas eu de nouvelles de sa jeep. Sawyer n'avait peut-être pas eu le temps de s'en occuper ou bien il n'avait jamais eu l'intention de s'en occuper et de lui reprendre la Lexus. Pourtant, après la façon dont s'était terminée leur dernière entrevue, elle s'était dit qu'il serait capable de lui reprendre la voiture, pour se venger. Jusqu'à présent, il n'en avait rien fait.

Dès que Finn serait de retour et qu'elle en saurait plus sur sa situation financière, elle ferait un virement à Sawyer pour le rembourser de la voiture. Elle ne voulait rien lui devoir, surtout après ce qu'il avait dit au restaurant, la dernière fois.

Après la visite chez le gynécologue, elle n'avait pas réussi à exprimer ce qu'elle ressentait et il l'avait mal pris. Il avait insisté pour qu'ils aillent déjeuner ensemble puis les choses s'étaient envenimées.

Elle voulait simplement avoir un peu de temps seule, pour réfléchir. C'était essentiel, surtout après les moments forts qu'ils avaient partagés dans le cabinet médical, la main dans la main, à regarder le bébé bouger et écouter les battements de son cœur. Il était primordial de mettre les choses au clair entre eux et de ne pas laisser des sentiments étranges venir embrouiller la situation avec Finn.

La réaction véhémente de Sawyer était venue confirmer ses doutes. Ils étaient devenus trop proches, et leur relation pourrait mettre en péril son avenir avec Finn.

Elle n'avait reçu aucun message de Sawyer, depuis qu'elle avait quitté le restaurant sans se retourner, ne lui en avait pas envoyé non plus. Tout avait été dit. Elle avait même envisagé d'aller au rassemblement plutôt qu'à la fête des Steele, mais Jade l'avait appelée et avait insisté pour qu'elle les rejoigne sur le yacht. Morgan et son mari, River, étaient rentrés de leur lune de miel et souhaitaient faire sa connaissance.

N'ayant pas réussi à trouver une excuse plausible, elle s'apprêtait donc à passer plusieurs heures sur un yacht avec Sawyer et sa famille.

Après inspection des bateaux amarrés dans la marina, elle repéra celui des Steele. C'était le plus imposant. Après tout, avec l'espace qu'il devait y avoir à bord, cela ne devrait pas être un problème pour elle d'éviter Sawyer.

Alors qu'elle montait sur le bateau, elle aperçut deux femmes sur le pont inférieur. Une blonde et une brune. La blonde fut facile à identifier. C'était Jade. Donc la brune devait être Morgan.

Avec un peu de chance, elle pourrait passer de bons moments et éviter de voir la mine renfrognée de Sawyer.

Combattant son appréhension, elle s'approcha d'elles.

— Kat, te voilà ! s'écria Jade en la voyant.

— Bonjour.

— Kat, voici Morgan. Elle vient de rentrer de sa lune de miel.

— Ma première lune de miel était un fiasco donc, cette fois, j'ai voulu mettre le paquet. En tout cas, je recommande vivement les îles Fidji ! Morgan Atkinson, dit-elle en tendant la main à Kat. J'ai encore du mal à me faire à l'idée que j'ai changé de nom de famille.

— Moi c'est Kat. Et je suis vraiment navrée d'avoir fait une scène à ton mariage.

Morgan fit un geste de la main pour balayer son inquiétude.

— Ne t'en fais pas pour ça. Je regrette juste d'avoir raté le moment où tu as giflé Sawyer. Je sais que tu pensais être face à Finn, mais Sawyer peut être très énervant quand il s'y met.

— Allez, viens, on va te faire visiter ! dit Jade. Le mari de Morgan, River, est là aussi, et mon fiancé, Harley, ne doit pas être loin non plus. Ils doivent essayer d'éviter mes parents. Et grand-mère est là, bien sûr. Elle attendait avec impatience de passer du temps avec toi. Mais, cette fois, on espère qu'elle acceptera de te partager car personne n'a pu te parler ou lui parler, à la fête de samedi dernier.

— Et Sawyer ? s'enquit Kat alors qu'elles montaient sur le pont supérieur.

— Il est là. Je l'ai entendu parler avec River.

En s'avançant sur le luxueux yacht, Kat ouvrit de grands yeux. Elle se serait crue dans un hôtel cinq étoiles.

Il y avait des peintures de maîtres accrochées aux panneaux en bois vernis. Des œuvres d'art disséminées ici et là venaient renforcer l'atmosphère somptueuse des lieux.

Arrivées sur le pont supérieur, elles prirent un ascenseur pour monter au dernier étage où la famille était réunie sur des canapés, à l'abri du soleil, à côté d'un jacuzzi.

Kat fit une entrée remarquée dans la mesure où tout le monde s'arrêta de parler pour l'accueillir. Morgan et Jade en profitèrent pour la présenter aux gens qu'elle ne connaissait pas.

Puis elle suivit les conversations au hasard tout en grignotant des canapés exquis et en buvant un cocktail sans alcool. La brise marine rafraîchissait l'air de façon très agréable. Elle prit soin de ne pas trop s'exposer au soleil et ne chercha pas à entrer en contact avec Sawyer.

Tout le monde retourna à l'intérieur pour déjeuner. Le repas se présentait sous la forme d'un buffet avec des brochettes de crevettes, des côtelettes marinées, du maïs grillé, des pommes de terre sautées et de la salade.

La famille Steele semblait beaucoup plus à l'aise que la dernière fois. Peut-être parce qu'il y avait moins de monde et qu'ils étaient entre eux.

Certains lui racontèrent des histoires gênantes sur Finn, et d'autres lui posèrent mille et une questions sur le bébé. Quand elle leur annonça que c'était une fille, des cris de joie retentirent dans tout le yacht.

Mal à l'aise au début, elle finit par s'habituer à tant de luxe et trouva la compagnie de la famille Steele très agréable. Elle s'amusait bien plus qu'elle ne l'aurait imaginé. C'était finalement des gens très terre à terre, une fois que l'on faisait abstraction de l'environnement luxueux.

Après le repas, certains remontèrent à l'étage pour jouer aux cartes tandis que d'autres se rendirent sur un pont inférieur ombragé et s'installèrent sur des canapés pour regarder la mer.

Kat fut incluse dans les conversations et les activités, comme un membre à part entière de la famille. Elle ne sentit aucune hésitation autour d'elle et n'eut pas l'impression que l'on essayait de la coincer pour lui poser des questions pièges.

Hormis Sawyer, qui s'appliquait soigneusement à l'éviter, tout le monde se montra accueillant. C'était pour elle la réunion de famille idéale.

Elle n'avait aucune idée de la façon dont les choses allaient se dérouler entre Finn et elle à son retour. Elle croisait les doigts. S'ils arrivaient à s'entendre aussi bien qu'elle s'entendait avec le reste de sa famille, elle avait bon espoir.

Elle s'était maintes fois projetée dans des scénarios où elle fondait une famille, mais ce cas de figure précis ne s'était jamais présenté dans son esprit. Cependant, grâce à l'approche accueillante de la famille Steele, sa fille naîtrait dans un environnement privilégié et aurait des oncles et tantes attentionnés.

Morgan interrompit ses pensées.

— Il faudrait monter sur le pont supérieur pour voir le feu d'artifice organisé par la ville. Et en plus, on a une surprise ! annonça-t-elle sur un ton enjoué.

Quand Kat arriva sur le pont supérieur, où le soleil était en train de se coucher, elle constata que toutes les lumières du yacht étaient roses.

— Surprise ! lancèrent Jade et Morgan en chœur.

— Comment avez-vous fait ça ? s'enquit-elle, stupéfaite.

— Toutes les lumières du yacht sont modulables et contrôlables à distance. On peut obtenir la couleur que l'on veut. Ce soir, en l'honneur de la prochaine fille Steele, on a choisi le rose. Et tant pis si ce n'est pas une couleur du drapeau national ! conclut Morgan en riant.

— Il reste encore quelques instants avant le début du feu d'artifice. Viens à l'intérieur avec nous, Kat, on va chercher un verre, lui dit Jade en la prenant par le bras.

Kat suivit les filles jusqu'au bar où un serveur vêtu d'un polo à l'effigie du yacht les attendait.

Elle prit un jus de cranberry et une eau pétillante et remonta sur le pont pour admirer la vue au crépuscule.

Charleston brillait de mille feux, le pont à l'horizon ajoutait une touche élégante au décor, et Yorktown, à l'arrière-plan, complétait à merveille ce tableau féerique.

Une fois Jade et Morgan revenues, elles prirent place sur un canapé d'angle légèrement à l'écart des autres membres de la famille.

— Bon, maintenant qu'il n'y a plus d'oreilles indiscrètes, je suis curieuse de savoir ce qui se passe entre Finn et toi, dit Jade de but en blanc.

Kat reposa son verre sur la table pour se donner le temps de réfléchir.

— Disons qu'il ne se passe pas grand-chose, pour le moment. J'espère qu'à son retour les choses vont se préciser et, surtout, que cela ira plus loin que ce que ses avocats ont proposé.

— Quoi ? Tu veux dire qu'il s'est montré pingre envers toi ? s'exclama Morgan, visiblement scandalisée.

— Non ! Pas du tout. Bien au contraire. Finn s'est montré très généreux. Je ne parlais pas d'argent. Je parlais plutôt d'un point de vue personnel. Ce que je veux va au-delà d'un simple accord financier.

— Je ne comprends pas. Tu peux nous expliquer ? demanda Jade.

— En fait, je veux une famille pour mon enfant, répondit Kat. J'ai grandi avec mes deux parents, seulement ils étaient bien trop occupés par leur carrière professionnelle pour faire attention à moi. Puis ils ont disparu dans des circonstances dramatiques, et je me suis retrouvée seule au monde. J'aimerais faire les choses différemment pour mon enfant. Le contrat proposé par les avocats de Finn est très satisfaisant, mais l'argent ne suffit pas. Je veux aussi son temps, sa présence.

— Tu voudrais te marier avec lui ? s'enquit Jade.

— Oui.

— Tu n'as pas peur de précipiter les choses entre vous ? Après tout, vous ne vous êtes vus qu'un soir, et dans une chambre d'hôtel, si j'ai bien compris, intervint Morgan. Connaissant Finn, je crains que l'idée du mariage ne soit pas à son goût, même si je sais que papa va insister pour cette option.

— Je sais que cela peut paraître un peu ridicule, mais j'aimerais épouser le père de mon enfant. Je ne suis pas amoureuse de Finn et Finn n'est pas amoureux de moi, seulement dans le cas présent il ne s'agit pas de nous mais de notre enfant. Je voudrais créer un environnement aimant et rassurant où notre bébé pourra s'épanouir. Qui sait ? L'amour pourrait aussi faire partie de ce scénario. Je ne sais pas. J'espère juste que Finn se montrera à la hauteur de mes espérances.

— Avec Finn, il faut s'attendre à tout. J'espère du fond du cœur que tes vœux seront exaucés, dit Morgan.

9

Sawyer ne prêta guère attention au feu d'artifice, à l'hymne patriotique ou au dessert impressionnant que le chef pâtissier du yacht amena à la fin du spectacle. Son esprit était ailleurs, occupé à penser à la discussion qu'il avait entendue entre Kat et ses sœurs.

Après le départ précipité de Kat lors de leur dernière entrevue, il n'avait pas réussi à savoir s'il était vexé ou reconnaissant. Elle l'avait repoussé et il l'avait repoussée deux fois plus fort, pour ne pas souffrir. Peut-être que c'était mieux ainsi, après ce qu'il avait appris ce soir. Sauf qu'il se sentait mal chaque fois qu'il repensait à l'épisode.

Il avait prévu de s'excuser des choses horribles qu'il lui avait dites. Par deux fois durant l'après-midi, il avait tenté de le faire, mais quelque chose s'était mis en travers de son chemin.

La première fois, c'était un message de l'équipe de sécurité Steele qui lui faisait savoir qu'il y avait un rassemblement de manifestants devant les bureaux du siège de la société. Même si Kat était sur le yacht avec sa famille, il se doutait qu'elle y était pour quelque chose.

La seconde fois, c'était ce qu'il avait entendu Kat dire à ses sœurs.

Maintenant qu'il en savait plus sur le sujet, il était content de ne pas lui avoir parlé. Il se serait ridiculisé. Il ne lui restait plus qu'à s'éclipser de l'équation une bonne fois pour toutes.

Kat voulait épouser Finn et qu'ils vivent heureux avec leur fille. Elle savait que son souhait était à la limite de l'utopie, mais cela ne l'empêchait pas d'y croire et de vouloir ce qu'il y avait de mieux pour sa fille. À en juger par son caractère, elle serait prête à aller jusqu'au bout.

Finn allait être emporté dans une dimension conjugale inconnue dès son retour au pays. Puis il achèterait une belle maison dans un quartier avec une école réputée, et Kat et lui ne tarderaient pas à fêter leurs cinq ans de mariage.

Son jumeau avait toujours agi à sa guise sans faire attention aux autres, et voilà qu'il était récompensé avec une jolie femme, un bébé à venir et une vie qu'il ne méritait pas.

Pour la troisième fois en peu de temps, Sawyer était quasiment vert de jalousie de son frère. C'était un sentiment horrible. Donc, pour oublier, il se mit à boire.

Malheureusement, le whisky ne fit son effet que lorsque le yacht revint au port et que les invités commencèrent à prendre congé.

Il commanda un café qu'il but d'un trait. Non seulement il se brûla la langue, mais il doutait que le breuvage réussisse à contrer les effets de l'alcool.

En descendant la passerelle, il manqua de tomber à la renverse. Si Harley n'avait pas été là pour le retenir, il se serait écrasé comme une crêpe.

— Dis donc, Sawyer, je crois que l'on a besoin de t'appeler un taxi, tu ne penses pas ? Je t'aurais bien raccompagné, mais ce n'est pas sur mon chemin.

— Chut. Ne dis rien. Sinon les parents vont vouloir que je rentre avec eux et que je dorme à la grande maison. En plus, je serai obligé de boire la potion magique anti-gueule de bois de Lena et ça, pas question.

— Je pense que Lena nous faisait boire ça pour nous punir d'être sortis trop tard quand on était adolescents. Je ne crois pas vraiment que ça guérisse de la gueule de bois, intervint Morgan en riant. Ni de quoi que ce soit d'autre !

— En tout cas, tu ne peux pas conduire. Tu pourrais rester sur le bateau ce soir, non ? proposa Harley.

— Je vais le raccompagner. Je suis sûre que c'est sur mon

chemin. Et les femmes enceintes sont d'emblée les chauffeurs désignés pour ce genre de situation.

Sawyer se tourna vers Kat.

Elle était la dernière personne avec qui il devait se retrouver seul en pareille occasion ! Non seulement il était complètement désinhibé mais, en plus, il avait la langue bien pendue.

— Ce n'est pas la peine, marmonna-t-il. Je vais demander au capitaine si je peux dormir ici, c'est une bonne idée.

Kat n'étant pas du genre à abandonner...

— Mais non, voyons. Tu m'as raccompagnée quand ma jeep était en panne. Je veux te rendre la pareille. Simplement, promets-moi de ne pas vomir dans la Lexus.

— Pourquoi ?

— Tu ne peux pas offrir une voiture qui sent le vomi.

Elle sourit, amusée par sa plaisanterie.

Aussitôt, il sentit son cœur battre à tout rompre dans sa poitrine.

Elle portait un gilet léger pour se protéger de la brise marine du soir, mais il n'oubliait pas que dessous elle avait une robe bleu marine à bretelles et dos nu... Ses cheveux étaient coiffés en une queue-de-cheval haute qui rebondissait quand elle marchait.

Il avait eu maintes fois envie de lui dire qu'elle était ravissante, à la fois décontractée et élégante, et chaque fois il s'était ravisé.

Ces derniers temps, il ne semblait avoir que des mauvaises idées en tête.

— Je jure de ne pas vomir, assura-t-il en levant la main droite.

Après tout, peut-être que s'il se retrouvait seul avec elle, il aurait le loisir de s'excuser et de se sentir mieux.

Harley et River l'aidèrent à descendre du bateau et l'installèrent sur le siège passager de la Lexus tandis que Morgan entrait son adresse dans le GPS.

— Tu es sûre que tu vas pouvoir le gérer ? s'enquit Harley, visiblement inquiet.

Kat acquiesça avant de se mettre au volant.

— Oui, tout ira bien, ne vous inquiétez pas. Une fois devant chez lui, s'il s'est endormi, je le giflerai pour le réveiller.

Les rires de Harley et River furent étouffés par le bruit du moteur qui démarrait.

Sawyer se redressa sur son siège et attacha sa ceinture de sécurité.

Tous les espoirs n'étaient pas perdus, il n'était pas ivre mort. Ce constat le rassura.

— Merci de me ramener chez moi, même si tu me détestes, dit-il.

— Aucun problème. Et je ne te déteste pas. Tu t'es comporté comme un goujat la dernière fois que l'on s'est vus, mais pour autant je ne voudrais pas qu'il t'arrive quelque chose sur la route ou que tu sois arrêté pour conduite en état d'ivresse.

— Je suis désolé.

Kat tourna brièvement la tête vers lui, visiblement étonnée, puis reporta de nouveau son attention sur la route.

— Désolé de quoi ?

— Je voudrais que tu me pardonnes pour l'autre jour. J'étais contrarié et vexé que tu veuilles mettre fin à notre histoire. Alors par dépit je m'en suis pris à toi. Ce n'était pas la bonne réaction et je m'excuse de mon comportement. J'ai compris que tu voulais simplement ce qu'il y a de mieux pour ton enfant et c'est pour ça que c'est important que tu puisses construire quelque chose avec son père. Mon frère. C'était idiot de ma part de réagir comme je l'ai fait. Je n'ai aucun droit d'être en colère par rapport à ta décision. Moi aussi, je veux ce qu'il y a de mieux pour toi et le bébé.

À en juger par son silence prolongé, Kat devait avoir du mal à intégrer le fait qu'il se soit excusé de manière aussi humble.

— Merci, Sawyer. Moi aussi, je suis désolée de t'avoir fait de la peine. Je n'aurais jamais dû me lancer dans une histoire avec toi sachant que je voulais épouser Finn. Si j'avais été plus claire, nous aurions pu éviter cet épisode malencontreux.

Ils traversèrent la péninsule en silence.« Vous avez atteint votre destination », annonça le GPS, rompant la tranquillité de l'habitacle alors qu'ils arrivaient devant chez lui.

— Tu peux entrer là, déclara-t-il, appuyant sur un bouton qui ouvrit le portail de son allée privative.

Une fois garée, elle éteignit le moteur.

— Allons-y, dit-elle.

Sawyer la regarda, troublé.

— Tu vas entrer chez moi ?

Quand elle se tourna vers lui, son expression lui indiqua qu'il ne devait pas se faire d'idées sur ses intentions.

— Je vais t'aider à rentrer chez toi et m'assurer qu'il ne t'arrive rien, répondit-elle. Si tu es sage, je te ferai même un café et une tartine de pain grillé.

Il acquiesça puis ouvrit la portière.

Quand il sortit de la voiture, il se sentit assez stable mais, quand ils commencèrent à gravir les escaliers du perron, il perdit l'équilibre. Heureusement, Kat était à ses côtés et réagit rapidement. Elle lui fit mettre son bras sur ses épaules et le prit par la taille pour le stabiliser.

— Prends appui sur la rambarde et aide-moi, ordonna-t-elle.

Il obtempéra sans ciller.

Après avoir laissé tomber ses clés, il dut s'y reprendre à trois fois pour ouvrir la porte.

Il alluma la lumière, ôta son veston qu'il jeta dans un fauteuil dans l'entrée et mit ses clés dans un bol en porcelaine.

Quand il se tourna vers Kat, elle était déjà en train d'admirer le bois sculpté de la cage d'escalier.

— Magnifique, murmura-t-elle.

— C'est vrai, j'oubliais que tu étais la reine de la sculpture sur bois. Tu vas te régaler. La maison contient un nombre incalculable de boiseries d'origine, toutes plus fines et détaillées les unes que les autres. Le décorateur d'intérieur que j'ai engagé pour s'occuper de la rénovation quand j'ai racheté la maison a fait un travail exceptionnel. Il a réussi à allier les éléments historiques à l'esthétique contemporaine.

Elle le regarda d'un air amusé.

— Je suis étonnée que tu aies réussi à dire tout ça sans bafouiller, plaisanta-t-elle.

— Très drôle. La cuisine est par là.

Elle le suivit jusqu'à l'arrière de la maison.

Dans la cuisine, il avait opté pour des murs blancs, des appareils électroménagers noirs et des boiseries sombres pour obtenir un style épuré et très moderne.

Il la laissa explorer les lieux quelques instants, ravi de la voir inspecter de près les œuvres d'un des meilleurs menuisiers de la ville.

— J'imagine que tu ne cuisines pas, fit-elle remarquer.

Il secoua la tête… et le regretta aussitôt.

Après s'être assis sur l'un des tabourets de l'îlot central, il reprit la conversation :

— Non, en effet, je ne cuisine pas. Mais je me suis déjà servi du micro-ondes et de la machine à café, ajouta-t-il, pince-sans-rire.

Kat resta pensive quelques instants.

Son esprit étant trop confus, il ne tenta pas de déchiffrer la nature de ses pensées.

Enfin, elle revint à l'instant présent.

— En parlant de café, je t'en ai promis un si tu étais sage, dit-elle.

— Et une tartine de pain grillé.

— En effet. Je vois que monsieur a l'esprit vif.

— Et je vois que madame a beaucoup d'humour. Le café est dans ce pot et le pain dans ce placard.

Il la regarda évoluer dans sa cuisine, avec des gestes gracieux et une aisance naturelle. Quelques minutes plus tard, elle posa devant lui une tasse de café noir fumante et une assiette avec deux tranches de pain grillé.

— Ce n'est pas de la haute cuisine, mais c'est ce dont tu as besoin. Après ça, il te suffira de boire un grand verre d'eau accompagné d'un cachet d'aspirine, et demain matin tu te réveilleras frais comme un gardon.

— Dis-moi, tu as l'air de t'y connaître en gueule de bois.

Elle haussa les épaules.

— Pas plus que ça. Je suis allée à la fac, comme toi. Il a fallu apprendre à enchaîner les soirées tardives et les cours tôt le matin. En plus, j'ai perdu mes parents pendant cette période, donc j'avoue avoir quelques trous de mémoire. La recette pain grillé, café, eau et aspirine m'a sauvé la mise plus d'une fois.

— Si j'avais perdu mes parents, je ne pense pas que j'aurais réussi à continuer mes études.

— J'avais de la chance de faire des études d'art. Je me suis jetée corps et âme dans mon travail, et ça a porté ses fruits.

Après avoir fini de manger, Sawyer se leva pour déposer son assiette dans l'évier et alla prendre deux bouteilles d'eau dans le frigo. Il en tendit une à Kat.

— Comment te sens-tu ? s'enquit-elle.

— Mieux. Je n'aurais pas dû boire tout cet alcool d'un coup. C'était idiot. En fait non. C'est grâce à ça si tu es là, donc je ne me plains pas.

Elle posa sa bouteille et lui lança un regard à la fois soupçonneux et amusé.

— C'était donc un piège ? demanda-t-elle. Tu as échafaudé ce plan pour m'attirer dans ton antre ?

— Non ! Pas du tout ! Ces derniers temps, mes plans tombent tous à l'eau. Donc j'ai arrêté d'en faire. J'ai décidé de faire comme Finn et de me laisser porter par les hasards de la vie. Puisque ça marche pour lui, il n'y a pas de raison que cela ne marche pas pour moi.

— Si. Il y a une très bonne raison. Tu n'es pas Finn. Tu es Sawyer.

— Oui, merci, je suis au courant. Mais ça ne m'avance à rien d'être moi. Lui, au moins, il s'amuse. Il enchaîne les conquêtes féminines, il croque la vie à pleines dents. Et il obtient toujours ce que moi je veux, conclut-il en fixant Kat intensément.

Elle lui prit le poignet en un geste affectueux.

— Le monde n'a besoin que d'un Finn. Et toi, tu dois être toi-même parce que tu es unique, assura-t-elle.

Il regarda la main de Kat posée sur son poignet, puis il remonta le long de son bras, de son cou et de son visage, jusqu'à ce que ses yeux plongent dans son regard émeraude.

— Reste avec moi cette nuit, murmura-t-il.

Kat s'immobilisa puis retira sa main.

Elle avait envie de rester, il en était sûr.

Elle avait envie de lui.

Comme elle ne répondait pas, il la relança.

— Une nuit, Kat. La dernière.

Elle recula de quelques pas, sans le lâcher du regard.

— Tu as bu, Sawyer. Tu ne penses pas ce que tu dis. Et la dernière fois, on était d'accord pour dire que c'était une erreur.

Il s'approcha d'elle.

— Toi, tu trouvais que c'était une erreur, pas moi. Et même si j'ai un peu bu, je sais exactement ce que je dis. Et je le pense.

— Sawyer, je...

Il avança encore d'un pas, mais elle ne chercha pas à s'enfuir.

— Finn va bientôt rentrer, dit-il. Si tu obtiens ce que tu veux, ce qui s'est passé entre nous tombera aux oubliettes. Je deviendrai ton beau-frère et l'oncle de votre fille. Rien de plus. Je ne chercherai pas à faire d'histoires car je sais que ce que tu souhaites le plus au monde, c'est une famille. Alors offre-moi une dernière nuit. En souvenir de toi.

Une mèche rousse rebelle était tombée sur sa joue. Il la replaça derrière l'oreille. Puis il effleura doucement sa peau d'une caresse. Il sentit sa joue venir se presser à son contact.

— S'il te plaît, Kat...

Ce fut quelque chose dans sa voix. Et dans son regard. Quelque chose qui fit prendre conscience à Kat qu'elle n'arriverait pas à se soustraire aux griffes charnelles de Sawyer. Pas ce soir.

Elle ferma les yeux et se laissa emporter par la douceur de ces doigts chauds et virils qui lui caressaient le visage.

Elle mourait d'envie de sentir les mains de Sawyer sur son corps, de sentir ses lèvres venir recouvrir sa bouche.

Ces derniers jours, il lui avait manqué.

Qu'il se montre habile en amour ou goujat au restaurant, il lui avait manqué. Terriblement. Et elle savait qu'il allait lui manquer, les jours et les semaines à venir. Pourquoi ne pas se laisser aller à la tentation une dernière fois ? Et leur offrir à tous les deux cette nuit en souvenir de leurs savoureux ébats ?

En rouvrant les yeux, elle se rapprocha de lui, prit son visage dans ses mains et l'attira à elle pour l'embrasser langoureusement.

Les poils de sa barbe naissante vinrent lui chatouiller délicieusement les paumes.

L'instant où elle comprit qu'elle n'était pas seulement en train de l'embrasser mais aussi d'accepter sa proposition, l'intensité du désir qu'elle avait de lui monta en flèche.

Il la prit par la taille pour l'attirer contre lui comme un homme affamé qui avait attendu longtemps avant de pouvoir se sustenter. Puis il la pressa contre l'îlot central, ses mains parcourant impatiemment son corps alors que sa langue la fouillait avidement.

Ne voulant pas être en reste, elle se montra à la hauteur de ses exigences. Elle avait envie de lui comme jamais elle n'avait désiré un homme. Et si c'était la dernière fois qu'elle s'offrait à lui, elle voulait se souvenir de chaque instant passé dans ses bras.

Son souffle se fit plus court quand il quitta sa bouche pour déposer des baisers sur son visage et dans le creux de son cou. Il lui lécha et lui mordilla la peau, provoquant en elle des vagues de frissons intenses, faisant vibrer son corps tout entier.

Sentant qu'elle fondait sous ses assauts et que ses jambes la tenaient à peine, il resserra son étreinte.

Alors qu'elle était à sa merci et prête à tout pour lui, il s'écarta.

Elle ouvrit les yeux, déçue.

Il la contemplait d'un regard incandescent empli de passion mais aussi de gravité.

Elle prit peur. Était-il en train de changer d'avis ?

L'instant d'après, il la prit par la main.

— Viens !

— Où ça ?

— Dans ma chambre. Si c'est la dernière nuit que nous passons ensemble, je ne veux pas précipiter les choses. Je veux faire ça correctement et prendre mon temps avec toi.

Elle le suivit jusqu'à la cage d'escalier qu'elle avait eu le loisir d'admirer en entrant, puis il la guida jusqu'au deuxième étage. En face du palier se trouvait une double porte qui donnait sur la chambre du maître de maison et qui occupait la majorité de la superficie de l'étage.

Au milieu de la pièce, elle vit un lit à baldaquin dont les dais en bois sculptés étaient ornés de motifs de lierre qui remontaient jusqu'en haut de la structure pour ensuite redescendre vers la tête de lit. Majestueux. Splendide.

Elle ne put s'empêcher de caresser le bois. C'était une pièce ancienne, à en juger par la patine. Du plus bel effet. Sans aucun doute le lit le plus merveilleux qu'elle ait vu dans sa vie. Un jour, elle aussi essayerait de sculpter un lit à baldaquin.

— Je vois que le lit te plaît, lui fit remarquer Sawyer. Je l'ai trouvé dans le grenier quand j'ai acheté la maison. Je l'ai fait rénover. Peut-être que c'est mon sixième sens qui m'a dit qu'un jour tu viendrais le partager avec moi.

Kat quitta les boiseries pour reporter son attention sur Sawyer qui la fixait intensément. Il enfouit une main dans ses cheveux puis lui caressa le visage avant de venir délicatement tracer sa lèvre inférieure de son pouce.

Il avait beau être encore un peu ivre, il restait à ses yeux l'homme le plus attentif et affectueux qu'elle ait connu.

Doucement, sensuellement, ils se déshabillèrent tout en se caressant et en embrassant leur peau mise à nu. Puis Sawyer la prit par la taille et la souleva pour venir la déposer sur le matelas. Elle s'allongea en l'emmenant dans son mouvement afin que son corps vienne la recouvrir.

Sawyer se souleva sur ses coudes pour la contempler.

Elle aurait donné n'importe quoi pour savoir à quoi il pensait en cet instant, mais elle eut trop peur de la réponse pour lui demander. Connaître la vérité à ce moment-là de leur histoire ne ferait que compliquer les choses.

Il se glissa entre ses cuisses tout en lui caressant l'extérieur des jambes, puis ses hanches, jusqu'à ce qu'elle ronronne sous l'effet de ses caresses.

Sentant à quel point elle était offerte, il prit ses tétons à pleine bouche, les titilla, les mordilla et tira dessus jusqu'à ce qu'elle se cambre, haletante de plaisir.

Elle enfonça les talons dans le matelas pour mieux soulever ses hanches et réclamer ses faveurs.

Il ne tarda pas à exaucer son souhait, la pénétrant avec une délicatesse inouïe. Elle était prête pour lui, et elle l'accueillit en elle avec un soupir de satisfaction extrême.

Sans geste brusque, il prit son temps pour entrer en elle et bien la posséder.

Il voulait visiblement que cette nuit soit mémorable, et elle aussi. Avec une attention inouïe, il embrassa chaque parcelle de sa peau, la caressa, la mordilla, comme pour imprimer à jamais l'image de son corps dans son esprit, le goût de sa peau. On aurait même dit qu'il tentait de mémoriser le moindre de ses soupirs de plaisir.

Quand il se mit à accélérer le va-et-vient de leur chevauchée, elle fit son possible pour garder les yeux ouverts et se souvenir de cet instant pour toujours.

Pour finir, elle perdit la bataille.

Son orgasme explosa en elle alors que Sawyer venait recouvrir ses lèvres de sa bouche avide. Il avala ses cris de plaisir, les enfouissant au plus profond de lui comme le plus exquis et intense des souvenirs. Puis, mêlant ses grognements aux siens, il déversa en elle le fruit de sa jouissance.

Ils restèrent quelques instants immobiles, reprenant leur respiration, ébahis par l'intensité des ébats qu'ils venaient de vivre.

Quand Sawyer glissa sur le côté, il vint se blottir contre elle, une main protectrice posée sur son ventre.

En cet instant, elle eut une révélation dévastatrice. Cela ne faisait pas partie de son plan, mais elle ne pouvait plus nier la vérité.

Elle était amoureuse de Sawyer. Depuis les premiers instants.

C'était une erreur de penser qu'elle pourrait un jour aimer Finn. Sawyer avait pris toute la place dans son cœur, et rien n'y personne ne pourrait réussir à l'en déloger.

Elle ferma les yeux en se réprimandant en silence.

Quelle idiote !

Elle était tombée amoureuse du mauvais cheval.

Tournant la tête vers lui, elle vit qu'il dormait à poings fermés. Elle aurait eu envie de lui dire ce qu'elle éprouvait pour lui, mais ce n'était pas le bon moment.

Ne trouvant pas le sommeil, elle réfléchit à la situation.

Sawyer était un homme bien qui n'agissait pas de manière irréfléchie ou égoïste. Le fait qu'il ait cédé au plaisir qu'il éprouvait pour elle tout en sachant que c'était risqué devait signifier quelque chose. Quelque chose de fort.

D'après elle, cela signifiait qu'il avait aussi des sentiments pour elle, même s'il n'en était pas pleinement conscient ou qu'il n'était pas tout à fait prêt à le reconnaître.

Puis elle se souvint des termes du contrat. Il lui avait proposé une dernière nuit. C'est tout. Au retour de Finn, il s'éclipserait, comme il l'avait dit. Lui avouer qu'elle l'aimait ne ferait que compliquer les choses. Finn était le père de son enfant et, à moins de remonter le temps, rien ne pourrait changer la donne.

10

— *Nǐ hǎo. Wǒ huíláile !*

Sawyer leva les yeux de son ordinateur, agacé d'entendre la voix de son frère dans le couloir, d'autant que sa tentative de parler trois mots de chinois semblait catastrophique.

Finn apparut dans l'embrasure de la porte de son bureau, un grand sourire aux lèvres.

Il portait un costume et une chemise, comme d'habitude, mais pour la première fois, sans cravate. Le col de sa chemise était ouvert, et l'on apercevait un collier en or avec un médaillon de jade qu'il avait dû rapporter de son voyage.

— Je suis rentré, cher jumeau. Je t'ai manqué ? lança-t-il.

— Pas spécialement, répliqua Sawyer sur un ton neutre.

Pour toute réponse, Finn se contenta de lui sourire puis continua sa route en direction du bureau de leur père.

Sawyer n'avait pas spécialement envie de le suivre, mais il voulait savoir comment son voyage en Chine s'était passé et écouter le compte rendu qu'il allait faire à leur père.

Quelques instants plus tard, il se leva et se rendit dans le bureau de son père, un immense espace digne de son poste de P-DG.

Finn, un sourire jusqu'aux oreilles, s'amusait à tourner sur l'un des sièges pivotants réservés aux invités, face à leur père.

Sawyer prit un siège voisin.

Visiblement, les choses avaient dû bien se passer à Pékin. Ou Finn avait été trop occupé pour remarquer que les choses ne se passaient pas bien.

— L'usine de fabrication est terminée et opérationnelle, annonça ce dernier, plein de fierté. Je suis rentré pour quelques semaines pendant que le personnel administratif en place recrute les équipes locales et organise leur formation. Je pense que d'ici un mois les chaînes de manutention de l'usine devraient fonctionner à plein régime.

— Merci pour cette mise à jour, Finn, mais je sais exactement ce qui se passe là-bas, déclara leur père. Tu penses vraiment que je t'enverrais à l'autre bout de la planète pour gérer une opération de plusieurs millions de dollars sans savoir ce qui se passe à tout moment de la journée ?

Le sourire de Finn s'effaça aussitôt.

— Non, bien sûr. Tu dois te tenir au courant de tout, puisque tu es le P-DG de la compagnie. J'avais juste envie de partager la bonne nouvelle avec toi et Sawyer.

Leur père s'adossa à son fauteuil, croisa les bras sur sa poitrine et regarda Finn droit dans les yeux.

— Tu t'en es bien sorti, fiston. Mieux que ce que je pensais, pour être honnête. Toutefois, il est difficile pour moi de me concentrer sur cette réussite quand je pense à la situation désastreuse que tu as engendrée ici.

Finn parut interloqué.

— Quelle situation désastreuse ?

Sawyer soupira devant l'inconscience habituelle de son jumeau.

— Papa parle de Kat et du bébé, crétin, intervint-il.

— Je vous assure que tout est sous contrôle, affirma Finn. Mes avocats s'en occupent et il n'y a aucun souci à se faire. Je vais prendre rendez-vous avec elle cette semaine pour finir de négocier les termes du contrat et le lui faire signer. Et tout sera réglé.

Trevor les étudia tous les deux un instant en silence, puis se pressa l'arête du nez, les yeux mi-clos.

Enfin, il s'adressa à eux d'un air grave.

— Je ne sais pas comment c'est possible que vous vous ressembliez à ce point physiquement et que vous soyez à la fois si différents. Tu es vraiment un crétin, Finn. « Et tout sera réglé » ? Non, tout est loin d'être réglé. Tu as fait un bébé à une inconnue, bon sang !

— C'était un accident ! Je t'assure que j'ai toujours tout fait pour éviter ce genre de problème.

— Tout sauf te comporter correctement !

Sawyer n'était pas mécontent de voir Finn remis à sa place par leur père tout en étant très mal à l'aise d'assister au sermon paternel.

— Je suis obligé de rester pour écouter ça ? demanda-t-il. Je suis uniquement venu pensant que l'on allait faire un topo sur la nouvelle usine en Chine.

Il fit mine de se lever, mais le regard acéré de leur père le contraignit à se rasseoir aussitôt.

— Reste avec nous, Sawyer. C'est toi qui t'es occupé de Kat en attendant le retour de ton frère, donc c'est toi qui connais le mieux cette jeune femme.

— Je ne vois pas où est le problème, intervint Finn. Je prévois de m'occuper de Kat et du bébé, un point c'est tout.

Trevor le fixa un instant, visiblement contrarié.

— Non, ce n'est pas tout, Finn. Faire un chèque et ne pas assumer tes responsabilités, ce n'est pas suffisant. Tu as oublié que j'ai rencontré cette jeune femme, que ta mère l'a rencontrée également. Que ta grand-mère et tes sœurs ont fait sa connaissance. Ta grand-mère est tombée sous le charme. Et tout le monde l'aime bien. Moi aussi, je l'aime bien. Kat n'est pas un simple plaisir d'un soir à qui tu peux donner un chèque pour t'en débarrasser et avoir la conscience tranquille. Pour être franc, elle correspondrait mieux à Sawyer, mais elle a eu la malchance de tomber sur toi. Elle est intelligente, et c'est la meilleure chose qui te soit arrivée dans ta vie. Elle pourrait transformer ta vie. Et, accident ou pas, elle mérite mieux que ce que tu lui proposes !

— Tu ne sais même pas ce qui figure dans le contrat, répliqua Finn, qui aurait tout donné pour être ailleurs.

— En effet, mais je sais ce qui n'y figure pas. Tu sais, je t'ai envoyé en Chine dans l'espoir de te faire mûrir. Tu vas avoir trente-quatre ans et tu n'as pas cessé de causer des ennuis à la famille depuis que tu as appris à te servir de ton *joujou*. À présent, je me retrouve dans la position où je vais devoir t'obliger à assumer tes responsabilités d'homme, une bonne fois pour toutes.

Finn s'enfonça tellement dans son siège qu'il faillit basculer en arrière. Et, cette fois, il se garda de tout commentaire ; il savait quand il fallait se taire.

— Il s'agit de ton enfant et tu vas épouser sa mère, ordonna Trevor. Chez les Steele, on assume nos erreurs.

— Seulement quand on ne peut pas les effacer et faire comme si elles n'avaient jamais existé, rétorqua Finn.

Sawyer écarquilla les yeux et regarda son frère, interloqué. Après tout, Finn n'était pas aussi intelligent qu'il le pensait.

— De quoi parles-tu, au juste ? s'enquit leur père sur un ton cassant.

— Je parle de Morgan et de la façon dont tu as détruit sa vie, sous prétexte de la guider sur le droit chemin. Tu as payé River et tu as balayé son mariage et son bébé sous le tapis. Alors comme tu ne peux pas faire ça avec moi, tu essayes de m'intimider pour me forcer à faire ce que tu veux.

Sawyer n'osait plus respirer. Jamais il n'avait entendu Finn, ou quiconque d'autre, parler à leur père de cette façon.

Il s'attendait à une explosion de colère paternelle comme il en arrivait parfois, mais il n'en fut rien.

Après quelques instants d'un lourd silence, leur père reprit d'un ton calme et froid :

— Tu as raison, Finn. Je pensais qu'à dix-neuf ans, Morgan était trop jeune et trop immature pour prendre ses décisions toute seule. J'avais tort. Mais cette fois j'ai raison, et tu m'as de nouveau prouvé que tu étais encore trop immature pour prendre tes décisions.

Finn ne trouva rien à répondre à cela.

Ni Sawyer, d'ailleurs. Que pouvait-il ajouter ? C'était ce que Kat voulait, après tout. Épouser Finn.

— Demain soir, nous allons donc organiser un dîner de famille pour célébrer ton retour, poursuivit leur père. Kat sera invitée, et au cours de la soirée, devant tout le monde, tu vas lui offrir une bague de fiançailles et lui demander de t'épouser. C'est compris ?

Finn acquiesça en silence.

— Très bien. Donne tes notes de frais à ton assistante et va te reposer. Avec le décalage horaire, je sais qu'il faut du temps pour récupérer. Tu peux disposer.

Les deux frères se levèrent.

— Pas toi, Sawyer.

Finn s'éclipsa sans demander son reste.

Sawyer, résigné, se rassit, s'attendant à une salve de réprimandes. Son père savait sûrement qu'il avait eu une liaison avec Kat. Il semblait être au courant de tout ce qui se passait dans la famille, sans en avoir l'air.

— Qu'est-ce que je vais faire de lui ? s'enquit son père après avoir poussé un profond soupir.

— Si tu le forces à épouser Kat, il va être malheureux. Et il va rendre tout le monde malheureux autour de lui, y compris Kat et le bébé.

— Je sais, mais je veux qu'il prenne enfin ses responsabilités.

— Je n'ai qu'à prendre la place de Finn et épouser Kat.

Les mots s'étaient échappés de sa bouche avant qu'il ait eu le temps d'en saisir l'impact. Et, curieusement, il ne les regretta pas, les trouvant même tout à fait sensés et justes.

Son père lui lança un regard interloqué.

— C'est une offre très généreuse de ta part, Sawyer. Pourrais-tu me dire pourquoi tu épouserais Kat à la place de ton frère ?

— C'est la meilleure solution. Finn n'a pas envie de l'épouser, mais moi je veux bien. Donc le problème serait rapidement résolu. Du point de vue légal, cela ne sera pas un problème, et grâce à nos gènes de jumeau, le bébé me ressemblera. Personne n'aura besoin de connaître la vérité.

Son père réfléchit à cette solution pendant un moment avant de secouer la tête.

— C'est très pragmatique de ta part, dit-il. Je sais que je peux toujours compter sur toi pour trouver une solution, même si, dans ce cas précis, je crains que tes réelles motivations dépassent ta volonté de régler la situation. Et c'est d'ailleurs pour cela que je ne peux pas te laisser faire.

— Pourquoi ?

— Parce que cela ne te concerne pas. Si tu veux aider, reste en dehors de tout ça et laisse Finn prendre ses responsabilités. Laisse-les régler cette histoire entre eux. Si Kat renonce à la proposition de Finn et qu'elle te choisit à sa place, je n'y verrais aucun inconvénient. La décision viendra d'elle. Si elle a un peu de jugeote, elle n'acceptera pas la proposition de ton frère. Mais Finn doit faire l'effort de se comporter en homme responsable, sinon il ne le fera jamais.

Sawyer poussa un profond soupir.

Son père avait raison. C'était à Kat de décider. Il s'agissait de sa vie et c'était à elle de savoir ce qu'elle voulait. Et, d'après la discussion qu'il avait surprise entre elle et ses sœurs sur le yacht, elle voulait Finn.

— Autre chose ? demanda-t-il.

— Oui. Le mouvement de protestation qui a eu lieu le 4 juillet, c'était lié à ton projet de rénovation du District ?

Sawyer avait espéré que son père n'aurait pas eu vent des événements, mais certains journalistes s'en étaient donné à cœur joie dans la presse locale et, bien entendu, son père avait été mis au courant de la situation.

— Oui, répondit-il.

— Trouve un moyen de satisfaire ces gens. Parfois, le compromis est la clé du succès, en affaires comme en amour.

Comme toujours, son père avait raison. Il devait forcément y avoir un moyen pour éviter que le mouvement de protestation du District ne fasse de nouveau la une des journaux.

— Entendu, je ferai de mon mieux pour calmer le jeu.

— Encore une chose, Sawyer. Emmène ton frère chez le bijoutier et fais en sorte qu'il choisisse une bague digne de ce nom. Je sais que tu sauras trouver une pièce qui plaira à Kat, précisa son père en le regardant droit dans les yeux.

Sawyer se leva en acquiesçant.

Aider son frère à choisir une bague de fiançailles pour Kat était la dernière chose qu'il avait envie de faire, mais il assumerait sa mission le plus dignement possible, ne serait-ce que pour s'assurer que Finn prendrait quelque chose qui plairait à Kat.

Elle le méritait.

En retournant à son bureau, il trouva Finn assis sur la table de son assistante en train de flirter ostensiblement comme s'il n'était pas conscient qu'il pourrait bientôt être poursuivi en justice pour comportement indécent.

— Allez, Finn, suis-moi. On doit aller acheter une bague de fiançailles pour que tu puisses faire ta demande en mariage demain soir ! lança-t-il pour mettre fin à sa scène de don Juan.

Le sourire de l'assistante disparut aussitôt.

Son frère le suivit dans son bureau.

— Tu penses comme papa que c'est la meilleure solution ? demanda-t-il. Vous avez tous les deux perdu la tête ?

— Ferme la porte, lui ordonna Sawyer, debout contre la table de son bureau.

— Je viens de me faire passer un savon par papa, inutile de jouer au petit chef avec moi, j'ai eu ma dose.

— Je suis plus âgé que toi de deux minutes, je te rappelle, donc tu me dois le respect. Alors maintenant, assieds-toi et écoute-moi.

Finn obéit sans broncher.

— Beaucoup de choses se sont passées en ton absence, Finn. On a tous eu le temps d'apprendre à connaître Kat. Mieux que toi. Et, comme papa l'a dit, elle a conquis tout le monde. Son seul problème c'est que, pour une raison inexplicable, elle pense que t'épouser est la seule chose sensée à faire. Personnellement, je pense qu'elle pourrait faire mieux. Or elle ne m'a pas demandé mon avis.

— Où veux-tu en venir ? s'enquit Finn, croisant les bras.

Sawyer le fixa droit dans les yeux.

— Voilà où je veux en venir. Katherine McIntyre est une jeune femme extraordinaire. Intelligente, drôle, talentueuse, belle... et elle porte ton enfant. Tu ne la mérites pas. Ni dans ton lit ni dans ta vie. Seulement elle a décidé qu'elle voulait que tu fasses partie de sa vie. Et si tu ne saisis pas cette chance, tu es encore plus bête que ce que je pensais.

— Bonsoir, mademoiselle McIntyre. Je vous en prie. Entrez, la famille est réunie dans la bibliothèque, lui dit Lena en venant lui ouvrir la porte.

Kat pénétra dans la grande demeure puis attendit que Lena ait fermé derrière elle avant de se diriger vers l'aile est de la maison.

Morgan l'arrêta en chemin et, sans un mot, l'entraîna à l'opposé de la bibliothèque, dans un petit boudoir à l'abri des regards indiscrets. Puis elle ferma la porte après s'être assurée que personne ne les avait vues.

— Voyons, Morgan, que se passe-t-il ?

— Finn va te demander en mariage pendant le dîner.

— Tu plaisantes ? Je ne l'ai pas vu depuis qu'il est rentré de Chine. On s'est parlé quelques fois au téléphone, c'est tout. Tu es sûre de ce que tu avances ? Cela me paraît invraisemblable.

— Pourtant, c'est la vérité. J'ai même vu la bague de fiançailles. C'est Sawyer qui a aidé Finn à la choisir. Elle est superbe. Je suis sûre qu'elle te plaira.

Kat était stupéfaite.

Cette soirée était censée être un simple dîner de bienvenue pour fêter le retour de Finn. Et l'occasion pour elle de lui parler en personne pour la première fois depuis la nuit qu'ils avaient partagée et qui avait créé cette situation épineuse.

Il s'apprêtait vraiment à la demander en mariage ?

Elle ne savait plus que penser. Heureusement que Morgan l'avait vue en entrant et qu'elle avait jugé bon de la prévenir.

Ainsi, Finn allait lui demander de l'épouser... Pourquoi n'arrivait-elle pas à se réjouir de cette nouvelle ? Après tout, c'était le scénario qu'elle souhaitait depuis le début.

— Je suis désolée de t'avoir gâché la surprise, mais personnellement je pense qu'il vaut mieux être préparée à ce genre de situation, lui expliqua Morgan. Je ne sais pas comment il a prévu de s'y prendre mais, s'il le fait devant toute la famille, cela peut être intimidant. En plus, j'avais hâte de te le dire car c'est exactement ce dont tu as parlé sur le bateau l'autre jour, donc je suis vraiment contente pour toi, conclut la jeune femme avant de la prendre dans les bras.

Pourquoi sa future belle-sœur était-elle plus enthousiaste qu'elle ?

Kat ferma les yeux, tentant de repousser l'image de Sawyer qui occupait une place prédominante dans son esprit.

Maintenant, leur histoire était bel et bien terminée.

Il se mettrait en retrait, comme il le lui avait dit, pour qu'elle puisse avoir la famille dont elle rêvait en épousant le père de son enfant.

— Bon, j'y vais, dit Morgan. Je ne voudrais pas que l'on me soupçonne d'avoir voulu saboter la surprise. On se retrouve à la bibliothèque.

Kat prit un instant pour se remettre de ses émotions.

Elle vérifia son maquillage dans la glace et se recoiffa.

De retour dans le hall, elle se retrouva face à face avec Sawyer qui accrochait son manteau.

— Kat ? Que fais-tu là ? Tu te cachais dans le boudoir ?

— Bien sûr que non. J'ai simplement vérifié ma tenue.

Il acquiesça en silence, hésitant à la regarder.

— Tu as vu Finn ? s'enquit-il.

— Non, pas encore. J'ai vu Morgan, en coup de vent.

Il acquiesça de nouveau, toujours aussi raide.

S'il avait aidé Finn à choisir la bague, il savait forcément ce qui allait se passer ce soir. Et l'idée n'avait pas l'air de lui plaire. À vrai dire, à elle non plus.

Une question délicate lui brûlait les lèvres.

— Sawyer, je peux te demander quelque chose ?

— Je t'écoute.

Elle hésita avant de trouver la meilleure tournure.

— Tu peux me donner une bonne raison de ne pas épouser Finn ?

Elle voulait lui donner sa chance. La chance non pas de faire ce qu'il fallait faire, selon les convenances, mais de dire la vérité sur la nature des sentiments qu'il éprouvait pour elle, même si cela bousculait le programme des festivités.

Elle scruta son visage, à la recherche d'un signe, d'une lueur, priant pour qu'il ait le courage de s'ouvrir à elle.

Épouser Finn lui avait semblé être une bonne idée jusqu'à ce que Sawyer débarque dans sa vie. À présent, elle ne savait plus ce qu'elle voulait. Mais, si elle arrivait à faire dire à Sawyer qu'il l'aimait autant qu'elle l'aimait, alors elle n'aurait aucun mal à prendre sa décision.

— Non, désolé, je ne peux pas, répondit-il.

Sans même tenter de la regarder une dernière fois, il tourna les talons pour se diriger vers la bibliothèque, la laissant seule, le cœur brisé.

Le reste de la soirée se déroula dans une atmosphère cotonneuse comme si ce n'était pas vraiment elle qui vivait les scènes qui se succédaient. Elle était absente, plongée dans un tourbillon d'émotions toutes plus confuses les unes que les autres.

Ils prirent l'apéritif dans la bibliothèque puis ils passèrent dans la salle à manger.

Alors qu'ils marchaient dans le couloir, Finn la prit à part pour lui parler un peu en tête à tête. C'était étrange de le revoir après tout ce temps, sachant qu'il était le père de son bébé et qu'il ressemblait comme deux gouttes d'eau à l'homme qu'elle aimait.

Plus tard, à table, elle se rendit compte qu'elle se souvenait à peine de leur conversation. Il lui avait surtout parlé de lui et de son voyage en Chine. À aucun moment il lui avait demandé comment elle allait, où en était sa grossesse et comment se portait le bébé. La seule bonne nouvelle, d'après elle, c'était qu'il allait bientôt devoir retourner en Chine.

Non seulement elle n'avait pris aucun plaisir à parler avec Finn, mais elle n'avait pu ignorer Sawyer qui n'arrêtait pas de leur jeter des regards renfrognés.

Dans la bibliothèque, il avait fait semblant de s'intéresser à ce que sa grand-mère disait mais, chaque fois que Kat avait tourné la tête dans sa direction, elle l'avait surpris en train de l'observer comme s'il regrettait de ne pas avoir saisi sa chance quand elle lui en avait donné l'occasion.

Le dîner ne fut pas une expérience plus agréable. Elle avait été placée à côté de Finn, bien sûr, mais elle s'était retrouvée en face de Sawyer. Tout en essayant de suivre les conversations ici et là, elle était pleinement consciente que Sawyer ne la quittait pas des yeux.

L'angoisse montait en elle à mesure que le repas avançait. Le moment venu, quand Finn sortirait la bague, comment pourrait-elle le regarder dans les yeux et faire semblant de boire ses paroles alors que Sawyer serait en train de la scruter, de l'autre côté de la table ?

Oh Seigneur… Ce dont elle avait le plus rêvé au monde s'était transformé en un défi insurmontable.

Alors que Lena débarrassait les assiettes, Finn se leva pour porter un toast.

Kat s'immobilisa avant de se forcer à lever son verre d'eau pétillante.

— J'aimerais remercier tout le monde d'être là ce soir pour m'accueillir après mon retour de Chine, dit Finn. C'était un voyage extraordinaire et j'ai hâte d'y retourner pour aider à faire prospérer l'industrie Steele en Asie. Je vous ai ramené à chacun un petit souvenir de là-bas. Ma hotte est dans la bibliothèque, je ferai la distribution des cadeaux après le dessert. Mais pour l'instant, j'ai un cadeau pour Kat…

Sawyer se leva brusquement de table.

— Excusez-moi, je dois partir, dit-il, avant de sortir précipitamment de la salle à manger.

Les gens autour de la table se turent, un peu étonnés, puis se tournèrent de nouveau vers Finn qui reprit :

— J'espère que ce n'est pas grave et qu'il va bientôt revenir. En tout cas, je tiens à vous remercier d'avoir accueilli Kat aussi chaleureusement dans notre famille malgré mon absence. Je n'ai entendu que des louanges à son sujet. Et, même si nous ne nous connaissons pas depuis longtemps, j'ai hâte d'apprendre à mieux la connaître… dans les années à venir.

Alors que Finn mettait la main dans la poche de sa veste, le cœur de Kat se mit à battre à tout rompre. L'espace d'un instant, elle crut défaillir, n'entendant que le rythme sourd de son sang pulsant dans ses oreilles.

Fermant les yeux, elle attendit que le vertige cesse pour recouvrer ses esprits et ne pas se ridiculiser.

Quand elle rouvrit les yeux, elle vit Finn sur un genou à côté d'elle. Il tenait un petit écrin dont le couvercle était ouvert. À l'intérieur se trouvait l'une des bagues les plus jolies qu'elle ait vues de sa vie.

Le diamant ovale au centre était d'une taille impressionnante, mais ce qui attira son attention, ce fut l'aspect artistique de la bague. La pierre était montée sur un anneau platiné, serti d'une multitude de petits diamants tous plus brillants les uns que les autres.

À n'en pas douter, ce bijou avait été fabriqué par un artisan joaillier talentueux qui aimait travailler les métaux précieux et les pierres rares autant qu'elle aimait travailler le bois.

— Katherine McIntyre, nous n'en sommes qu'aux prémices de notre relation mais, ce soir, je souhaite t'offrir cette bague dans l'espoir que nous puissions vivre ensemble de longs jours heureux, annonça Finn. Accepterais-tu de m'épouser et de devenir Mme Katherine Steele ?

Elle eut soudain l'impression que tout disparaissait autour d'elle. Tout sauf cette bague qui flottait devant elle, représentant la clé de sa vie future, et qu'elle n'osait prendre.

Puis elle revint à la réalité.

Finalement, elle s'était trompée.

Ce n'était pas le moment qu'elle avait attendu toute sa vie.

Son aventure avec Finn était un accident. Ils n'avaient pas choisi de faire un enfant, mais Finn assumait son rôle pour lui offrir son rêve de toujours : fonder une famille en épousant le père de son enfant.

Tout était réuni, à l'exception de la chose la plus importante.

L'amour.

Elle s'était dit qu'elle n'en avait pas besoin, que l'essentiel c'était d'épouser le père de sa fille.

Finn avait bien fait les choses. La bague était merveilleuse, sa demande en mariage impeccable, et elle était entourée de sa future belle-famille qui attendait son assentiment pour pouvoir fêter la bonne nouvelle.

Il n'y avait rien à redire.

Hormis qu'elle aurait voulu que la demande en mariage vienne de Sawyer.

11

Sawyer pouvait se mettre en retrait parce que son père le lui avait demandé. Il pouvait aussi se montrer grand seigneur et accompagner son frère pour l'aider à choisir une bague qui plairait à Kat. Mais il ne pouvait pas rester à table et regarder Finn demander en mariage la femme qu'il aimait.

Car il aimait Kat. Il en avait eu la révélation quelques instants avant que son frère se lève pour faire sa demande.

Il savait qu'il avait des sentiments très forts pour Kat et, comme il l'avait dit à son père, il était prêt à l'épouser à la place de Finn qui voyait cette union d'un très mauvais œil.

Hélas, il avait refusé de voir la réalité en face. Et maintenant, c'était trop tard.

Il n'était qu'un imbécile. Il avait déjà été amoureux dans sa vie, il aurait dû reconnaître les signes. Seulement il s'était montré trop têtu.

Kat portait l'enfant de son frère, elle ne lui était pas destinée, donc il avait préféré se voiler la face.

Il avait traité Finn de crétin, mais c'était lui qui avait manqué de clairvoyance. Comment avait-il fait pour tomber amoureux de la femme qui attendait un bébé de son frère ?

Même quand elle lui avait dit qu'elle voulait épouser Finn pour le bien de leur enfant, il n'avait pas pu la laisser tranquille et l'oublier.

Depuis leur premier baiser au District, leur relation était vouée à l'échec. Il le savait, mais avait refusé d'agir en conséquence et s'était enfoncé dans l'impasse.

Ses parents seraient sûrement fâchés contre lui qu'il ait quitté le repas de famille, mais il invoquerait une excuse ou une autre et ils finiraient par lui pardonner.

Il ne pourrait pas leur dire qu'il était amoureux de Kat.

Son téléphone sonna plusieurs fois alors qu'il rentrait chez lui. Il l'éteignit. Il n'avait pas envie de connaître le déroulement des festivités. Encore moins de voir une photo des heureux fiancés.

Il voulait simplement rentrer chez lui, boire une bière ou deux et tout oublier.

Quelle ne fut pas sa surprise quand il vit son frère assis dans son bureau, le lendemain matin.

Finn était confortablement installé sur le canapé en cuir destiné aux visiteurs.

— Salut, frérot ! lança-t-il sur un air guilleret.

Un peu trop guilleret pour être honnête, songea Sawyer en l'observant d'un air méfiant.

— Tu n'es jamais au bureau aussi tôt, lui fit-il remarquer.

— Je souffre du décalage horaire. Et, comme je retourne en Chine dans quelques semaines, je me suis dit que ce n'était pas la peine de m'entraîner à retrouver un rythme normal.

— Je pensais que tu aurais fait la fête toute la nuit.

Finn le regarda, interloqué.

— Donc tu n'es pas au courant ?

— Au courant de quoi ? Il est trop tôt pour jouer aux devinettes, rétorqua Sawyer sur un ton agacé.

— Tu n'as pas regardé ton téléphone !

Finn se leva, le bras tendu vers lui.

— Ouvre la main.

Sawyer obtempéra, et son frère posa l'écrin de la bague de fiançailles dans sa paume. Il l'ouvrit, s'attendant à ce qu'elle soit vide, mais la bague était sur son coussin de velours.

— Dis-moi que tu ne t'es pas défilé ! lança-t-il avant de refermer la petite boîte d'un geste sec.

Finn recula d'un pas, ayant sûrement senti l'animosité qui émanait de lui.

— Mais non, voyons ! Pour qui tu me prends ? J'ai joué le rôle que l'on m'avait demandé de jouer. J'ai préparé un beau discours de demande en mariage, j'y ai mis tout mon cœur, et elle a dit non.

Sawyer se figea.

D'un côté, il s'attendait à ce que Finn lui dise qu'il plaisantait. De l'autre, en voyant le soulagement sur le visage de son frère, il sut qu'il disait la vérité. Kat n'avait pas accepté la demande en mariage de Finn, et ce dernier était aux anges.

— Elle a dit non ? répéta-t-il, n'y croyant toujours pas.

— Elle a dit non. Devant papa et tous les autres. Très clairement. Je ne te cacherai pas que je suis soulagé. Cela dit, je ne peux pas m'empêcher de me demander ce qui a pu la faire changer d'avis, conclut-il sur un ton faussement mystérieux.

— Comment ça ?

— Je me demande si, par hasard, mon jumeau n'aurait pas profité de mon absence pour séduire Kat.

— Qu'est-ce que tu racontes ?

— Sawyer, je ne suis pas dupe. Je vous ai vus, hier soir, vous n'arrêtiez pas de vous regarder. Je t'ai demandé de veiller sur Kat jusqu'à mon retour. Je ne t'ai pas demandé de coucher avec elle. Et si j'avais vraiment eu envie de l'épouser ? Et si j'avais vraiment eu envie d'élever notre enfant sous le même toit ? Tu aurais tout gâché.

— Gâché quoi ? Tu n'as jamais eu l'intention de faire ta vie avec Kat. Avoue-le. Si tu l'as demandée en mariage, c'est parce que papa te l'a ordonné. De plus, tu ne te serais jamais retrouvé dans cette situation si tu n'étais pas allé à cette soirée en te faisant passer pour moi. Elle s'est rendue au gala de l'aquarium en espérant me rencontrer. Moi. Pas toi. Donc si quelqu'un a essayé de jouer à l'imposteur et de me voler Kat, c'est toi, pas l'inverse !

Ce petit discours ne sembla pas émouvoir Finn le moins du monde.

— En tout cas, maintenant, tu as carte blanche, dit-il d'un ton léger. Papa ne peut plus rien contre moi, et la voie est libre pour Kat.

Sawyer fixa son frère avec mépris.

— C'est fou, ça. Tu finis toujours par t'en tirer à bon compte. Comme d'habitude.

— Qu'est-ce que tu veux dire, au juste ? s'enquit Finn en lui jetant un regard noir.

— Je veux dire que je n'ai jamais rencontré quelqu'un d'aussi irréfléchi et d'aussi irresponsable que toi, et pourtant, on ne peut jamais te rendre la monnaie de ta pièce. Tu ne subis jamais les conséquences de tes actes. Tu t'en sors toujours bien. Tu n'as même pas besoin d'épouser la femme qui porte ton enfant. Tu n'as pas dû payer la note quand tu as cassé la moto de Tom. Papa est toujours intervenu pour régler tes frasques à l'école. Quoi qu'il arrive, tu ne dois jamais réparer ni assumer tes actes. Il y en a toujours un de nous qui arrive à ton secours pour gérer les problèmes à ta place. Et ensuite, tu as le culot de me reprocher d'être tombé amoureux de la femme que tu aurais dû épouser ?

Finn semblait abasourdi. Il secoua la tête quelques instants avant de réagir.

— Tu es sérieux ? murmura-t-il. Tu es amoureux d'elle ?

Sawyer serra les dents. Il s'en voulait d'avoir vendu la mèche. Finn et lui n'avaient pas la relation que d'autres jumeaux avaient. Ils ne s'étaient jamais confiés l'un à l'autre, ni raconté leur vie privée par le menu. Sawyer n'aimait pas entendre Finn lui parler de ses multiples conquêtes, et Finn ne lui posait jamais de questions sur sa vie à lui.

Donc c'était un grand moment pour tous les deux.

Un moment assez maladroit puisque inédit.

— Oui, marmonna-t-il enfin, posant l'écrin de la bague sur son bureau.

— Et qu'aurais-tu fait si elle avait accepté mon offre de mariage ? Tu aurais broyé du noir jusqu'à la fin des temps ?

— Je me disais que votre mariage ne durerait pas, donc que je n'aurais pas longtemps à attendre.

— Très drôle ! Sincèrement, mon frère. Je suis sérieux.

Sawyer haussa les épaules.

Il n'avait pas eu le temps d'y penser.

— Peut-être que j'aurais broyé du noir, avoua-t-il. Peut-être que j'aurais bossé comme un fou au point d'avoir de l'hypertension. Si Kat avait accepté de t'épouser, j'aurais peut-être demandé à papa de m'envoyer en Chine pendant un temps. En tout cas, je ne comptais pas m'immiscer entre vous, malgré mes sentiments.

— Pourquoi ? Tu t'es toujours immiscé dans ma vie dès que tu pensais que je sortais du droit chemin.

— Parce que... rien ne pourra jamais changer la réalité de la situation. Kat attend *ton* enfant. Que je l'aime ou pas, que tu l'aimes ou pas, c'est et cela restera ton enfant. Je ne pourrais jamais rien y changer.

Finn se rassit dans un fauteuil tout en semblant réfléchir à ces propos.

— Et elle, elle t'aime ? s'enquit-il.

— Je ne sais pas, répondit Sawyer en s'installant à son bureau. On n'en a jamais parlé.

— Tu as bien dit qu'elle voulait m'épouser.

— C'est ce qu'elle a dit à Jade et Morgan quand elle est venue pour la fête du 4 juillet.

— Pourtant, quelques jours plus tard, elle a refusé ma proposition et m'a fait passer pour un idiot devant toute la famille. Je dirais donc... qu'elle a eu une révélation. Elle est forcément amoureuse de toi. C'est la seule raison plausible.

Sawyer fixa son frère avec attention.

— Admettons qu'elle soit amoureuse de moi. Qu'adviendra-t-il de ta fille ?

Finn ouvrit de grands yeux.

— Quoi ? s'exclama-t-il. Je ne savais pas... C'est une fille ?

— Zut ! Je pensais que tu le savais. Désolé. Toute la famille est au courant. Morgan a mis des lumières roses sur le yacht, le jour du 4 juillet.

Finn hocha la tête, toujours sous le coup de la surprise.

— Une fille..., murmura-t-il. Waouh. Une fille, c'est une

super nouvelle. Et malgré ce que tu penses, ou ce que tous les autres pensent, je compte faire partie de la vie de ma fille. Je suis peut-être un coureur de jupons qui a du mal à trouver un point d'ancrage, mais pas question d'être un papa qui n'est jamais là. Pour ce qui est de Kat, je pense qu'elle t'aime et que vous devriez faire votre vie ensemble.

Finn fit glisser l'écrin en direction de Sawyer.

— Prends la bague et donne-la-lui, dit-il. Après tout, c'est toi qui l'as choisie. Tu savais ce qui lui ferait plaisir. Je suis sûr qu'elle préférera que cela vienne de toi.

— Non, tu devrais la rendre.

— La rendre ? Pas question que je retourne dans la bijouterie et que je dise que la femme à qui je l'ai offerte n'en voulait pas. Prends-la ou je la mettrai au fond d'un tiroir en attendant de savoir ce que je pourrai en faire.

— Elle a coûté cher.

— Le jet-ski aussi. Et comme je te l'ai extorqué, on est quittes.

Sawyer n'en revenait pas ! Le jet-ski lui avait coûté vingt mille dollars, mais la bague de Kat avait coûté bien plus.

C'était la façon de Finn de dire qu'il était désolé d'avoir été responsable de cette situation. Il était bien trop fier pour formuler des excuses à haute voix, et Sawyer n'était pas d'humeur à le pousser dans ses derniers retranchements.

— Tu es sûr ? demanda-t-il en se levant.

— Oui. Donne-la à Kat. Et vis heureux pour le restant de tes jours avec la mère de mon enfant, dit Finn en se levant à son tour.

— Tu seras toujours le père de ta fille.

— Oui. Toi tu seras l'oncle/beau-père, et moi je serai son oncle/père. Peu importe le titre. On élèvera notre fille ensemble, comme il nous plaira, sans se soucier du qu'en-dira-t-on.

Sawyer n'en revenait pas. Jamais Finn n'avait tenu des propos aussi raisonnables.

Pour la première fois, il eut envie de prendre son frère dans les bras et de le serrer contre lui, mais, avant qu'il ait eu le temps de passer à l'acte, Finn s'avança vers lui et le serra brièvement dans ses bras, lui donnant quelques tapes viriles dans le dos.

— Continue à veiller sur elles, dit-il avant de sortir du bureau en silence.

Kat avait un million de choses à faire avant la fermeture du District dans quelques jours. Et elle n'avait encore rien fait pour préparer l'arrivée du bébé. Ne trouvant pas l'énergie pour s'engager dans l'une ou l'autre activité, elle avait préféré siroter un thé sur sa terrasse en lisant un livre qu'elle avait pris à la bibliothèque. Le sujet du livre était des plus appropriés : permettre aux gens d'atteindre un niveau de bien-être supérieur pour arriver à la sérénité intérieure en identifiant les habitudes d'autosabotage.

Pour l'instant, cela lui permettait juste... de ne pas penser à sa situation compliquée !

D'aucuns lui diraient que ce n'était pas si catastrophique. Après tout, elle avait choisi de ne pas épouser un homme qui ne l'aurait pas rendue heureuse. En cela, c'était plutôt une bonne décision, même si elle avait infligé un affront cuisant à Finn devant toute sa famille.

Cela dit, cette épreuve avait contribué à améliorer ses relations avec Finn. Quelques jours après la proposition de mariage ratée, ils avaient déjeuné ensemble et avaient enfin eu l'occasion de se parler vraiment, en tête à tête. Finn comprenait sa décision de ne pas l'épouser et lui avait expliqué qu'il était soulagé de son refus. C'était son père qui lui avait ordonné de la demander en mariage pour régler la situation, et il s'était senti obligé d'obéir, comme il le faisait toujours quand son père lui demandait quelque chose.

Sans famille et sans avocats, ils avaient établi un plan pour élever ensemble leur fille et ils étaient tous les deux satisfaits de leur arrangement. Finn avait accepté de payer les frais de l'école privée et il allait acheter un logement plus proche de chez elle, avec une chambre supplémentaire pour les nuits où il aurait la garde de leur fille.

Elle n'avait pas besoin d'argent pour vivre, mais elle avait accepté la pension qu'il proposait de lui verser. Finn avait aussi décidé d'ouvrir un compte dont leur fille aurait l'usufruit en arrivant à sa majorité.

Dans l'ensemble, un échange très civilisé et cordial.

Si elle avait eu des nouvelles de Sawyer depuis qu'il avait quitté le dîner de famille, elle aurait pu envisager des jours meilleurs.

Qu'il ne lui ait pas donné de ses nouvelles la contrariait au plus haut point.

Peut-être avait-elle mal interprété la situation.

Sawyer lui avait dit ne pas avoir une bonne raison à lui donner pour qu'elle n'épouse pas Finn, et elle avait cru qu'il n'osait pas lui dire la véritable nature de ses sentiments pour elle. À la réflexion, peut-être lui avait-il dit la vérité. Et peut-être qu'il n'avait eu envie d'elle que parce qu'il ne pouvait pas l'avoir.

Une fois libre, elle ne l'intéressait pas. Elle avait eu sur lui l'effet d'une tentation interdite, ni plus ni moins. Maintenant qu'elle était enceinte et célibataire, elle n'avait plus rien de tentant à ses yeux.

Le bruit de la sonnerie la tira de ses pensées maussades.

Jetant un œil à travers la grille, elle vit une Rolls Royce garée dans la rue.

Curieuse, elle se dirigea vers son entrée.

Quelle ne fut pas sa surprise de voir Ingrid Steele descendre de la Rolls !

— Ingrid ? Que me vaut l'honneur de votre visite ?

— Je viens dire bonjour à ma future belle-petite-fille. Puis-je entrer ?

Stupéfaite, Kat laissa entrer la vieille dame.

— Voulez-vous vous installer dehors ou dedans ? demanda-t-elle. J'étais en train de boire un thé sur la terrasse.

— Dehors, ce sera parfait. Et un thé, ce serait avec plaisir.

Kat s'empressa de rentrer dans la maison pour préparer une tasse de thé pour son invitée.

Elle regretta de ne pas avoir un biscuit à lui offrir. Tout ce qu'elle avait dans ses placards en ce moment, c'était des galettes de riz et des barres de céréales. Elle ne pouvait rien ingurgiter d'autre.

Elle se demandait si son état nauséeux était simplement lié à sa grossesse ou si c'était sa situation en général qui l'empêchait de prendre des repas plus conséquents.

Quand elle rejoignit Ingrid sur la terrasse, son invitée était tranquillement installée dans un fauteuil.

— Je n'en reviens pas que vous soyez passée me voir, fit-elle remarquer. D'ailleurs, je ne pensais même pas vous revoir un jour, après la façon dont le dîner s'est terminé l'autre jour.

— Voyons, Kat, ne dites pas de bêtises ! Quoi qu'il arrive, vous faites désormais partie de notre famille. Le dîner de l'autre soir ne change rien.

Kat fut touchée par ces paroles.

Après tout, même si elle avait un statut à part dans la famille Steele, c'était le cercle familial le plus proche qu'elle ait jamais eu depuis la mort de ses parents et c'était rassurant de savoir qu'elle n'était pas devenue *persona non grata* chez les Steele.

— Alors tant mieux. Et bien sûr, elle sera toujours votre arrière-petite-fille, précisa-t-elle en posant une main sur son ventre qui ne cessait de grossir.

— J'ai hâte de faire sa connaissance. Vous savez, je suis peut-être trop sentimentale, mais je pense qu'un jour vous serez ma belle-petite-fille.

Kat lui jeta un regard surpris.

— Ingrid, Finn et moi n'allons pas nous marier. Il n'a jamais eu l'intention de m'épouser. D'après ce qu'il m'a dit, il ne m'a demandée en mariage que parce que son père le lui a ordonné.

Ingrid gloussa tout en secouant la tête.

— Venant de Trevor, cela ne m'étonne pas ! s'exclama-t-elle. Mais je ne parle pas de Finn, ma chère. Je parle de Sawyer.

Kat sentit qu'elle rougissait. D'après elle, personne n'était au courant de ce qui s'était passé entre Sawyer et elle.

Elle but une gorgée de thé puis réfléchit à la manière la plus posée de réagir.

— Qu'est-ce qui vous fait dire ça ? s'enquit-elle.

— Je ne suis plus dans la fleur de l'âge et ma vue baisse, mais je ne suis pas encore complètement aveugle, mon petit. Je sais qu'il se passe quelque chose entre Sawyer et vous. Je l'ai senti le jour de la fête organisée en mon honneur, puis sur le yacht, le 4 juillet. Vous vous êtes à peine parlé et vous ne vous êtes pas touchés, mais j'ai vu que vous n'arrêtiez pas de vous épier, de vous jauger, de loin. J'ai même senti votre attirance mutuelle flotter dans l'air, à la fois invisible et palpable. Si vous tentiez tous les deux de cacher vos sentiments, vous avez échoué.

Kat ne chercha pas à la contredire. Inutile de mentir à ce sujet maintenant que la situation avec Finn était réglée.

— Pour tout vous dire, Ingrid, je ne sais vraiment pas quels sont les sentiments de Sawyer envers moi. Il n'a jamais rien dit.

— Ma chère, vous savez que les hommes sont très têtus quand il s'agit de parler de leurs sentiments, et particulièrement dans cette famille, je dirais. Je ne devrais pas vous le dire mais, de mes petits-enfants, Sawyer est mon chouchou. Même tout petit, il était plus sérieux, plus réfléchi. Il pouvait rester des heures assis dans l'herbe à observer un papillon, alors que son frère courait dans tous les sens, prêt à terroriser la moindre fourmi. C'est aussi le plus réservé de mes petits-enfants, mais ce n'est pas parce qu'il ne dit pas les choses qu'il ne les ressent pas. Comment s'est-il comporté envers vous ?

— Quand on ne se disputait pas… à merveille.

— Je reconnais bien mon Sawyer. Et vous, lui avez-vous dit ce que vous éprouviez pour lui ?

Kat secoua la tête, l'air coupable.

— Non. J'avais peur. Et je n'arrêtais pas de me dire que je devais épouser Finn, même si je sentais au fond de moi que quelque chose clochait. Je pensais que c'était ce qu'il y avait de mieux pour le bébé.

— Ce qu'il y a de mieux pour le bébé, c'est ce qui vous rendra heureuse. Les bébés n'ont que faire de l'ADN ou de la légitimité. Tout ce qu'ils veulent, c'est se sentir entourés d'amour. Vous ne pensez pas que Sawyer serait capable de lui offrir ça ?

— Bien sûr que si. Seulement je ne l'ai pas revu depuis ce fameux dîner. Je trouve cela étrange.

— Je suis sûre qu'il est chez lui en train de tenter d'éclaircir la situation tout en se débattant avec des pensées contradictoires, comme vous. Il ne s'est pas éclipsé de table parce qu'il avait oublié un rendez-vous urgent. Il n'a tout simplement pas supporté l'idée de regarder la femme qu'il aimait se fiancer à quelqu'un d'autre. Je vous le garantis.

— Peut-être, mais l'événement remonte à plusieurs jours. Je suis sûre qu'il a appris la nouvelle et il n'est pas revenu vers moi pour autant. Au départ, je me suis dit qu'il avait agi en gentleman et qu'il s'était effacé pour donner une chance à Finn de bien agir. Pourquoi ne m'a-t-il pas envoyé un mot pour prendre de mes nouvelles ?

Ingrid prit une gorgée de thé puis reposa sa tasse.

— Sawyer ressemble à son grand-père, à plus d'un égard, expliqua-t-elle. C'est peut-être pour cela que j'ai toujours eu un faible pour lui. Ce sont tous les deux des perfectionnistes. Des fins stratèges. Capables de jouer pendant des heures aux échecs dans la bibliothèque et incapables de prendre une décision au pied levé. Ils doivent étudier la situation sous tous ses angles et, une fois qu'ils prennent leur décision, ils sont absolument certains d'avoir fait le bon choix.

— Donc Sawyer est chez lui en train de se demander s'il veut vraiment que je fasse partie de sa vie ?

— Non. Il est en train de réfléchir à la meilleure façon de vous conquérir.

Kat hocha la tête, songeuse. Elle n'était jamais tombée sur un homme aussi méticuleux. Cela dit, quel que soit le plan que Sawyer était en train d'échafauder, elle aurait aimé qu'il ne tarde pas à agir car s'il y avait une chose qu'elle ne supportait pas, c'était d'être dans l'expectative.

— J'aimerais en être aussi sûre que vous, murmura-t-elle. Je lui ai demandé s'il pouvait me donner une raison de ne pas épouser Finn, et il a dit qu'il n'en voyait pas.

— Bien entendu. Jamais il n'aurait osé s'immiscer dans vos affaires en sachant que vous vouliez vraiment que Finn vous épouse, pour le bien de votre enfant. Cela ne veut pas dire qu'il n'avait pas une raison en tête. Il aurait sûrement pu vous donner cinq raisons de ne pas épouser Finn, sans même devoir se creuser la tête ! Mais il ne l'a pas fait, par bienséance.

— Vous le pensez vraiment ?

— J'ai vu mes petits-enfants naître, grandir et devenir des hommes d'affaires. Je sais comment ils pensent. Sawyer tient à vous. Laissez-lui un peu de temps. Au fond de moi, je suis persuadée que si vous voulez devenir une Steele, votre patience sera bientôt récompensée.

Ingrid regarda sa montre.

— Ma chère, je suis ravie de vous avoir trouvée chez vous, dit-elle en se levant. C'était une visite très agréable, mais je dois y aller car j'ai rendez-vous chez mon bijoutier.

Kat la raccompagna jusqu'à la Rolls où le chauffeur attendait près de la portière ouverte.

— Merci d'être venue me voir, Ingrid. Je me sens mieux.

— J'en suis ravie. Je suis curieuse de connaître la suite.

Quand la voiture eut disparu, Kat rentra chez elle, tentant de mettre de l'ordre dans tout ce qu'elle venait d'entendre.

Peut-être que Sawyer était en train de réfléchir à une façon de revenir vers elle. Peut-être pas.

Comment le savoir ? Et comment faire confiance à Ingrid, une grand-mère enthousiaste qui n'avait d'yeux que pour son chouchou ?

Au lieu de se laisser abattre ou de se perdre dans les méandres de réflexions sans fin, elle décida d'agir.

Elle devait organiser le déménagement de son atelier et préparer l'arrivée du bébé car personne n'allait le faire à sa place.

Et, tant que Sawyer ne viendrait pas lui offrir son cœur sur un plateau, elle agirait seule et sans se bercer d'illusions.

12

C'était le dernier jour d'ouverture du District comme Kat l'avait connu et aimé. À 17 heures précises, tout le monde devait avoir quitté les lieux. Quasiment tous les locataires avaient déjà déménagé, laissant l'ancien entrepôt vide et douloureusement silencieux, compte tenu des bruits qui l'avaient animé quand il était plein d'artistes en tout genre.

Kat aimait Sawyer, mais une partie d'elle-même ne pourrait jamais lui pardonner d'avoir voulu transformer ce lieu mythique en une galerie d'art commerciale destinée aux gens qui aimaient se montrer et être vus.

Même s'il ne faisait que rénover les lieux, rien ne serait plus jamais comme avant. Et la plupart des gens qu'elle connaissait ne reviendraient pas après les travaux parce qu'ils ne pourraient pas honorer les nouveaux loyers. Le District perdrait son âme.

Elle comptait parmi les gens assez riches qui réintégreraient les lieux malgré l'augmentation des loyers. Sauf qu'elle n'était pas sûre d'en avoir envie. Cela ne serait plus pareil sans les chamailleries de Hilda et Zeke ou encore l'artisan chocolatier qui inventait des nouvelles recettes et les testait sur des cobayes volontaires et heureux de l'aubaine.

Elle avait la chance d'avoir un lieu où entreposer ses affaires chez elle. En attendant de trouver un autre atelier, elle pourrait même y travailler. Avec l'arrivée du bébé, ce serait pratique, mais l'atmosphère serait différente, sans l'émulation artistique de ses amis du District.

En ouvrant la porte de son atelier, elle sentit déjà le changement. La majeure partie de ses œuvres et de ses outils avait été emportée la veille par des déménageurs.

Aujourd'hui, elle n'avait plus qu'à décrocher quelques objets au mur et fermer la porte derrière elle.

La sculpture qui avait le plus de valeur sentimentale pour elle était celle qui était au-dessus de la porte de son atelier. C'était un panneau de bois que son père lui avait offert pour ses seize ans. Elle l'avait façonné comme un nuage et y avait sculpté un croissant de lune sur un côté et des étoiles tout autour. Au centre, elle avait gravé « Rêves Boisés ».

Elle avait créé cette pancarte bien avant d'avoir l'idée d'avoir un atelier et d'en faire son métier. Son père l'avait accrochée fièrement dans le salon de la maison. La sculpture était restée au même endroit jusqu'à ce qu'elle doive vendre la maison de ses parents.

Dès qu'elle avait trouvé cet atelier au District, elle avait su que « Rêves Boisés » en serait le nom.

Levant les yeux en direction du panneau en bois, elle eut les larmes aux yeux. Encore un signe qui marquait la fin d'une époque...

En l'espace de peu de temps, elle avait perdu son atelier, sa communauté artistique, elle avait raté l'occasion de fonder une famille et, apparemment, elle avait donné son cœur à un homme trop honorable pour admettre ses sentiments envers elle. Le seul point positif était qu'elle attendait un bébé. Sa petite fille était ce qui la maintenait debout. Avec une lueur d'espoir que Sawyer se décide enfin à revenir vers elle. Un beau jour.

Du moins, si Ingrid Steele avait vu juste. Or elle commençait à en douter.

Car Sawyer faisait toujours le mort.

Finn l'avait contactée pour la prévenir qu'il retournait en Chine, et Jade lui avait envoyé un message pour lui dire qu'elle voulait organiser une petite réunion avec des amies, avant l'arrivée du bébé.

Elle était heureuse de faire partie de la famille Steele, même en tant que pièce rapportée. Ce serait une vie moins solitaire, pour sa fille et elle.

Ragaillardie par cette pensée, elle déplia l'escabeau pour décrocher le panneau.

Deux marches ne suffisant pas pour l'atteindre, elle monta sur la troisième marche, consciente que son équilibre était instable. Heureusement, elle put prendre appui sur la porte d'une main tout en tentant d'atteindre le panneau de l'autre.

Elle réussit à le décrocher... et manqua de tomber. Avec le bébé, elle oubliait que son centre de gravité avait légèrement changé.

— Attention, dit une voix masculine alors que des bras musclés venaient lui entourer les hanches pour la stabiliser.

Elle sentit son cœur s'emballer.

— Donne-moi ça, ce sera plus facile pour redescendre, lui proposa Sawyer.

Après quelques secondes d'hésitation, elle lui tendit le panneau et descendit de l'escabeau. Une fois les deux pieds sur la terre ferme, elle reprit son enseigne et entra dans son atelier.

Elle était bien entendu contente de voir Sawyer après tout ce temps, mais c'était aussi à cause de lui qu'elle devait déménager et qu'elle était au bord des larmes.

— Kat ? Tout va bien ? s'enquit-il, visiblement surpris qu'elle le reçoive avec autant de froideur.

— Oui, tout va bien. Merci d'être arrivé au bon moment. Je peux savoir ce que tu fais ici ? Tu n'as pas donné signe de vie depuis le dîner organisé en l'honneur du retour de ton frère et maintenant tu débarques à l'improviste. J'imagine que ce n'est pas uniquement pour me voir, sinon tu n'aurais pas attendu aussi longtemps pour prendre de mes nouvelles. Ah ! j'y suis. Tu es venu pour t'assurer que je n'allais pas m'enchaîner aux portes d'entrée.

Les mains enfoncées dans les poches de son pantalon, Sawyer la regardait d'un air penaud, visiblement gêné.

— Je suis désolé, Kat.

Elle enveloppa le panneau en bois puis se tourna vers lui.

— Tu es désolé de quoi, au juste ? De fermer le bâtiment ? De déloger des artistes qui étaient tout pour moi ? De ne pas m'avoir fait part de tes sentiments au moment critique où je t'ai demandé une raison de ne pas épouser ton frère ? D'avoir disparu de la surface de la Terre après l'échec de la demande en mariage de Finn ? Ou de m'avoir poussée à comprendre que j'avais été trop bête de tomber amoureuse de toi ?

Il accepta tous les reproches qu'elle lui fit puis glissa la main dans sa poche intérieure et en sortit une enveloppe qu'il lui tendit.

— Je suis désolé pour tout le mal que je t'ai fait, dit-il simplement.

Elle prit l'enveloppe à contrecœur.

Elle l'ouvrit et en sortit la feuille qui était à l'intérieur.

Elle parcourut rapidement le contenu de la lettre, bouche bée. Non. C'était impossible... Elle dut la relire plusieurs fois pour s'assurer qu'elle ne rêvait pas.

C'était une lettre officielle de la compagnie immobilière de Sawyer. Le courrier stipulait que les travaux seraient terminés dans un délai de trois mois et qu'au bout de cette période les locataires qui avaient dû quitter les lieux pour cause de rénovation auraient le droit de revenir dans leur atelier au même loyer qu'avant, et à vie. Les nouveaux locataires seraient soumis à d'autres tarifs.

Tremblante, elle sentit que les larmes accumulées sous ses paupières menaçaient de s'échapper à tout moment.

Sawyer allait rénover le bâtiment pour le mettre aux normes de sécurité puis les anciens locataires pourraient revenir dans des locaux tout neufs sans augmentation de loyer. Hilda et Zeke pourraient revenir. Ils pourraient tous revenir, s'ils le souhaitaient. C'était un compromis incroyable, et elle eut même un petit pincement de rage de ne pas y avoir pensé avant.

Sawyer le fin stratège y avait pensé, lui.

Il sortit un mouchoir de sa poche.

— Oh non..., murmura-t-il. Pardon. Ne pleure pas, s'il te plaît. Je pensais que cela te ferait plaisir et que tu serais heureuse.

Elle accepta le mouchoir pour sécher ses larmes.

— Je suis heureuse. Seulement les hormones de grossesse

mélangées à tout le reste, ça fait un sacré cocktail émotionnel. Ne fais pas attention à mes larmes.

— J'avoue qu'en ce moment, c'est difficile, plaisanta-t-il.

— Excuse-moi, je n'arrive pas à m'empêcher de pleurer.

— Je ne suis pas venu pour te faire pleurer.

— Je peux savoir ce qui t'a fait changer d'avis ?

— Quand j'ai compris ce que j'éprouvais pour toi, j'ai cherché un compromis pour le District. Je savais que c'était la seule façon de te convaincre de mes sentiments. Et je voulais te montrer à quel point tu es importante à mes yeux. Avant tout, je voulais te rendre heureuse.

Elle lui prit la main en un élan de tendresse.

— Je suis heureuse. Je te remercie au nom de tous les artistes du District.

— Je l'ai fait pour toi, surtout.

— Comment en es-tu arrivé là ?

— Facile. Je me suis posé la question suivante : quel est le plus beau cadeau de fiançailles que je pourrais offrir à Kat ?

Elle se figea, la main toujours dans la sienne.

Elle n'était pas sûre d'avoir bien entendu car il continua sur sa lancée comme si de rien n'était.

— Je me suis dit qu'une bague, c'était de circonstance, et j'en ai une avec moi, mais j'avais surtout envie de t'offrir quelque chose qui aurait une valeur unique à tes yeux. C'est grâce à ce lieu si nous nous sommes rencontrés. Donc je trouvais assez poétique qu'il nous permette de nous rapprocher de nouveau. Pour la vie, cette fois.

— Pour la vie ?

— Oui, pour la vie. Kat, je t'aime plus que tout.

— Tu m'aimes ? s'enquit-elle, chancelante.

— Oui, je t'aime, et j'espère que toi aussi, tu m'aimes, dit-il, sortant un petit écrin en velours de sa poche. Finn m'a donné la bague qu'il t'a offerte pour te demander en mariage. C'est moi qui l'ai choisie et je savais qu'elle te plairait. Mais je ne voulais pas te donner la même. Je m'apprêtais à t'en acheter une autre quand le destin est intervenu.

Il ouvrit l'écrin qui semblait bien plus ancien que celui que Finn lui avait présenté. C'était sûrement un vieux bijou.

Quand elle vit la bague, elle ne put réprimer un cri d'émerveillement.

Elle n'avait jamais vu une bague en diamant aussi stupéfiante. Elle avait la forme d'une marguerite. Le cœur de la fleur était constitué d'un diamant de forme ronde et jaune, et autour il y avait six diamants plus petits qui formaient les pétales. La fleur était montée sur un anneau platiné avec des feuilles gravées sur le pourtour.

C'était un bijou unique. Magnifique. Bizarrement, elle avait l'impression de l'avoir déjà vu quelque part.

— C'est la bague que mon grand-père Edward a offerte à ma grand-mère Ingrid pour leurs fiançailles, précisa Sawyer. Grand-mère l'a portée tous les jours de sa vie, jusqu'à il y a quelques jours, quand elle me l'a donnée.

Voilà pourquoi elle avait l'impression de l'avoir déjà vue.

Soudain, elle repensa à la visite d'Ingrid et au fait qu'elle lui avait dit avoir rendez-vous chez son bijoutier. Elle avait déjà dans l'idée de la faire retailler pour que Sawyer puisse la lui donner…

— Mes grands-parents ont vécu ensemble près de soixante ans, expliqua Sawyer. J'ignore combien d'années il me reste à vivre mais j'aimerais t'offrir le restant de mes jours, si tu m'acceptes dans ta vie.

— Oh ! Sawyer…

— Katherine McIntyre, voulez-vous m'épouser ? demanda-t-il en mettant un genou à terre. Kat, veux-tu être ma femme ?

Puis il retint son souffle.

Il n'était pas certain de la réponse.

L'autre soir, dans la maison de ses parents, il avait été persuadé qu'elle accepterait la demande en mariage de Finn. Mais elle l'avait déclinée.

Elle n'avait pas non plus dit qu'elle l'aimait.

Elle avait eu les larmes aux yeux quand il lui avait dit qu'il l'aimait, et il s'était mis à parler plus que de raison.

Maintenant qu'il lui avait posé la question cruciale, il n'avait plus qu'à attendre la réponse.

Après un silence qui lui parut durer une éternité, l'angoisse s'empara de lui. Était-il possible qu'elle refuse de l'épouser ?

— Kat ? murmura-t-il, levant les yeux vers elle.

Elle le regardait, les yeux emplis de larmes, une main recouvrant sa bouche.

— Oh ! Sawyer…

— Que se passe-t-il, Kat ? Tout va bien ?

Elle acquiesça, essuyant ses larmes avant de prendre une grande inspiration.

— Sawyer, es-tu sûr de vouloir m'épouser ?

Il tressaillit en l'entendant poser la question.

— J'en suis certain. Mais pour le moment je dois avouer que je suis très inquiet.

— Pourquoi ?

— Parce que tu n'as toujours pas répondu à ma question.

— Mais Sawyer, qu'en est-il du bébé ? s'enquit-elle, se mettant à son tour à genoux pour être à sa hauteur.

Il la dévisagea, interloqué.

— Je ne comprends pas ta question.

Elle déglutit bruyamment puis se mordit la lèvre avant de lui répondre :

— Ce n'est pas un problème pour toi d'élever l'enfant d'un autre homme ? L'enfant de ton frère, qui plus est. Ce n'est pas le scénario idéal pour commencer un mariage ni une vie de famille.

— Comment ça ? Tu es enceinte ? répliqua-t-il, feignant la surprise.

— Sawyer, je suis sérieuse. C'est beaucoup te demander de m'aider à élever l'enfant de Finn. On sait tous les deux comment il peut être. Toi, plus que moi. Il dit vouloir faire partie de la vie de sa fille, mais je ne sais pas ce que cela peut donner. Je ne peux pas faire comme si c'était une affaire simple.

Sawyer comprenait ses inquiétudes.

Il avait passé des jours à réfléchir à ce casse-tête. Après avoir retourné le problème dans tous les sens, il n'avait plus aucun doute sur ce qu'il voulait faire donc il devait s'assurer que les prochains mots suffiraient à la tranquilliser sur ses intentions.

— Kat, je t'aime. Et j'aime ce bébé. Je l'ai aimé dès que je l'ai vu sur l'écran dans le cabinet médical et que l'on a entendu les battements de son cœur. C'est la fille biologique de mon frère, je le sais. Mais dans mon cœur, je la traiterai toujours comme ma propre fille. Je veux être là pour tous les rendez-vous médicaux. Je veux être là à sa naissance et je me battrai avec Finn pour être le premier à la tenir. Je veux être là quand elle fera ses premiers pas et qu'elle dira ses premiers mots. Ce bébé est une partie de toi et une partie de Finn. Et même si parfois ça me rend fou, vous êtes les deux personnes les plus importantes de ma vie. Donc ce bébé est déjà l'amour de ma vie. J'y tiens comme à la prunelle de mes yeux et je l'aimerai autant que nos autres enfants, si nous avons la chance d'en avoir.

— Arrête, je suis jalouse.

Il lui caressa la joue.

— Ne le sois pas. Tu seras la femme la plus adorée de toute la Caroline du Sud. Seulement pour l'instant cette femme n'a pas encore dit si elle voulait m'épouser, déclara-t-il en sortant la bague de son écrin. Alors ? Acceptes-tu de devenir Mme Sawyer Steele ?

Kat le regarda avec des yeux brillants de larmes de bonheur.

— Oui ! s'exclama-t-elle, tendant la main pour qu'il lui passe la bague au doigt.

— Enfin !

— Regarde, elle me va à merveille !

— Je sais que ce n'est pas ce que tu avais envisagé...

— Non. C'est encore mieux, dit-elle avant de l'embrasser fougueusement.

En cet instant, tous ses doutes s'envolèrent.

Leur avenir à deux serait imparfait à la perfection.

Épilogue

— Et, à présent, je suis ravi de déclarer la réouverture officielle du District.

Sawyer fit un petit signe de tête en direction de Kat qui, entourée d'autres artistes, entreprit de couper le ruban d'inauguration.

Le public applaudit, et la presse accompagna la foule de gens impatients de visiter les nouveaux locaux.

Kat était au comble de la joie. Elle était aussi très fière de Sawyer et ravie de sentir son bras entourer sa taille qui ne cessait de s'élargir. Elle entamait à présent le troisième trimestre de sa grossesse et avait de plus en plus l'impression de ressembler au plus gros ballon de baudruche de tous les temps ! Pourtant, il lui restait trois mois, il y avait donc des chances pour que son ventre s'arrondisse encore un peu plus.

Béatrice Astrid Steele, ou Béa Bella, comme l'appelait déjà Sawyer, arriverait aux alentours du 25 décembre. Le plus beau des cadeaux de Noël.

La rénovation du District s'était déroulée dans les temps, et le bâtiment était resplendissant, du sol au plafond.

Plus tard dans la soirée, un groupe local allait donner un concert pour fêter l'inauguration.

Kat et Sawyer suivirent la foule à l'intérieur du bâtiment. La plupart des anciens locataires étaient revenus, et de nouveaux artistes et artisans avaient pris leurs quartiers dans les ateliers à louer. Le domaine culinaire occupait le haut de l'affiche. Un traiteur libanais se trouvait à l'entrée, un glacier confiseur s'était installé au troisième étage et il y avait un nouveau pâtissier au premier, l'endroit préféré de Kat.

Sawyer lui avait promis qu'il n'y aurait pas de chaînes commerciales et il avait tenu sa promesse. Le lieu regorgeait d'artisans et d'artistes de tous horizons, et l'ambiance générale restait détendue, bien que dans un écrin beaucoup plus sélect et sécurisé.

Elle adorait ce nouveau District !

Alors qu'ils atteignaient son atelier, avec la pancarte « Rêves Boisés » de nouveau accrochée au-dessus de la porte, elle fut surprise de voir qu'il y avait déjà quelques personnes qui s'intéressaient à son travail.

Elle embrassa Sawyer avant de le laisser pour aller parler à ses clients potentiels.

Quelques instants plus tard, elle vit que Sawyer était au téléphone, l'air inquiet. Il avait le visage tellement pâle… Elle sut aussitôt que quelque chose clochait.

— Que se passe-t-il ? s'enquit-elle, inquiète, quand il eut raccroché.

— Il y a eu un accident. Finn rentrait de Chine dans son jet privé quand l'appareil a disparu des radars. La tour de contrôle a perdu le signal quand il était au-dessus de Portland, dans l'Oregon.

Elle sentit le sol s'ouvrir sous ses pieds.

— Sait-on s'il y a des survivants ? murmura-t-elle.

— Pas encore. Les équipes de sauvetage recherchent les débris dans la forêt et dans la mer, mais sans trop savoir où l'appareil est tombé. Ils ignorent toujours si Finn a survécu au crash.

BRENDA JACKSON

L'héritière en détresse

PASSIONS

HARLEQUIN

Titre original :
SEDUCED BY A STEELE

Ce roman a déjà été publié en 2021.

1

Mercure couvait sa mère du regard. Qui aurait pu résister au charme puissant d'Eden Tyson Steele ? Assis face à elle à la table de la salle à manger familiale, il lui exposait dans le détail ses dernières mésaventures. Non seulement il avait perdu un client important, mais on venait en plus de lui voler l'une de ses plus belles voitures de collection. Loin de s'apitoyer sur le sort de son fils, elle eut l'audace d'affirmer que le ciel se vengeait sans doute de son attitude condamnable envers les femmes. Elle ne manquait jamais une occasion de blâmer ses manières de don Juan. Son père réagit d'une tout autre manière.

— Je suis désolé pour ta voiture, soupira-t-il avec mansuétude. Qu'en disent les policiers ?

Mercure apprécia l'empathie de son père, même si elle n'avait rien de surprenant. Drew Steele avait transmis sa passion pour les voitures anciennes à ses six garçons. Il leur avait aussi laissé un héritage beaucoup moins avouable, à savoir un taux de testostérone largement plus élevé que la moyenne.

Dans sa jeunesse, Drew était un coureur de jupons incorrigible. À cause de sa mauvaise réputation, il avait été chassé de Charlotte par un collectif de femmes indignées. Fuyant la Caroline du Nord, il avait trouvé refuge à Phoenix où il avait rencontré Eden. Éperdument amoureux, il l'avait épousée et, renonçant à ses frasques, il était devenu un mari fidèle et attentif.

Eden Tyson Steele, une beauté aux yeux émeraude étincelants, était un ancien mannequin de renommée internationale. Son visage avait jadis fait la une de magazines aussi prestigieux que *Vogue*, *Elle* et *Cosmo*. Drew avait été subjugué et aussitôt transformé. Un miracle est toujours possible.

Pendant très longtemps, les six garçons avaient suivi le mauvais exemple de leur père. Soucieuses de protéger leur progéniture, les mères de Phoenix mettaient en garde leurs filles contre ce qu'elles appelaient le gang des séducteurs. Au fil des ans, quatre des frères s'étaient mariés. Il ne restait aujourd'hui que deux célibataires. Gannon et Mercure. Tous deux semblaient farouchement attachés à leur liberté.

Galen, l'aîné de la fratrie, venait de fêter ses trente-huit ans. Sa start-up de jeux vidéo avait amassé des millions de dollars. Ses frères n'avaient rien à lui envier. Tyson était un chirurgien de renom. Eli menait une brillante carrière d'avocat. Jonas excellait dans le marketing. Mercure était un agent sportif réputé. Gannon, le plus jeune, avait succédé à son père à la tête de la société familiale de transport routier.

— Ils mènent l'enquête, papa, mais ils ne m'ont pas laissé beaucoup d'espoir. Ils pensent que la voiture sera probablement démontée pour les pièces. Ça me rend malade. La plus belle pièce de ma collection. Ma préférée.

Drew hocha la tête d'un air compréhensif. Son attitude contrastait avec l'indifférence affichée par son épouse.

— Je dois vous laisser, fit Mercure en consultant sa montre. J'ai rendez-vous avec un nouveau client.

Il contourna la table et se pencha pour déposer un baiser sur la joue de sa mère.

— Merci pour le petit déjeuner, maman. Tu resteras toujours ma princesse.

Puis il adressa un sourire à son père.

— Je te tiendrai au courant pour la voiture, papa.

Peu après, il prenait la direction du bâtiment Steele. Quelques années auparavant, son frère avocat, Eli, avait acheté un immeuble dans le centre-ville de Phoenix. Sa femme, Stacey, avait ouvert une boutique de cadeaux au rez-de-chaussée. Jonas avait installé son agence de marketing au cinquième niveau tandis que l'ensemble des deuxième et troisième étages était réservé à l'accueil des étudiants de l'école dirigée par la femme de Galen. Mercure et Hunter, l'épouse de Tyson, occupaient ensemble le dixième étage. Ils partageaient les services d'une assistante administrative, Pauline Martin. Une employée modèle, efficace et discrète, qui gérait à la perfection l'emploi du temps de Mercure et filtrait avec une infinie délicatesse ses appels téléphoniques, privés ou professionnels.

Au moment où il s'engageait sur l'autoroute qui conduisait au centre-ville, Mercure cligna soudain des yeux. À une centaine de mètres devant lui, il venait d'apercevoir l'arrière de sa voiture volée. Sa Chevrolet Camaro rouge de 1967. Il l'aurait reconnue entre toutes. Quel culot ! Les voleurs n'avaient même pas pris la peine de changer les plaques d'immatriculation.

Se déportant sur la voie de gauche, il essaya de se rapprocher quand un camion déboîta juste devant lui. Il jura en voyant la Camaro se rabattre sur la droite pour emprunter la sortie. Il donna un violent coup de frein pour quitter à son tour l'autoroute. Trois véhicules le séparaient encore de sa voiture. Il sélectionna le numéro de son bureau sur son tableau de bord.

— Pauline ?

— Bonjour, monsieur Steele. Qu'y a-t-il pour votre service ?

— Passez-moi le commissariat, je vous prie !

— Tout de suite, monsieur Steele.

Quelques instants plus tard, la connexion était établie.

— Police de Phoenix, j'écoute !

— Ma voiture ! s'écria Mercure en retenant sa colère avec peine. Celle que vous cherchez en vain depuis trois jours. Eh bien, elle est là, juste devant moi.

— Votre nom, monsieur ?

— Steele.

— D'où appelez-vous ?

— Je roule dans le district de Norcross, à l'intersection d'Adams et de Monroe. Si le chauffeur s'arrête, je le ferai aussi. Et je vous prie de croire qu'il passera un mauvais quart d'heure.

— Monsieur, je vous déconseille vivement d'intervenir. C'est à la police qu'il revient de régler votre problème. Mes collègues seront sur place dans quelques minutes.

Il coupa la communication avec rage. Comment aurait-il pu garder les bras croisés en pareille situation ?

Soudain, la Camaro bifurqua sur la droite. Il s'apprêta à l'imiter lorsque le feu passa au rouge.

— Mince !

Mercure craignit de perdre la trace de sa voiture. Après un temps qui lui sembla durer une éternité, il s'engouffra dans la rue empruntée par le voleur. Il balaya du regard l'artère animée qui menait au plus grand centre commercial de la ville.

Sloan Donahue n'avait pas eu le temps de rentrer chez elle pour se changer, mais elle refusait de se présenter à un entretien d'embauche avec une vilaine tache de café sur le chemisier. Il lui restait à se précipiter dans une boutique pour acheter une nouvelle tenue et se changer dans une cabine d'essayage. L'idée de passer pour la première fois de sa vie une entrevue professionnelle sans l'aide de ses parents la mettait en joie. Elle avait quitté Cincinnati une semaine auparavant pour fuir un mariage arrangé par ses parents. M. et Mme Donahue prétendaient vouloir assurer son avenir et sa fortune. Elle s'y était opposée. Quand elle avait menacé de partir, ils lui avaient ri au nez. Leur petite fille chérie était bien incapable de se débrouiller seule, et ils lui avaient donné deux jours avant de revenir au bercail. C'était compter sans sa détermination. Sloan n'avait aucunement l'intention de rentrer. Pas tant qu'ils voulaient la forcer à épouser Harold Cunningham. Et elle les connaissait suffisamment bien pour savoir qu'ils ne renonceraient pas de sitôt.

Elle se moquait des avantages financiers que présentait une union avec Harold. Son bonheur était en jeu. Elle n'éprouvait aucun sentiment pour ce jeune homme, et il ne l'aimait pas davantage. Au cours des six derniers mois, il l'avait invitée à dîner et l'avait fréquemment accompagnée au théâtre et à l'opéra. Comme il était d'une compagnie plutôt agréable et d'une extrême courtoisie, elle s'était laissé séduire par ses belles manières, songeant qu'après tout elle pourrait bien finir par tomber amoureuse.

Jusqu'au jour où, recevant un texto qui ne lui était pas destiné, elle avait découvert qu'il entretenait une liaison avec une autre femme. Confronté à son erreur, Harold n'avait pas cherché à nier l'évidence. Mieux, il avait avoué son amour pour sa jeune maîtresse. Son intention était d'épouser Sloan, pour s'acquitter de son devoir, sans pour autant mettre un terme à sa liaison. Ce qu'il voulait en réalité n'était rien d'autre qu'un mariage à trois.

Quand elle avait annoncé à ses parents sa volonté d'annuler le mariage et les raisons qui dictaient sa décision, ils avaient fait la sourde oreille. Le double jeu de Harold ne leur avait inspiré aucun commentaire. L'essentiel demeurait pour eux la nécessité d'assurer l'avenir financier de leur fille. Ils lui avaient alors lancé un ultimatum. Soit elle épousait Harold, soit ils lui coupaient les vivres. Sans l'ombre d'une hésitation, Sloan avait fait ses bagages.

Tournant résolument le dos à sa famille, elle s'était envolée pour Phoenix, où elle avait trouvé refuge chez une ancienne amie de l'université, très loin de Cincinnati. Le lendemain de son arrivée, Priscilla était partie en voyage de noces en Espagne, la laissant seule dans une ville inconnue. L'obsession de Sloan était de trouver un emploi. Si son père mettait toutes ses menaces à exécution, elle n'aurait bientôt plus un sou en poche.

Avant de pénétrer dans le centre commercial, elle se retourna pour jeter un coup d'œil à sa voiture. *Sa* voiture. Ce n'était pas le bolide qu'elle avait laissé à Cincinnati, mais une vieille guimbarde probablement plus âgée qu'elle. Elle tournait bien, et elle ne l'avait payée que trois cents dollars. Elle n'en demandait pas plus. C'était la sienne et c'était tout ce qui comptait. Pour la première fois de sa vie, elle se voyait obligée de surveiller ses dépenses. Peu lui importait. Elle préférait mille fois renoncer à son confort plutôt que de se laisser emprisonner dans un mariage forcé et sans amour. Jamais elle n'avait éprouvé un tel sentiment de liberté.

2

Un vif soulagement envahit Mercure lorsqu'il repéra à nouveau sa Camaro. Il gara sa voiture dans l'espace voisin, bondit sur le trottoir et porta le regard de tous côtés en se demandant où était passé le voleur. D'une main tremblante, il sortit son portable de sa poche et appela à nouveau le commissariat pour informer les policiers de sa localisation. Puis il fit le tour du vieux véhicule pour inspecter l'état de la carrosserie. Dieu merci, la tôle n'avait subi aucun dommage. Après un bon nettoyage, elle brillerait à nouveau de tous ses feux. Pressé de vérifier l'intérieur, il sortit son double de clés et se pencha au-dessus de la portière.

— Éloignez-vous de ma voiture !

Il releva la tête vers la jeune inconnue qui l'avait sévèrement apostrophé et fut d'emblée hypnotisé par l'éclat des yeux foncés qui le toisaient avec sévérité. Une masse de boucles dorées encadrait l'ovale parfait de son visage. Ses pommettes empourprées de colère contrastaient avec son teint d'ivoire. Le dessin de ses lèvres était d'une rare sensualité.

Séduit et attendri, Mercure oublia un instant l'objet de sa propre colère. Le trousseau de clés qui cliquetait dans ses mains le ramena soudain à la réalité.

— *Votre* voiture ?

— Vous avez parfaitement entendu. Maintenant, éloignez-vous avant que j'appelle la police !

Il croisa nonchalamment les bras sur sa poitrine.

— C'est *ma* voiture ! On me l'a volée il y a trois jours.

— Vous mentez, lança-t-elle avec véhémence.

Elle n'aurait pas dû le traiter de menteur. S'il y avait une chose que Mercure ne pouvait supporter, c'était bien que son intégrité fût mise en doute.

— S'il y a quelqu'un de malhonnête ici, c'est vous. Certainement pas moi. Ne vous donnez pas la peine d'appeler la police ! Je viens de le faire.

— Comment osez-vous m'insulter ? s'indigna-t-elle en s'approchant. Je dis la stricte vérité.

— Moi aussi, rétorqua-t-il en lui jetant un regard noir.

Le bruit strident d'une sirène mit un terme à la discussion. Deux agents de police approchaient à grands pas pour apaiser les belligérants. L'un d'eux s'appelait Sherman Aikens. C'était un vieux copain de lycée de Jonas.

— Je vois que tu as retrouvé ta Camaro, Mercure.

L'intéressé fronça les sourcils.

— Heureusement que je ne vous ai pas attendus, soupira-t-il. Maintenant, vous allez dire à cette demoiselle de me rendre ce qui m'appartient.

— Je ne rendrai rien du tout. Cette voiture est à moi.

Émoustillés à leur tour par le physique séduisant de la jeune femme, les deux hommes restaient bouche bée.

— Mais qu'est-ce que vous attendez pour lui demander ses papiers ? s'emporta Mercure. Ce n'est pourtant pas compliqué !

Sherman sursauta.

— J'allais y venir, justement.

D'un ton bien trop accommodant au gré de Mercure, il s'adressa enfin à la jeune inconnue.

— Chère madame, auriez-vous l'amabilité de me montrer la carte grise de cette voiture ? Elle ressemble à un véhicule volé il y a quelques jours.

— C'est plus qu'une ressemblance ! hurla Mercure, à bout de nerfs. C'est la mienne, j'en suis sûr !

La jeune femme leva les yeux au ciel.

— Ne l'écoutez pas, monsieur l'agent ! Quel imbécile irait voler pareille antiquité ? Regardez un peu à quoi elle ressemble !

Tandis que Mercure virait à l'écarlate, Sherman et son collègue tentaient en vain de dissimuler leur amusement.

— Si elle est trop vieille à votre goût, pourquoi l'avez-vous achetée ? siffla-t-il entre ses dents.

— Parce que j'en avais besoin pour me déplacer et que la somme demandée correspondait à mon budget.

Elle sortit les papiers de son sac à main et les tendit à Sherman. Celui-ci les examina avec une lenteur et une précision qui mirent les nerfs de Mercure à rude épreuve.

— Je suis désolé, madame, déclara-t-il enfin, mais ces papiers sont faux.

Elle resta interloquée.

— Qu'est-ce que vous dites ? Vous vous trompez certainement. Le vendeur était un homme tout à fait charmant.

— Il a simplement oublié de vous dire qu'il vous vendait une voiture volée, intervint Mercure.

La jeune femme soupira.

— Monsieur l'agent, dites-moi que ce n'est pas vrai ! Je lui ai donné trois cents dollars.

Mercure manqua de s'étrangler.

— Trois cents dollars ?

Elle leva fièrement le menton

— Oh ! je savais bien que la vieille guimbarde ne les valait pas, mais il semblait vraiment dans le besoin. Et puis j'étais pressée.

Il secoua la tête d'un air désespéré.

— Cette vieille guimbarde est une pièce de collection très rare, récemment estimée à plus de deux cent mille dollars.

Elle laissa échapper un petit rire nerveux.

— Deux cent mille dollars ! Ne soyez pas ridicule !

Ridicule ? Elle s'était fait gruger par un escroc et elle le trouvait ridicule ! Il était sur le point de lui lancer une réponse cinglante, mais un geste apaisant de Sherman l'en dissuada.

— M. Steele a raison, ma petite dame. Cet homme vous a arnaquée. Je regrette que vous ayez perdu tout cet argent. Vous devez immédiatement vous rendre au commissariat pour déposer une plainte et nous dresser un portrait-robot du malfaiteur. Nous lancerons un mandat de recherche contre lui.

— Mais c'est impossible. Je suis attendue pour un entretien d'embauche dans moins d'un quart d'heure.

Mercure n'éprouvait pas une once de sympathie pour elle. Il était lui-même en retard, et l'incident risquait de compromettre la signature d'un contrat juteux avec Norris Eastwood, un sportif prometteur que tous les agents auraient aimé compter parmi leur clientèle.

— Tu dois aller au poste, toi aussi, lui dit Sherman. Tu veux bien y conduire madame pendant que nous nous occupons de la Camaro ?

Mercure était perdu dans ses pensées. Il finit par relever les yeux.

— Si je veux bien faire quoi ?

— Accompagner Miss Donahue au commissariat, répéta patiemment Sherman.

— Tu n'as pas de place dans ton fourgon ? C'est bien la place des criminels, non ? Qui nous dit qu'elle n'est pas de mèche avec le voleur ?

L'agent fronça les sourcils.

— Tu sais bien que ce n'est pas le cas, Mercure. C'est une victime innocente, et elle n'a pas sa place sur la banquette arrière d'une voiture de patrouille. Elle n'est pas plus criminelle que toi et moi. Regarde-la !

Mercure lança à contrecœur un nouveau regard à la jeune inconnue. Cette fois encore, il fut frappé par sa beauté. C'était une très belle femme. Enveloppée dans une jupe crayon bleu marine et un chemisier blanc impeccable, sa silhouette élancée forçait l'admiration.

— Contrairement à toi, Sherman, je refuse de me laisser berner par une jolie créature. Dois-je te rappeler qu'elle est en possession d'une voiture volée ?

— Essaie de voir les choses du bon côté, Mercure ! Tu as récupéré ta Camaro. Tu ne peux pas reprocher à une jeune femme sa naïveté.

Il avait toutes les raisons de lui en vouloir et était peu porté à l'indulgence.

— Peu importe, finissons-en !

— Tu veux bien la conduire au poste ? Plus tôt nous serons au commissariat, plus tôt nous pourrons te rendre ton bien. Quand tout sera en règle, tu pourras oublier la demoiselle.

De cela, Mercure n'était pas certain. De mauvaise grâce, il invita la jeune femme à monter dans sa voiture.

— Vous êtes originaire de quel État ? demanda-t-il pour rompre le silence embarrassé qui régnait dans l'habitacle.

Sloan remua nerveusement sur son siège. La journée commençait bien mal, et elle pouvait dire adieu à l'emploi pour lequel elle avait postulé. Pour autant, elle refusait de s'apitoyer sur son sort. Sa crédulité aurait pu la conduire derrière les barreaux. Elle s'imaginait en train d'appeler ses parents pour leur demander de régler l'argent de sa caution. Grâce à Dieu, l'agent Sherman s'était montré compréhensif. Dans son malheur, elle avait eu de la chance.

— Comment savez-vous que je ne suis pas d'ici ?

— Je le sais, c'est tout.

Elle leva un sourcil.

— Comment ? Mon accent ?

Il secoua la tête.

— Non, pas votre accent. C'est votre apparence. Je connais toutes les belles femmes de cette ville. Si vous étiez de Phoenix, nous nous serions déjà rencontrés.

Parlait-il sérieusement ? Elle observa longuement son profil et en conclut qu'il ne plaisantait pas.

— Je viens de Cincinnati, Ohio.

— J'ai défendu les intérêts d'un gamin de là-bas, l'an dernier.

— Vous êtes avocat ?

— Agent sportif.

Elle acquiesça en silence. De cette profession, elle ne connaissait pas grand-chose, sinon qu'elle avait pour objectif de négocier des contrats intéressants pour les sportifs professionnels. Mercure excellait sans doute dans ce rôle. C'était un beau parleur, et il présentait bien. Son costume portait la marque d'un créateur de luxe. Il ressemblait en tout point à ceux de son père ou de son ex-fiancé. Sa voiture, une Tesla identique à la sienne, était aussi le signe d'une belle réussite.

Sloan poussa un long soupir. Étant donné les circonstances dans lesquelles ils s'étaient rencontrés, rien ne l'obligeait à la conduire au commissariat. Il le faisait pourtant avec courtoisie. Elle lui devait des excuses.

— Monsieur Steele ?

Il marqua une halte à un feu de signalisation et tourna la tête dans sa direction. L'intensité de son regard la troubla un instant.

— Oui ?

— Je… Eh bien, je voudrais m'excuser pour cet incident. Très honnêtement, j'étais à mille lieues d'imaginer que j'avais acheté une voiture volée.

Il réfléchit un instant avant de lui répondre.

— Excuses acceptées, Miss Donahue.

Elle se détendit légèrement, même si, de toute évidence, il avait prononcé ces paroles à contrecœur.

— Et je tiens à vous remercier de me conduire au poste.

— C'est la moindre des choses.

Il garda un instant le silence avant de l'observer à nouveau.

— Quel âge avez-vous ?

— Vingt-cinq ans.

Il ne fit aucun commentaire.

— Et vous, monsieur Steele ? osa-t-elle après un temps.

— Trente-quatre. Mais si vous me servez du *monsieur* à tout bout de champ, j'aurai l'impression d'en avoir cinquante. Appelez-moi Mercure !

Elle leva un sourcil.

— Mercure, comme la planète ?

Il sourit.

— Oui, comme la planète, et aussi comme l'élément chimique.

Mais c'était surtout le prénom du joueur de foot préféré de mon père.

Elle acquiesça.

— J'aime bien l'idée de baptiser un enfant du prénom d'une personne que l'on a aimée.

— Vraiment ?

— Oui. Je porte celui de mon grand-père. Sloan.

Le vieil homme lui manquait terriblement, et elle se demandait souvent quelle aurait été sa vie s'il était resté auprès d'elle. Six ans s'étaient écoulés depuis son décès. Jamais elle n'oublierait le jour où ses parents étaient venus lui annoncer sa mort sur le campus de l'université. Au moins avaient-ils eu la décence de ne pas le faire au téléphone.

— Nous y voilà ! dit Mercure.

Elle sortit de sa rêverie et vit qu'ils étaient arrivés à destination.

3

— Au cas où tu ne l'aurais pas remarqué, Sloan Donahue est une très belle femme.

Mercure lança un regard impatient à son frère aîné. Il n'avait pas la tête au badinage. Il était pressé de gagner son bureau et avait appelé Galen pour qu'il reparte au volant de sa Camaro.

— Si elle n'avait pas acheté une voiture volée, je ne serais pas là à perdre mon temps.

— C'est vrai. Au lieu de cela, tu pourrais être à la casse à te lamenter devant les pièces démontées de ton petit bijou. En achetant ta voiture, elle l'a sauvée. Tu ne t'en rends pas compte aujourd'hui mais, quand tu retrouveras tes esprits, tu admettras que tu as eu de la chance.

Galen marqua une pause avant de se concentrer à nouveau sur la jeune femme.

— Tu n'as même pas remarqué ses belles manières. De toute évidence, elle est issue d'un milieu très privilégié. J'ignore ce qui lui est arrivé, mais apparemment elle traverse une mauvaise passe. Elle porte des vêtements haut de gamme et s'exprime avec beaucoup d'élégance. Évidemment, tu n'as rien vu.

Mercure se moquait bien de l'apparence et des origines de Sloan Donahue.

— J'ai d'autres soucis en tête, fit-il en consultant sa montre avec impatience.

Il avait fait sa déclaration en quelques minutes et se demandait pourquoi celle de la jeune femme durait aussi longtemps.

Une demi-heure s'était écoulée depuis qu'elle était entrée dans le bureau de Sherman. Le huis clos commençait à lui taper sur les nerfs.

Quand enfin elle reparut dans le couloir, elle arborait un sourire réjoui. À ses côtés, le policier était rayonnant. Que diable s'étaient-ils racontés derrière la porte close ? Avait-elle usé de ses charmes pour obtenir son indulgence ? La détention d'un bien volé était un délit. Le recel méritait une sévère condamnation.

— Elle est vraiment magnifique, souffla Galen à l'oreille de son frère.

Mercure fronça les sourcils.

— Dois-je te rappeler que tu es un homme marié ?

— Je disais cela pour toi, pas pour moi. Je suis très heureux en ménage et j'adore mes enfants. Mais je suis persuadé que Brittany serait ravie d'avoir une nouvelle belle-sœur et les jumeaux une nouvelle tante.

— Va au diable, frérot !

Il avança d'un pas décidé vers le policier.

— Nous avons perdu assez de temps. Est-ce que je peux enfin récupérer les clés de ma voiture ?

— Les voici !

Puis Sherman se tourna vers Sloan.

— Vous avez ma carte de visite, chère madame. Surtout n'hésitez pas à m'appeler si vous avez le moindre problème ! Je serai toujours prêt à vous tirer d'affaire.

— Vous êtes très aimable, merci infiniment.

Mercure enrageait dans son coin. Pourquoi la traitaient-ils tous comme une pauvre victime alors que c'était lui qui avait subi le plus grand préjudice ? Tandis que l'agent tournait les talons à regret, Galen s'inquiéta de l'état de la jeune femme.

— Tout va bien, vous êtes sûre ?

— Eh bien, je... Disons que j'ai un petit souci.

Mercure soupira.

— Qu'y a-t-il encore ?

— Je ne sais pas comment je vais rentrer chez moi.

— Et alors ?

— Je me demandais si vous pouviez me déposer.

Le culot de cette jeune personne n'avait pas de limite. Ne pouvait-elle appeler un taxi ? Il était sur le point de le lui suggérer quand Galen intervint.

— Mercure se fera un plaisir de vous déposer, dit-il avec un aplomb qui lui valut un regard noir de son frère.

Il l'ignora.

— Mes cinq frères et moi avons été élevés dans le plus grand respect des femmes, poursuivit-il. Nous sommes toujours prêts à leur porter secours.

Mercure s'efforça de garder un visage impassible. Le respect des femmes ? Des six frères, Galen était sans doute le plus grand séducteur. Sa réputation s'étendait jusqu'en Caroline du Nord, où vivaient leurs cousins Steele. Jadis, il avait été renvoyé de son lycée après avoir été surpris en train de flirter avec la fille du directeur. Et voilà qu'aujourd'hui il enfilait l'habit du bon Samaritain !

— Tu es d'accord avec moi, n'est-ce pas, Mercure ? Maman ne supporterait pas de nous voir refuser un service à une femme dans le besoin.

L'intéressé serra les dents et approuva d'un signe de tête. Son frère ne perdait rien pour attendre.

— Vous êtes prête à partir ? demanda-t-il à Sloan, impatient de mettre un terme à ces échanges de politesse superflus.

— Je suis prête.

Il se tourna ensuite vers son frère en lui tendant la clé rapportée par l'agent.

— Ramène mon bébé à la maison et mets-la bien au chaud dans mon garage !

— Entendu, frérot ! Jonas doit passer me chercher chez toi. Nous déjeunons ensemble.

Rien de surprenant à cela. Ces deux-là avaient toujours mille choses à se raconter.

Galen tendit ensuite la main à la jeune femme.

— Très heureux d'avoir fait votre connaissance, Sloan.

— Tout le plaisir était pour moi, Galen, et, encore une fois, vous avez une bien belle femme et une bien belle famille.

Mercure haussa un sourcil.

— Vous connaissez sa femme et ses enfants ?

Elle sourit gracieusement.

— Oui. J'ai vu des photos.

— Il fallait bien passer le temps pendant que tu faisais ta déclaration, se justifia Galen dans un haussement d'épaules.

— Je vois.

Sans un mot de plus, il escorta la jeune femme à l'extérieur du commissariat. Soulagée par le dénouement heureux de l'incident, Sloan marchait silencieusement aux côtés de l'homme qui connaissait si bien toutes les femmes de Phoenix. Son physique très avantageux et son aplomb l'incitaient à penser que la réciproque était vraie. Son teint hâlé, ses lèvres sensuelles et l'éclat de ses yeux verts restaient sans doute gravés dans les mémoires. Elle-même n'était pas insensible à son charme. Le moment était pourtant mal choisi pour se laisser envoûter par un beau parleur. Elle rencontrait suffisamment de difficultés pour ne pas en rajouter.

Il marchait d'un pas si décidé qu'elle avait de la peine à le suivre. Il paraissait excédé et se demandait sans doute à juste titre pourquoi elle n'avait pas appelé un taxi au lieu de le solliciter pour qu'il la reconduise à son appartement. Pouvait-elle lui avouer qu'elle n'avait jamais mis les pieds dans un taxi et encore moins dans un autobus ? Ses parents avaient toujours veillé à lui fournir des transports privés et, dès son seizième anniversaire, ils lui avaient offert une nouvelle voiture chaque année. Sloan était une enfant gâtée dont le moindre caprice avait toujours été satisfait. Ses comptes en banque renfermaient plus d'argent qu'elle ne pouvait en dépenser. Pendant vingt-cinq ans, elle avait vécu comme une princesse et elle devait bien avouer aujourd'hui que jamais elle ne s'en était plainte. Pourtant, en accédant au moindre de ses désirs, ses parents avaient tissé autour d'elle une toile d'araignée invisible dont jamais elle ne se serait échappée sans la prise de conscience brutale à laquelle les mauvaises intentions de Harold l'avaient amenée.

Aujourd'hui, sa situation avait radicalement changé. Sa carte de crédit avait été refusée au moment où elle se présentait à la caisse pour régler le montant de son achat. Son père semblait déterminé à lui rendre la vie impossible. En lui coupant les vivres, il comptait bien la voir revenir au bercail. Heureusement, elle avait réussi à attendrir la vendeuse du magasin en lui exposant l'imminence de son entretien d'embauche. Touchée par son désarroi, la jeune femme l'avait aidée à faire disparaître la tache de son corsage.

Sa situation n'en demeurait pas moins alarmante. Elle avait englouti trois cents dollars dans l'acquisition de cette maudite voiture, et il ne lui restait que quelques billets en poche. Lorsqu'elle avait tenté de reporter son entretien, on lui avait opposé une fin de non-recevoir en l'invitant à présenter une nouvelle candidature. Décidément, ce n'était pas son jour, et l'homme qui marchait à ses côtés ne semblait guère disposé à la plaindre.

— Je suis sincèrement désolée pour le dérangement, fit-elle pour tenter de l'amadouer.

Il lui jeta un coup d'œil agacé.

— Ce n'est rien, marmonna-t-il. Comme Galen vous l'a si gentiment expliqué, notre mère nous a appris les règles de bonne conduite envers les demoiselles en détresse.

— Vous avez apparemment une mère admirable.

— Elle l'est, en effet. Et je ne l'échangerais pas contre tout l'or du monde.

Sloan perçut une réelle tendresse dans ses paroles. Comme elle aurait aimé s'exprimer de la sorte au sujet de sa propre mère ! Hélas, elle ne le méritait pas.

— Tout va bien ? s'inquiéta Mercure devant la tristesse qu'il lisait sur ses traits.

— Très bien, mentit-elle dans un hochement de tête. Je vous remercie.

Elle se glissa sur le siège en cuir de la voiture en tentant de chasser au loin ses sombres pensées.

— Quelle est votre adresse ? lui demanda son escorte en s'installant derrière le volant.

Elle cligna des yeux.

— Mon adresse ?

— Eh bien, oui. Si je dois vous ramener chez vous, alors j'ai besoin de savoir où vous habitez.

Elle déglutit.

— Oui, bien sûr.

Elle lui indiqua les coordonnées de l'appartement de son amie Priscilla.

— Vous ne les rentrez pas dans votre GPS ? s'étonna-t-elle après un temps.

Il engagea sa voiture dans le flot de la circulation.

— Je connais la ville comme ma poche, répondit-il de sa voix nonchalante. Et vous, vous êtes à Phoenix depuis combien de temps ?

— Oh ! à peine une semaine.

Le reste du trajet se déroula dans un silence embarrassé, jusqu'au moment où Mercure lui adressa la plus étrange des questions.

— Vous avez organisé une braderie ?

— Une braderie ? Bien sûr que non !

— Voyez un peu ce qui se passe devant chez vous !

Elle tourna un regard inquiet vers l'extérieur et poussa aussitôt un cri d'effroi. Sa valise était grande ouverte sur une table à tréteaux et ses effets personnels exposés à la vue de tous comme dans une vente aux enchères. Elle bondit de la voiture et se précipita sur le trottoir.

4

Indignée, elle fonça droit sur la vieille dame qui continuait à étaler ses effets personnels sur la table. Mercure lui emboîta le pas sans rien comprendre de l'étrange situation.

— Comment osez-vous ? hurla Sloan en posant les deux mains sur ses hanches. Ce sont *mes* affaires !

L'interpellée ne perdit rien de son aplomb.

— Et alors ? L'huissier les a jetées sur le trottoir. Il faut bien s'en débarrasser puisque tu es expulsée !

— Expulsée ? Mais pourquoi ?

— Fais pas l'innocente ! Ta copine Priscilla m'a payé le dernier loyer avec un chèque en bois, et tu le sais parfaitement.

Sloan sentait les larmes monter à ses paupières.

— Un chèque sans provision. Je... Je l'ignorais. Vous vous trompez, j'en suis sûre.

La vieille dame secoua la tête.

— Je sais ce que je dis, tu peux me croire ! La banque a refusé le paiement. À ta place, je prendrais mes affaires et je filerais avant l'arrivée de la police.

— La police ? Mais je n'ai rien fait de mal ! Vous ne pouvez pas me chasser. Je n'ai aucun endroit où aller.

— Pas mon problème. Tu dois partir. J'ai déjà trouvé un nouveau locataire.

— Qui est cette Priscilla et où est-elle ? demanda Mercure en tentant de démêler les fils de l'histoire.

Il n'aimait pas la manière dont la vieille femme s'adressait à Sloan.

— C'est mon amie. Elle est partie en voyage le lendemain de mon arrivée. Je ne comprends pas. Elle m'avait dit que je pouvais rester ici jusqu'à la fin du mois.

— Impossible, décréta encore une fois la propriétaire. Maintenant, prends tes affaires et disparais de ma vue !

Sloan ne savait que dire pour l'amadouer.

— Je n'ai aucun endroit où aller, répéta-t-elle à bout d'arguments.

— Rien à faire ! claqua la mégère, imperturbable.

Mercure plissa le front. Décidément, cette demoiselle semblait avoir le chic pour s'attirer des ennuis à la pelle. Il lui prit la main et l'attira à l'écart.

— Qu'allez-vous faire, maintenant ?

— Je ne sais pas. Je suis ici depuis une semaine à peine, et je ne connais personne.

Il faillit lui suggérer d'appeler Sherman à son secours, mais il se ressaisit. La plaisanterie était de mauvais goût.

— Vous avez les moyens de prendre une chambre d'hôtel ? demanda-t-il.

— Non. Je comptais rester chez Priscilla pendant quelques semaines, le temps de trouver un emploi. Malheureusement, j'ai dû annuler mon entretien de ce matin. Pour l'instant, je n'ai pas d'autre piste.

Elle parlait la tête basse, comme si sa situation lui faisait honte. Accepterait-elle de répondre à une question plus indiscrète ?

— Que faites-vous à Phoenix ? Vous fuyez quelqu'un ?

Elle hésita un instant avant d'acquiescer d'un signe de tête. Mercure insista gentiment.

— Un petit ami jaloux ?

Sloan inspira une longue bouffée d'air avant de lui livrer la vérité.

— Mes parents veulent me forcer à épouser un homme que je n'aime pas. Un homme qui veut se marier avec moi par intérêt sans renoncer à son amour pour une autre femme.

— Pardon ?

Il n'était pas certain de comprendre.

— Vous voulez dire qu'il veut vous épouser et garder sa maîtresse ?

— C'est difficile à croire, mais c'est pourtant la vérité.

— Pourquoi ne l'avez-vous pas dit à vos parents ?

— Je l'ai fait.

— Et ils ont insisté pour maintenir le mariage ?

Cette histoire était insensée.

— Oui. Cette union entraînerait la fusion de notre entreprise familiale avec celle de mon mari. Ce projet leur tient à cœur.

Mercure secoua la tête. De telles pratiques appartenaient à un autre siècle. Ses propres parents n'auraient jamais contraint un de leurs fils à un mariage arrangé.

— Comme ils refusaient de m'écouter, j'ai décidé de quitter l'Ohio. Ils n'ont pas tardé à réagir. Mes cartes de crédit sont bloquées.

— Ils ont vraiment fait ça ?

— Oui. Ils sont persuadés qu'en me privant d'argent ils m'obligeront à rentrer.

— Pour épouser cet abruti ?

— Oui.

À ce stade de la conversation, Mercure savait qu'il ne pouvait pas abandonner la jeune femme à son sort. Il vivait dans un immense appartement, mais il aurait été inconvenant de l'inviter à s'y installer. Il réfléchissait à une autre solution quand la voix de la vieille femme interrompit le fil de ses pensées.

— Bon alors, c'est quand que vous allez vous décider à récupérer votre bazar ? Je n'ai pas que ça à faire, moi !

— Allons-y ! fit Mercure devant le désarroi de la jeune femme. Je vais vous aider.

— Merci, souffla Sloan d'une voix à peine audible.

— On boucle votre valise, on la met dans le coffre de ma voiture et on lève le camp !

— Pour aller où ? Je ne vous connais pas assez bien pour accepter d'aller chez vous.

— Je ne me rappelle pas vous y avoir invitée. Je vais vous trouver un endroit où vous serez en sécurité pour la nuit.

— Un refuge pour sans-abri ?

Mercure secoua négativement la tête.

— Où, alors ?

Il hésita brièvement avant de lui livrer son idée.

— Je vous emmène chez mes parents.

Sloan avait honte de sa situation. Quelques jours seulement s'étaient écoulés depuis son départ de Cincinnati, et elle se trouvait déjà dans le besoin, contrainte d'accepter la générosité d'une famille d'étrangers. Ses parents avaient mille fois raison de penser qu'elle était incapable de se débrouiller seule. La mort dans l'âme, elle s'installa une fois de plus dans la voiture de son bienfaiteur.

— Vous êtes sûr que votre mère sera d'accord pour héberger une parfaite inconnue ?

Le véhicule venait de s'arrêter à un carrefour. Mercure se tourna vers sa passagère.

— Oui, j'en suis sûr.

— Vous lui amenez souvent des pensionnaires ?

— Non, c'est la première fois. Mais ne vous inquiétez pas ! Elle sera ravie de vous rendre service. Elle a un cœur en or.

Sloan soupira douloureusement. Sa propre mère n'aurait jamais accepté d'offrir le vivre et le couvert à une âme en détresse.

— Parlez-moi un peu d'elle ! Je dois avouer que je suis un peu intimidée à l'idée d'abuser de sa gentillesse.

— Elle saura très vite vous mettre à l'aise, j'en suis sûr. C'est une personne très chaleureuse.

— Et votre père ?

Il sourit.

— Après toutes ces années de mariage, papa est toujours très amoureux. Tout ce qui la rend heureuse le rend heureux aussi.

Une réelle surprise traversa les traits de Sloan.

— Vos parents sont toujours amoureux ?

— Profondément. Pas les vôtres ?

— Non, répondit-elle sans l'ombre d'une hésitation. S'ils l'étaient, ils n'auraient pas essayé de me faire épouser un homme comme Harold. À leurs yeux, les sentiments ne comptent pas. C'est le confort matériel qui fait un bon mariage.

Il la dévisagea un instant.

— Et à votre avis, quel est le secret d'un bon mariage ?

Elle laissa échapper un soupir désabusé.

— Je ne suis pas sûre qu'il en existe. Ce que je sais en revanche, c'est que je ne suis pas prête à tenter l'aventure.

Quand le feu passa au vert, l'attention de Mercure se concentra à nouveau sur la route.

— Comment avez-vous rencontré votre fiancé ? demanda-t-il après un temps.

— Nos familles ont toujours été très proches. Nous nous connaissons depuis l'enfance. Il n'a jamais eu aucune personnalité. S'il pouvait épouser la femme qu'il aime, il le ferait, mais elle est issue d'un milieu trop modeste et il est trop faible pour s'opposer à la volonté de ses parents.

Ce qu'elle affirmait était la stricte vérité. Harold subissait une telle pression de la part de son entourage qu'il était incapable de tracer sa propre voie. Et elle parlait en connaissance de cause. Longtemps, elle avait vécu sous le joug de ses parents sans remettre en cause les conventions imposées par son milieu. Il avait fallu la cruauté de ce mariage arrangé pour lui ouvrir enfin les yeux.

— Nous sommes arrivés.

Elle leva le regard vers l'extérieur, tandis que Mercure garait sa voiture devant une maison bourgeoise imposante qui n'avait rien à envier à celle de ses propres parents.

— Belle propriété, dit-elle en posant une main tremblante sur la poignée de sa portière.

— Merci.

Voyant à quel point elle était tendue, il lui adressa un sourire encourageant.

— Tout va bien se passer, croyez-moi !

5

Mercure entra dans la maison familiale, déposa les bagages de Sloan dans l'entrée, puis regarda autour de lui en se demandant où se trouvaient ses parents. Leurs deux voitures étaient garées dans l'allée. Quand un bruit lui parvint de leur chambre, il comprit aussitôt à quoi ils étaient occupés. Il sourit et se tourna vers la jeune femme qui était à mille lieues de deviner le cours de ses pensées.

Se moquant de les déranger, il appuya sur le bouton de l'Interphone branché à l'étage.

— Maman, papa, c'est Mercure. Je voudrais vous présenter une invitée surprise.

Puis il précéda Sloan dans le séjour.

— Venez, je vais vous montrer le petit paradis de ma mère !

Il ouvrit les portes qui menaient à une serre où prospérait une variété prodigieuse de plantes tropicales.

— C'est magnifique ! s'exclama-t-elle. Vous avez grandi dans cette maison ?

— Oui. Mes parents ont toujours rêvé de fonder une grande famille. Galen a dû vous expliquer que nous sommes six frères. Ma mère a passé les dix premières années de son mariage à pouponner.

— Les plus belles années de ma vie ! lança Eden en les rejoignant dans la serre.

Elle s'approcha de la jeune femme et lui adressa un sourire chaleureux.

— Bonjour, je suis Eden Tyson Steele.

Sloan en resta sans voix. Mercure n'en fut pas surpris. La maîtresse de maison était d'une beauté éblouissante. Ses manières raffinées et son magnétisme exerçaient toujours sur autrui une réelle fascination.

— Maman, je te présente Sloan Donahue. Sloan, voici ma mère.

Le sourire d'Eden s'élargit.

— Ravie de faire votre connaissance. Vous êtes une amie de Mercure ?

— Pas encore, répondit l'intéressé pour dissiper l'embarras de la jeune femme. Nous venons tout juste de nous rencontrer.

Sa mère le regarda avec surprise.

— Vraiment ?

— C'est une longue histoire. Malheureusement, il faut que je file. J'ai un rendez-vous important au bureau. Sloan a besoin de toi.

— Vraiment ? répéta Eden sans comprendre.

— Oui. Je vous laisse. Elle va tout t'expliquer.

Sur ces mots, il s'éclipsa en laissant les deux femmes en tête à tête. Désemparée, Sloan le regarda s'éloigner en se demandant si elle le reverrait un jour. Puis elle se tourna vers son hôtesse. Les yeux d'Eden Tyson Steele contenaient les mêmes nuances d'émeraude que ceux de son fils. Ils la dévisageaient avec curiosité.

Embarrassée, elle se racla timidement la gorge avant d'oser lui adresser la parole.

— Je suis désolée, murmura-t-elle enfin. Mercure n'aurait pas dû vous imposer ma présence de cette manière.

Eden secoua gracieusement la tête.

— Il avait sans doute de bonnes raisons de le faire. Vous avez déjeuné ?

— Euh… Non, pas encore.

Depuis ce matin, elle n'avait avalé qu'un café au comptoir du bar installé au rez-de-chaussée de l'immeuble de Priscilla. C'était d'ailleurs à cette occasion qu'elle avait taché son corsage.

— Mais ne vous dérangez pas pour moi, ajouta-t-elle précipitamment. Mercure m'a dit que je pourrais passer la nuit chez vous, mais c'est à vous de décider. Si vous préférez que je parte…

— Hors de question ! Je vais vous montrer la chambre d'amis, où vous pourrez vous installer et vous rafraîchir. Ensuite, vous vous joindrez à nous pour le déjeuner. Drew, mon mari, sera ravi de vous rencontrer.

— On parle de moi ?

Sloan se retourna pour découvrir l'homme dont elle venait d'entendre la voix. Si Mercure avait les yeux de sa mère, il avait hérité de la silhouette longiligne et des traits réguliers et avenants de son père. Galen était plus petit et un peu moins élancé. Pendant que le maître des lieux passait un bras autour des épaules de son épouse, elle se demanda à qui pouvaient bien ressembler les autres membres de la fratrie.

— Oui, chéri.

Eden lui sourit avec adoration.

— Mercure nous a amené une invitée. Une de ses amies. Elle s'appelle Sloan.

Il hocha la tête en signe de bienvenue.

— Comment allez-vous, Sloan ?

La jeune femme accepta la main qu'il lui tendait.

— Je vais très bien, merci. Mais je dois préciser une chose. Je ne suis pas vraiment une amie de Mercure.

Drew leva un sourcil en signe d'étonnement.

— Pour être franche, je ne suis pas sûre qu'il m'apprécie beaucoup.

— Qu'est-ce qui vous permet de l'affirmer ?

Elle laissa échapper un profond soupir.

— Eh bien, je me trouve bien malgré moi mêlée au vol de sa voiture.

Face à leurs regards surpris, elle poursuivit son explication.

— J'ai acheté sa Camaro au malfrat qui la lui avait dérobée.

Elle leur relata les circonstances de leur rencontre et leur passage au commissariat.

— Et Mercure vous a amenée ici après avoir quitté le poste de police ? s'étonna Drew avec curiosité.

Sloan secoua la tête.

— Non, ce n'est pas tout.

Eden lui sourit avec bienveillance et posa une main sur son avant-bras.

— Vous nous raconterez la suite pendant le déjeuner, dit-elle. En attendant, je vais vous montrer votre chambre.

Mercure sortit de l'ascenseur et se dirigea droit vers la réception.

— Bonjour, Pauline. Les Eastwood sont-ils arrivés ?

— Bonjour, monsieur Steele. Non, ils ont appelé pour s'excuser. Leur avion a atterri avec deux heures de retard.

— Dieu soit loué ! Je vais les attendre dans mon bureau.

— Bien, monsieur.

Il suspendit sa veste au portemanteau, déposa son attaché-case sur sa table de travail et se laissa tomber dans son fauteuil. Quelle matinée ! Et quelle étrange rencontre ! Les mésaventures de cette pauvre Sloan lui paraissaient à peine croyables. Sans doute s'était-il montré un peu cavalier en l'abandonnant sans explications aux bons soins de sa mère. Mais que pouvait-il de plus pour elle ? Après une bonne nuit de sommeil, elle se résoudrait à appeler ses parents. Ceux-ci n'auraient pas la cruauté de laisser leur fille unique sans ressources et ils débloqueraient ses cartes de crédit.

Il comptait aussi sur sa mère pour lui porter secours. Quelques coups de téléphone suffiraient à Eden pour l'aider à trouver un gagne-pain, même provisoire. Sloan avait besoin d'un peu de temps pour se lancer dans une véritable recherche d'emploi. Son milieu d'origine lui avait sans doute permis de faire des études supérieures. Son excellente présentation était également un atout. Cette femme avait un charme fou.

S'efforçant de chasser les boucles blondes de son esprit, il ouvrit le dossier préparé par son assistante. Il était plongé dans la lecture du curriculum vitæ de son prochain client quand la sonnerie de son portable l'interrompit.

— Qu'est-ce que tu veux, Galen ?

— Ta Camaro est en sécurité dans ton garage. J'ai pensé que tu serais content de l'apprendre. Jonas est passé pour me ramener chez moi. En attendant, on mérite bien une petite récompense. Tu ne nous en voudras pas si on se sert un bon scotch pour fêter le retour de ton petit bijou au bercail ?

Mercure fronça les sourcils.

— Ce n'est pas un peu tôt pour boire un scotch ?

— Si tu penses que c'est plus raisonnable, on peut prendre chacun une bouteille et l'emporter chez nous.

— Franchement, vous n'avez pas fait grand-chose pour mériter de vider ma cave !

— T'énerve pas, frérot ! Je ne t'ai pas tout dit. On a lavé ta voiture pour voir si elle n'était pas abîmée. Aucune rayure, aucune bosse. Tu peux être rassuré.

— Oh...

Mercure se laissa amadouer. Galen savait parfaitement le caresser dans le sens du poil.

— Dans ce cas, vous pouvez prendre une bouteille chacun. Mais pas plus !

— Qu'est-ce que tu peux être radin ! Tu ne vivras pas assez longtemps pour écluser la moitié du vin et de l'alcool que tu as accumulés.

— C'est mon problème.

— Au fait, tu as ramené chez elle la jolie Sloan ?

Nous y voilà ! songea Mercure. Depuis le début de la conversation, il se demandait quand son frère aborderait le sujet.

— Oui. Juste au moment où sa logeuse avait décidé de l'expulser.

— Quoi ?

— Tu as bien entendu.

Il prit un instant pour lui relater les circonstances de l'expulsion et lui expliquer le conflit qui opposait la jeune femme à ses parents.

— Je le savais ! s'exclama Galen. Je t'avais dit qu'elle venait d'un milieu plutôt bourgeois. Ne me dis pas que tu l'as abandonnée sur le trottoir ?

— D'accord, je ne te le dirai pas.

Comme il gardait le silence, son frère s'impatienta.

— Mercure ! Arrête de faire des mystères !

— Pour l'amour de Dieu, arrête de me crier dans les oreilles !

« Évidemment que je ne l'ai pas laissée sur le trottoir ! Surtout après le couplet que tu lui avais servi sur notre belle éducation… »

— Je n'ai rien inventé, tu le sais bien. Alors qu'est-ce que tu as fait ? Tu l'as emmenée avec toi ?

— Tu me connais mieux que ça, Galen. Je tiens trop à ma tranquillité pour donner l'hospitalité à toutes les âmes en détresse.

— Mais où est-elle ?

— Elle est à l'abri, rassure-toi !

— À l'abri ? Tu ne l'as tout de même pas déposée dans un refuge pour les SDF ?

Mercure soupira.

— Non, Galen, j'ai trouvé bien mieux ! Je l'ai confiée aux bons soins de notre mère.

— Voilà comment j'ai rencontré votre fils ! conclut Sloan en portant sa tasse de thé à ses lèvres.

Eden déposa un nouveau sandwich dans son assiette.

— Vous avez appelé vos parents ?

Elle secoua tristement la tête.

— Ils seraient trop contents d'apprendre que je suis dans le besoin. Depuis que j'ai refusé ce mariage avec Harold, ils m'ont coupé les vivres. J'avais un peu d'argent liquide en quittant la maison, mais je l'ai gaspillé en achetant la voiture de Mercure. Une voiture volée ! Si j'avais su…

L'étonnement du couple attablé face à elle éveilla les craintes de la jeune femme. Mettaient-ils sa parole en doute ?

— Mon histoire vous paraît peut être incroyable, mais c'est pourtant la vérité.

Eden lui tapota doucement la main.

— Oh ! je vous crois. En fait, votre récit m'a rappelé les circonstances de ma rencontre avec Drew.

Sloan ne s'attendait pas à ce genre de commentaire.

— Vraiment ?

— Vraiment. Mes parents, comme les vôtres, avaient arrangé

pour moi un mariage avec un homme de la bonne société. Oh ! ce n'est pas que je ne m'entendais pas avec Mark, mais je n'étais pas amoureuse de lui et je nourrissais d'autres ambitions pour mon avenir. Je voulais devenir mannequin et j'avais constitué un *press-book* en secret. Quand on me croyait à l'université, je participais à des séances de photos.

— Qu'est-il arrivé ensuite ?

— Mon père m'a surprise un jour à la sortie d'un studio. Il m'a ordonné de renoncer au mannequinat, sous peine de me couper les vivres. Au début, je n'ai pas cru qu'il mettrait ses menaces à exécution. Jusqu'au jour où il a mis une telle pression sur mon agent que la pauvre femme m'a laissée tomber. Il était vraiment déterminé à me faire épouser Mark.

Eden resta un instant plongée dans ses pensées avant de poursuivre.

— Quand mes parents ont compris que je ne renoncerais pas à mes projets, ils ont confisqué ma voiture et ma carte de crédit.

Fascinée par la ressemblance de sa propre histoire avec celle de la mère de Mercure, Sloan était impatiente de connaître la suite.

— Comment avez-vous réagi ?

— Avec seulement quelques dollars en poche, j'ai fait quelque chose d'assez stupide. Quelque chose qu'aujourd'hui je ne conseillerais à personne, surtout pas à une femme.

— Vous vous êtes enfuie ?

— Oui, en me cachant à l'arrière d'un semi-remorque arrêté devant une station-service. J'étais trop en colère contre mes parents pour mesurer le danger d'une telle aventure. Le camion transportait des pièces automobiles vers Phoenix. Une destination intéressante pour ma carrière, c'est tout ce qui comptait pour moi. Heureusement, j'ai eu de la chance. Le chauffeur était un homme bien.

Elle se tourna vers son mari.

— Un certain Drew Steele. C'est mon parfum qui a trahi ma présence dans son véhicule. Au bout de vingt kilomètres, il s'est arrêté pour me dénicher au milieu des cartons. Il a menacé de faire demi-tour pour me déposer à la station-service. Je l'en ai dissuadé. Moins de deux ans plus tard, nous étions mariés.

Sloan étudia attentivement le visage d'Eden avant de le reconnaître. Eden Tyson avait été une top-modèle célèbre qui jadis avait partagé la vedette avec Cindy Crawford et Naomi Campbell. Voilà pourquoi ses traits lui étaient familiers !

— Je vous reconnais maintenant, fit-elle avec admiration. Vous n'avez rien perdu de votre beauté. Et je suis heureuse que votre aventure se soit bien terminée.

Eden lui sourit chaleureusement.

— Merci, Sloan. Je suis persuadée qu'il en sera de même pour vous.

Comme la jeune femme se retirait un moment dans sa chambre pour se reposer, son téléphone se mit à sonner. Le nom de son ex-fiancé apparut sur l'écran. Elle hésita un instant avant de se résoudre à décrocher.

— Qu'est-ce que tu veux, Harold ?

— Par ta faute, tout le monde est en colère contre moi. Ta famille et la mienne.

Appelait-il seulement pour se plaindre ?

— Pas mon problème.

— On me reproche d'avoir mis fin à nos fiançailles alors que c'est toi qui as tout gâché. J'ai une semaine pour te ramener à Cincinnati et planifier notre mariage. Où te caches-tu ?

Harold Cunningham était décidément un crétin. Pensait-il vraiment qu'elle allait lui répondre après tous les efforts qu'elle avait déployés pour s'enfuir ?

— Cela ne te regarde pas. Ce mariage n'aura jamais lieu. Je n'ai rien d'autre à te dire.

Sur ces mots, elle raccrocha sans même prendre congé.

6

— Alors, c'est vrai ?

Mercure leva les yeux pour découvrir deux de ses frères sur le seuil de son bureau. L'idée de frapper à la porte ne les avait pas effleurés. Ils avaient profité de l'absence de Pauline pour entrer sans être annoncés. Leur visite n'avait rien de surprenant. Eli passait souvent lui montrer les photos des enfants dont il était si fier. Tyson venait quant à lui fréquemment chercher sa femme Hunter en début de soirée.

Un sourire plein d'orgueil se dessina sur les lèvres de Mercure.

— Absolument ! Norris Eastwood a signé son contrat aujourd'hui. La nouvelle fera sans doute la une des journaux demain matin.

— Ah, nous ne savions pas ! répondit Eli en pénétrant dans la pièce.

— Félicitations ! s'exclama Tyson en s'approchant à son tour.

— Merci. J'avoue que je suis soulagé. Les négociations ont duré des mois. Mais dites-moi, si vous n'étiez pas au courant de la signature, de quoi êtes-vous venus me parler ?

Eli prit place dans un des fauteuils réservés aux visiteurs.

— Il paraît que tu as ramené une fille à la maison. Et d'après Galen, elle est plutôt canon. Qu'est-ce qui t'as pris ? S'agit-il d'une présentation officielle ?

Mercure soupira.

— Galen ne sait pas tenir sa langue. Je ne sais pas ce qu'il vous a raconté, mais n'allez pas vous faire d'illusions ! Cette jeune personne s'est enfuie de chez ses parents et elle avait besoin d'un endroit où passer la nuit.

— Et tu crois vraiment que maman la laissera partir facilement ? s'étonna Eli. Si elle lui plaît, elle la bichonnera avec soin et se mettra en quatre pour organiser vos fiançailles.

L'intéressé se redressa vivement sur son siège.

— Cela n'arrivera pas.

— Tu as oublié comment papa et maman se sont rencontrés ? glissa Tyson.

— Non, je n'ai pas oublié. Maman s'est cachée dans le semi-remorque de papa.

— Tu te souviens pourquoi ?

Mercure acquiesça d'un signe de tête.

— Elle s'enfuyait de chez ses parents.

La similitude de l'histoire des deux femmes s'imposa à son esprit pour la première fois, et le sourire narquois de ses deux frères fit naître en lui une réelle inquiétude.

— Il faut que je parle à maman.

Il se leva d'un bond pour décrocher sa veste du portemanteau. Parce qu'elle avait fini par épouser son chevalier servant, Eden Tyson Steele se berçait de romances. Il était urgent de tuer dans l'œuf tous les fantasmes et toutes les espérances que la présence de Sloan Donahue pourrait susciter.

— À mon avis, il est déjà trop tard, glissa Eli. Si j'étais toi, je n'essaierais même pas de calmer les esprits et j'accepterais mon sort. Tu ne vas tout de même pas rester célibataire toute ta vie ?

Il ignora le commentaire de son frère et sortit rapidement de son bureau.

— Cela ne vous dérange pas de rester seule ? s'inquiéta Eden. Vous êtes sûre ?

Sloan lui répondit par un sourire. L'attention de son hôtesse était touchante. Elle s'apprêtait à sortir dîner avec son mari et s'inquiétait de lui fausser compagnie.

— Pas le moins du monde. Je profiterai de la soirée pour chercher des offres d'emploi sur Internet.

— Bon, très bien. Vous avez mon numéro de téléphone. Surtout n'hésitez pas à m'appeler si nécessaire ! Et si vous avez faim, vous trouverez tout ce qu'il vous faut dans le réfrigérateur.

— Merci infiniment.

Après le départ du couple, la jeune femme profita du calme de la maison pour rassembler ses idées. Elle avait eu de la chance dans son malheur. Les parents de Mercure avaient un sens de l'hospitalité hors du commun. Déjà, ils lui avaient proposé de rester chez eux tant que sa situation ne lui permettait pas de louer un appartement. Elle éprouvait quelques scrupules à abuser de leur générosité, mais elle avait accepté de rester jusqu'au surlendemain. Pour se tirer d'embarras, elle avait appelé sa meilleure amie au secours. Lisa avait aussitôt accepté de lui prêter mille dollars. Malheureusement, ses comptes bancaires étant toujours bloqués, elle n'avait aucun moyen de les percevoir.

La batterie de sa tablette était vide, mais Eden l'avait autorisée à utiliser l'ordinateur de son bureau. Elle passa des heures à tenter d'ouvrir un nouveau compte en banque. En vain. Chacune de ses demandes se voyait refusée car elle était dans l'impossibilité de fournir des justificatifs de revenus. Il était urgent pour elle de trouver un emploi. Encore une fois, la gentillesse de la mère de Mercure et ses nombreuses relations allaient peut-être lui venir en aide. Eden avait eu vent d'un poste d'interprète disponible dans les bureaux du concours de Miss Univers. Elle lui avait promis de lui présenter la personne chargée du recrutement.

Son téléphone se mit à sonner au moment où elle regagnait le séjour. Elle hésita à répondre. Après toutes ses mésaventures de la journée, les reproches de sa mère étaient plus qu'elle ne pouvait en supporter. Sa bonne éducation la convainquit pourtant de décrocher.

— Allô !

— Où donc es-tu passée, Sloan Elizabeth ? Nous avons un mariage à organiser, ma chérie.

La jeune femme ravala sa déception. Elle s'était bercée d'illusions en espérant des excuses. Elle se laissa tomber sur le canapé, posa son téléphone sur l'accoudoir et brancha le haut-parleur.

— Il n'y aura pas de mariage, maman. Je te l'ai dit cent fois. Pourquoi refuses-tu de me croire ?

— Parce que je te connais bien. Tu ne tarderas pas à changer d'avis. Et si ce n'est pas le cas, ton père se chargera de te convaincre.

— Ah oui ? Et comment ?

— Tu peux lui faire confiance. Il ne manque pas d'imagination. Crois-tu qu'il soit étranger à ce qui t'est arrivé ce matin ?

Sloan fronça les sourcils.

— De quoi parles-tu ?

— De ton expulsion.

Elle n'en croyait pas ses oreilles.

— Ne me dis pas qu'il a quelque chose à voir avec le défaut d'encaissement du loyer de Priscilla !

— Si tu préfères, je ne te le dirai pas. Sache simplement qu'il a engagé un détective depuis ton départ ! Ton téléphone est sur écoute. Nous sommes informés de tes moindres faits et gestes.

— Priscilla a eu la gentillesse de me prêter son logement. Papa n'a pas le droit de lui créer des ennuis.

— Pas le droit ? Comme tu es naïve, ma pauvre chérie ! Pour ton père, la fin a toujours justifié les moyens. Tu ne comprends pas à quel point ce mariage est important pour notre famille.

— Et mon bonheur ? Vous y pensez, à mon bonheur ?

— La vie m'a appris bien des choses, ma chérie. Le bonheur ne tombe pas du ciel, il se mérite. J'en veux énormément à ton grand-père des idées folles qu'il t'a mises dans la tête. Une personne de ton rang a des devoirs.

Sloan était lasse des sermons de sa mère.

— Je refuse de m'y soumettre.

— Alors tu t'exposes à bien des difficultés, ma chérie. Et tu mets en danger tous ceux que tu entraînes avec toi.

Le ton montait et les remontrances s'apparentaient de plus en plus à des menaces.

— Que veux-tu dire exactement ?

— Je te le répète. Ton père peut se montrer impitoyable. Il

n'hésitera pas à causer des ennuis à ceux qui te soutiennent dans ta fuite. Nous savons que Harold t'a appelée pour tenter de te ramener à la raison. Nous savons aussi que tu ne l'as pas écouté. Le pauvre garçon va venir te chercher à Phoenix. Tu as intérêt à le suivre.

Plutôt mourir, songea la jeune femme. Cette conversation ne menait nulle part. Elle décida d'y mettre un terme.

— J'en ai assez entendu. Tes leçons de morale ne me feront pas changer d'avis. Au revoir, maman.

— Vos parents vous embêtent encore ?

Sloan sursauta avant de se retourner. Mercure se trouvait au centre de la pièce.

— Désolé, je ne voulais pas vous faire peur.

Elle le fusilla du regard.

— C'était une conversation privée. Vous n'aviez pas le droit d'écouter.

— Comment faire autrement ? Vous parliez si fort qu'on vous entendait dans toute la maison.

Elle serra les mâchoires pour contenir sa colère.

— Où sont mes parents ?

— Sortis dîner chez des amis.

— Probablement chez les Connors, dit Mercure en réfléchissant à voix haute.

Il contourna le canapé pour lui faire face.

— On dirait que votre mère est revenue à la charge. Vos velléités d'indépendance n'ont pas l'air de lui plaire.

Comme elle remuait nerveusement sur son siège, il remarqua l'étoffe satinée de la robe rose qu'elle avait échangée contre la tenue très sage du matin. Galen avait raison. Cette femme était infiniment désirable.

— J'aurais préféré garder pour moi cette conversation. Mais puisque vous êtes au courant de tout, vous saurez expliquer à votre mère les raisons de mon départ.

Elle se leva et se dirigea d'un pas décidé vers le grand escalier.

— Je vais faire ma valise.

Mercure enfonça les mains dans les poches de son pantalon.

— Et vous pensez aller où ?

Sloan haussa les épaules.

— Je ne sais pas. Mais je ne voudrais pas attirer des ennuis à votre famille.

Il la fixa un instant sans rien dire. Pensait-elle vraiment que les menaces de son père étaient de nature à effrayer les siens ?

— Ne comptez pas sur moi pour vous déposer où que ce soit ! J'en ai assez de jouer au chauffeur de madame. Mais il est hors de question que je vous laisse partir au milieu de la nuit. Les rues de Phoenix ne sont pas sûres, et vous n'allez tout de même pas dormir sous les ponts !

Elle exhala un long soupir.

— Entendu. Je passerai la nuit ici, mais je partirai dès demain matin. Cela me donnera l'occasion de remercier votre mère et de lui expliquer les raisons de mon départ.

— Je vous souhaite bonne chance.

Mercure connaissait sa mère mieux que personne. Jamais elle n'accepterait de la voir partir dans ces conditions.

— Je filerai à l'aéroport à la première heure, reprit Sloan avec détermination.

— L'aéroport ? Pour aller où ? Et avec quel argent comptez-vous payer un billet d'avion ?

— J'ai appelé une de mes anciennes amies de l'université. Lisa. Elle vit en Floride aujourd'hui. Elle a accepté de me prêter mille dollars.

— Très généreux de sa part ! Et j'imagine qu'elle est aussi fiable que la dénommée Priscilla ?

Sloan décida d'ignorer son sarcasme.

— Manifestement, vous n'avez pas entendu ce que ma mère m'a révélé au sujet de l'appartement de Priscilla.

Mercure secoua la tête. Cette partie de la conversation lui avait échappé.

— Que vous a-t-elle dit ?

— C'est mon père qui a tout manigancé. Le refus du chèque par la banque et l'expulsion.

Il resta incrédule.

— Vous plaisantez ?

— J'aimerais bien, croyez-moi !

— Mais comment a-t-il pu s'immiscer dans la gestion du compte de votre amie ?

— Papa est membre du conseil d'administration de plusieurs banques nationales. Celle de Priscilla en fait partie. Il a le bras très long.

Cet homme n'avait décidément aucun scrupule. Il semblait prêt à tout pour ramener sa fille à la raison. Mercure avait peine à le croire.

— C'est un véritable bulldozer, reprit Sloan. Il se moque éperdument de ce qu'il détruit sur son passage. Je ne le laisserai pas s'en prendre à votre famille.

Son interlocuteur la rejoignit sur le seuil du séjour.

— Ne vous inquiétez pas pour nous ! Nous sommes assez grands pour nous défendre.

— Vous ne le connaissez pas.

— Il ne nous connaît pas davantage et il risque fort de nous sous-estimer.

Elle secoua la tête.

— Quoi qu'il en soit, je quitterai la ville demain matin.

— Vous ne craignez pas qu'il cherche aussi des noises à votre amie Lisa ?

— Aucun risque. Le père de Lisa est sénateur. Il n'osera pas. Si je trouve le moyen d'ouvrir un nouveau compte en banque, je serai tirée d'affaire.

Mercure se frotta la nuque avec frustration. Il était venu pour parler à sa mère et la dissuader de jouer les entremetteuses, mais le comportement indigne des parents de Sloan bousculait ses priorités. La protection de la jeune femme était devenue primordiale.

— De toute évidence, votre père suit chacun de vos mouvements grâce à votre téléphone. Vous devez vous en débarrasser.

Elle soupira.

— Vous avez raison. Dès que j'aurai reçu l'argent de Lisa, j'achèterai un appareil à carte. Vous pourriez encaisser son chèque et me donner du liquide ?

— Je pourrais, oui. Mais je ne le ferai pas.

Il n'aimait pas l'idée qu'elle renonce à affronter l'adversité et qu'elle se sauve à la manière d'un animal traqué.

— Pourquoi ?

Il croisa les bras sur sa poitrine et la dévisagea longuement. L'expression de défaite qu'il lisait sur ses traits ne lui plaisait pas. Elle devait apprendre à se battre.

— Je ne me rendrai pas complice de votre lâcheté.

— Ma lâcheté ? répéta-t-elle, médusée. Vous ignorez les extrémités que mes parents sont capables d'atteindre pour arriver à leurs fins.

Il aurait préféré qu'elle fût un peu moins proche. Les mouvements gracieux de ses lèvres attiraient son regard comme des aimants, et il peinait à se concentrer. Agacé, il prit un ton un peu trop bourru.

— Il serait peut-être temps que vous leur teniez tête. Si vous ne leur posez jamais de limites, ils n'ont aucune raison de vous laisser tranquille.

— Vous pensez que je ne le sais pas ? J'essaie seulement de vous épargner, vous et votre famille. Je quitterai Phoenix demain matin, avec ou sans votre aide.

L'atmosphère était électrique. Quand Sloan prit une profonde inspiration pour tenter d'apaiser sa colère, Mercure ne manqua rien du frémissement de ses lèvres. Le spectacle l'ennuyait et l'excitait à la fois. Il était partagé entre l'envie de la sermonner encore et celle de la protéger. Jamais il ne comprit ce qui le poussa à avancer jusqu'à elle. Jamais il ne sut comment ses bras encerclèrent soudain ses épaules. Mû par une force invisible, il la serra fermement contre lui comme s'il voulait lui insuffler sa force. Puis, mesurant soudain la réalité de ses actes, il marqua une pause pour lui laisser le temps de se dérober à son étreinte, mais elle n'en fit rien. La tension avait atteint son paroxysme.

Face aux tremblements de ses lèvres qui s'accentuaient encore, il ne vit alors qu'une issue. Par un baiser pressant et autoritaire, il prit furieusement possession de sa bouche. Loin d'apaiser l'orage, son geste libéra un déluge d'émotions. Pantelante, elle s'accrocha à lui comme si sa vie en dépendait.

Un bruit de gorge les ramena soudain à la réalité. Tandis qu'elle s'écartait de lui comme d'un brasier trop ardent, Mercure se retourna pour découvrir la silhouette de sa mère plantée dans l'entrée. Décidément, rien ne se déroulait comme il l'avait souhaité. Ce n'était pas la première fois qu'Eden le surprenait en train d'embrasser une fille, et sans doute pas la dernière, mais il devait à tout prix minimiser l'importance de ce baiser pour l'empêcher de broder une de ces romances dont elle avait le secret.

— Ce n'est pas ce que tu penses, dit-il en s'éloignant de Sloan. Je devais à tout prix la ramener à la raison.

— Oh ! je vois, murmura Eden. Tu as décidément des manières bien personnelles de te faire entendre.

Il exhala un long soupir.

— Je ne suis pas certain d'avoir réussi. Peut-être que tu auras plus de succès que moi. Cette demoiselle s'apprête à commettre une grave erreur.

Puis, soucieux de prendre ses distances, il balaya la pièce d'un regard circulaire.

— Où est papa ?

— Dans sa caverne. Tu devrais le rejoindre et essayer de te détendre un peu.

— Tu as raison.

Sans un regard pour la jeune femme, il contourna sa mère et descendit au sous-sol où il trouva son père installé devant son écran de télévision.

— Ah ! te voilà, Mercure ! fit ce dernier sans prendre la peine de se retourner. J'ai vu ta voiture garée devant la maison. Qu'est-ce que tu fais ici à une heure aussi tardive ?

Mercure s'installa à ses côtés sur le canapé.

— Ce n'est pas ce que tu crois.

Drew dévisagea son fils d'un air amusé.

— Vraiment ?

— Vraiment.

Comme son père le fixait avec un peu trop d'insistance, Mercure se leva pour avancer jusqu'au bar.

— Je te sers un scotch ?

— Non, merci.

La réponse était surprenante. Drew refusait rarement un verre avant de monter se coucher.

— Tu es sûr que tout va bien, papa ?

— Parfaitement bien, mon fils. Mais c'est plutôt à toi qu'il faudrait poser la question. Tu n'as pas l'air dans ton état normal.

7

Sloan reprenait son souffle avec peine. Jamais un baiser ne l'avait à ce point bouleversée. Ni Harold, ni même Carlos, son seul amant, ne l'avaient embrassée avec une telle frénésie. Les joues en feu, le cœur battant, elle tentait désespérément de policer son apparence.

— Vous vous sentez bien, Sloan ?

Eden la contemplait avec une réelle inquiétude.

— Je suppose que je vous dois des explications.

— Rien ne vous y oblige.

La générosité de la maîtresse de maison méritait pourtant une entière loyauté.

— Mercure est arrivé tard dans la soirée. Nous avons un peu bavardé, et je lui ai fait part de mes projets. La discussion s'est envenimée et... je ne sais pas comment, nous nous sommes retrouvés dans les bras l'un de l'autre. Notre comportement est inqualifiable. Nous le regrettons tous les deux.

Eden lui prit la main et l'invita à s'asseoir auprès d'elle.

— Inutile de vous excuser. Dites-moi plutôt quel était l'objet de votre dispute !

— J'ai pris la décision de repartir dès demain.

— Oh ! mais pourquoi ?

— Ma mère m'a appelée. Elle m'a appris que mon père était responsable de l'expulsion de mon amie Priscilla.

— Vous en êtes sûre ?

Sloan hocha tristement la tête. L'attitude de ses parents lui faisait honte.

— Elle m'a dit aussi que mon père n'avait pas l'intention d'en rester là. Il est déterminé à créer des ennuis à toute personne qui m'apportera son aide.

Eden ne parut pas autrement surprise par ses révélations.

— J'ai longtemps pensé que mon père était un spécimen unique, murmura-t-elle après un temps. Les procédés du vôtre prouvent malheureusement que j'avais tort. Ils se ressemblent comme deux gouttes d'eau.

Sloan leva sur elle un regard interrogateur.

— Qu'a-t-il fait exactement pour vous nuire ?

Son interlocutrice resta plongée un instant dans ses pensées, comme si elle hésitait à faire resurgir un passé douloureux. Quand enfin elle se décida à parler, ses yeux étaient embués de larmes.

— Quand il a découvert que Drew m'avait aidée à franchir les frontières de l'État, il a essayé de le faire arrêter. Sans succès. Alors, il a tout mis en œuvre pour saborder son entreprise.

La jeune femme secoua la tête.

— Jusqu'où certains hommes sont capables d'aller pour imposer leur volonté !

— Drew a su lui tenir tête avec courage. Il n'a jamais baissé les armes. Nous sommes restés fâchés pendant des années. Il a fallu attendre la naissance de notre premier enfant pour parvenir à une réconciliation. Galen a conquis le cœur de son grand-père. Il faut dire qu'il avait toutes les caractéristiques physiques des Tyson, notamment des yeux verts immenses. Et puis la situation de Drew avait changé. Son entreprise avait acquis une grande notoriété.

Eden marqua une pause, et un sourire indulgent se dessina sur ses lèvres.

— Il est venu demander notre pardon.

— Et vous le lui avez accordé ? s'étonna Sloan.

— Oui, parce que nous savions que ses excuses étaient sincères. Et puis, comme il était veuf, nous ne voulions pas l'abandonner à sa solitude. Mon deuxième enfant se prénomme Tyson, en son honneur. Mes six garçons ont été très proches de lui, jusqu'au jour de sa mort.

Le cœur de Sloan se serra douloureusement au souvenir de son propre grand-père.

— Vous pensez que je commets une erreur en choisissant de m'enfuir ?

Eden prit sa main et la serra entre les siennes.

— Vous seule pouvez répondre à cette question. Mais prenez le temps de la réflexion ! Rien ne vous presse. Vous êtes la bienvenue ici et vous pouvez rester autant qu'il vous plaira. Les menaces de votre père ne nous font pas peur.

— Je vous remercie infiniment.

Eden se leva.

— Il est tard, dit-elle. Vous devriez cesser de vous tourmenter et passer une bonne nuit de sommeil. J'ignore ce que Mercure vous a dit exactement, mais n'y accordez pas trop d'importance ! Mon fils s'emporte facilement. Je suis sûre qu'il a déjà oublié l'objet de votre dispute.

Ce n'était pas le cas de Sloan. Leur tête-à-tête l'avait profondément affectée, et elle sentait encore l'empreinte de son baiser sur ses lèvres.

Mercure essayait sans succès de s'intéresser au jeu de basket que son père avait branché sur le poste de télévision. Pourtant, le sport était son domaine. D'ailleurs, l'un des joueurs représentés sur l'écran faisait partie de sa clientèle. Mais ses pensées étaient ailleurs. Il s'inquiétait pour Sloan et ses projets farfelus. Eden parviendrait-elle à lui faire entendre raison ? Qu'adviendrait-il si son ex-fiancé débarquait pour l'obliger à rentrer chez elle ? Serait-elle capable de lui tenir tête ?

Il soupira avec lassitude. Pourquoi se souciait-il du sort d'une femme qu'il connaissait à peine ? N'en avait-il pas fait suffisamment pour elle ? Si elle était assez stupide pour jouer au chat et à la souris avec ses parents, elle n'avait qu'à en assumer les conséquences. Mais quelle idée il avait eue de l'embrasser ! Il le regrettait mille fois. Comment oserait-il l'aborder désormais ?

— Ça va, fiston ?

Son père le scrutait avec curiosité.

— Oui, oui. Pourquoi ?

— Tu as l'air plutôt tendu.

Difficile de prétendre le contraire !

— Je suis fatigué, je vais rentrer chez moi.

Mais comme il s'apprêtait à prendre congé, la silhouette de sa mère se dessina en bas de l'escalier.

— Alors ? demanda-t-il aussitôt. Elle t'a écoutée ?

— Je crois, oui. En tout cas, je n'ai pas eu besoin de l'embrasser pour la convaincre de rester.

Drew fronça les sourcils.

— Tu as embrassé Sloan ? Une fille que tu as rencontrée ce matin…

Mercure se racla la gorge avec embarras.

— Cette gamine n'a aucun sens des réalités. Elle voulait partir au beau milieu de la nuit sans savoir où aller. J'ai essayé de la raisonner, mais, comme elle ne voulait rien entendre, j'ai… Eh bien, je…

— Tu as trouvé un autre genre d'arguments. Je comprends.

— Tu ne vas tout de même pas le féliciter ? s'indigna Eden.

Puis elle s'adressa à son fils :

— Elle a décidé de rester ici, à condition que ses parents nous laissent tranquilles. Au prochain appel menaçant de leur part, elle refera sa valise.

— Ses parents ont l'intention de nous chercher des noises ? s'inquiéta Drew.

— J'en ai peur.

Eden lui exposa la situation que Sloan lui avait décrite. Incrédule, il se tourna vers son fils.

— Tu comptes faire quoi, maintenant ?

Mercure haussa les épaules.

— Je ne sais pas. Cette famille Donahue semble prête à tout pour récupérer l'oisillon tombé du nid.

— Tu ne vas tout de même pas rester les bras croisés ! Ce n'est pas ainsi que je t'ai élevé. À chaque problème, il y a une solution.

8

Sloan et Eden bavardaient à la table du petit déjeuner.

— Aujourd'hui, je m'occupe de mes petits-enfants, disait la maîtresse de maison avec enthousiasme.

En plus des jumeaux de Galen, Eden avait un petit-fils né du mariage d'Eli et de Stacey. Elle sortit de son sac une photo de l'enfant. Marque de fabrique des Tyson, deux grands yeux verts éclairaient son visage.

— Bonjour.

Un vent glacial parut s'engouffrer dans la pièce à l'arrivée de Mercure. Le visage fermé, il déposa un baiser sur la joue de sa mère avant de poser ses yeux sur la jeune femme. Pendant une longue nuit traversée d'insomnies et de cauchemars, elle s'était demandé comment elle oserait se comporter en sa présence.

— Bonjour, Sloan.

— Bonjour, Mercure, répondit-elle, les joues en feu.

Il consulta sa montre du regard.

— Vous êtes prête ?

Où avait-il l'intention de la conduire ?

— Je… Eh bien, oui. Où allons-nous ?

— À la banque pour vous ouvrir un compte. L'établissement appartient à la famille de mon meilleur ami. Votre père n'aura aucun moyen d'y accéder. Ensuite, vous aurez besoin d'un appartement et d'une voiture.

Elle se demanda comment l'argent de Lisa lui permettrait

d'effectuer toutes ces dépenses, mais elle n'en dit rien. Comme s'il lisait dans ses pensées, Mercure la rassura aussitôt.

— La banque jouit d'une excellente réputation dans la région. Elle offrira à vos débiteurs toutes les garanties.

Comme elle hochait la tête avec reconnaissance, Eden s'immisça dans la conversation.

— Tu m'as l'air bien pressé, Mercure ! Assieds-toi cinq minutes pour boire un café et laisser à Sloan le temps de finir son petit déjeuner !

— J'ai terminé, dit l'intéressée en repoussant son assiette.

L'idée de reconstruire son univers émietté l'avait rassérénée. Elle ramassa son couvert et le porta dans la cuisine. Puis elle s'appuya contre le comptoir et inspira profondément pour reprendre ses esprits. L'apparition de Mercure avait ravivé en elle le souvenir du baiser inconvenant qui avait conclu leur dernier tête-à-tête. Au lieu de le rabrouer, elle avait répondu fébrilement à son étreinte. Désormais, il lui faudrait se montrer plus distante.

Mercure avait observé le balancement de ses hanches tandis qu'elle sortait de la salle à manger, et des pensées déplacées affolaient son esprit. Décidément, cette femme avait le don de lui faire perdre son sang-froid.

— Mercure ?

Il se retourna et découvrit sur le visage de sa mère l'expression d'un certain malaise. Pourtant, si elle condamnait son attitude, elle se garda de tout reproche.

— C'est très aimable à toi de te soucier de Sloan. Je sais que tu as un emploi du temps bien chargé.

L'attitude de son père lui avait-elle seulement laissé le choix ? La jeune femme était sous sa responsabilité, et il s'efforcerait de la tirer d'affaire.

— Ne t'inquiète pas, maman, je vais régler le problème.

Eden ne parut pas rassurée par sa manière d'envisager la situation.

— Il ne s'agit pas de régler le problème, mon chéri. C'est une jeune femme sensible et totalement désorientée. Il faut prendre soin d'elle. La mettre à l'abri de la folie de son père et lui faire comprendre que nous ne craignons pas ses menaces.

Il s'apprêtait à lui répondre quand Sloan reparut dans la pièce. Sa robe d'été jaune pâle et très courte virevoltait légèrement autour de ses jambes. Quelques boucles blondes s'échappaient d'un chignon savamment négligé qui mettait en valeur l'ovale parfait de son visage. Un ange de grâce et de pureté.

— Je suis prête.

Ces trois mots tirèrent Mercure de sa rêverie.

— Parfait.

Il déposa un tendre baiser sur le front de sa mère.

— À plus tard, maman.

La jeune femme le suivit jusqu'à sa voiture sans trop savoir quelle attitude adopter. Devait-elle revenir sur l'incident regrettable du baiser pour s'assurer qu'il ne se reproduirait plus ? Était-il plus sage de l'ignorer ?

La veille au soir, elle avait consulté son profil sur Internet. Mercure Steele était un ancien joueur de la ligue nationale de football. À la fin de ses études universitaires, il s'était installé comme agent sportif. Sa clientèle comptait des athlètes de renom, et son cabinet jouissait d'une excellente réputation.

Comme un silence pesant s'installait dans l'habitacle, elle s'efforça d'entamer la conversation.

— Vous m'avez dit que le père de votre meilleur ami possédait une banque ? demanda-t-elle.

— Oui. La famille de Jaye est dans le secteur bancaire depuis des années. Elle est propriétaire de la Colfax National Bank. La plupart des succursales sont situées en Arizona, au Texas et en Oklahoma. Rassurez-vous, vous pourrez y ouvrir un compte sans que votre père en soit informé.

— Merci, Mercure, vous me rendez un immense service.

— C'est la moindre des choses.

Il marqua une pause et se tourna vers elle à la faveur d'un arrêt de la circulation.

— Je peux vous poser une question ?

— Oui, bien sûr. Que voulez-vous savoir ?

Elle espérait de tout cœur qu'il se garderait de faire allusion à leur folle étreinte de la veille. L'épisode pesait sur leur tête-à-tête comme une épée de Damoclès.

— Il n'y a jamais eu personne dans votre entourage familial pour vous protéger de la folie de vos parents ?

Sloan réfléchit un instant avant de répondre.

— Il y avait mon grand-père paternel, dit-elle avec tristesse. C'était un homme merveilleux, toujours prêt à prendre ma défense. Il considérait mon père comme un imbécile et ma mère comme une dangereuse arriviste. Il avait raison, bien sûr. Leur mariage n'était rien d'autre qu'une manne financière pour elle. Sa famille avait subi un revers de fortune quand elle était adolescente et elle avait juré de prendre sa revanche en épousant un homme riche.

Elle marqua une pause en songeant aux sombres préceptes de sa mère. Seuls l'intérêt et la cupidité guidaient ses recommandations.

— Au fil des années, sa rapacité a déteint sur mon père. Ils n'ont jamais vécu que pour l'argent. Grand-père était différent. Il m'a donné l'affection dont ils étaient incapables. Chaque été, je passais mes vacances dans son ranch jusqu'au jour où mes parents ont jugé qu'il exerçait sur moi une mauvaise influence. Ils ont voulu m'empêcher de le voir, mais il ne s'est pas laissé faire.

— Comment s'est-il défendu ?

— En appuyant là où ça fait mal. Il a menacé de les priver d'une part d'héritage. En vieillissant, j'ai compris combien ses conseils avaient compté pour moi. Il m'a appris à me battre pour mon indépendance. Sans lui, je ne sais pas si j'aurais eu le cran de m'opposer à la volonté de mes parents.

— Il doit vous manquer terriblement en ce moment.

Sloan approuva en silence. Puis, lasse d'évoquer un environnement familial qu'elle s'efforçait de fuir, elle se soucia des affaires de son interlocuteur.

— Vous avez manqué un rendez-vous important à cause de moi. J'espère que vous avez pu le reporter.

Un beau sourire éclaira les traits de Mercure.

— Par chance, mon client est arrivé en retard, lui aussi. L'affaire est conclue. Ce gamin est génial sur un terrain de basket. Maintenant, je dois faire en sorte qu'il se retrouve dans la meilleure équipe de la NBA.

— Je suis certaine que vous y parviendrez.

— Merci, Sloan. Nous voilà arrivés !

Ils venaient de pénétrer dans le parking d'un bâtiment imposant qui abritait la banque du père de son ami.

— Merci de m'avoir amenée jusqu'ici. Si vous me donnez votre numéro de portable, je peux le communiquer à Lisa.

Il coupa le contact et se tourna vers elle.

— Pour quoi faire ?

— Pour qu'elle puisse vous envoyer l'argent qu'elle a promis de me prêter.

— Ce ne sera pas nécessaire.

Il sortit et contourna la voiture pour lui ouvrir sa portière. Immobile, Sloan s'interrogeait sur le sens de ses paroles. Comme elle ne détachait pas sa ceinture de sécurité, il se pencha pour l'aider.

— Ne vous donnez pas cette peine ! Je peux le faire moi-même.

— Qu'attendez-vous, alors ?

— Je réfléchissais à la manière dont Lisa pourrait m'envoyer ces mille dollars.

— Comme je vous l'ai dit, ce ne sera pas nécessaire.

Elle fronça les sourcils.

— Je vois mal comment la banque acceptera de m'ouvrir un compte sans apport initial.

— Je m'en occupe.

Soucieuse, elle descendit de voiture.

— De quoi vous occupez-vous exactement, Mercure ?

— De tout. J'ai promis à ma mère de prendre soin de vous.

9

Sloan savait-elle à quel point la colère exacerbait sa beauté ? La manière insolente dont ses sourcils se rapprochaient sur son front et le gris tempétueux qui dévorait ses pupilles avaient un pouvoir envoûtant. La moue formée par ses lèvres captivait le regard. Mercure observait en silence la bouche délicieuse dont le baiser l'avait hanté une bonne partie de la nuit.

— Je n'ai besoin de personne pour prendre soin de moi.

Il enfonça les mains dans ses poches pour tenter de conserver son calme. Non contente de lui faire perdre son temps, voilà qu'elle se montrait susceptible ! La journée avait mal commencé. Dès le réveil, il avait dû subir les reproches de Raquel, sa petite amie du moment. Des reproches mérités, il devait bien l'admettre. Il avait tout simplement oublié de décommander leur rendez-vous de la veille. L'incident l'avait mis de fort mauvaise humeur, et il devait maintenant s'armer de patience pour supporter les manières de Sloan.

— Je n'en suis pas si sûr. Dois-je vous rappeler que vous avez été assez naïve pour acheter une voiture volée à un malfrat ? Trois cents euros pour une voiture de collection. N'importe qui aurait flairé l'arnaque !

— Oui, mais...

— Et qu'auriez-vous fait sans moi quand cette vieille sorcière commençait à brader vos affaires sur le trottoir ?

— Je sais, mais...

Il n'avait pas l'intention de la laisser parler.

— Qui vous a mise à l'abri pour la nuit ?

Sloan redressa bravement le menton.

— On ne vous a jamais dit que c'était très impoli de toujours interrompre son interlocuteur ?

— Répondez simplement à mes questions !

Elle garda le silence un instant, sans pour autant renoncer à lui tenir tête.

— Vous m'avez tirée d'affaire, je veux bien l'admettre, mais cela ne vous autorise pas à me tyranniser.

La tyranniser ? Était-ce ainsi qu'elle ressentait la sollicitude qu'il montrait à son égard ? Mercure connaissait ses défauts mieux que personne. L'abus d'autorité n'en faisait pas partie.

— Rassurez-vous, je n'ai aucunement l'intention de vous tyranniser ! Ce n'est pas mon genre. J'essaie simplement de vous rendre service.

— Rien ne vous y oblige.

Sur ce point, elle avait raison, mais, en homme responsable, il ne pouvait pas l'abandonner à son sort.

— Écoutez, Sloan, vous êtes dans le besoin, et je suis prêt à vous aider. Cela ne me dérange pas de vous prêter de l'argent. Qu'importe si cet argent vient de moi ou de votre amie Lisa !

Elle secoua la tête.

— Ce n'est pas du tout la même chose. Lisa est mon amie. Vous, je ne vous connais pas.

Il se passa une main derrière la nuque.

— Bon sang, ce que vous êtes compliquée ! Je ne vous connais pas non plus, mais cela ne m'a pas empêché de voler à votre secours. Encore une fois, où auriez-vous passé la nuit si je ne vous avais pas conduite chez mes parents ?

— Vous allez me le reprocher encore longtemps ?

Il la dévisagea longuement avant de lui répondre.

— Je ne vous reproche rien, Sloan. Je voulais juste souligner qu'un homme peut tout à fait s'émouvoir du sort d'une parfaite inconnue.

Elle se balança gauchement d'une jambe sur l'autre avant d'oser lui poser la question qui lui brûlait les lèvres.

— Combien ?

Il haussa un sourcil.

— Comment cela, combien ?

— Combien avez-vous l'intention de me prêter ?

— De combien avez-vous besoin ?

— Juste assez pour me retourner et attendre d'avoir trouvé un emploi.

Puis elle ajouta précipitamment :

— Je vous rembourserai jusqu'au dernier centime, vous pouvez me faire confiance.

— Je n'en doute absolument pas. Vous pourrez me restituer l'argent en plusieurs versements, si cela vous arrange.

Elle acquiesça d'un signe de tête.

— Merci, ce sera plus facile pour moi.

— Alors, allons-y !

Un quart d'heure plus tard, ils pénétraient dans le bureau de Jaye Colfax. Apprenant la somme que Mercure entendait lui prêter, Sloan bondit de sa chaise.

— C'est absolument hors de question ! Je ne vous laisserai pas verser autant d'argent sur mon compte. Je n'arriverai jamais à vous rembourser.

Voyant que le directeur et propriétaire de la banque la fixait avec curiosité, elle se ressaisit.

— Monsieur Colfax, me serait-il possible d'échanger quelques mots en privé avec Mercure ?

L'intéressé accepta de bonne grâce.

— Bien sûr, Miss Donahue. Vous pouvez disposer de mon bureau aussi longtemps qu'il vous plaira.

Il se leva et quitta discrètement la pièce.

— Quel est le problème ? soupira Mercure quand la porte se fut refermée sur son ami.

Elle le fusilla du regard.

— Je ne peux pas accepter autant d'argent de votre part. Il me faudrait une éternité pour m'acquitter de ma dette.

— Vous doutez de trouver un emploi ?

— Non, mais...

— Alors où est le problème ?

Comme il arpentait la pièce d'un air exaspéré, Sloan se laissa distraire par sa démarche souple et l'autorité qui émanait de sa personne. Mercure Steele n'avait pas l'habitude de rencontrer autant de résistance chez ses interlocuteurs. L'éclat de ses grands yeux verts la mettait au défi d'accepter sa proposition.

— Je ne comprends pas, dit-il avec lassitude. Je croyais que nous étions tombés d'accord tout à l'heure.

— J'ignorais alors le montant astronomique de votre prêt. Lisa avait proposé de m'avancer mille dollars, pas davantage.

— C'est une somme dérisoire. Vous n'iriez pas loin avec si peu. À moins que vous ayez l'intention de vous installer chez mes parents pour longtemps ?

— Bien sûr que non !

— Alors, réfléchissez un peu ! Vous avez besoin d'une voiture et d'un appartement. Je propose de vous aider. Pourquoi toutes ces manières ?

La jeune femme se détourna. Il lui était impossible de rassembler ses idées sous l'effet hypnotisant de son regard. Elle prit une profonde inspiration pour se redonner du courage.

— C'est que... je ne veux pas vous être redevable.

Il secoua la tête avec impatience.

— Vous n'avez pas le choix, Sloan. Vous ne pouvez pas vous tirer d'embarras sans prendre la main qui vous est tendue. Accepteriez-vous plus facilement cet argent s'il venait de mes parents ?

— En aucun cas. Ils m'ont offert leur hospitalité. C'est déjà beaucoup.

Une pensée amusante vint à l'esprit de Mercure.

— C'est bien la première fois que je rencontre une femme qui ne veut pas de mon argent !

La remarque déplut foncièrement à Sloan. Elle n'aimait pas être comparée aux innombrables fréquentations du don Juan qui lui faisait face. Elle s'approcha de lui avec indignation.

— N'allez pas vous faire d'illusions, Mercure ! Je ne suis pas à vendre !

Voilà, elle l'avait dit ! Le fait d'exprimer le fond de sa pensée lui procura un réel soulagement.

— Cela tombe bien, répondit-il sans s'émouvoir. Parce que je n'ai aucunement l'intention de vous acheter. Allez-vous oui ou non accepter mon aide ?

Sloan n'avait pas d'autre choix que de ravaler son orgueil et d'accepter sa générosité.

— À une seule condition, dit-elle.

Il réprima un éclat de rire. La situation touchait à l'absurde. C'était lui qui lui offrait son secours, et c'était elle qui posait ses conditions.

— Laquelle ? demanda-t-il en s'efforçant de garder son sérieux.

— Je veux signer un échéancier officiel.

— Si vous y tenez...

Ils étaient tout proches l'un de l'autre, et la tension était à son comble.

— Quand ?

Il leva un sourcil.

— Que voulez-vous encore ?

Une lueur espiègle scintillait dans le regard de Mercure. La dernière fois qu'il s'était trouvé à court d'arguments face à cette femme, il avait scellé d'un baiser autoritaire sa bouche délicieuse. Devrait-il recourir à la même ruse pour clore cette discussion interminable ?

— Je veux savoir quand et comment nous pourrons sceller notre accord.

— Tout de suite, si vous insistez.

Elle déglutit avec peine. L'ambiguïté de ses propos ne lui avait pas échappé.

— Le plus tôt sera le mieux, bredouilla-t-elle d'une voix à peine audible.

— Si vous y tenez, répéta-t-il.

Et il prit furieusement possession de ses lèvres.

10

Le baiser fut tout aussi brutal que délicat. Il reflétait à merveille la personnalité de Mercure. C'était un homme de contrastes. Impulsif et raffiné à la fois. L'allant incontrôlable qui le poussait dans les bras de Sloan le laissait songeur. Il tenta d'y trouver une explication. La veille, il l'avait embrassée pour tenter de la raisonner. Quelle excuse pouvait-il invoquer aujourd'hui ?

Quand elle passa une main derrière sa nuque pour prolonger leur étreinte, il ouvrit les yeux et avisa le bureau de Jaye à quelques mètres. Il rêva un instant de la soulever de terre pour l'y déposer, et les pensées les plus folles traversèrent son esprit. Heureusement, un sursaut de conscience le ramena à la réalité. Son ami n'apprécierait sans doute pas de voir son lieu de travail transformé en lupanar. Cette pensée lui rappela la raison de leur présence entre ces quatre murs. Il était grand temps qu'il reprenne le contrôle de la situation.

À contrecœur, il fit un pas en arrière, et la supplique silencieuse qu'il devina dans les yeux de la jeune femme ne parvint pas à le faire revenir sur sa décision.

— Je suis heureux que nous soyons parvenus à un accord, dit-il en plaçant sagement les mains derrière son dos.

Sloan se ressaisit à son tour.

— Cela me gêne d'accepter votre argent, Mercure. J'aurais aimé trouver une autre solution.

— Il n'y en a pas.

— J'aimerais aussi que vous cessiez de m'embrasser chaque fois que vous échouez à me convaincre par vos arguments.

Elle mentait. Ce baiser, elle l'avait désiré tout autant que lui. Mais il préféra ne pas se lancer dans une vaine discussion.

— La balle est dans votre camp. Vous n'avez qu'à vous montrer plus raisonnable.

— Puis-je me permettre de vous retourner le compliment ?

Il s'abstint de lui dire qu'il fallait être deux pour échanger un baiser aussi ardent.

— J'essaierai de garder mes distances, promit-il sans beaucoup de conviction.

Dîners coûteux, week-ends dans des hôtels de luxe, bouquets somptueux, bijoux, sacs à main hors de prix… Jamais il n'avait lésiné sur les cadeaux qu'il offrait à ses maîtresses. Jamais non plus il n'avait déposé vingt mille dollars sur le compte d'une parfaite inconnue ! Il méritait bien quelques baisers volés quand sa patience était à bout. Il n'était qu'un homme, après tout. Lorsque sa bouche s'approchait un peu trop de la sienne, il ne pouvait s'empêcher de la goûter. Était-ce sa faute à lui si ses lèvres le provoquaient avec tant d'insistance ?

Un coup frappé à la porte du bureau signala le retour du directeur de la banque. Mercure en fut soulagé. Le huis clos avec Sloan devenait ingérable.

— Je suis sûr que vous êtes parvenus à un accord, fit Jaye en pénétrant dans la pièce.

Mercure eût aimé effacer le sourire malicieux qui éclairait le visage de son ami.

— Absolument ! Nous ouvrons le compte.

Moins d'une heure plus tard, ils quittaient la banque pour se rendre chez un concessionnaire automobile. Sloan gardait un silence obstiné.

— Ronald est un ami d'Eli, expliqua Mercure pour tenter de détendre l'atmosphère. Il a chargé un de ses vendeurs de vous trouver une belle occasion.

Décidément, les frères Steele semblaient connaître la ville

entière ! La jeune femme était partagée entre la gratitude et la défiance. Une fois de plus, elle avait le sentiment que le contrôle de son existence lui échappait.

— Vous avez une idée du type de voiture que vous voulez acheter ?

— C'est sans importance, répondit-elle. Du moment qu'elle me transporte.

Mercure ne comprenait pas sa mauvaise humeur. Le hasard avait placé sur sa route un homme qui pouvait l'aider à accéder à l'indépendance qu'elle souhaitait. N'avait-elle pas conscience de la chance qui était la sienne ?

— Vous aviez quoi à Cincinnati ?

— La même que la vôtre.

Il haussa les sourcils avec étonnement.

— Une Tesla comme celle-ci ?

— Même année, même modèle, mais la mienne était bleue. Ma couleur préférée.

Pas de quoi être surpris. Ses parents avaient les moyens de lui offrir ce genre de bolide. Quant à la couleur bleue, c'était aussi sa favorite. Il avait entendu dire qu'elle exerçait sur l'esprit un effet positif. Il n'aimait rien tant que de faire l'amour à une femme vêtue de bleu.

— Ma Camaro a dû vous paraître bien minable à côté de votre Tesla !

L'évocation de l'incident qui les avait rapprochés chassa sa mauvaise humeur. Elle rejeta la tête en arrière et éclata de rire. Il ne s'attendait pas à sa réaction et fut heureux de la voir se détendre enfin. Son rire cristallin était terriblement communicatif.

— Je suis vraiment désolée pour votre Camaro, Mercure.

— Je vous ai pardonné depuis longtemps.

Elle secoua la tête d'un air incrédule.

— Il n'y a que moi pour confondre une voiture de collection avec un vieux tacot ! Vous devez vraiment me trouver idiote. Savez-vous que c'est la première fois de ma vie que j'ouvre un compte en banque ? Mon père a toujours tout fait pour moi. Pour mon seizième anniversaire, il m'a offert une carte bancaire.

Je n'ai jamais su combien il me versait chaque mois. Je faisais toutes les boutiques de la ville, et l'argent que je dépensais me semblait illimité.

Elle reprit un air songeur.

— Je ne comprenais pas que ce confort matériel me rendait totalement dépendante de ma famille. Ces dollars qui coulaient à flots tissaient autour de moi une toile d'araignée invisible dans laquelle mes parents espéraient m'emprisonner à jamais.

L'histoire de Sloan rappelait à Mercure celle de sa propre mère. Drew, au contraire, était parti de rien et il ne devait sa réussite qu'à lui-même. Fier de son parcours, il avait transmis ses valeurs à ses six garçons. Tous avaient suivi son exemple. Sans l'aide de quiconque, ils avaient tracé leur voie chacun à sa manière. Quand leur grand-père maternel avait souhaité leur transmettre une partie de son patrimoine dès leur plus jeune âge, Drew s'y était fermement opposé. Un legs trop précoce lui paraissait néfaste. L'héritage interviendrait en son temps, pour couronner une carrière déjà bien assise.

— Au moins, vous avez eu le courage de vous extraire de votre milieu. La plupart des gens sont incapables de remettre en question leurs origines.

Ses pensées se tournèrent vers la seule et unique femme qu'il avait jamais aimée. Cherae Blackshear. Ils s'étaient rencontrés à l'université où il avait été admis grâce à ses qualités de footballeur. Quand sa carrière prometteuse avait été compromise par une vilaine blessure, les parents de Cherae avaient soudain pris leurs distances. Leur petite fille chérie méritait mieux qu'un sportif sans avenir. Jamais il n'oublierait le jour où elle lui avait rendu visite à l'hôpital pour lui annoncer la fin de leur relation. L'enfant gâtée se conformait sans révolte à la décision de sa famille.

La rupture avait profondément affecté Mercure, et il avait fallu toute l'affection et les encouragements de ses frères pour l'empêcher de sombrer dans une longue dépression. Soutenu par son entourage, il avait travaillé avec acharnement et enduré les pires douleurs physiques lors de ses séances de thérapie. Au prix d'efforts presque surhumains, il avait retrouvé sa forme initiale et réintégré le pool universitaire. À la fin de son cursus, un agent sportif avait réussi à lui faire signer un contrat avec l'équipe nationale. Sans beaucoup de scrupules, Cherae avait alors tenté une réconciliation. Il l'avait éconduite sans ménagement.

— Nous avons de la chance, dit-il en s'engageant sur le parking du concessionnaire automobile. Il n'y a pas foule aujourd'hui.

Il vit une étincelle dans le regard de Sloan.

— Toutes ces voitures sont magnifiques ! s'exclama-t-elle.

— Oui, je suis sûr que vous allez trouver votre bonheur ici.

Un vendeur sortit de l'atelier pour venir les saluer.

— Sam Lowery. À votre service !

Le sourire de Sloan s'estompa lorsqu'une vilaine pensée lui traversa l'esprit.

— Je n'ai pas encore de chéquier. Comment pourrai-je régler mon achat ? Sans fiche de paie, on ne m'accordera pas non plus de crédit.

Le vendeur lui adressa un sourire bienveillant.

— Aucun souci, Miss Donahue. Tout a été prévu.

Ce refrain-là, elle l'avait entendu trop souvent. C'était celui que lui servaient ses créanciers, après les garanties que ses parents leur avaient présentées.

— Qu'entendez-vous par là ?

Mercure s'empressa d'intervenir.

— Ici, le client est roi. L'essentiel, c'est qu'il reparte avec le véhicule de son choix. Les conditions financières ne sont jamais un problème. N'est-ce pas, Sam ?

Devant l'assurance de Mercure, le jeune homme hocha docilement la tête.

— C'est tout à fait ça, bredouilla-t-il.

— Génial ! s'exclama Sloan. Merci infiniment, monsieur Lowery.

Très vite, la jeune femme fixa son choix sur une Chevrolet Camaro bleue. Même marque que celle de Mercure, mais un modèle beaucoup plus récent. La carrosserie était impeccable, et une agréable odeur de cuir neuf se dégageait de l'intérieur.

— Maintenant, j'ai ma propre Camaro, s'exclama-t-elle en essayant de contenir ses émotions.

Elle était fière de sa première acquisition et savait qu'elle devrait travailler dur pour la mériter.

— Et cette fois, ce n'est pas un vieux tacot, souligna Mercure avec humour.

Elle lui sourit avec gratitude puis se tourna vers le vendeur.

— Quel est le montant du premier acompte ? demanda-t-elle.

Il la regarda sans comprendre.

— Le premier acompte ?

Sloan songeait avec raison que plus le premier versement serait important, moins les traites seraient élevées. Il n'eut pas le temps de répondre que déjà elle lui posait une autre question.

— Et la carte grise, vous allez me la donner aujourd'hui ? Il faut aussi que je souscrive une assurance.

— Les papiers vous parviendront dans quelques jours, intervint Mercure. Je veillerai à ce qu'ils vous soient envoyés par la poste.

— Mais je n'ai pas encore d'adresse, observa-t-elle en se mordillant nerveusement la lèvre.

— Très juste. Eh bien, ils arriveront chez moi, et je vous les remettrai.

Sloan hocha la tête en silence. À son excitation succédait soudain une réelle inquiétude. Trouverait-elle un emploi sans tarder ? Acheter une voiture et louer un appartement sans avoir de revenus réguliers, c'était un peu comme mettre la charrue avant les bœufs. Au cours du petit déjeuner, Eden lui avait à nouveau parlé de son amie Margaret Fowler qui cherchait une interprète pour le concours de Miss Univers. Un emploi de rêve. Sa candidature serait-elle retenue ?

— Quand pourrai-je récupérer la voiture ? demanda-t-elle en reprenant pied dans la réalité.

— Lorsque vous aurez trouvé un endroit pour la garer, répondit Mercure.

— Vous avez raison, il me faudra une place de parking avec mon appartement.

Puis elle s'adressa à nouveau au vendeur :

— Vous en prendrez soin jusqu'à ce que je vienne la chercher, n'est-ce pas ?

L'homme sourit. Sans doute était-il satisfait d'avoir effectué une vente.

— Ne vous inquiétez pas, Miss Donahue ! Je la bichonnerai comme si c'était la mienne.

L'affaire étant conclue, ils prirent congé de Sam et remontèrent dans la voiture de Mercure.

— Voilà une bonne chose de faite ! dit-elle en bouclant sa ceinture. Aurons-nous le temps de nous occuper de l'appartement aujourd'hui ?

Mercure hocha la tête.

— J'ai pris ma journée. Il est déjà midi. Je suggère une pause déjeuner.

— Bonne idée ! Vous connaissez un endroit où aller ?

— À deux pas d'ici.

11

— C'est un endroit très agréable, observa Sloan en portant sa tasse de thé à ses lèvres.

— Je suis heureux qu'il vous plaise. Je viens souvent ici à l'heure du déjeuner.

Il parlait en s'efforçant de ne pas la regarder. Sa beauté troublante menaçait sa belle assurance. Comme elle hésitait devant l'abondance des plats proposés sur la carte, il lui recommanda quelques spécialités.

— Quel type d'appartement recherchez-vous ? lui demanda-t-il après avoir passé commande à la serveuse.

Sloan esquissa un sourire.

— Le type d'appartement que mon budget me permettra. J'ai déjà contracté deux grosses dettes aujourd'hui. Auprès de vous et auprès du garage.

— Inquiète ?

— Un peu, mais plutôt satisfaite de goûter enfin à mon indépendance. Pour la première fois de ma vie, je vais devoir moi-même gérer mon budget. Alors, pour répondre à votre question, je dirai qu'un simple studio avec un coin cuisine me conviendra parfaitement.

— Vous savez cuisiner ?

Elle secoua humblement la tête.

— Pas vraiment, mais j'ai bien envie d'apprendre.

Elle but une autre gorgée avant de l'interroger à son tour.

— Et vous ?

— Oui, un peu.

— Qui vous a appris ?

Difficile de ne pas être attiré par le mouvement gracieux de sa bouche. Le goût de leur dernier baiser était encore présent sur ses propres lèvres.

— Personne. Je suis un autodidacte en la matière. J'ai trouvé l'inspiration dans les livres et dans le carnet de recettes de ma mère. Un de mes frères m'a entraîné une fois à un cours de cuisine.

— Un cours de cuisine ? Était-il intéressant ?

Passionnant, songea-t-il sans oser lui avouer qu'il y avait découvert plus de jolies femmes que de conseils culinaires.

— J'ai appris quelques bases. Je vous donnerai les coordonnées du restaurant, si cela vous intéresse.

Sloan haussa les épaules.

— Pourquoi pas ? Si le coût de l'inscription est raisonnable.

Le contrôle de ses dépenses semblait au cœur de ses préoccupations. Comment lui en vouloir dans sa situation ? Mercure se remémora les recommandations de son père. Drew n'avait pas développé sa petite entreprise d'un coup de baguette magique. Sa gestion prudente avait été la clé de sa réussite. « Ne dépensez jamais l'argent que vous n'avez pas », avait-il maintes fois répété à ses fils. Un leitmotiv qu'aucun d'eux n'avait jamais oublié.

— L'urgence est pour moi de trouver un emploi, reprit Sloan après un temps. Votre mère va peut-être m'aider. Je dois rencontrer lundi une de ses amies.

Mercure sourit. Il ne doutait pas qu'Eden ferait jouer ses relations pour rendre service à celle qui était devenue sa protégée.

— De qui s'agit-il ?

— Une certaine Margaret Fowler.

Il acquiesça d'un signe de tête. Il connaissait Margaret depuis toujours. Une femme dotée d'une énergie et d'un courage admirables. Il savait qu'elle recherchait une personne capable de l'assister dans ses nombreux déplacements.

L'arrivée de la serveuse interrompit un instant la conversation.

— Très appétissant ! s'exclama Sloan.

— Je suis sûr que vous allez aimer.

Ils continuèrent à bavarder joyeusement pendant le repas.

— Je suppose que vous préférez louer un meublé, fit Mercure en reposant sa serviette sur la table. Cela vous permettra de vous installer plus rapidement.

Sloan achevait son dessert avec gourmandise.

— Vous avez raison. Et puis cela m'évitera d'acheter des meubles. Comment allons-nous procéder ?

— J'ai pris rendez-vous ce matin dans une agence immobilière. Le responsable nous attend pour nous confier les clés d'un premier logement.

Elle lui sourit avec reconnaissance.

— Je ne sais comment vous remercier, Mercure. Sans vous et sans votre famille, je ne sais pas ce que je serais devenue.

— Je ne pouvais pas rêver mieux. Vous êtes sûr que le loyer est dans mes moyens ?

Sloan s'émerveillait de l'agencement de l'appartement. Une chambre lumineuse, une salle de bains de bonne taille et une cuisine américaine qui jouxtait un salon meublé avec goût. L'endroit idéal pour poser ses valises. Le propriétaire avait pensé à tout. Un coin bureau était aménagé dans un angle de la pièce. De quoi installer son ordinateur et ses quelques dossiers.

Dieu merci, les jours ne se ressemblaient pas. Si la journée de la veille avait été désastreuse, aujourd'hui la vie lui souriait.

— Vous souhaiteriez apporter quelques aménagements ? demanda Mercure en balayant le décor d'un regard circulaire.

— Non. Tout est parfait, et la vue sur le lac depuis le quatrième étage est splendide. L'argent que vous me prêtez me permettra de régler les premiers loyers sans difficulté.

Son expulsion de l'appartement de Priscilla l'avait traumatisée. Elle espérait ne plus jamais revivre une expérience aussi désagréable.

— Vous m'avez tirée d'un bien mauvais pas, Mercure. Je ne sais comment vous remercier.

Il avait bien une petite idée sur la question, mais il s'abstint de tout commentaire. Soudain soucieuse, Sloan consulta sa montre du regard.

— 17 heures, déjà ! J'avais promis à votre mère de l'aider pour la préparation du dîner.

— Vous serez parmi nous ce soir ?

Elle crut percevoir une légère contrariété dans sa voix. Chaque jeudi soir, la famille Steele se réunissait au grand complet. Jugeait-il sa présence déplacée ?

— J'ai proposé d'aller au cinéma pour vous laisser tranquillement entre vous, mais Eden a insisté pour que je partage la soirée avec vous. Si cela vous dérange, je peux tout à fait modifier mes plans.

Il leva un sourcil.

— Pourquoi cela me dérangerait-il ?

Elle leva sur lui un regard franc et direct.

— Je ne sais pas. Vous commencez peut-être à me trouver un peu envahissante...

— Mes parents ont le droit d'inviter qui leur chante. Ils sont chez eux.

Voilà qui n'était guère engageant ! Le brusque changement d'attitude de Mercure la mettait mal à l'aise, et elle se demandait quelle mouche l'avait piqué.

— J'ai conscience d'avoir abusé de votre gentillesse depuis hier. Si vous pensez que je suis de trop, dites-le franchement !

Comme elle faisait un pas de côté pour s'éloigner, il attrapa son avant-bras et la ramena jusqu'à lui. Un silence pesant alourdit l'atmosphère. La même pensée les assaillait. Ce troisième tête-à-tête allait-il se conclure de la même manière que les précédents ? Un mélange d'envie et de frustration assaillait la jeune femme. Ne pouvaient-ils parler comme des êtres civilisés ? Pourquoi fallait-il que le ton monte à chacune de leur discussion ? Leurs deux regards lançaient des éclairs comme s'ils se mettaient l'un et l'autre au défi de se soustraire à une étreinte qu'ils désiraient tout autant qu'ils la redoutaient.

Sloan avait les joues en feu. N'avait-elle pas suffisamment de problèmes à résoudre pour y ajouter les complications d'une relation improbable ? Mercure ne lui avait pas menti sur ses relations avec les femmes et s'était même vanté de connaître tout ce qui portait jupon dans la ville de Phoenix. Il les collectionnait comme il collectionnait les voitures, et éprouvait sans doute un plus grand attachement pour ces dernières. Elle ne s'était pas opposée à un mariage sans amour pour finir dans les bras d'un séducteur. Son idéal romantique était plus exigeant.

— Quelque chose ne va pas ? murmura-t-il tout contre son oreille.

— D'après vous ?

Elle était partagée entre l'envie de le gifler et la tentation de se couler tout contre lui, mais l'éclat puissant de ses yeux verts réduisait à néant sa volonté et sa capacité à prendre des décisions. Quand il fit lentement remonter sa main le long de son bras, elle ferma les yeux et retint un gémissement de plaisir.

— Pourquoi, Mercure ?

La question était lapidaire, mais elle n'éprouva pas le besoin de s'expliquer plus clairement.

— Honnêtement, je ne sais pas, Sloan. Mais une chose est certaine. Chaque fois que vous m'approchez, j'ai envie de vous toucher. Et quand l'atmosphère est tendue entre nous, je ne pense qu'à vous embrasser.

Sa voix rauque faisait courir des frissons sur sa peau. Jamais un homme ne l'avait troublée à ce point.

— Je parie que vous dites cela à toutes les femmes.

— Vous vous trompez.

Comment pouvait-elle le croire ? Il semblait parfaitement à l'aise dans son rôle de don Juan.

— Qu'attendez-vous de moi, Mercure ?

Tout en parlant, elle mesura l'inanité de sa question. Ce qu'il voulait était on ne peut plus clair, mais elle n'était pas prête à le lui donner. En décidant de quitter Phoenix, elle avait tiré un trait sur un mariage convenu de longue date et un avenir tout tracé. Son univers était en miettes. Elle avait une vie entière à reconstruire.

— Je ne devrais rien attendre de vous, Sloan.

— Et pourtant vous le faites...

— Je ne suis qu'un homme, soupira-t-il. Et vous êtes si... si ravissante...

Que pouvait-elle répondre à cela ? Elle chercha des mots susceptibles de le raisonner, mais, quand elle ouvrit la bouche pour les formuler, il plaqua ses lèvres sur les siennes avec tant d'autorité qu'elle fut immédiatement réduite au silence. Comme elle tentait vaguement de lui résister, il plongea les mains dans ses cheveux pour maintenir résolument son visage contre le sien. Son baiser fut plus ravageur encore que les précédents. Sloan sentit ses jambes se dérober sous elle, et elle dut s'accrocher aux bras de Mercure pour ne pas vaciller. Son cœur battait à un rythme effréné, et une fièvre intense embrasait tout son corps. La bouche de son assaillant était ferme et brûlante, ses lèvres exigeantes. Son offensive n'avait rien de comparable avec les approches sages et contrôlées des hommes qui l'avaient jusqu'alors embrassée. Comme si sa vie en dépendait, il engageait son être tout entier dans son étreinte.

Assiégée, privée de mots pour se défendre, elle n'avait d'autre choix que de lui répondre avec la même énergie pour ne pas se laisser submerger par la vague d'émotions qu'il déversait sur elle. Sans doute n'était-elle pas aussi expérimentée que lui, mais elle était déterminée à lui montrer ce qu'elle savait faire. Elle imita avec application les mouvements de sa langue et laissa échapper sans honte les gémissements rauques qui naissaient au fond de sa gorge.

Profondément immergée dans son baiser, appréciant chaque instant d'une étreinte presque frénétique, elle perçut dans un épais brouillard la sonnerie de son téléphone. Plus prompt à reprendre pied dans la réalité, Mercure recula d'un pas. Elle manqua de perdre son équilibre. Au prix d'un effort presque surhumain, elle s'approcha du bureau où elle avait posé son sac à main. À l'instant où elle posait la main sur son portable, il cessa de sonner. *Tant mieux*, songea-t-elle en reconnaissant l'identité de l'appelant. Harold avait bien mal choisi son moment pour se rappeler à son souvenir.

Sentant le regard de Mercure fixé sur elle, elle se redressa fièrement et passa la main dans ses cheveux pour remettre un peu d'ordre dans sa coiffure. Il l'examinait d'un air songeur, comme s'il avait devant lui une énigme à résoudre. Étrange attitude. N'était-il pas à l'origine de ce moment irraisonné, de cette exaltation si soudaine qui les avait tous deux emportés dans un tourbillon vertigineux, éloigné de toute raison ?

— Alors, quel est votre verdict ? demanda-t-il en revenant au sujet qui justifiait leur présence en ces lieux. Vous le prenez ?

— Sans l'ombre d'une hésitation.

— Bien ! J'appellerai l'agence pour le réserver.

— Merci, Mercure. Vous m'avez rendu de grands services, aujourd'hui.

— J'ai promis à ma mère de veiller sur vous.

— Vraiment ?

— Oui, et je suis un homme de parole.

Voilà qui méritait d'être vérifié.

— Dans ce cas, vous pouvez me jurer de ne plus m'embrasser ?

Une grimace amusée se peignit sur ses traits.

— Hélas, non. Comme je viens de le dire, je suis un homme de parole.

12

— La scène surréaliste à laquelle j'ai assisté ce matin dans mon bureau me laisse toujours aussi songeur.

Mercure avala sans s'émouvoir une gorgée de sa bière. Il savait que Jaye lui demanderait des explications quand ils se retrouveraient au pub pour leur rendez-vous hebdomadaire. Le Notorious était l'endroit le plus en vogue de la ville. Les deux amis y arrivaient généralement à l'heure de l'apéritif pour y passer une bonne partie de la nuit.

— Ne fais pas comme si tu ne savais rien ! Je suis sûr qu'un de mes frères a vendu la mèche et que ma rencontre avec cette femme a déjà fait le tour de Phoenix.

Jaye éclata de rire.

— On ne peut rien te cacher. Je suis tombé sur Jonas hier soir, et il m'a fait une description dithyrambique de la demoiselle. Au fait, je suis content que tu aies récupéré ta voiture.

— Merci. La police mettait si peu d'entrain à enquêter que je désespérais de la retrouver un jour.

— Ça n'explique pas le prêt exorbitant que tu as accordé à cette inconnue, ce matin. Vingt mille dollars, c'est…

— Vingt mille dollars. Je sais.

Sans la connaître, il avait accordé sa confiance à Sloan et il ne doutait pas qu'elle s'acquitterait de sa dette.

— Je dois admettre qu'elle est épatante, reprit Jaye. J'imagine qu'il s'agit pour toi d'une sorte d'investissement.

Mercure n'était pas surpris de la réaction de son ami. Les

deux hommes se connaissaient depuis le collège. Ils étaient aussi inséparables que les doigts de la main et n'avaient aucun secret l'un pour l'autre.

— Je n'ai pas fait cela dans l'intention de percevoir des intérêts.

— Tu veux dire que tu les as déjà empochés ?

— Absolument pas. En vérité, je n'attends rien de cette femme.

Jaye fronça les sourcils.

— Mon ami, j'ai du mal à te croire. On n'emmène pas une étrangère chez ses parents sans raison, pas plus qu'on ne dépose autant d'argent sur son compte. Qui te dit qu'elle n'était pas de mèche avec le voleur de ta Camaro ?

Mercure reposa son verre sur la table. Il n'aurait pas supporté ce genre de remarques de la part d'une autre personne.

— Je vais te donner ma version des faits, dit-il patiemment. J'imagine qu'elle sera très éloignée de celle de Jonas.

— Je t'écoute.

L'intrusion de Nancy Ormond dérangea quelque peu le dialogue des deux amis.

— J'ai manqué quelque chose ? fit-elle en se penchant au-dessus de leur table.

Mercure était brièvement sorti avec elle l'année précédente. Une relation peu satisfaisante à laquelle il avait mis fin quand elle avait commencé à lui confier des préoccupations liées à son horloge biologique. Faire un enfant à une femme comme Nancy n'était pas dans ses projets. Il l'avait quittée sans regret.

— Rien qui te concerne, répondit-il sèchement.

Elle s'attarda un instant encore puis, comprenant enfin qu'elle n'était pas la bienvenue, elle s'en retourna au bar.

— Ton père t'aurait suggéré de prendre en charge les problèmes de cette fille ? s'étonna Jaye après avoir entendu le récit de Mercure.

— Lui, et ma mère aussi. Tu la connais. Toujours prête à voler au secours de la veuve et de l'orphelin. Elle a déjà commencé à faire jouer ses relations pour lui trouver un emploi. Tout ce que j'ai fait, c'est avant tout pour lui faire plaisir.

— Tout ce que tu as fait ? Ce prêt exorbitant n'était pas suffisant ? Tu lui as rendu d'autres services ?

Mercure acquiesça d'un signe de tête.

— J'ai pris sa voiture et son appartement à mon nom.

Jaye ouvrit de grands yeux.

— Et elle t'a laissé faire ?

— Elle l'ignore pour l'instant. Je crains le moment où elle le découvrira, mais il n'y avait pas d'autre solution.

Il marqua une pause et porta son verre à ses lèvres.

— Quand j'ai entendu la manière dont sa mère osait la traiter, j'ai compris qu'elle avait besoin d'aide. Ses parents voulaient l'obliger à se marier avec un homme qu'elle n'aimait pas. Un pauvre imbécile qui ne la méritait pas.

— Qu'est-ce que tu en sais ?

— Il voulait l'épouser sans pour autant renoncer à sa relation avec une autre femme. Je ne pouvais pas rester les bras croisés.

Jaye ne s'expliquait pas l'attitude de Mercure. Il ne l'avait jamais vu jouer les chevaliers servants.

— Je ne comprends toujours pas en quoi l'histoire de cette fille te concerne.

L'intéressé soupira.

— Tu n'as donc rien écouté ? Elle était dans une situation désespérée. Je lui ai tendu la main, c'est tout.

Ses arguments ne suffisaient pas à convaincre son ami.

— D'après ce que j'ai vu aujourd'hui, cette femme a du caractère. Elle n'acceptera pas longtemps de se savoir redevable envers toi.

— Quand on n'a pas un sou en poche, on est bien obligé d'accepter de l'aide. Je te trouve bien défaitiste aujourd'hui.

— Les femmes sont compliquées, soupira Jaye d'un air sombre. Je ne voudrais pas que tu reproduises avec Sloan les erreurs que j'ai commises avec Velvet.

Mercure resta silencieux un instant. Depuis que Velvet avait disparu de sa vie, un an auparavant, son ami n'était jamais revenu sur le sujet. Il se sentait coupable de son départ. Jamais il ne lui avait rien promis. Désespérant de devenir un jour sa femme, elle avait préféré mettre fin à leur liaison.

— Ces histoires n'ont rien de comparable. Tu aimais Velvet, même si tu refusais de l'admettre. Moi, je ne veux pas m'embarquer dans des aventures trop sérieuses. Je tiens trop à ma liberté.

— C'est ce que je me disais aussi, mais c'était une erreur. Velvet attendait de moi des preuves d'amour que je ne lui ai jamais données. Qui sait, je parviendrai peut-être à me racheter...

— Te racheter ?

Mercure haussa les sourcils.

— Je me demande bien comment. Tu ne sais même pas où elle se trouve.

Jaye se pencha au-dessus de la table, comme s'il voulait partager un secret.

— Je ne l'ai dit à personne, mais j'ai engagé un détective, il y a quelques mois. Il m'a appelé tout à l'heure. Il pense l'avoir localisée.

Mercure ne parut pas autrement surpris.

— J'étais sûr que tu ne renoncerais pas. Alors, où est-elle ?

— Elle vit dans une ville côtière de Louisiane, à une heure de route de La Nouvelle-Orléans. Un endroit appelé Catalina Cove.

Son interlocuteur resta songeur un instant.

— J'imagine que tu es en train d'élaborer un plan pour la faire revenir ?

Une farouche détermination éclaira le regard de Jaye.

— Oui, et je n'ai pas le droit à l'erreur, cette fois.

— Il est vrai que tu prenais un malin plaisir à refuser toutes les perches qu'elle te tendait. Elle a fini par se lasser. Rien de plus normal.

— Ne remue pas le couteau dans la plaie, tu veux bien ?

Jaye jeta un coup d'œil à sa montre. La conversation prenait un tour qui ne lui plaisait guère.

— C'est jeudi, aujourd'hui. Tu ne vas pas dîner chez tes parents ?

Mercure comprit que le sujet de Velvet était clos.

— Je ne vais pas tarder, répondit-il.

La présence de Sloan au dîner hebdomadaire le rendait nerveux, et il n'était pas pressé de rejoindre la demeure familiale. En présence de cette femme, il sentait vaciller sa belle assurance.

Pour la première fois depuis sa rupture avec Cherae, il se sentait vulnérable. Le souvenir de ses baisers le hantait. La manière délicieuse dont sa frêle silhouette se pressait contre la sienne, le durcissement de ses seins, le goût exquis de sa bouche... Le fait de la revoir raviverait à coup sûr des sensations qu'il s'efforçait d'oublier. Pire, il doutait de pouvoir résister à la tentation.

— Mercure ?

Il leva les yeux sur son ami.

— Oui ?

— Tu as entendu ce que je viens de dire ?

— Euh, non. Désolé, j'avais l'esprit ailleurs. Qu'est-ce que tu as dit ?

Jaye savait très bien où son esprit s'était égaré, mais il se garda de tout commentaire et lui répéta la question qu'il venait de lui poser.

— Je te demandais si tu pensais pouvoir retomber amoureux un jour.

— Non.

La réponse était claire et nette. Jaye n'en fut pas surpris.

— Je n'ai pas besoin de te raconter encore une fois la manière dont Cherae m'a brisé le cœur. Cette histoire m'a servi de leçon. Chat échaudé craint l'eau froide.

— Tu as essayé de te tenir à l'écart du danger pendant toutes ces années ?

— On peut dire ça.

— J'ai bien peur que cette Sloan Donahue ne vienne contrarier tes plans. Je vous ai observés dans mon bureau, ce matin. Elle semble te plaire énormément.

Mercure se détourna un instant. Son ami était perspicace. Il ne servait à rien de nier l'attrait puissant que la jeune femme exerçait sur lui.

— Un moment d'égarement, rien de plus.

Jaye secoua la tête.

— J'ai du mal à le croire. Tu viens tout juste de la rencontrer et pourtant...

— Et pourtant ?

— Tu as l'air très amoureux.

Mercure soupira avec agacement.

— Tu te fais un roman, je t'assure.

— Je ne crois pas. La façon dont tu la regardais en dit long sur tes sentiments.

L'intéressé commençait à prendre peur. Si Jaye avait si facilement découvert son attirance pour Sloan, nul doute que ses frères la remarqueraient aussi. Il eut soudain envie de faire l'impasse sur le dîner familial. Mais n'était-ce pas accorder trop d'importance à la présence de la demoiselle ?

— Il faut que je m'en aille, fit-il en saisissant la veste de son costume.

Il devait encore passer chez lui pour se changer avant de se présenter chez ses parents.

— Bonne soirée, l'ami. Fais attention à toi !

Mercure se dirigea vers la sortie, puis il revint sur ses pas.

— Au fait, Jaye...

Déjà immergé dans ses pensées, son ami redressa la tête.

— Oui ?

— Je suis heureux que tu aies retrouvé Velvet.

Son interlocuteur sourit.

— Moi aussi, Mercure. Moi aussi.

Légèrement intimidée, Sloan regardait les cinq frères de Mercure réunis devant elle. Parmi eux, elle ne connaissait que Galen, rencontré la veille au commissariat. Un peu plus tôt, elle avait été présentée à leurs épouses. Des femmes charmantes qui lui avaient réservé un accueil très amical. Eden avait fait de son mieux pour qu'elle ne se sente pas comme une intruse au milieu de cette famille apparemment très unie. Les enfants étaient adorables, eux aussi. Tous semblaient heureux de se retrouver pour ce rendez-vous hebdomadaire, et l'atmosphère était très détendue.

Les cinq frères sortaient du même moule. Ils avaient hérité des yeux de leur mère et des traits de leur père. De grands gaillards au physique imposant. Nul doute qu'ils avaient dû briser bien des cœurs.

— Sloan, permettez-moi de vous présenter mes frères, fit Galen dans un sourire chaleureux. Voici l'aîné, Tyson. Viennent ensuite Eli, Jonas et Gannon. Il manque Mercure, mais vous le connaissez déjà. C'est l'avant-dernier de la fratrie.

Sloan les salua chaleureusement.

— Je suis ravie de vous rencontrer tous.

— Tout le plaisir est pour nous, répondit Jonas. Nous avons entendu parler de vos mésaventures. Nous sommes heureux que nos parents aient pu vous venir en aide.

— Vos parents et Mercure, aussi. Sans lui, je ne serais jamais arrivée jusqu'ici.

Eli sourit d'un air amusé.

— Rappelez-moi de féliciter mon frère ! Pour une fois qu'il agit en héros !

L'assemblée tout entière éclata de rire.

— En parlant de Mercure, où est il ? demanda Gannon.

— Il est en retard, et maman va se vexer, glissa Tyson. Elle n'aime pas que nous arrivions pour mettre les pieds sous la table.

— Je vous manquais ? fit soudain une voix grave dans le dos de Sloan.

La jeune femme reconnut aussitôt le ton rauque et l'électricité qui chargeait l'atmosphère chaque fois que Mercure approchait. Elle se retourna et le découvrit sur le seuil du séjour. Il avait troqué son costume de businessman contre une tenue plus décontractée. Sous son T-shirt en coton, on devinait son corps svelte et musclé. Sa haute stature se dressait fièrement dans l'encadrement de la porte. De tous les frères Steele, c'était sans doute le plus grand.

— Oui, on se demandait à quelle heure tu allais arriver, répondit Tyson. Mais rassure-toi, on ne disait rien de mal sur ton compte ! Au contraire, on se réjouissait de ta sollicitude envers Sloan. Il paraît que tu lui as rendu de grands services.

— Je dois dire que je l'ai un peu encouragé, intervint Galen. Je lui ai rappelé les valeurs que notre mère nous a transmises. Courtoisie et obligeance envers le sexe faible.

Mercure tourna le regard vers la jeune femme.

— Bonsoir, Sloan. J'espère que mes frères ne vous ont pas trop ennuyée avec leurs bavardages.

Elle sourit.

— Pas du tout. J'apprécie beaucoup leur compagnie.

En vérité, leur tendre complicité l'enchantait. Fille unique, elle n'avait pas connu ce genre de relations.

Ce fut au tour de Gannon de se manifester.

— En fait, je m'apprêtais à lui proposer une promenade dans la serre de maman. Je voulais lui montrer les variétés de plantes et...

Mercure fit un pas en avant.

— C'est inutile. Sloan a déjà visité la serre.

Puis il se tourna vers l'intéressée.

— Il faut que je vous parle, dit-il.

— Un problème ? demanda Gannon.

Il n'aimait pas se voir exclu de la conversation.

— Ça ne te regarde pas.

— Mercure veut sans doute me donner des informations sur ma voiture, glissa Sloan pour adoucir l'atmosphère.

Eli haussa un sourcil.

— Votre voiture ? Vous avez déjà trouvé une voiture ?

Un sourire éblouissant illuminait le visage de la jeune femme.

— Oui, et j'espère la récupérer à la fin de la semaine, dès que j'aurai emménagé dans mon nouvel appartement.

— Un appartement, aussi ? s'étonna Tyson. Eh bien, vous n'avez pas perdu votre temps !

— Grâce à Mercure, je dois signer le bail dès demain.

— Ah ! ce Mercure, c'est vraiment un gars épatant ! soupira Galen, un brin dépité.

— Tu en doutais ? demanda l'intéressé.

Le regard de Sloan allait de l'un à l'autre. Affection ou rivalité, elle se demandait ce qui l'emportait entre ces deux-là.

— Je serais heureux de vous aider à emménager, proposa gentiment Gannon.

— Inutile, déclara Mercure d'un ton sans réplique. Je m'en

occupe. Nous vous retrouverons dans la salle à manger. D'ici là, je dois parler à Sloan.

Il lui prit le bras et la conduisit dans le bureau de sa mère.

— Que se passe-t-il ? demanda-t-elle nerveusement.

Il ne prononça pas un mot avant d'avoir refermé la porte derrière lui.

— Je voulais vous donner cet appareil.

Il plongea la main dans la poche de son jean et en sortit un téléphone portable.

— C'est un mobile jetable, expliqua-t-il. Avec ça, votre père ne pourra plus vous suivre à la trace.

— Merci beaucoup. J'apprécie vraiment tout ce que vous faites pour moi. Assurez-vous de l'ajouter à la liste des factures que je dois vous régler !

— Voici le numéro, ajouta-t-il en lui présentant un petit carré de papier.

Lui ayant une nouvelle fois exprimé sa gratitude, elle s'apprêtait à sortir de la pièce quand il l'arrêta d'un signe de la main.

— Il y a autre chose, dit-il. Et cela ne va pas vous plaire.

Elle se retourna pour lui faire face.

— De quoi s'agit-il ?

— Votre ex-fiancé est en ville.

La nouvelle la cloua sur place. Quand Harold l'avait menacée de venir la trouver à Phoenix, elle ne l'avait pas cru.

— Comment le savez-vous ?

— Une de mes amies dirige le service de sécurité de l'aéroport. Je lui ai demandé de surveiller les listes des passagers en provenance de Cincinnati.

Le réseau de relations de Mercure semblait inépuisable.

— Comment saviez-vous qu'il projetait de venir ici ?

— J'ai entendu cette partie de votre conversation téléphonique avec votre mère. J'en ai déduit qu'il savait où vous étiez.

— C'est mon père qui le lui a dit. Ces deux-là ne me laisseront jamais en paix.

Un mélange de colère et d'indignation teintait ses propos.

— Je lui ai pourtant dit mille fois que je ne l'épouserais pas.

— Sans doute a-t-il besoin de l'entendre à nouveau.

Elle secoua la tête d'un air désespéré.

— J'ai beau lui répéter cent fois les mêmes choses, il ne m'écoute pas. Avec la bénédiction de mes parents, il se croit tout permis.

— Vous êtes dans une situation difficile, Sloan, mais je suis sûr que vous parviendrez à vous tirer d'affaire. Comme dit mon père, à chaque problème, il y a une solution.

Elle resta songeuse un instant. Tel était le fruit de son indépendance tout nouvellement acquise. Trouver des solutions. Dans le giron de ses parents, elle n'avait jamais eu à s'en soucier.

— Mais qu'arrivera-t-il si je fais de mauvais choix ?

— Nous en faisons tous. L'erreur est humaine. Il vous faudra alors changer de cap et suivre une nouvelle voie.

Elle l'étudia pendant un long moment.

— Vous est-il arrivé de devoir résoudre une situation difficile ?

Il détourna le regard pour le porter au loin, en direction de la serre. L'image de Cherae flottait dans son esprit.

— Oui, répondit-il en lui faisant face à nouveau. Cela n'a pas été facile, mais j'y suis parvenu et j'en suis fier. Les épreuves forgent le caractère.

Sloan soupira.

— Je crains d'agir sous le coup de l'impulsion. Sans réfléchir suffisamment.

— C'est un risque, en effet. Mais l'action vaut mieux que l'immobilisme. Il ne faut pas avoir peur de prendre des décisions. L'essentiel est de ne pas montrer ses faiblesses à l'adversaire et de défendre son territoire. Vous devez afficher une confiance inébranlable, même s'il vous arrive de douter de vos forces.

Elle pencha la tête sur le côté et étudia longuement ses traits. Ses paroles révélaient une personnalité beaucoup plus complexe qu'elle n'y paraissait au premier abord.

— C'est cela que votre père vous a enseigné ?

— Cela et beaucoup d'autres choses, répondit-il en s'appuyant contre le bureau de sa mère.

Sloan détourna les yeux. Sa position étirait l'étoffe de son jean sur les muscles puissants de ses cuisses, éveillant en elle des pensées inopportunes. L'attirance qu'elle éprouvait pour lui était par trop envahissante. Elle s'efforça de revenir à la conversation sans rien montrer de son trouble.

— Vous n'êtes pas avare de recommandations, observa-t-elle. Est-ce chez vous une habitude de donner des conseils à votre entourage ?

Sa remarque le fit sourire.

— Déformation professionnelle, sans doute. Je représente les intérêts de nombreux sportifs dont la plupart sont jeunes et sans expérience. Leur succès et leur réussite financière attirent de nombreux requins. Je leur donne des armes pour se défendre et je me garde bien de faire des choix à leur place. C'est à eux qu'il revient de déjouer les pièges qui leur sont tendus.

— Vous ne craignez pas qu'ils se trompent ?

— Si, bien sûr. C'est pourquoi je les invite à ne jamais prendre de décisions irréversibles.

Sloan fronça les sourcils.

— Ce n'est pas très confortable de vivre dans l'incertitude.

— Il est parfois nécessaire d'opter pour des solutions provisoires afin de se laisser le temps d'élaborer de meilleures stratégies.

Elle acquiesça en silence. Les paroles de Mercure lui avaient certainement donné matière à réflexion.

— Merci, vraiment. J'apprécie vos conseils.

L'atmosphère de la pièce se transforma soudain, quand il avança lentement dans sa direction. Son intention était claire. Il la fixait du regard ardent qui, plusieurs fois déjà, avait précédé leurs étreintes. Pourtant, rien ne les opposait en cet instant et, s'il décidait de l'embrasser, ce ne serait pas cette fois pour la ramener à la raison. Seul le désir semblait motiver son approche.

Il s'arrêta devant elle et promena tranquillement les yeux sur sa silhouette.

— Vous êtes très belle, Sloan. Vous l'ai-je déjà dit ?

Elle secoua rapidement la tête.

— Alors permettez-moi de le faire maintenant ! Vous êtes splendide.

Le compliment amena un sourire timide sur ses lèvres. Elle était flattée de lui plaire.

— Merci, Mercure.

Était-ce l'effet de son imagination, ou son regard se concentrait-il peu à peu sur sa bouche ? Elle se racla nerveusement la gorge.

— Nous devrions rejoindre les autres, dit-elle. Votre mère doit se demander où nous sommes passés.

Il leva la main jusqu'à son visage et glissa une mèche de cheveux derrière son oreille. Le simple contact de ses doigts fit courir un frisson derrière sa nuque.

— Vous savez ce que je pense ? demanda-t-il d'une voix rauque.

Elle déglutit avec peine.

— Non. Je... Je ne sais pas.

— Je pense qu'ils vont devoir attendre.

Il l'attira contre lui avec autorité et prit sa bouche avec une ardeur plus frénétique encore que les autres fois. En une fraction de seconde, son baiser l'emporta dans un univers de sensations exquises, où la réalité n'avait plus de place. Ses genoux vacillèrent, et elle s'accrocha à lui comme si sa vie en dépendait. La saveur de son baiser l'enflammait, et elle répondait sans retenue à l'exaltation de son étreinte. Jamais aucun homme ne l'avait embrassée aussi fiévreusement. Des gémissements erratiques jaillissaient de sa gorge. Elle avait perdu tout contrôle de la situation.

Resté maître de lui, Mercure décida soudain d'éloigner ses lèvres. Conscient de sa fébrilité, il garda les bras enveloppés autour de ses épaules pour l'aider à maintenir son équilibre. Sa force et son calme contrastaient avec l'étourdissement visible de la jeune femme. Tout à la chaleur de l'étreinte, il lui fallut un long moment pour reprendre son souffle. Les narines emplies des accents poivrés de son eau de toilette, elle s'efforça de reprendre pied dans la réalité.

Lentement, elle redressa la tête pour affronter son regard. Une expression étrange se lisait sur ses traits. Regrettait-il déjà la fougue qui l'avait transporté ? La manière presque brutale dont il avait mis fin à son baiser traduisait-elle une soudaine réticence ? Sloan éprouvait un embarras similaire. Elle recula d'un pas en espérant que la distance l'aiderait à retrouver son calme. Les raisons qui les avaient amenés dans le bureau d'Eden lui revinrent à l'esprit. Elle s'efforça de considérer le baiser de Mercure comme une parenthèse insensée et tenta de renouer les fils de la conversation.

— Phoenix est une grande ville, dit-elle. Harold aura beau faire, il n'arrivera pas à me retrouver.

— Je vous trouve bien optimiste, soupira Mercure. Votre père est assez rusé pour avoir installé une application de localisation sur votre smartphone.

Sloan plissa le front. La réalité reprenait le dessus. Prétextant des raisons de sécurité, son père s'était en effet autorisé à paramétrer son téléphone. À l'époque, elle n'y avait pas accordé d'importance. Aujourd'hui, sa prévoyance lui procurait un sérieux avantage.

— Peu importe après tout si Harold finit par me retrouver. Je n'ai pas changé d'avis. Je refuse de l'épouser.

Son interlocuteur secoua la tête d'un air perplexe.

— Je ne comprends toujours pas pourquoi vos parents veulent vous imposer ce mariage.

Elle haussa les épaules.

— Je vous l'ai dit, ils agissent par intérêt. L'union de nos deux familles présente de sérieux avantages financiers. Ils se moquent éperdument de mes sentiments.

Il s'avança pour lui prendre la main.

— Venez, allons rejoindre les autres et tenter de passer une bonne soirée ! Je suis sûr que mes frères vous feront oublier vos problèmes.

— Merci, Mercure, dit-elle avec reconnaissance. Je ne sais pas ce que j'aurais fait sans la générosité de votre famille.

13

Mercure garda les yeux fixés sur le visage de Sloan pendant toute la durée du repas. Le contact de sa peau avait laissé sur sa bouche une empreinte inaltérable, et son parfum continuait à l'enivrer. Jamais une femme ne l'avait à ce point déconcerté. Elle était différente de toutes celles qu'il avait rencontrées. Forte et fragile, elle lui inspirait les sentiments les plus contradictoires. Tantôt découragée, tantôt révoltée, elle suscitait autant sa compassion que son respect. Ému par les épreuves qu'elle traversait, il était prêt à tout pour lui venir en aide. Agacé quand elle osait lui tenir tête, il ne savait comment contrer ses arguments.

Une chose était certaine. Son charme ne laissait personne insensible. L'aisance avec laquelle elle évoluait dans un milieu inconnu était admirable. Ses parents, ses frères et ses belles-sœurs paraissaient déjà conquis. De son côté, elle semblait se réjouir du spectacle de cette famille heureuse. Si leurs avis divergeaient bien des fois, les Steele s'aimaient et se portaient une estime réciproque. Unis comme les doigts de la main, ils pouvaient compter les uns sur les autres pour partager les bons moments et se soutenir dans l'épreuve.

Mercure en voulait secrètement à sa mère d'avoir placé son invitée à l'autre bout de la table. Gannon, le plus grand charmeur de tous les temps, avait l'honneur d'être assis à ses côtés. Ils bavardaient et riaient comme deux vieux complices. De quoi exaspérer celui qui s'était érigé en grand protecteur de la jeune femme.

— Tout va bien, Merk ?

Agacé, il se tourna vers Jonas. Les deux frères avaient à peine un an d'écart. Leur grande proximité avait développé entre eux un lien très particulier.

— Très bien, pourquoi ?

— Tu es très silencieux et tu surveilles ta protégée comme le lait sur le feu.

— Vraiment ?

— Vraiment. À propos, je l'aime bien.

Mercure but une gorgée de vin avant de se pencher vers son frère.

— Comment peux-tu l'aimer quand tu ne la connais même pas ? murmura-t-il à son oreille.

Jonas sourit et lui répondit à voix basse.

— Je pourrais te poser la même question.

Mercure fronça les sourcils.

— Qui a dit que je l'aimais ?

— Ta bouche. Je l'ai trouvée légèrement enflée quand tu es sorti du bureau. Celle de Sloan aussi, d'ailleurs. Je ne suis sans doute pas le seul à l'avoir remarqué. Alors, elle te plaît ?

Le rire cristallin de la jeune femme interrompit le dialogue des deux frères. Manifestement, Gannon excellait à la distraire. Mercure leva des yeux sombres vers l'extrémité de la table. Comme si elle sentait peser sur elle son attention, elle redressa la tête et leurs regards restèrent accrochés l'un à l'autre en une sorte de défi silencieux. L'atmosphère jusque-là détendue se chargea d'électricité.

— Il y a un match de foot à la télé ce soir, annonça Drew d'un ton joyeux. Quelqu'un veut le regarder avec moi ?

Il était sans doute le seul à ne pas avoir remarqué la tension qui régnait soudain autour de la table. Tous les frères approuvèrent avec enthousiasme, à l'exception de Mercure qui ne parvenait pas à s'extraire de sa contemplation.

Jonas se leva et se pencha au-dessus de son épaule.

— Tu n'as pas répondu à ma question, Merk.

— Quelle question ?

— Ne fais pas l'innocent, tu sais très bien de quoi je parle.

— Et de quoi parles-tu ? s'immisça Gannon avec curiosité.

Mercure découvrit alors que la table était vide. Ses frères s'étaient massés autour de lui.

— Où est Sloan ? demanda-t-il.

— Dans la cuisine avec maman et les autres femmes, répondit Galen.

— Pourquoi veux-tu savoir où elle est ? reprit Gannon dans un sourire malicieux. Tu veux à nouveau te réfugier dans le bureau de maman pour une conversation privée avec elle ?

Mercure soupira. Il s'apprêtait à envoyer promener son frère lorsque Hunter, l'épouse de Tyson, reparut dans la salle à manger pour desservir le couvert. Eden n'avait pas habitué ses fils à se faire servir. Ils savaient tous cuisiner et entretenir une maison. Le jeudi faisait exception à la règle. Le rendez-vous hebdomadaire était pour elle l'occasion de les gâter, et il leur était interdit de participer ces soirs-là aux tâches ménagères.

Quand Hunter eut quitté la pièce, Mercure se tourna vers ses frères.

— Il ne faudrait pas que Sloan entende ce que nous avons à dire à son sujet. Parlons russe à partir de maintenant !

Parce que Eden avait voyagé dans le monde entier pendant les brèves années de son mannequinat, elle avait voulu que ses garçons apprennent les langues et les cultures des pays étrangers. Ils étaient tous polyglottes.

— Comme tu voudras, fit Eli en s'installant près de lui.

Comme ils entamaient leur conversation, Sloan sortit à son tour de la cuisine. Elle leur sourit, débarrassa la table de ses derniers accessoires et commença à replier la nappe. Sans doute se demandait-elle pourquoi ils s'exprimaient dans une langue étrangère.

— On aimerait bien savoir où tu en es avec cette fille, disait Galen. J'espère que tu ne profites pas de sa détresse et que tu restes correct avec elle.

Mercure fit mine de s'indigner. Devait-il vraiment une explication à ses frères ? La veille, Eli et Tyson lui avaient conseillé de parler à Eden pour qu'elle ne se fasse pas d'illusions sur sa relation avec la jeune femme. Aujourd'hui, ils le soupçonnaient de mal se conduire envers elle. Ne pouvaient-ils pas le laisser en paix ?

— Bon sang, vous n'avez pas fini de vous mêler de mes affaires ? Les parents m'ont demandé de m'occuper d'elle. C'est ce que je fais, c'est tout.

Il parlait tout en regardant Sloan s'affairer autour de la table. Il avait l'impression de l'avoir toujours vue dans cette pièce. Sa présence était naturelle, comme si elle appartenait à ces murs.

— Je voudrais bien connaître tes intentions, insista Gannon. Parce que, si elle ne t'intéresse pas, je veux bien me porter candidat.

— À ta place, je me tiendrais à l'écart, lui conseilla Mercure en essayant de conserver son calme.

Le regard inquiet de Sloan passait de l'un à l'autre. Même si elle ne pouvait comprendre le contenu de la conversation, la tension qui régnait entre les frères ne pouvait lui échapper.

— Les gars, nous finirons cette discussion plus tard, déclara Mercure.

Il avait mis en garde Gannon, et c'était pour lui l'essentiel. Il se levait de table au moment où le carillon de la porte d'entrée retentit.

— Il est bien tard pour recevoir de la visite. Vous attendez quelqu'un ?

Tous secouèrent négativement la tête.

— Je vais avertir maman, dit Galen.

— Ne vous dérangez pas, je m'en charge, déclara Sloan. Je m'apprêtais justement à retourner dans la cuisine.

Sur ces mots, elle disparut de la pièce, laissant derrière elle les six frères en état de choc. Elle s'était exprimée dans un russe impeccable. Un sourire amusé au coin des lèvres, elle rejoignit la maîtresse de maison.

— Eden, vous avez de la visite.

— Ah bon ? Merci, je n'ai pas entendu la sonnette.

La maîtresse de maison ôta son tablier et se dirigea dans le hall, laissant ses belles-filles discuter des dernières tendances de la mode et du maquillage. Songeuse, Sloan ne se mêlait pas à la discussion. L'échange qu'elle avait surpris dans la salle à manger la mettait dans l'embarras. Elle ne voulait pas être l'objet de disputes entre les frères.

Peu après, Eden reparaissait dans la cuisine.

— Sloan, il y a un jeune homme qui demande à vous voir. Il prétend être votre fiancé.

Harold ? Mercure l'avait prévenue de son arrivée à Phoenix, mais jamais elle n'aurait pensé qu'il aurait l'audace de frapper à la porte des Steele. Elle éprouva toutes les peines du monde à contenir sa colère.

— Où est-il ? demanda-t-elle d'un ton rageur.

— Je l'ai conduit dans le petit salon.

— Vous voulez que j'appelle Mercure ? glissa gentiment Stacey, l'épouse d'Eli.

Sloan secoua la tête.

— Non merci, je m'en occupe.

Quelques secondes lui suffirent à rejoindre le salon. En proie à une rage grandissante, elle referma la porte derrière elle. Ce qu'elle avait à dire à son visiteur ne regardait pas le reste de la maisonnée. Harold se tenait gauchement au centre de la pièce. Il savait qu'il n'était pas le bienvenu.

— Qu'est-ce que tu fais ici ?

Il se racla nerveusement la gorge.

— Ton père a réussi à te localiser grâce à ton téléphone. Il m'a dit où je pourrais te trouver.

Ce n'était pas la réponse qu'elle attendait.

— Qu'est-ce que tu fais ici ? répéta-t-elle avec impatience.

Harold retrouvait peu à peu son assurance, et l'agitation de la jeune femme n'était pas pour lui déplaire.

— N'est-ce pas évident ? Je suis venu te chercher pour te ramener à Cincinnati. Nous avons un mariage à organiser.

— Il n'y aura pas de mariage. Je te l'ai dit cent fois. Tu n'aurais pas dû venir jusqu'ici.

— Le mariage aura lieu, affirma-t-il avec aplomb. J'ai même

fixé la date avec tes parents. Nous deviendrons mari et femme au mois d'août.

— Tout va bien, Sloan ?

La voix de Mercure interrompit leur tête-à-tête. Soulagée, elle se retourna pour découvrir Drew et ses fils sur le seuil de la pièce. Derrière eux, elle distingua les silhouettes des femmes de la maison. À sa manière, la famille Steele qu'elle connaissait à peine lui manifestait son soutien.

— Oui, je suis avec...

Sans lui laisser le temps de terminer sa phrase, Harold prit la parole.

— Bonsoir à tous. Ravi de vous rencontrer. Je suis le fiancé de Sloan. Je vous remercie de lui avoir porté secours. Ses parents étaient très inquiets depuis son départ.

Puis il se tourna vers l'intéressée.

— Chérie, il ne faut pas tarder. Notre avion nous attend.

Elle secoua la tête sans oser croire à l'absurdité de la situation.

— Je n'irai nulle part avec toi.

Harold eut le culot de rire.

— Ne fais pas l'enfant ! Tu sais bien que tu finiras par me suivre.

Il leva ensuite les yeux sur l'assemblée.

— Désolé, je ne me suis pas présenté. Mon nom est Harold Cunningham. Les Cunningham de Cincinnati.

Il avait parlé avec emphase, comme si son patronyme était connu du monde entier.

— Et nous, nous sommes les Steele, intervint Galen avec la même affectation. Les Steele de Phoenix.

— Mercure Steele, déclara Mercure en avançant pour tendre la main à l'intrus.

Sloan se demandait pourquoi il se montrait aussi courtois. Harold accepta la main tendue, puis il laissa Mercure lui présenter un à un chaque membre de la famille.

— Nous apprécions vraiment que vous ayez fait le voyage depuis l'Ohio pour vous assurer du bien-être de Sloan. Mais, comme vous pouvez le voir, elle est entre de bonnes mains. Lorsque vous rentrerez à Cincinnati, dites à ses parents de ne plus s'inquiéter ! Elle est sous ma protection et ne court ici aucun danger.

Harold fronça les sourcils.

— Votre protection ? Que voulez-vous dire ?

Mercure se tourna vers Sloan en la priant secrètement d'intervenir. C'était à elle qu'il revenait de régler la situation. Embarrassée, elle hésita un instant, puis une idée lui vint à l'esprit. Tant que Harold et ses parents continueraient à croire au mariage qu'ils appelaient de leurs vœux, ils ne cesseraient de l'importuner. Pour mettre un terme définitif à leurs manœuvres délétères, il fallait les placer devant un fait accompli, quitte à recourir au mensonge.

Elle prit une profonde inspiration et se plaça fièrement aux côtés de Mercure.

— Ce qu'il veut dire, Harold, c'est que...

Elle adressa un tendre sourire à Mercure et plaça une main dans la sienne.

— C'est que nous sommes fiancés depuis hier. Lorsque tu es arrivé, nous étions justement en train de régler les détails de notre mariage. Ta place n'est pas ici, Harold. Tu veux bien partir, maintenant ?

14

Le mensonge de Sloan fit planer un lourd silence dans la pièce. On eût dit que chacun retenait son souffle. Surprise elle-même par son audace, la jeune femme se demandait comment ses paroles seraient accueillies. N'osant regarder Mercure dont elle redoutait la réaction, elle concentra toute son attention sur le visage de Harold où se mêlaient le choc et l'indignation.

— Ne sois pas ridicule, Sloan ! Comment peux-tu être fiancé à cet homme alors que tu l'es déjà à moi ?

— Je l'étais, corrigea-t-elle sans rien perdre de son aplomb. Tu sembles oublier que j'ai rompu nos fiançailles il y a plusieurs semaines.

— Et maintenant, tu prétends épouser un homme que tu connais à peine ?

— Pourquoi pas ? Je pensais te connaître et je me suis lourdement trompée sur ton compte.

Elle n'aimait guère que les Steele assistent à cette conversation, mais leur présence lui insufflait une force qui lui aurait sans doute fait défaut si elle s'était trouvée seule face à Harold.

— Tes parents n'approuveront pas une union avec un autre que moi.

Rien ne paraissait capable d'ébranler sa certitude. Sloan releva fièrement le menton.

— Je ne cherche pas leur approbation, déclara-t-elle.

Il secoua la tête d'un air incrédule.

— Tu ne mesures absolument pas les conséquences de tes

actes. Sais-tu ce qui arrivera à nos deux familles si elles sont privées de ton...

Il préféra laisser sa phrase en suspens. Ce qu'il s'apprêtait à révéler ne regardait pas l'ensemble des personnes réunies dans la pièce.

— Que veux-tu dire ? demanda Sloan.

Il fourra rapidement ses mains dans ses poches.

— Rien.

La jeune femme n'avait pas l'intention de se laisser intimider par des menaces incertaines.

— Jouons cartes sur table, Harold ! Tu ne m'aimes pas, et je ne t'aime pas non plus. Quelle femme pourrait accepter le mariage à trois que tu voulais m'imposer ? Nous ne sommes plus au XIXe siècle. De nos jours, les hommes mariés n'entretiennent plus de maîtresses au vu et au su de tous.

Le murmure d'indignation qui s'éleva derrière elle l'encouragea à poursuivre.

— Tu as le droit de mener la vie que tu choisis, Harold, mais ne compte pas sur moi pour accepter l'inacceptable ! Je revendique la liberté de choisir l'homme qui vivra auprès de moi. Dorénavant, je ne me laisserai plus manipuler par mes parents et je te suggère d'adopter la même attitude. L'argent ne fait pas tout dans l'existence.

Il resta un instant silencieux avant de s'exprimer sur un ton plus conciliant.

— J'ai besoin de te parler en privé, Sloan. Il y a des choses que tu ignores.

Elle aurait préféré mettre un terme à la conversation, mais elle jugea plus sage d'écouter jusqu'au bout ce qu'il avait à lui dire. Ensuite, elle le chasserait à jamais de sa vie.

— Soit ! Puisque tu y tiens...

Elle se tourna vers Eden pour lui demander la permission d'utiliser son bureau.

— Certainement, approuva la maîtresse de maison.

— En tant que fiancé, il est de mon devoir d'assister à cette discussion, déclara Mercure avec autorité.

Sloan n'osa pas s'opposer à sa volonté. Ne venait-elle pas de le prendre en otage pour parvenir à ses fins ? Elle espérait seulement qu'il ne prenait pas pour acquis le nouveau statut qu'elle lui avait accordé.

— Je préférerais être seul avec Sloan, répondit sèchement Harold.

— Que cela vous plaise ou non, je resterai à ses côtés.

Comme le ton montait entre les deux hommes, Sloan s'empressa d'intervenir.

— Mercure a raison, dit-elle. Je ne veux avoir aucun secret pour lui.

— Entendu, concéda Harold, malgré lui.

— Si vous voulez bien nous suivre !

Mercure prit la main de la jeune femme, et ils précédèrent le visiteur dans le bureau d'Eden. Aussitôt la porte refermée, il apostropha vivement le visiteur.

— Allons droit au fait, Cunningham ! Qu'avez-vous à dire de si important ?

Quand, épuisée par ses émotions, Sloan s'installa sur le canapé, Harold eut le culot de l'imiter. Au moins eut-il la décence de garder ses distances. Ignorant la question qui lui était adressée, il préféra sermonner la jeune femme.

— Tu sembles ne pas comprendre l'importance de notre mariage pour tes parents.

— Tu comptes me l'expliquer, j'imagine.

Il jeta une œillade désobligeante en direction de Mercure.

— J'aurais vraiment souhaité te parler en privé.

— Hors de question ! décréta le fils de la maison en détachant soigneusement ses mots.

Sloan se tourna brièvement dans sa direction avant de s'adresser à nouveau à Harold.

— Pour en revenir au sujet qui nous intéresse, je connais parfaitement les motivations de mes parents. Ce mariage est pour eux une occasion rêvée d'unir leur fortune à celle de ta famille.

Harold garda le silence un instant.

— Ce que j'ai à te dire risque de te blesser.

Qui pouvait croire qu'il essayait de la ménager ?

— Parle, je t'en prie !

— Ton père est dans une situation financière désastreuse. Il a un besoin urgent d'augmenter son capital. J'ai surpris une conversation entre lui et mon propre père au sujet du fonds fiduciaire que ton grand-père a laissé en ta faveur.

Sloan fronça les sourcils.

— Mon fonds fiduciaire ? En quoi pourrait-il les intéresser ?

— Eh bien... Cela me gêne de devoir te faire de telles révélations... mais il semble que notre mariage permettrait à tes parents de se l'approprier.

Elle secoua la tête sans s'émouvoir.

— C'est impossible. Cet argent est bloqué jusqu'à mon trentième anniversaire.

— Je te suggère de te pencher sérieusement sur la question. Ce n'est pas aussi simple que tu le penses. Et tu connais ton père. Tout ce qu'il veut, il l'obtient. En plus de mettre la main sur ton héritage, il pourrait nuire aussi à tous ceux qui te viennent en aide.

La menace fit aussitôt sortir Mercure de ses gonds.

— Vos tactiques d'intimidation ne vous mèneront nulle part, Cunningham ! Le père de Sloan ne peut rien contre nous. En revanche, nous avons le pouvoir de lui créer bien des ennuis. J'espère que vous vous chargerez de le lui dire.

— Je n'y manquerai pas.

Un lourd silence s'installa dans la pièce.

— Eh bien, je crois que le sujet est clos, fit Mercure.

Harold se leva.

— Vous aurez été prévenus, lâcha-t-il avec raideur.

Sloan ouvrit la porte et laissa son visiteur quitter les lieux sans prendre la peine de le raccompagner. Nul doute qu'un membre de la famille Steele se chargerait de l'escorter jusqu'à la sortie.

— Vous vous sentez bien, Sloan ?

Elle leva sur lui un regard plein de gratitude.

— Je ne sais comment vous remercier. Sans vous, j'aurais eu

bien du mal à me débarrasser de lui. Je suis désolée de vous avoir fait passer pour mon fiancé sans même vous en avoir demandé l'autorisation.

Il sourit.

— C'était rusé de votre part. Vous avez bien fait.

— Il faut que je parle à vos parents, maintenant. Je leur dois des excuses pour l'intrusion de Harold. Je suis vraiment très embarrassée.

— Ne le soyez pas ! Ma famille est à vos côtés et elle vous soutiendra quoi qu'il advienne.

Ses paroles firent naître une larme au coin des paupières de Sloan. La manifestation de son émotivité le désarçonna. Il n'était pas à l'aise avec la sensibilité féminine et n'en faisait généralement aucun cas. À l'exception de Cherae qui, pour des raisons mystérieuses, avait trouvé le chemin de son cœur, les femmes ne parvenaient jamais à pénétrer sa carapace d'indifférence. Il préférait s'interdire toute démonstration d'empathie de peur de les voir s'attacher à lui.

Aujourd'hui pourtant, la fragilité de Sloan l'attendrissait. Comme il l'eut fait avec une petite sœur, il la prit dans ses bras et la serra doucement contre lui. Après un long moment de silence, il inclina la tête pour la regarder.

— Tout le monde a besoin d'un peu de réconfort de temps en temps.

On eût dit qu'il cherchait à s'excuser.

— Vous venez de passer deux journées bien difficiles.

Elle lui sourit avec gratitude.

— Vous pensez que les prochaines seront plus douces ?

— J'en suis certain. En tout cas, nous allons l'espérer.

— Vous avez raison, répondit-elle en posant sa tête contre sa poitrine.

Sans reconnaître la nature des sentiments qu'il éprouvait pour elle, il voulait faire en sorte qu'elle se sente en sécurité près de lui. Quelques minutes s'écoulèrent sans qu'aucun d'eux n'éprouve le besoin de parler. Puis Mercure s'efforça d'alléger l'atmosphère.

— Sloan ?

— Oui ?

— Vous nous avez tous surpris tout à l'heure en vous exprimant dans un russe absolument irréprochable.

Elle redressa fièrement le menton.

— Je parle couramment sept langues. L'anglais, le français, l'italien, l'allemand, l'espagnol, le russe et le swahili. C'est la raison pour laquelle votre mère m'a recommandée à son amie pour le poste d'interprète proposé par le comité de Miss Univers.

Mercure était surpris.

— Un poste d'interprète ?

— Oui. Vous imaginiez autre chose ?

Il haussa les épaules.

— Je pensais plutôt à une compagne de voyage pour Margaret. Il paraît qu'elle se plaint beaucoup de sa solitude dans ses déplacements.

Sloan laissa échapper un petit rire nerveux.

— Une compagne de voyage ? Je doute qu'un emploi de ce genre suffise à payer mes factures.

Il s'était fait la réflexion lui aussi.

— Ce travail d'interprète me semble intéressant.

Elle hocha la tête avec enthousiasme.

— À tous points de vue. J'ai toujours rêvé d'occuper un poste comme celui-ci.

Reprenant pied dans la réalité, elle jeta un coup d'œil inquiet à sa montre.

— Il faut que je présente mes excuses à vos parents et à vos frères. J'espère qu'ils ne sont pas encore partis.

Mercure était certain de tous les retrouver en sortant du bureau. Ils attendaient sans doute d'être rassurés sur l'état de la jeune femme.

— Ne vous sentez pas obligée de le faire !

— J'y tiens absolument. Et je veux aussi les mettre en garde contre les manigances de mon père. Il a juré la perte de tous ceux qui se liaient d'amitié avec moi.

Tout en parlant, elle se dirigea vers la porte. Mercure la suivit, et ils rejoignirent le reste de la famille. Sloan présenta ses excuses à chacun pour l'irruption de Harold, et tous lui assurèrent que l'incident ne les avait en rien dérangés. Peu après, les belles-filles prenaient congé de la maîtresse de maison, et celle-ci rejoignait sa chambre. Les garçons avaient pour habitude de s'attarder de longues heures dans la caverne de leur père. Longtemps après le match, ils bavardaient encore de tout et de rien et, très vite, la conversation tourna autour de la protégée de Mercure. Drew s'inquiétait des intentions de son fils à son égard.

— Alors, fiston, tu as d'autres projets pour l'aider, maintenant ?

L'intéressé acquiesça d'un signe de tête.

— Oui, papa, j'ai des projets, répondit-il en préférant rester dans le vague.

— Comme celui de l'épouser ? suggéra Galen dans un sourire malicieux.

Mercure fronça les sourcils.

— Absolument pas. Elle m'a fait passer pour son fiancé pour mieux convaincre Harold de la laisser tranquille. Mais j'ai bien l'intention de continuer à l'aider.

Les regards de ses frères se concentrèrent sur son visage.

— Comment ? demanda Tyson.

— Je vais commencer par appeler Quade pour qu'il me renseigne sur le père de Sloan.

Quade Westmoreland était marié à une de leurs cousines. Il vivait à Charlotte, en Caroline du Nord. Pendant des années, il avait travaillé au service des forces de sécurité présidentielles, une branche de la CIA. Il dirigeait aujourd'hui un réseau de sociétés de surveillance aux quatre coins des États-Unis.

— Nous devons tout savoir sur cet homme si nous voulons le combattre.

Tous acquiescèrent en silence. Ils faisaient confiance à Quade pour leur fournir un rapport complet sur le personnage.

— Je vais aussi enquêter sur la nature du fonds fiduciaire souscrit par le grand-père de Sloan. Elle ignore à peu près tout de ces dispositions.

Il se tourna vers Eli.

— Et toi, que vas-tu faire ? Elle t'a embauché pour défendre ses intérêts, je crois.

— C'est exact, répondit le jeune avocat. Nous avons rendez-vous demain matin. Elle doit me fournir des renseignements sur sa famille et plus exactement sur le notaire de son grand-père. Je me mettrai immédiatement en relation avec lui.

— Parfait ! s'exclama Mercure.

— Est-ce bien prudent pour elle de s'installer seule dans un appartement ? observa Jonas. D'après ce que j'ai compris, ses parents ne sont pas près de la laisser tranquille.

— Ne t'inquiète pas ! répondit Mercure. J'ai bien l'intention de la surveiller de près. Son père ne reculera devant rien pour la convaincre de rentrer à Cincinnati.

— De plus près qu'aujourd'hui ? ironisa Gannon.

Il ignora sciemment la remarque sournoise de son frère.

— J'appellerai Quade demain, à la première heure. Je suis sûr qu'il me fournira des informations importantes.

15

Une partie de la famille Steele se trouvait réunie autour de la table du petit déjeuner. Sloan porta sur Eli un regard embarrassé.

— Je suis sincèrement désolée, mais je ne peux répondre à aucune de vos questions. Si je connais le nom du notaire de mon grand-père, c'est que je l'ai rencontré à plusieurs reprises. Mais je ne sais rien de lui.

Eli ferma son dossier et le repoussa sur le côté.

— Vous ne pensez pas qu'il ait entrepris des démarches en votre nom auprès de vos parents ?

— Cela m'étonnerait. Charles Rivers et mon grand-père étaient proches. Je me souviens que son père était le meilleur ami de mes grands-parents pendant des années. Lorsque Charles a terminé ses études de droit, il est devenu tout naturellement le notaire de Pop. Il n'ignorait rien de la rage qu'il éprouvait à propos de l'ingérence de mes parents dans mes affaires.

— Votre grand-père connaissait-il les Cunningham ?

Sloan haussa les épaules.

— Je ne crois pas. En tout cas, il ne m'en a jamais parlé. Si je me souviens bien, les Cunningham et mes parents se sont rapprochés après son décès, lorsque la famille de Harold a transféré son entreprise à Cincinnati.

— J'espère pouvoir contacter Charles Rivers aujourd'hui.

Il ferma sa mallette et se leva pour quitter la table.

— J'ai cru comprendre que vous emménagiez aujourd'hui dans votre nouvel appartement ?

Un sourire éclatant illumina le visage de Sloan.

— Oui, et ma voiture devrait être livrée dans la journée également. Mercure doit passer me prendre un peu avant midi. J'ai hâte de le voir arriver.

— Je vous tiendrai informée de mes échanges avec Rivers.

— Merci infiniment, Eli.

Le temps s'écoula lentement jusqu'à l'apparition de Mercure. Excitée comme une enfant, Sloan embrassa chaleureusement Drew et Eden, puis elle suivit le jeune homme à l'extérieur.

— Et ma voiture ? Vous avez des nouvelles ?

— Le mécanicien devrait nous attendre devant votre immeuble.

— Mon immeuble. Mon appartement. Vous ne pouvez pas savoir comme je suis contente.

Elle s'attarda un instant sur la silhouette de Mercure. Il portait son costume d'homme d'affaires.

— Vous êtes allé travailler ce matin ?

— Oui, j'avais une réunion importante. J'essaie toujours de boucler mes dossiers importants le vendredi avant l'heure du déjeuner pour épargner mon week-end.

— Des projets particuliers ?

— Non, rien de spécial. Un peu de repos sera le bienvenu.

Un léger sentiment de culpabilité assaillit la jeune femme. Ces derniers jours, il avait consacré beaucoup de temps et d'énergie à résoudre ses problèmes. Jamais elle n'oublierait la manière dont il avait pris sa défense face à l'odieux chantage de son ex-fiancé. Après le départ de Harold, il l'avait consolée avec une infinie douceur. De toute sa vie, personne n'avait fait preuve d'autant de gentillesse à son égard.

— Nikki et Hunter m'ont promis de passer dans la journée pour m'apporter des produits de première nécessité. Vos belles-sœurs sont vraiment adorables.

— La solidarité a toujours été la règle dans notre famille. À propos, vous avez vu Eli ce matin ?

— Oui, il est passé à l'heure du petit déjeuner.

Elle lui relata fidèlement son échange avec son frère.

— Eli est un bon avocat, dit Mercure. De mon côté, j'ai contacté un de mes cousins qui travaillait autrefois pour la CIA. Il m'a promis de mener l'enquête sur votre père.

— La CIA ? C'est un peu exagéré, vous ne trouvez pas ? Il abuse de son autorité envers moi, mais ce n'est pas un dangereux criminel.

— On ne sait jamais ce qui motive les gens à agir.

— Je sais parfaitement ce qui motive mes parents. L'argent. Mon grand-père ne cessait de le leur reprocher.

Désireuse d'oublier le fardeau que représentait sa famille pour se consacrer à la nouvelle vie qui s'ouvrait devant elle, Sloan dressa la liste des choses qu'elle avait prévu de faire dans la journée. Elle remercia son bienfaiteur pour tous les services qu'il lui avait rendus et lui confia à quel point elle était heureuse de disposer d'une voiture pour se déplacer en ville.

— Vous avez des projets pour le week-end ? lui demanda Mercure.

— Je vais consacrer mon samedi à mon installation. Dimanche matin, votre mère m'a invitée à l'accompagner à l'église. Et je pense que je réserverai le reste de mon temps à préparer mon entretien avec Mme Fowler.

— Vous êtes inquiète ?

— Un peu. Même si votre mère m'a chaudement recommandée pour le poste, je voudrais faire bonne impression.

— Soyez vous-même et tout se passera bien !

Quelques instants plus tard, ils pénétraient dans la résidence où se trouvait l'appartement de Sloan. La jeune femme exultait d'allégresse. Certes, le logement ne lui appartenait pas. Elle n'en était que simple locataire. Mais pour la première fois de sa vie, elle jouirait d'une précieuse intimité.

— Contente ?

Elle adressa à Mercure un sourire radieux.

— Absolument enchantée !

Debout au milieu du salon, il la regardait se promener de pièce en pièce, heureux lui-même de la joie qui irradiait de sa personne. Elle portait une robe d'été imprimée, dont les volants virevoltaient gracieusement autour de ses jambes. Son maquillage, toujours discret, mettait en valeur l'éclat naturel de ses yeux. Dès son réveil, il s'était préparé à ce nouveau rendez-vous avec Sloan. Depuis qu'il l'avait rencontrée, elle occupait toutes ses pensées. Après la cruelle déception que lui avait infligée Cherae, jamais une femme ne lui avait ainsi tourné la tête. Face à l'impudence de son ex-fiancé, il avait ressenti le besoin de la protéger. Et quand l'orage s'était éloigné, il l'avait consolée comme une petite fille. C'est alors qu'il avait compris la nature des sentiments qu'il éprouvait pour elle. Son attirance pour cette femme ne se résumait pas au désir de la chair. Elle faisait naître en lui un émoi profond, bien éloigné des ardeurs passagères qu'éveillaient en lui ses compagnes d'un soir.

Plus rien ne justifiant sa présence auprès d'elle, il songea avec regret qu'il était temps de prendre congé. Mais comment allait-il occuper le reste de sa journée ? Que ferait-il pendant les longues heures qui le séparaient de son rendez-vous avec Jaye au Notorious ? Il était perdu dans ses pensées lorsqu'elle se retourna pour lui sourire.

— Et votre appartement, Mercure, comment est-il ?

La question le surprit. Habituellement, lorsqu'une femme faisait allusion à son appartement, c'était pour suggérer une invitation. Sloan n'avait sans doute pas ce genre d'idées en tête.

— Qu'aimeriez-vous savoir ?

— Celui-ci est meublé et parfaitement habitable, mais j'envisage tout de même d'y apporter quelques modifications. Rien de coûteux, bien entendu. Les idées de décoration sont les bienvenues.

Elle semblait très soucieuse de gérer prudemment son budget. De l'avis de Mercure, c'était une bonne chose. En coupant les ponts avec ses parents, elle avait renoncé au train de vie luxueux dont elle avait toujours joui au sein de sa famille.

— Ici, les murs sont blancs. Chez moi, ils sont très colorés.

— Vraiment ?

— Oui, mais je n'y suis pour rien. La décoratrice que j'ai

engagée aimait les couleurs vives. Il m'a fallu un certain temps pour m'habituer à mon environnement, mais aujourd'hui je m'y sens bien.

Elle posa un doigt sur son menton et regarda autour d'elle comme si les paroles de Mercure lui avaient apporté une soudaine inspiration. Un geste anodin qu'il trouva malgré lui terriblement sensuel. Il se raidit et tenta de refouler les émotions qui le submergeaient, avant de se ressaisir. Après tout, quel mal y avait-il à se laisser envoûter par les charmes d'une femme aussi séduisante ? Leurs baisers n'avaient-ils pas démontré une attirance réciproque ? Il imagina le doigt de Sloan effleurant doucement sa nuque et glissant le long de sa colonne. Une fièvre soudaine s'empara de lui. Une fois encore, il tenta de refréner ses ardeurs. L'appartement leur procurait une intimité dont ils n'avaient pu jouir jusqu'alors. Saurait-il aujourd'hui se contenter de ses lèvres ? Il jugea plus sage de partir. Immédiatement.

— Un rendez-vous important m'attend au bureau, dit-il en se dirigeant vers la porte. Je dois vous laisser, maintenant.

Sloan le regarda partir sans oser le retenir. Partageait-elle son désir et ses craintes ? Il regagna sa voiture d'un pas précipité, s'installa au volant et boucla sa ceinture avant de poser la nuque sur l'appui-tête et de fermer les yeux. Il ne se reconnaissait pas dans l'homme qui fuyait ainsi la compagnie d'une femme. Quelle était la raison qui le poussait à prendre le large aussi précipitamment ? Incapable de répondre à ses interrogations, il mit le contact et quitta en trombe le parking de la résidence. Il lui tardait de retrouver Jaye au Notorious, et il espérait faire au pub une rencontre qui lui ferait oublier la fascinante et délicieuse Sloan Donahue.

16

Sloan était folle de joie. Elle venait de décrocher son premier emploi. Le cœur léger, elle se mit à exécuter des pas de danse et des entrechats aux quatre coins de son appartement. Puis elle marqua une pause en songeant à ses voisins. Les Hollister étaient des gens charmants. Ils n'avaient rien fait pour mériter un tel tapage au-dessus de leurs têtes. Elle les avait rencontrés la veille en sortant son vélo de la cave. Son vélo ! Un de ses premiers achats. Chaque matin, elle faisait une balade dans le parc voisin. Sa nouvelle vie la comblait. Elle appréciait chaque seconde d'une indépendance et d'une liberté chèrement acquises.

Elle se laissa tomber sur son canapé, et songea à l'enchaînement incroyablement rapide des événements qui avait conduit à son recrutement. Rencontrée le lundi matin, Margaret Fowler avait été très impressionnée par sa candidature. Aussitôt, elle l'avait chaudement recommandée à ses collaborateurs. Le soir même, le responsable du recrutement l'avait appelée pour tester ses compétences et lui décrire le poste avec précision. De toute évidence, elle avait répondu à ses critères. Le mardi matin, elle était embauchée à un niveau de salaire qu'elle n'aurait jamais osé espérer. De quoi rembourser Mercure deux fois plus vite que prévu.

Mercure...

Il n'avait donné aucun signe de vie depuis le jour où il l'avait déposée dans son nouvel appartement. Comme prévu, elle avait accompagné Eden à l'église le dimanche. Le même jour, Galen l'avait invitée à dîner chez lui avec deux de ses frères. Mercure avait brillé par son absence. Même si elle répugnait à admettre sa déception, elle trouvait son attitude un peu désinvolte. Elle aurait tant aimé partager la joie que lui procurait son embauche. Il estimait sans doute qu'il lui avait consacré suffisamment de temps et d'efforts. Elle envisagea un instant de l'appeler, puis elle y renonça de crainte de paraître envahissante.

Elle avait de quoi s'occuper sans importuner les uns et les autres. Pour commencer, il lui fallait aménager son bureau. En dehors des nombreux déplacements qui constitueraient l'essentiel de sa mission, elle travaillerait à son domicile. Son ordinateur était obsolète. Elle devait le remplacer. Il lui faudrait aussi une imprimante et des fournitures de bureau.

Sloan savait pourtant que toutes ses occupations ne suffiraient pas à chasser Mercure de son esprit. Son image la poursuivait sans trêve, le jour comme la nuit. Elle se remémorait avec regret les instants qu'ils avaient partagés. Sans doute était-il loin d'éprouver pareille mélancolie. Elle n'était pour lui qu'une femme parmi les autres et, si le souvenir de leurs baisers l'enflammait encore aujourd'hui, il les avait probablement depuis longtemps oubliés.

Rien de surprenant à cela. Son expérience avec les hommes était des plus limitées. Comblé par les attentions de sa maîtresse, Harold ne lui avait jamais fait aucune avance. Carlos, son seul amant, ne lui avait procuré aucun plaisir. Des aventures décevantes qui ne supportaient pas la comparaison avec les étreintes pleines de promesses de Mercure.

Elle était si immergée dans ses pensées que le carillon de l'entrée la fit sursauter. Qui pouvait bien lui rendre visite ? En dehors des Hollister, elle ne connaissait que les Steele. La mince probabilité de reconnaître Mercure sur le pas de sa porte la fit tressaillir.

— Qui est là ? demanda-t-elle sans parvenir à refouler son espérance.

— Bonjour, Sloan, c'est Gannon. Je vous ai apporté un petit cadeau pour fêter votre installation.

La déception fut à la hauteur de l'attente. Mercure se moquait éperdument de ce qu'elle pouvait devenir. L'avait-elle effrayé en le présentant comme son fiancé ? Par son silence, il marquait une distance volontaire et tuait dans l'œuf toutes les illusions qu'elle aurait pu nourrir sur leur relation.

— Sloan ?

Elle cligna des yeux pour reprendre pied dans la réalité. Gannon devait se demander pourquoi elle tardait tant à ouvrir.

— Un instant, j'arrive !

Elle redressa les épaules, afficha un sourire de circonstance sur son visage et déverrouilla la serrure.

— Gannon ! Quel plaisir de vous voir ! Et quelle plante magnifique ! Merci, vraiment.

Mercure griffonnait de vagues croquis sur son bloc pour tuer le temps et tenter d'éloigner Sloan de ses pensées. Il s'était délibérément éloigné d'elle ces quatre derniers jours et avait l'intention de prolonger quelque temps encore son silence. Des raisons professionnelles lui fournissaient un alibi parfait pour faire l'impasse sur le dîner familial hebdomadaire auquel elle ne manquerait sans doute pas de se joindre. Il devait s'envoler le jeudi matin pour Dallas, pour assister à un match de basket auquel participait un joueur prometteur du nom de Brock Dennison. Le jeune homme n'avait que dix-sept ans, mais il réunissait déjà les qualités d'un grand champion.

Habituellement, il attendait avec impatience ce genre d'événements, mais, depuis sa rencontre avec Sloan, rien ne semblait capable de susciter en lui le moindre intérêt. Il désirait cette femme, et rien ni personne ne parvenait à le détourner d'une tentation qui, peu à peu, tournait à l'obsession. Les créatures séduisantes croisées au Notorious lui paraissaient soudain fades et insignifiantes. Sloan Donahue était devenue son idée fixe.

Mais pourquoi alors s'interdire la belle aventure qui s'offrait à lui ? Précisément parce qu'il ne s'agissait pas d'une aventure. Mercure tenait à son indépendance. Il refusait de sombrer dans l'addiction. Un seul baiser de cette femme lui faisait perdre la tête. Il n'osait imaginer quel effet aurait sur sa santé mentale une plus grande intimité.

La sonnerie de son Interphone le fit brusquement sursauter.

—. Oui, Pauline ?

— Votre frère demande à vous voir, monsieur Steele.

Il soupira.

— Lequel ?

Il était certain de se voir reprocher son absence au dîner organisé chez Galen le dimanche.

— Gannon, répondit la secrétaire.

— Faites-le entrer !

Le visiteur franchit allègrement le seuil du bureau.

— Tu ne travailles pas, aujourd'hui ? s'étonna Mercure en le regardant s'asseoir sans y avoir été invité.

— Je pars en fin de matinée pour une livraison à Santa Fe. Je ne rentrerai pas avant une semaine.

— Une semaine ? Il te faut sept jours pour un aller-retour à Santa Fe ?

Un éclair malicieux passa dans les yeux de Gannon.

— J'ai des rendez-vous importants, là-bas.

Mercure voyait très bien le genre d'obligations auxquelles il faisait allusion. Son frère profitait de ses déplacements pour prendre du bon temps incognito.

En quarante ans, Drew Steele avait transformé sa petite entreprise de transport routier en une firme qui valait aujourd'hui plus d'un million de dollars. Sa flotte sillonnait nuit et jour tous les États du sud-ouest des États-Unis. Atteignant l'âge de la retraite, il avait cédé les rênes de la compagnie à Gannon. Celui-ci assumait à la perfection son rôle de P-DG, mais il aimait de temps à autre s'installer au volant d'un camion et s'éloigner de Phoenix. Ses frères savaient pourquoi.

— Il paraît que tu as accepté de faire la couverture du magazine de Chloe ?

Chloe Westmoreland, une cousine lointaine, dirigeait une revue mensuelle qui couvrait les faits et gestes de la bonne société de la ville.

— Un peu de publicité ne nuit pas. C'est Quade qui a vendu la mèche ?

— Oui, je l'ai contacté au sujet de Sloan.

Une légère inquiétude estompa la bonne humeur de Gannon.

— A-t-il progressé dans son enquête ?

— Oui, il m'a transmis un certain nombre d'informations sur les affaires de la famille Donahue.

— Des informations compromettantes ?

— Suffisamment pour faire pression s'ils continuent à la harceler. Par ailleurs, son agence vérifie constamment les bases de données des compagnies aériennes. Si son fiancé ou son père débarquent à Phoenix, j'en serai immédiatement informé.

— Est-ce vraiment suffisant pour assurer sa protection ? Je trouve que tu devrais passer plus de temps avec elle.

Mercure fronça les sourcils.

— Qu'est-ce que tu sais du temps que je passe ou que je ne passe pas avec elle ?

— Je sors de chez elle. Tu ne lui as donné aucune nouvelle depuis vendredi.

Mercure bondit de son siège.

— Comment cela, tu sors de chez elle ?

Le sourire amusé de Gannon fit regretter à Mercure la vivacité de sa réaction. Il n'aurait pas dû perdre son sang-froid.

— J'ignorais qu'il fallait une autorisation pour rendre visite à ta protégée.

— Arrête de faire l'imbécile et réponds à ma question ! Que faisais-tu chez Sloan ?

— Du calme, frérot ! Ne sois pas jaloux ! Je lui ai simplement apporté une plante pour décorer son appartement.

— Je ne suis pas jaloux.

Gannon rit de bon cœur.

— J'aurais pourtant juré le contraire. Tu es amoureux. C'est ça qui te rend nerveux.

L'intéressé ignora sciemment les commentaires de son frère.

— Comment va-t-elle ?

— Ce n'est pas à moi de te le dire. Si tu veux avoir de ses

nouvelles, tu n'as qu'à aller en chercher toi-même. Mais une chose est sûre, ton silence lui déplaît. Quand elle m'a reconnu sur le seuil de sa porte, elle n'est pas arrivée à cacher sa déception. C'est toi qu'elle attendait.

— Tu te fais des idées.

Gannon secoua la tête.

— Je suis sûr que tu lui plais aussi. À ta place, je me comporterais autrement.

— Que veux-tu que je fasse ?

— C'est simple. Apprends à la connaître ! Passe du temps avec elle au lieu de rester dans ton coin ! Sans quoi, tu risques de passer à côté d'une belle histoire.

Mercure garda le silence pendant un long moment.

— Tu te souviens de Cherae ? murmura-t-il enfin.

— Tout le monde se souvient d'elle, Mercure. Tu ne vas pas vivre toute ta vie dans le regret de cette mijaurée qui ne voyait en toi qu'un bon parti. Quand ta carrière de sportif a été compromise, elle t'a lâchement abandonné. Sloan n'a rien de commun avec elle. C'est une femme indépendante qui entend s'assumer complètement. Elle pense d'ailleurs que la voiture et l'appartement sont à son nom. Elle en est fière. Tu devrais te dépêcher de lui dire la vérité avant qu'elle ne l'apprenne par quelqu'un d'autre. Elle pourrait t'en vouloir.

— J'essaie de l'aider, c'est tout. Personne ne lui aurait accordé de crédit sans garantie.

— Tu devrais le lui expliquer simplement. De toute façon, elle ne tardera pas à voler de ses propres ailes. Sais-tu qu'elle a décroché le poste d'interprète pour le comité de Miss Univers ?

Mercure secoua la tête.

— Je l'ignorais.

— Le responsable du recrutement l'a appelée ce matin. Elle est aux anges.

— Je suis très heureux pour elle.

— Alors qu'est-ce que tu attends pour courir le lui dire ?

Sur ces mots, il s'extirpa de son fauteuil.

— Je dois partir, maintenant. Nous nous verrons à mon retour.

Avant de refermer la porte derrière lui, il se retourna.

— Pour être franc, l'idée de ton mariage avec Sloan ne me déplairait pas. La voie serait libre, si tu vois ce que je veux dire. Gannon Steele, le dernier célibataire de la fratrie. Plus de concurrence. Toutes les femmes tomberaient à mes pieds.

— Ne te réjouis pas trop vite ! Je n'ai pas encore renoncé à ma liberté. Sloan ne me déplaît pas, c'est vrai, mais de là à l'épouser, il y a un pas que je ne suis pas prêt à franchir.

Gannon soupira.

— Si seulement elle pouvait t'aider à desserrer la cuirasse que tu as refermée autour de ton cœur depuis la trahison de Cherae ! Ne laisse pas passer ta chance, Mercure !

— Bon sang, je la connais depuis une semaine à peine !

— Et alors ? Galen a bien convaincu Brittany d'emménager avec lui le jour même de leur rencontre. Je ne connais pas de couple plus uni.

Mercure secoua la tête.

— Je n'ai pas grand-chose en commun avec Galen, dit-il.

— C'est vrai, mais tu restes le fils de Drew. N'oublie pas que papa a failli perdre maman parce que les liens du mariage lui faisaient peur. Regarde-les aujourd'hui ! Ils sont incapables de passer une journée l'un sans l'autre. Nous avons grandi dans une famille unie et aimante. Ce n'est pas le cas de tout le monde. Pense à la pauvre Sloan ! Tu serais heureux avec des parents comme les siens ?

Mercure grimaça à cette pensée.

— Je ne crois pas, non.

Fier de son dernier argument, Gannon disparut dans le bureau de Pauline.

17

Sloan recula d'un pas pour admirer son espace de travail. Un nouvel ordinateur, une imprimante, la plante verte offerte par Gannon, des fournitures de bureau : elle avait réuni tout le nécessaire pour remplir sa mission au sein du comité de Miss Univers. Quelques semaines encore la séparaient du début de son contrat, mais elle était fin prête à se mettre à l'ouvrage. Une visioconférence était prévue le lendemain avec les autres membres du comité. Ils voulaient se présenter à elle et lui souhaiter la bienvenue. Elle avait hâte de faire leur connaissance.

Il était 20 heures, et la nuit avait déjà envahi les rues de Phoenix. Après un long bain brûlant, elle avait passé son pyjama de soie bleue et s'apprêtait à ouvrir la bouteille de vin millésimé offerte par Tyson et Hunter. Elle sortit du vaisselier de la cuisine l'un des verres en cristal apportés par Jonas et Nikki. Les frères Steele et leurs épouses avaient rivalisé d'attentions à son égard. Elle posa les yeux sur l'assortiment d'épices que Galen et Brittany avaient choisi pour elle quand elle leur avait confié son intention de s'inscrire à un cours de cuisine. Une pensée qui raviva en elle le souvenir de Mercure.

Mercure... Ne s'était-elle pas interdit de penser à lui ?

La sonnerie de son téléphone la ramena dans le salon. Le prénom de l'appelant s'affichait sur l'écran. Eli. Quand elle l'avait vu chez Galen, le dimanche, il lui avait relaté son échange avec l'assistant personnel de Charles Rivers. Le notaire de son grand-père était en déplacement pour quelques jours et avait prévu de rentrer le mardi. Eli avait-il pu lui parler aujourd'hui ? Elle décrocha sans attendre.

— Eli ?

— Bonsoir, Sloan. J'ai des nouvelles de Me Rivers. Je voudrais vous en faire part. Si vous êtes libre demain matin, je peux passer chez vous en allant au bureau.

Stacey et Eli vivaient à deux pas de son immeuble.

— Bien sûr, répondit-elle.

— Est-ce que 9 heures vous conviendrait ?

— Parfaitement.

— Alors à demain. Bonne soirée, Sloan.

— Bonne soirée, et merci encore.

À peine avait-elle raccroché que le carillon de la porte d'entrée retentissait. Son cœur se mit à battre dans sa poitrine et, une fois de plus, elle tenta de se raisonner. Mercure l'ignorait depuis tant de jours qu'une visite de sa part était des plus improbables.

— Oui ? Qui est là ?

— C'est moi.

La voix profonde et sensuelle ne laissait aucun doute sur l'identité de son visiteur. Elle prit une profonde inspiration et ouvrit la porte.

— Bonsoir, Sloan.

— Mercure...

Elle s'écarta pour l'inviter à entrer. Comme il passait devant elle, les accents poivrés de son eau de toilette réveillèrent en elle de dangereuses sensations. Il s'arrêta au milieu du salon et arbora un paquet emballé dans du papier doré.

— Un petit cadeau pour vous, dit-il.

— C'est très gentil à vous. J'étais sur le point d'ouvrir une bouteille de vin. Puis-je vous offrir un verre ?

— Très volontiers.

Il la suivit dans la cuisine tout en observant les éléments de décoration qu'elle avait apportés à son environnement. Des fleurs, des cadres et des photos sur les murs, des rideaux pour remplacer les stores gris et austères. Elle avait passé une bonne partie du samedi à faire les magasins en compagnie d'Eden et de ses belles-filles. Elle n'avait pas eu le temps de s'ennuyer pendant ces quelques jours loin de Mercure et, même s'il lui avait manqué, elle préférait qu'il n'en sache rien.

Elle posa la bouteille de vin à côté des deux verres en cristal.

— Besoin d'aide ? demanda-t-il en s'accoudant au comptoir.

— Non, merci.

— Vous avez transformé votre demeure à votre image. Gracieuse et élégante.

Sloan se sentit rougir. Elle aurait tout donné à cet instant pour échanger sa tenue d'intérieur contre le jean et le pull-over qu'elle avait portés dans la journée. Entièrement nue sous son pyjama, elle avait l'impression que les yeux de Mercure devinaient chaque détail de son anatomie. Embarrassée, elle amena la conversation sur un terrain moins périlleux.

— Vous m'avez apporté l'échéancier que je vous ai demandé ?

Il secoua la tête.

— Désolé, je n'ai pas eu le temps de m'en occuper.

— Et le bail de l'appartement ?

— J'ai oublié.

Sa désinvolture s'accommodait mal du soin qu'elle voulait apporter à la gestion de son budget.

— J'espère que vous y penserez la prochaine fois. Je me suis acheté un logiciel de comptabilité pour consigner toutes mes dépenses.

Lorsqu'elle se hissa sur un tabouret, il l'imita en s'installant en face d'elle. Avant de prendre une gorgée de vin, elle décida d'ouvrir le cadeau qu'il lui avait apporté.

— Quelle bonne idée ! s'exclama-t-elle en découvrant dans la boîte un presse-papiers en forme de globe. La touche finale à la décoration de mon bureau. Il est magnifique.

Mercure lui sourit.

— J'ai appris la bonne nouvelle de votre embauche. Si j'ai bien compris, vous voyagerez beaucoup à l'étranger. Un globe terrestre me paraissait tout indiqué.

— Ma mission comprend en effet de nombreux déplacements. J'en suis ravie. Ce travail a l'air passionnant. Je ne remercierai jamais assez votre mère pour son intervention auprès de Margaret Fowler.

Elle porta son verre à ses lèvres et avala une gorgée de vin.

— Sans votre famille, je ne sais pas ce que je serais devenue. Eli m'a appelée tout à l'heure.

— A-t-il pris contact avec le notaire de votre grand-père ?

— Oui. Il passe demain matin pour m'informer de ce qu'il a appris.

— Parfait !

Devait-elle l'inviter à se joindre à eux ? Elle hésita. En prenant ses distances pendant ces derniers jours, Mercure voulait sans doute lui signifier de se débrouiller sans lui. C'était compréhensible. Il n'avait pas ménagé ses efforts pour lui venir en aide.

— Sloan ?

La voix caressante la ramena dans le présent.

— Oui ?

— Je vous dois des explications.

Elle le considéra avec surprise.

— À quel sujet ?

Il semblait avoir perdu sa belle assurance et se racla la gorge avant de lui répondre.

— Je suis désolé de vous avoir laissée sans nouvelles pendant si longtemps. Mais je...

Il s'interrompit un instant pour choisir ses mots avec soin.

— Mais je ne voulais pas vous donner l'impression de profiter de votre désarroi pour...

— Pour ?

Sloan savait pertinemment ce qu'il avait l'intention de lui dire, mais elle voulait l'entendre de sa bouche. Le spectacle de son malaise n'était pas pour lui déplaire.

Il exhala un long soupir.

— Pour vous contraindre à des faveurs que vous n'étiez pas prête à m'accorder.

Que de circonvolutions pour exprimer le désir fou qu'il éprouvait pour elle ! Mais pouvait-il lui avouer de but en blanc qu'il avait rêvé d'elle nuit et jour et que la vue de ses seins dressés sous l'étoffe de son pyjama l'obsédait depuis qu'elle lui avait ouvert la porte ?

— Vous avez l'air de penser que je suis incapable de vous résister.

Un sourire fanfaron détendit les traits de Mercure.

— C'est que je suis un expert en matière de séduction.

De cela, elle ne doutait pas. Son tableau de chasse était sans doute impressionnant.

— Je veux bien vous croire, fit-elle d'un ton faussement indifférent. Et je suis sûre que vous avez agréablement passé votre week-end.

À ces paroles, il ressentit un étrange sentiment de culpabilité. Il n'avait pas de comptes à lui rendre, et pourtant il éprouvait le besoin de rétablir la vérité. Non, il n'avait approché aucune autre femme depuis leur dernière rencontre. Et oui, il n'avait qu'une obsession. La prendre dans ses bras, l'enivrer de caresses et, qui sait, accepter de la voir entrer dans sa vie. Cette soudaine prise de conscience manqua de le faire tomber de son tabouret. Depuis sa rupture avec Cherae, il n'avait jamais envisagé de s'engager dans une relation sérieuse avec une femme. Les compagnes d'un soir suffisaient largement à remplir son existence, et il tenait par-dessus tout à conserver sa liberté. Qu'avait donc Sloan de si exceptionnel pour changer de façon aussi radicale son attitude et ses aspirations ?

— Désolé de vous décevoir, mais je n'ai guère quitté mon bureau pendant ces quatre jours. Mes clients se sont chargés d'occuper tout mon temps.

Un sourire furtif passa sur les lèvres de la jeune femme. Elle était satisfaite de sa réponse, mais préférait ne rien laisser paraître de son soulagement.

Il prit une gorgée de vin et affronta son regard.

— Je crois que j'ai un problème avec vous.

— Vraiment ?

— Vraiment.

Il se garda de préciser sa pensée. En vérité, elle mettait à rude épreuve la promesse qu'il s'était faite de ne plus jamais laisser une femme atteindre son cœur.

— À mon tour de vous répéter le précepte de votre père. À tout problème, il y a une solution.

Mercure hocha la tête d'un air songeur.

— Je ne suis pas certain que vous approuveriez la solution qui me vient à l'esprit.

Il glissa de son siège et contourna le comptoir pour lui prendre la main.

— Vous pouvez toujours tenter votre chance.

Il leva un sourcil. Mesurait-elle vraiment la portée de ses paroles ? Encore indécis, il la fit descendre de son tabouret et la conduisit dans le salon.

— Je ne suis pas certain d'avoir bien entendu.

Sloan ne marqua pas la moindre hésitation.

— Je vous ai dit de tenter votre chance, répéta-t-elle.

— Vous êtes vraiment sûre ?

L'étape qu'ils étaient sur le point de franchir serait irréversible. Il avait besoin de s'assurer d'un consentement plein et entier de sa part.

— Absolument.

Libéré de ses doutes, il passa une main derrière sa nuque et attira religieusement sa bouche contre la sienne. Ce n'était plus le baiser volé d'un inconnu, mais celui d'un amant. Elle en reconnut le langage que nul ne lui avait jamais appris. Les lèvres chaudes lui disaient, au plus profond de ses veines, qu'un homme l'appelait à connaître un univers de sensations exquises, qu'elle n'avait jamais approché. Elles lui montraient qu'il lui donnait une part de lui-même et qu'en retour il attendait qu'elle lui dévoile sans réserve tous les mystères de sa féminité.

18

Sloan laissa échapper un gémissement de plaisir mêlé de crainte. Il y avait dans l'attitude de Mercure l'expression d'une possessivité qu'il n'avait pas manifestée jusqu'alors. Les paupières closes, elle goûtait avec affolement chaque instant de ce voyage en terre inconnue. Un baiser expert et époustouflant, qui soulignait sa propre inexpérience. Par les mouvements pressants de sa langue, il répandait un élixir brûlant et délicieux dans sa bouche. Ardent et impérieux. Passionné et dominateur. Si auparavant ils avaient joué à armes égales, elle se sentait aujourd'hui dépassée par l'engagement total qu'il mettait dans son étreinte. Son ardeur insensée portait son désir à un paroxysme que jamais elle n'avait atteint.

Noyée dans un flot de sensations nouvelles, elle ne sentit pas la main qui dégrafait les boutons de son pyjama. L'air frais qui se répandit sur son torse lui fit soudain prendre conscience de sa nudité. Mercure avait reculé d'un pas et il contemplait sa poitrine comme il l'eût fait devant une œuvre d'art. Lentement, il dessina avec le pouce le contour de ses seins. Lorsqu'il en pinça délicatement l'extrémité, un liquide brûlant glissa entre ses cuisses. Avait-il conscience du pouvoir insensé de ses caresses ?

— Tu aimes ça ?

Incapable de prononcer un mot, elle hocha simplement la tête.

— Je savais que tu aimerais.

Comment l'avait-il su ? Comme si elle avait posé la question à voix haute, il s'expliqua.

— Un homme doit être capable de deviner ce qui fait plaisir à une femme. Bientôt, je connaîtrai toutes les zones érogènes de ton corps.

Il se pencha pour capturer un de ses seins dans sa bouche.

— Et ça ? Tu aimes aussi ?

Elle lui répondit par un cri étranglé. Plus tôt, il s'était vanté d'être un expert en matière de séduction. Il n'avait pas menti. Sans lui laisser le temps de reprendre ses esprits, il s'agenouilla devant elle. Les yeux égarés, elle vit glisser son pantalon jusqu'au sol. Comme elle ne portait aucune lingerie, son sexe s'exposa sans fard au regard de Mercure. Il le contempla religieusement avant de glisser une main entre ses cuisses pour les écarter. Sloan eut beau serrer les mâchoires pour se préparer à l'étape suivante, le saisissement que lui procura la bouche de Mercure fit jaillir un cri du plus profond de sa gorge. Survivrait-elle à un bonheur aussi extrême ? Quand il glissa la langue entre ses lèvres, elle plongea les mains dans ses cheveux et se mit à balancer ses hanches d'avant en arrière tout contre son visage. Très vite son corps tout entier se raidit et elle atteignit l'orgasme. Lorsque ses tremblements commencèrent à s'apaiser, Mercure se releva. Il passa la main derrière sa nuque et lui fit goûter sa propre jouissance dans un long et langoureux baiser.

Quand il s'écarta pour reprendre son souffle, elle souleva les paupières et découvrit dans l'abîme de ses yeux verts la folle incandescence de son désir.

— Sloan ?

Elle reprenait doucement pied dans le monde réel.

— Oui ? souffla-t-elle faiblement.

— Je viens de te dévoiler la phase 1 de ma tactique de séduction. Veux-tu connaître la deuxième ?

Ses paroles perçaient avec peine les brumes de son esprit. Qu'essayait-il de lui dire ? Comme elle ne répondait pas, il reprit le cours de son exposé.

— Phase 1, éveiller la libido de sa proie. Phase 2, l'attirer sur les lieux du crime. En l'occurrence, ta chambre. Phase 3, la conquérir.

Comme pour illustrer ses propos, il lui prit la main et l'attira hors du salon en marchant à reculons. Amusée, elle le suivit en exposant à son regard émerveillé son entière nudité.

— Mission réussie ! Je t'ai attirée dans ta propre chambre.

— Si j'ai bien écouté, l'étape suivante sera la conquête.

Une veine battait à sa tempe. Elle semblait impatiente de découvrir la suite.

— Tu sais ce que cela implique ?

— J'ai ma petite idée.

— Je vais te pénétrer et te faire jouir à en perdre la tête.

Sloan avait pour l'instant toute sa lucidité.

— Tu es encore tout habillé, observa-t-elle dans un sourire.

— Plus pour longtemps.

Il la fixa un instant en songeant au dilemme qui l'avait tenu éloigné d'elle pendant de longs jours. Il mesurait l'importance du pas qu'ils s'apprêtaient à franchir. Il s'approcha suffisamment près pour frôler son corps nu et lui faire sentir toute la force de son érection. Puis il la souleva de terre, la déposa sur le lit et plaça un doigt sous son menton pour la forcer à croiser son regard.

— Tu ne sais pas à quel point tu as obsédé chacune de mes pensées. À quel point j'ai lutté contre le désir qui me poussait à venir te rejoindre. J'ai rêvé de toi toutes les nuits. Ta présence auprès de moi est aussi vitale que l'air que je respire.

Ses paroles atteignirent avec force le cœur de la jeune femme. Jamais un homme ne lui avait livré avec autant de conviction l'attirance qu'il éprouvait pour elle. Quand il s'éloigna du lit pour retirer ses vêtements, elle observa chacun de ses gestes. Son regard suivit avec application les doigts qui ouvraient sa chemise pour dévoiler son torse puissant. Comme elle s'efforçait d'apaiser le rythme de sa respiration, il se retourna.

— Tout va bien ?

La question était superflue. Quelle femme n'aurait pas été comblée par le spectacle qui s'offrait à ses yeux ?

— Merveilleusement bien.

— Je l'espère. Tu es bien sûre de vouloir continuer ?

Pour rien au monde, elle n'aurait renoncé aux instants précieux qu'elle s'apprêtait à vivre.

— Ne t'inquiète pas, Mercure ! Je suis absolument et pleinement consentante. Moi aussi, j'ai compté les jours depuis vendredi.

Il sourit en faisant glisser la fermeture Éclair de sa braguette. Elle se sentait à fleur de peau. Le plus petit geste de Mercure semblait atteindre chacune de ses terminaisons nerveuses. La gorge sèche, elle le vit abaisser son pantalon et son caleçon sur les muscles de ses cuisses.

C'était la première fois qu'elle voyait un homme entièrement nu. Son seul amant, Carlos, s'était déshabillé dans l'obscurité lors de leur unique et désastreuse expérience. La beauté sculpturale de Mercure la plongeait dans un état de totale sidération. Éblouie, elle le vit s'approcher et la rejoindre sur le lit. Quand il murmura son nom, elle abaissa les paupières. Quand sa langue glissa lentement sur la sienne, elle répondit avidement à son baiser. Quand ses mains l'attirèrent contre lui, elle souleva les hanches pour mieux s'offrir à lui. Il relâcha sa bouche pour plonger son regard dans le sien tandis que son sexe écartait doucement ses lèvres. Sans lâcher des yeux son visage, il la pénétra et resta un long moment immobile pour apaiser le tumulte de son désir.

— Tu aimes ?

Sloan balbutia son assentiment dans un murmure à peine audible et, quand il commença à se mouvoir au-dessus d'elle, elle se cambra naturellement plus près de lui. Chaque fois qu'il la pénétrait, se perdant plus profondément en elle, son bonheur décuplait, et elle criait du plaisir insensé qui enflammait sa chair, anéantie par la puissance indescriptible des sensations qui happaient tout son être. Chacun de ses mouvements l'enflammait un peu plus et, quand le doux balancement se transforma en une danse effrénée, elle détourna les yeux pour secouer la tête d'un côté et de l'autre.

— Oh ! Sloan...

Il n'eut pas le temps d'en dire davantage. Un gémissement grave accompagna sa jouissance et couronna dans l'extase la symbiose parfaite de leur union. Épuisé, le corps de Mercure se détendit au-dessus d'elle.

Tandis que leurs silhouettes se confondaient encore en une

seule, leur souffle retrouva peu à peu un rythme lent et régulier. Toujours émerveillée, abritée par le corps puissant de son amant, Sloan revenait lentement à la réalité. Une évidence s'imposait à son esprit. Elle était amoureuse. Et peu importait si Mercure l'aimait en retour ou si elle n'était qu'une victime de ses talents de séducteur. Seuls comptaient les sentiments qu'elle éprouvait pour lui.

19

À son réveil, Mercure mit quelques instants à reconnaître le décor de la chambre où il se trouvait. Il baissa les yeux sur la femme qui reposait entre ses bras, et sourit. La sensation du corps chaud niché contre le sien lui était agréable. Sloan dormait toujours. Leurs ébats nocturnes l'avaient épuisée. Il lui avait donné tout le plaisir dont il était capable, et elle n'avait pas ménagé ses efforts pour le satisfaire. Il referma les yeux au souvenir de son visage illuminé de bonheur.

Il soupira d'aise puis souleva à nouveau les paupières pour consulter sa montre. 8 heures. Il n'avait pas eu l'intention de passer la nuit chez Sloan, mais l'idée de s'extraire du confort douillet de ses draps ne l'avait pas effleuré.

— Bonjour, Mercure.

Son visage encore nimbé de sommeil était attendrissant, son sourire enchanteur. Il se remémora les circonstances de leur rencontre et les événements qui s'étaient ensuivis. Cette femme était entrée par effraction dans sa vie, mais cela ne le dérangeait pas. Il aurait tout donné pour revivre les jours qui s'étaient écoulés depuis qu'il l'avait repérée au volant de sa Camaro.

— Bonjour, ma chérie. Comment vas-tu ce matin ?

Il s'inquiétait de son bien-être comme jamais il ne l'avait fait pour une autre femme.

Elle s'assit sur le lit et s'étira paresseusement.

— Très bien. Tu as été merveilleux, cette nuit.

Ce genre de louanges lui étaient familières mais, dans la bouche de Sloan, elles revêtaient une saveur toute particulière.

— Permets-moi de te retourner le compliment ! Tu as été divine.

— Merci pour ton indulgence. J'ai timidement essayé de suivre ton exemple.

— Force est de constater que tu apprends très vite.

Ses paroles élargirent le sourire de la jeune femme.

— Me croiras-tu si je te dis que, grâce à toi, j'ai connu mon premier orgasme ?

— Qu'est-ce que tu dis ?

— Tu as très bien entendu.

Il la regarda d'un air incrédule.

— Tu veux dire que cet abruti de Cunningham n'a même pas été capable de te donner du plaisir ?

Elle secoua la tête de gauche à droite.

— Il n'a même pas essayé de m'entraîner dans son lit. Je dois dire que son attitude m'a surprise, jusqu'au jour où j'ai compris pourquoi il gardait ses distances. Une autre femme se chargeait de satisfaire ses désirs.

Il semblait préoccupé par l'aveu qu'elle venait de lui faire.

— Tu n'étais pourtant pas vierge, hier soir ?

Sa mère lui avait longuement expliqué l'importance que revêtait pour une femme la perte de sa virginité. Il ne se sentait pas prêt à endosser une telle responsabilité.

— Vierge ? Euh, non. J'ai couché avec Carlos une fois quand j'étais étudiante. C'était horrible.

— Qui était Carlos ? Ton petit ami ?

— Oui, un gentil garçon. Mais sans doute le pire des amants. Je dois dire qu'il ne m'a pas laissé un grand souvenir.

Une inquiétude soudaine traversa son esprit.

— Trêve de bavardages ! Eli doit passer à 9 heures. Je ne vais pas me montrer dans cette tenue !

Mercure se demanda s'il devait s'éclipser pour la laisser seule avec son frère.

— Tu veux que je parte ?

— Non, pas du tout, je n'ai rien à cacher. En plus, je suis sûre qu'Eli t'a déjà tout raconté.

Elle se trompait. Son frère avait une haute idée de son métier et il respectait scrupuleusement le secret professionnel. Jamais il ne lui serait venu à l'idée de partager les affaires de ses clients sans autorisation.

— Il ne m'a rien dit. Mais si cela ne te gêne pas, alors je resterai.

Peu de temps après, le carillon de la porte d'entrée annonçait l'arrivée du visiteur. Il fut accueilli par Mercure.

— Je ne sais pas pourquoi, dit Eli, mais je ne suis pas surpris de te trouver ici.

Son frère sourit.

— Vraiment ?

Sloan sortit de la cuisine pour lui souhaiter la bienvenue.

— Bonjour, Eli. C'est gentil de passer. Je viens de faire du café. Vous en voulez une tasse ?

— Non merci. Si cela ne vous ennuie pas, je voudrais très vite en venir à notre affaire. J'ai un rendez-vous à l'autre bout de la ville avant la fin de la matinée.

— Comme vous voudrez, répondit la jeune femme.

Elle s'assit sur le canapé, et Mercure prit place à ses côtés.

— Me Rivers vous a donné des informations intéressantes ?

Eli s'installa dans le fauteuil qui leur faisait face et déposa sa mallette sur le sol.

— Voici ce qu'il m'a dit. Le testament de votre grand-père stipule que vous hériterez de votre fonds fiduciaire à l'âge de trente ans. Cela, vous le saviez. Mais il a précisé autre chose. Si vous vous mariez avant votre trentième anniversaire, vous pourrez toucher cet héritage le lendemain de vos noces.

Les yeux de Sloan s'écarquillèrent de surprise. Elle l'ignorait.

— Je refusais de le croire, mais Harold avait raison. Mes parents comptent sur mon mariage pour débloquer l'argent de la banque et mettre la main dessus.

— C'est ce qu'il semble, en effet. Je pense tout de même qu'il existe un moyen de les en empêcher. Me Rivers était proche de votre grand-père et il semble déterminé à faire respecter sa volonté.

Il se leva avant d'ajouter :

— Si j'obtiens de nouveaux éléments, je vous en tiendrai immédiatement informée.

— Merci, Eli, dit Sloan en le guidant vers la porte.

Lorsqu'elle revint dans le salon, Mercure se tenait au milieu de la pièce.

— Viens ici ! fit-il en lui ouvrant grand les bras.

Elle se blottit contre lui avec reconnaissance. Les manigances de ses parents étaient abjectes.

— Tu as besoin d'un peu de distraction, murmura Mercure à son oreille. Tu devrais partir en voyage avec moi.

Elle releva la tête.

— Où veux-tu m'emmener ?

— À Dallas. Je dois y rencontrer un nouveau client.

Elle hésita un instant. Sa vie était plongée dans la plus grande confusion. Était-il raisonnable d'y ajouter les affres d'une relation amoureuse ? Une liaison avec Mercure n'aurait rien d'anodin. Les sentiments qu'elle éprouvait pour lui risquaient de l'emmener plus loin qu'elle ne le souhaitait. Et puis, que recevrait-elle en retour ? Il tenait bien trop à sa liberté pour s'attacher profondément à une femme.

— Sloan ?

Elle sourit. La tentation de passer quelques jours avec lui fut la plus forte.

— J'adorerais aller à Dallas avec toi.

20

Le regard de Mercure se perdait dans la vue somptueuse qu'offrait la baie vitrée de son bureau. Deux semaines s'étaient écoulées depuis son escapade à Dallas avec Sloan, et il revivait sans cesse les instants merveilleux qu'ils avaient partagés. Dans l'intimité, mais aussi en compagnie d'autres personnes. Son charme naturel savait mettre à l'aise tous ceux qui croisaient son chemin. Sans elle, les parents de Brock Dennison n'auraient peut-être pas convaincu leur fils de signer le contrat qui lui était proposé. Les Dennison étaient des fermiers bien peu habitués aux conventions des gens de la ville. En évoquant avec émotion le temps passé dans la ferme texane de son grand-père, elle avait gagné leur confiance. Ils l'avaient aimée sans réserve.

Et il l'aimait aussi. L'aveu accéléra les battements de son cœur. Lui qui s'était interdit d'éprouver de tels sentiments envers une femme se trouvait aujourd'hui totalement conquis. Depuis leur retour à Phoenix, il n'avait ménagé aucun effort pour lui plaire. Il l'emmenait au cinéma, au théâtre, à l'opéra. À la grande surprise de sa mère, il l'avait même accompagnée à l'église à deux reprises.

Une seule chose le préoccupait. La jeune femme si fière de son indépendance ignorait encore que sa voiture et son appartement n'étaient pas enregistrés à son nom. Il se promit de rétablir la vérité le soir même. Comme il consultait l'échéancier de remboursement mis au point par son comptable, la sonnerie de son Interphone lui fit relever la tête.

— Oui, Pauline ?

— Mme McClain est en ligne pour vous.

Il avait connu Beverly lors d'un déplacement en Floride et s'était immédiatement pris d'affection pour cette personne chaleureuse et affable qu'un récent divorce avait laissée totalement dévastée. Leur relation n'avait jamais dépassé le stade de la simple amitié. Ils s'appelaient régulièrement pour échanger leurs joies et leurs peines, et Mercure n'avait pas de meilleure confidente. Huit ans après leur rencontre, Beverly s'était remariée avec un homme doux et attentionné qui lui avait fait deux enfants. Elle partageait sa vie entre sa famille et son travail au ministère de l'Intérieur.

— Passez-la-moi, je vous prie !

Bientôt, une voix chantante résonna à l'autre bout du fil.

— Mercure, mon ami, comment vas-tu ?

Il sourit.

— Très bien, et toi ?

— De nouveau enceinte. Des nausées matinales effroyables, mais je survivrai.

— J'en suis sûr. Tu es un modèle de courage.

— J'ai des nouvelles pour toi. Un dénommé Carter Haywood Donahue fait partie de la liste des passagers d'un avion atterri à Phoenix il y a moins d'une heure. Aucun bagage n'est enregistré à son nom.

Mercure acquiesça en silence. Visiblement, l'homme n'avait pas l'intention de s'attarder dans les parages.

— Merci infiniment, Beverly. C'est une information précieuse pour moi.

Quelques instants plus tard, il composait le numéro de Sloan pour l'avertir. Malheureusement, la jeune femme ne répondit pas à son appel. Malgré toutes les précautions prises pour la protéger, son père avait sans doute été informé de sa nouvelle adresse. Il était hors de question de la laisser affronter seule l'ignoble personnage.

Il attrapait sa veste au portemanteau quand son Interphone résonna à nouveau.

— Quade Westmoreland sur la ligne 2.

— Merci.

Il se laissa retomber sur son fauteuil pour prendre l'appel.

— Quade ? Tu as quelque chose pour moi ?

— Oui, et je crois que c'est important.

Il restait encore deux semaines à Sloan avant le début de son contrat pour profiter de son temps libre. Le plus souvent, elle songeait à Mercure et aux moments délicieux qu'ils partageaient depuis leur retour de Dallas. En fin d'après-midi, il passait la chercher pour l'emmener au cinéma ou au restaurant. Ensuite, ils rentraient chez elle et ils passaient la nuit ensemble. Le jeudi, ils se joignaient au repas hebdomadaire organisé par Eden. Tous les membres de la famille Steele avaient approuvé leur relation, et elle faisait désormais partie du clan.

Elle sortait de la salle de bains lorsqu'on sonna à la porte. Qui pouvait bien lui rendre visite au milieu de la matinée ? Pensant qu'il s'agissait d'un livreur venu lui apporter les dernières fournitures de bureau qu'elle avait commandées, elle posa la main sur la poignée. Puis, saisie d'une soudaine appréhension, elle se hissa sur la pointe des pieds pour approcher un œil du judas. Son père attendait sur le palier. Elle en eut le souffle coupé et mit quelques secondes à reprendre ses esprits. Redressant les épaules, elle aspira une longue bouffée d'air et s'arma de courage. De l'eau avait coulé sous les ponts depuis son départ de Cincinnati. Elle n'était plus la petite fille impressionnable et soumise qu'il avait connue.

Hautaine, elle fit face à l'homme qu'elle avait aimé et qui jamais ne lui avait montré la moindre affection.

— Entre, papa !

Il passa devant elle sans même prendre la peine de la saluer. Puis il balaya l'appartement d'un regard dédaigneux.

— Papa, qu'est-ce que tu fais ici ?

Elle jugea inutile de lui demander comment il l'avait trouvée. Sans doute avait-il mis à ses trousses les meilleurs détectives de Phoenix.

— Je suis ici pour te ramener à la maison, Sloan Elizabeth. Je comptais sur Harold pour le faire, mais il n'a pas trouvé les arguments pour te convaincre. D'après lui, tu as fait preuve d'une bien mauvaise volonté.

Jadis, sa réprimande aurait fait perdre à la jeune femme tous ses moyens. Aujourd'hui, elle osait l'affronter sans s'émouvoir.

— Je n'irai nulle part avec toi. As-tu oublié ce que je t'ai dit avant de quitter Cincinnati ? Mon mariage avec Harold est annulé.

Il haussa les épaules.

— Bien sûr, il ne peut pas se tenir en juin, comme prévu. Il ne reste pas assez de temps pour l'organiser. Mais, rassure-toi, les Cunningham, ta mère et moi sommes tombés d'accord pour une date au mois d'août.

Pensait-il vraiment la rassurer en montrant un tel aveuglement ? Comment pouvait-il faire si peu de cas de ses décisions ?

— Papa, je n'épouserai pas Harold. Ni en juin, ni en août, ni jamais. La vie que je mène ici me convient, et je n'ai aucunement l'intention de quitter Phoenix.

Elle s'abstint de lui parler du contrat signé avec le comité de Miss Univers. Il était capable de tout gâcher.

— Si je comprends bien, tu préfères vivre comme une femme entretenue plutôt que de devenir l'épouse d'un homme honorable ?

Elle fronça les sourcils.

— Qu'est-ce que tu racontes ?

Il s'installa tranquillement sur le canapé, sans y avoir été invité.

— Tu penses peut-être que je ne me suis pas renseigné sur ce Mercure et sur sa famille ?

Le cœur de Sloan battit un peu plus fort. Avait-il mis en œuvre ses menaces ? Avait-il commencé à nuire à ceux qui lui avaient porté secours ?

— Sois raisonnable, Sloan Elizabeth ! Tu sais comme moi que Harold est un bien meilleur parti. Ce mariage avec les Cunningham est une aubaine.

— Une aubaine pour qui ? Quand cesseras-tu de me prendre pour une idiote ? Ton seul objectif est de mettre la main sur mon héritage.

— Mon seul objectif est de défendre tes intérêts, ma chérie.

Elle secoua énergiquement la tête.

— Je n'en crois pas un mot. Tu es depuis des années dans une situation financière désastreuse et tu comptes sur mon fonds fiduciaire pour te tirer d'affaire. Je suis navrée de te décevoir, mais jamais tu ne toucheras à l'argent que grand-père m'a laissé.

Carter Haywood Donahue ne s'était pas attendu à tant de résistance. Il tenta une nouvelle fois de l'humilier.

— Tu n'as pas honte de te faire entretenir par ce Steele ? Cet homme n'a aucune morale. C'est un cavaleur. Et si tu crois qu'il t'épousera, tu te fais des illusions.

— Tu es mal renseigné, papa. Je suis parfaitement indépendante et je n'ai besoin de personne pour subvenir à mes besoins.

Un rictus amusé et hautain déforma le visage de son père.

— Il t'a menti, j'en étais sûr.

Sloan fronça les sourcils. Manifestement, il détenait des informations qu'elle ignorait.

— Menti à quel sujet ?

Il sourit et s'installa plus confortablement sur le canapé.

— Ma chérie, tu n'es pas la femme indépendante que tu prétends être. Tu as quitté la maison pour t'affranchir de l'autorité de tes parents. Aujourd'hui, tu te crois libre et pourtant tu es lourdement redevable à cet homme.

De toute évidence, le prêt de vingt mille dollars consenti par Mercure n'avait pas échappé à ses détectives.

— Il m'a prêté de l'argent, c'est vrai, mais j'ai bien l'intention de le lui rendre.

— Et cette voiture, et cet appartement ? Les deux sont à son nom. Qu'il se lasse de toi, et tu te retrouveras dans le ruisseau.

— C'est faux.

— Vérifie par toi-même, ma chérie ! T'a-t-il seulement transmis le bail de ce logement ?

Sloan resta sans voix. Son père avait touché juste. Mercure ne lui avait donné aucun document. Elle préférait penser qu'il s'agissait d'un oubli de sa part.

— Alors, tu ne dis plus rien, Sloan Elizabeth ?

Il se leva et, sans lui laisser le temps de se ressaisir, il retrouva le ton autoritaire dont il avait toujours usé avec elle.

— Maintenant, tu arrêtes cette révolte stupide et tu vas faire tes valises. Notre avion décolle dans trois heures.

— Navré de vous décevoir, monsieur Donahue, mais Sloan n'ira nulle part avec vous.

La jeune femme se retourna pour découvrir Mercure à l'entrée du salon. Comment était-il entré ? Elle ignorait qu'il possédait une clé de son appartement. À cet instant, elle comprit que son père avait raison.

21

Toute l'attention de Mercure se concentrait sur la jeune femme. Elle signifiait tout pour lui, et il refusait de laisser quiconque la malmener ou lui mettre en tête des idées fausses.

Il avait commis l'erreur de lui dissimuler une vérité qu'elle méritait de connaître, et il le regrettait amèrement.

— Vous n'avez plus rien à faire ici, monsieur Donahue, fit-il sans même le regarder.

L'intéressé laissa échapper un petit rire entendu.

— Je suppose que vous avez le droit de me mettre dehors puisque cet appartement est loué à votre nom.

Mercure ignora ses paroles.

— Nous avons besoin de parler tous les deux, reprit Mercure en s'approchant de Sloan.

— Ma fille n'a rien à vous dire.

— Elle est assez grande pour s'exprimer seule.

Carter Haywood Donahue approuva d'un signe de tête.

— Vous avez raison, et je suis sûr qu'elle saura prendre la bonne décision.

Puis il s'adressa à sa fille :

— Tu me trouveras à l'aéroport. Et tu monteras dans cet avion avec moi, Sloan Elizabeth.

Il lança un billet d'avion sur la table basse, sortit sans se retourner et claqua la porte derrière lui. Un lourd silence ponctua son départ. Mercure n'avait jamais rencontré d'homme aussi imbuvable. Il comprenait mieux pourquoi la jeune femme avait ressenti le besoin impérieux de couper les ponts avec sa famille.

— Mon père disait la vérité, Mercure ? Tu es le locataire officiel de cet appartement ?

Il n'hésita pas un instant pour avouer sa faute.

— C'était le cas jusqu'à aujourd'hui. J'avais l'intention de tout t'expliquer ce soir.

Il retourna vers le bureau de la jeune femme sur lequel il avait déposé une enveloppe à son arrivée. Il la ramassa et la déposa à côté du billet d'avion.

— Si tu veux bien consulter ces documents, tu verras que la voiture et l'appartement sont désormais à ton nom.

Sloan secoua la tête sans paraître comprendre.

— Mais pourquoi avoir attendu aussi longtemps ?

— J'ai accepté d'être le titulaire du bail car aucune agence n'aurait accepté de te louer un bien sans garantie. Même chose pour le crédit de la voiture. Ton contrat de travail a rassuré tout le monde.

Il fourra les mains dans ses poches.

— Je savais combien tu étais attachée à ces projets. Je tenais à te rendre heureuse.

— Pourquoi m'as-tu laissée dans l'ignorance ?

Mercure choisit ses mots avec soin.

— Je te connaissais depuis peu de temps, mais je savais à quel point tu tenais à ton indépendance. Tu n'aurais pas accepté mon aide si j'avais été franc avec toi. Tu avais fait tant de difficultés pour accepter ce prêt de vingt mille dollars. Je dois dire que ton attitude sort de l'ordinaire. En règle générale, les femmes n'en veulent qu'à mon argent.

— Ce n'est pas mon cas, observa-t-elle sèchement. On dirait que tu as de bien mauvaises fréquentations.

— C'est vrai, j'ai toujours été une proie facile. Je l'ai compris à mes dépens.

Il passa devant elle et tourna le regard vers les eaux sombres du lac qui s'étendait à l'orée de la forêt.

— À l'université, je suis tombé amoureux d'une étudiante.

Je croyais naïvement qu'elle m'aimait en retour. En vérité, son seul objectif était de rencontrer un footballeur promis à un grand avenir. Comme les tiens, ses parents l'encourageaient à faire un beau mariage.

Sloan le fixait avec curiosité.

— Que s'est-il passé ?

Il inspira profondément.

— J'ai été gravement blessé lors d'une rencontre universitaire. Les médecins m'ont laissé peu d'espoir. Ils étaient convaincus que ma carrière était terminée. Cherae s'est aussitôt éloignée de moi. Une semaine après mon accident, elle sortait avec un autre joueur.

— Tu as arrêté la compétition ?

— Non. Je voulais lui donner une leçon et lui montrer qu'elle m'avait chassé de sa vie un peu trop vite. Après un an de rééducation, j'ai réintégré mon équipe et retrouvé mon classement. Elle a tenté de se rapprocher à nouveau. Je l'ai envoyée promener et je me suis juré de ne plus jamais tomber amoureux. Depuis, toutes celles que j'ai rencontrées se sont intéressées de trop près à mon compte en banque. Tu es la seule qui semble se moquer du confort matériel.

Sloan haussa les épaules.

— Disons que l'argent n'est pas ma priorité !

— C'est ce qui fait de toi une personne aussi unique. Cela et bien d'autres choses.

Il se détacha lentement de la fenêtre pour la rejoindre au centre de la pièce.

— Je t'aime, Sloan.

— Oh...

Elle ne s'attendait pas à une telle déclaration.

— Depuis le premier jour, ajouta-t-il. Je t'aime profondément. Je ne pensais pas être capable d'éprouver un jour de tels sentiments.

Une larme roula sur la joue de Sloan.

— Tu m'aimes ? murmura-t-elle d'une voix tremblante. Malgré l'attitude inqualifiable de mes parents ?

Il l'attira dans ses bras.

— Ton père sort d'ici, et je peux te dire que tu n'as rien de commun avec lui. Tu n'es pas responsable des erreurs de ta famille. J'espère simplement que tu ne vas pas faire tes bagages et te précipiter à l'aéroport. Je ne sais pas ce que je deviendrais sans toi.

— Oh ! Mercure...

Elle se hissa sur la pointe des pieds et déposa un tendre baiser sur ses lèvres.

— Je t'aime aussi, je t'aime tant. Je n'osais pas te le dire.

Il la serra tout contre lui et l'étreignit langoureusement. Il bénissait le hasard qui avait amené une femme si douce, si tendre et si merveilleuse dans sa vie. Cependant, une pensée le tourmentait. En enquêtant sur son père, Quade avait déterré une histoire ancienne et bien peu flatteuse. Sloan avait le droit de la connaître.

Lui prenant la main, il l'entraîna vers le canapé et l'invita à s'asseoir près de lui.

— Il y a une chose que tu dois savoir, dit-il. Au sujet de ton père.

Elle plissa le front.

— De quoi s'agit-il ?

— Je t'ai parlé de mon cousin Quade, celui qui travaille pour la CIA. Je l'avais chargé de faire des recherches sur ta famille. Tu t'en souviens ?

— Oui.

— Eh bien, il m'a appelé au bureau tout à l'heure.

Comme il semblait hésiter à poursuivre, elle tenta de l'encourager.

— A-t-il découvert quelque chose d'intéressant ?

Mercure approuva d'un signe de tête.

— Intéressant et très ennuyeux aussi. Ton père subit un chantage depuis des années. C'est pourquoi il a tant besoin d'argent. Il a emprunté tout ce qu'il pouvait, et maintenant son seul espoir est de mettre la main sur ton héritage. Ton mariage avec Cunningham est pour lui le moyen d'y parvenir.

Sloan ouvrait de grands yeux.

— Un chantage ? Mais qu'a-t-il fait ?

Mercure se racla la gorge avec embarras. L'aveu qu'il s'apprêtait à lui faire risquait bien de ternir à jamais l'image qu'elle avait de l'homme qui lui avait donné la vie.

— Il y a quelques années, il est parti en voyage d'affaires aux Caraïbes avec ses collaborateurs. En réalité, il s'agissait de tourisme sexuel avec des mineures. D'après Quade, certaines avaient moins de quinze ans.

La jeune femme porta une main à sa bouche.

— Non ! C'est impossible !

— C'est pourtant la vérité. Ce que ces hommes ignoraient, c'était la présence de caméras dans les chambres d'hôtel. L'objectif était l'organisation d'un chantage à grande échelle. Tous les participants à ce voyage, sans exception, ont reçu des appels et des menaces dès leur départ des Caraïbes.

Sloan secouait lentement la tête sans parvenir à croire les révélations de Mercure.

— Mais alors, si ton cousin a découvert cette affaire, la justice...

L'énormité de la découverte la laissait sans voix.

— Oui, le FBI a lancé une enquête. Il va sans doute procéder à des arrestations. Ton père fait partie des suspects. Je voulais te prévenir.

Il marqua une pause, puis s'empressa de la rassurer.

— Je voulais aussi que tu saches que je serai là pour toi. Tous les Steele seront là pour toi.

— Oh ! Mercure.

Au choc avaient succédé les larmes. Le visage de Sloan était dévasté. Il se promit de lui faire oublier ses tristes origines en remplissant sa vie de joie et de bonheur. Il essuya ses joues du revers de la main et la serra longuement contre lui pour apaiser son chagrin, puis il la conduisit dans sa chambre.

À vingt-cinq ans, Sloan découvrait enfin ce que signifiait l'amour d'un homme. Sous son regard admiratif, elle goûtait au ravissement d'être l'objet de son désir.

— À quoi penses-tu, mon cœur ? demanda-t-il en se penchant au-dessus d'elle.

Son visage s'illumina d'un sourire radieux.

— Je pense aux sentiments que j'ai pour toi. À la chance qui est la mienne. Et parfois, j'ai peur de te perdre.

— Tu ne me perdras pas, sois-en sûre ! Nous sommes tous les deux embarqués dans une folle histoire d'amour.

Quand il commença à la dévêtir, elle observa chacun de ses gestes en se demandant comment un homme aussi fort et aussi viril pouvait montrer tant de douceur et de délicatesse. Avec lenteur, il la débarrassait de chacun de ses vêtements, avant de caresser religieusement toutes les parties de son corps qu'il découvrait. Elle retint son souffle quand sa main glissa sous son T-shirt pour trouver le chemin de ses seins.

— Dis-moi ce que tu veux, ma chérie !

Plus que toute chose, elle ressentait le besoin de lui appartenir.

— Je veux être à toi, murmura-t-elle. Prends-moi ! Tout de suite !

Percevant l'urgence de son désir, il acheva de la déshabiller, fit glisser sur le sol ses propres vêtements et l'installa confortablement contre les oreillers. Emprisonnant ses poignets avec force, il se positionna au-dessus d'elle et la pénétra lentement.

— Si ma femme veut aujourd'hui passer sans transition à la phase de la conquête, je ne vois pas d'inconvénient à brûler les étapes.

— Je veux être à toi, Mercure.

— Tu l'es déjà, mon amour.

Un regard possessif accompagnait ses paroles. Quand la vigueur de son sexe l'envahit au plus profond de sa féminité, elle sentit ses muscles se resserrer autour de lui.

— J'adore quand ton corps essaie de me retenir en otage, murmura-t-il dans un sourire.

— Je voudrais arrêter le temps pour te sentir toujours au fond de moi.

— Je suis à toi, Sloan. Pour toujours.

Il commença à remuer doucement au-dessus d'elle, l'entraînant dans une valse lente et langoureuse. Autour d'eux, le monde avait cessé d'exister. Carter Haywood Donahue pouvait bien faire les cent pas dans la salle d'embarquement de l'aéroport de Phoenix, Sloan l'avait depuis longtemps chassé de ses pensées.

Au terme d'un moment de communion intense, Mercure plaça ses mains sous ses hanches pour la soulever un peu plus contre lui. Il s'appliquait à lui faire ressentir avec intensité chacun de ses mouvements. Au comble de l'excitation, il accentua la force de ses coups de reins. Ils se perdirent l'un dans l'autre, et l'union de leurs deux corps mêlés dans une même frénésie emporta peu à peu la jeune femme vers l'orgasme le plus intense, le plus éclatant qu'elle ait jamais éprouvé. Le souffle coupé, elle s'accrocha longuement à lui, laissant les sensations nouvelles déferler au plus profond d'elle-même et se propager en petites vagues tièdes, tandis que, dans une ultime poussée accompagnée d'un grognement sourd, il lâchait prise et tombait dans un état de béatitude absolue.

— Veux-tu m'épouser, Sloan ?

La question la surprit dans un instant de pure extase. Elle ouvrit les yeux pour rencontrer les siens.

— T'épouser ?

— Oui.

Quel homme pouvait être assez lucide pour demander une femme en mariage dans un moment aussi intense ? Elle sourit. Mercure ne cesserait jamais de la surprendre. La vie à ses côtés ne serait jamais monotone.

— Oui ! Je le veux.

Il captura sa bouche dans un baiser ardent, roula sur le côté et se laissa gagner par une douce somnolence.

Épilogue

Un mois plus tard

Mercure fut accueilli dans son appartement par un fumet appétissant. Depuis qu'elle suivait ses cours de cuisine, Sloan aimait s'inviter chez lui pour le surprendre avec de bons petits plats. Jusqu'à présent, il ne l'avait pas convaincue de venir vivre avec lui. Elle préférait goûter aux avantages d'une indépendance tout récemment acquise. Ils avaient décidé de se marier, mais n'avaient pas encore fixé la date de la cérémonie. Là encore, la jeune femme ne voulait rien précipiter.

Il pénétra dans sa cuisine et découvrit un délicieux spectacle. L'objet de son désir et de toutes ses pensées était penché au-dessus du four entrouvert, les fesses pointées dans sa direction. Il s'arrêta sur le seuil pour se délecter du tableau qui s'offrait à sa vue. Sloan avait un derrière ravissant. Une chute de reins ravissante. Tout en elle était ravissant.

— Quelle bonne odeur ! Tu t'es encore surpassée, ma chérie !

Elle sursauta et traversa la pièce pour se blottir entre ses bras. Comme dotées d'une volonté propre, les mains de Mercure emprisonnèrent la partie de son anatomie qu'il venait d'admirer.

— Tu es en avance, murmura-t-elle à son oreille.

Il lui rendit son sourire.

— Loin de toi, les journées sont interminables. J'avais hâte de te retrouver.

Il l'embrassa avec ardeur. Elle était toute à lui, il était tout à elle.

Pour les bons moments. Pour les épreuves, aussi. Deux semaines auparavant, l'arrestation de Carter Haywood Donahue et de ses collègues avait fait la une de tous les journaux de Cincinnati. Les détails sordides de l'affaire dans laquelle il était impliqué avaient été étalés aux yeux de tous. Sloan avait été très affectée par le scandale qui touchait sa famille. Désireuse de porter secours à sa mère, elle l'avait appelée pour tenter de la réconforter. L'accueil glacial qu'elle lui avait réservé l'avait profondément blessée. Loin de la remercier pour sa sollicitude, elle l'avait rendue responsable des déboires de son père. En refusant d'épouser Harold, elle l'avait soi-disant privé de l'argent nécessaire pour faire taire ses maîtres chanteurs.

Mercure avait su trouver les mots pour la consoler, tout en maudissant les parents qui lui causaient tant de peine. Il se demandait comment des individus aussi peu recommandables avaient pu mettre au monde la femme merveilleuse qui lui procurait tant de joies. Sloan répandait le bonheur autour d'elle. En quelques semaines, elle avait conquis le cœur de tous les membres du clan Steele. Eden était aux anges et elle n'attendait qu'un signe pour se plonger dans l'organisation du mariage tant attendu. La jeune femme souhaitait une célébration en petit comité. C'était compter sans les amis innombrables de Mercure et sa nombreuse famille.

— Tu as passé une bonne journée ? demanda-t-il en caressant tendrement ses cheveux.

— Oui, et je dois t'annoncer une grande nouvelle.

— Vraiment ?

Elle lui adressa un sourire éclatant.

— J'ai eu une longue conversation avec ta mère. Nous avons fixé la date de notre mariage. Si tu es d'accord, elle peut d'ores et déjà envoyer les invitations.

Le cœur de Mercure bondit de joie au fond de sa poitrine.

— Bien sûr que je suis d'accord ! Et toi, tu es prête pour le grand jour ?

— Je l'attends avec impatience. J'ai hâte de devenir ta femme, et de fonder une famille aussi heureuse que la tienne.

— J'ai une suggestion pour la cérémonie.

— Ah oui ?

— Je veux rendre honneur à la bonne fée qui a provoqué notre rencontre.

Sloan fronça les sourcils.

— Une bonne fée ? Mais de qui parles-tu ?

— D'une vieille demoiselle endormie sous une couverture.

Elle ne comprenait toujours pas.

— Nous lustrerons ses ailes et la garnirons de rubans.

Un éclair de compréhension illumina les traits de la jeune femme.

— La Camaro !

— Quel plus beau carrosse pour conduire ma princesse à l'église ?

KATHERINE GARBERA

Un si séduisant célibataire

Traduction française de
MORGANE FROGERE

PASSIONS

HARLEQUIN

Titre original :
RANCHER UNTAMED

Ce roman a déjà été publié en 2021.

1

Diego Velasquez se sentait stupide à attendre ainsi en coulisse d'être annoncé. Il se trouvait au Country Club des Cinq Familles et participait comme chaque année aux enchères des célibataires, dont le profit allait aux œuvres de charité. Il aurait donné n'importe quoi pour à la place être dans son ranch, à Arbol Verde, avec ses chevaux. Il avait pourtant tenté de se dérober à l'événement caritatif annuel en faisant une énorme donation, mais sa mère, une célèbre présentatrice télé d'une chaîne de Houston, et membre du comité d'organisation, tenait absolument à voir ses quatre fils au plus tôt mariés. Il lui avait donc été impossible d'y échapper, même si chaque année lui et ses frères essayaient.

— Qu'en penses-tu, Diego ? Prêt à être vendu au plus offrant ? lui demanda Inigo, son plus jeune frère.

Diego était pratiquement certain qu'Inigo avait caressé l'idée de contracter un mariage temporaire avec une des fans qui le suivaient sur les circuits de Formule 1, afin d'éviter la corvée de cette vente aux enchères. Mais comme leur mère bien-aimée était une fervente catholique, une union de ce genre était exclue. Il était donc arrivé ce matin en jet privé depuis le Japon. Fort heureusement pour Inigo, la prochaine course de Formule 1 se déroulait à Austin dans deux semaines. Ou peut-être malheureusement, songea Diego en le regardant massacrer son nœud papillon, car cela signifiait que son cadet n'avait aucune excuse valable pour ne pas être présent ici.

Il se tourna alors vers ses deux autres frères, les jumeaux, qui n'avaient pas encore trente ans. Alejandro travaillait en rapport avec la gestion des médias sociaux, et était déjà millionnaire. Mauricio, lui, avait un don pour dénicher des propriétés dans des quartiers voués à prendre de la valeur sur le marché immobilier.

Diego était fier d'eux. Ils étaient tous les quatre le genre de célibataires que la vente aux enchères caritative promouvait. Bien sûr, c'était ennuyeux que leur mère ait un tel esprit de compétition, et qu'elle veuille à tout prix voir le nom des Velasquez en haut du classement des collectes de fonds. Mais en fin de compte, c'était pour une bonne cause, n'est-ce pas ?

— Tu sembles sur le point de prendre tes jambes à ton cou, ironisa Mo.

— C'est le cas, admit Diego.

Mais avant qu'il ait le temps de mettre son projet à exécution, un brouhaha retentit et une agitation se fit entendre sur scène.

— Ethan Caruthers se couvre de ridicule pour une femme. Il vient de lui faire sa demande en mariage, déclara Inigo depuis sa place près du rideau, derrière la scène.

— C'est Crissanne Moss, dit Diego en rejoignant son plus jeune frère. Pendant que tu faisais le tour du monde, ça a été la grande affaire dans le coin. Ethan et Crissanne vivaient ensemble, et les Caruthers pensaient que ça aboutirait à un mariage. Mais l'ex-fiancé de Crissanne est revenu d'entre les morts... Au sens littéral. Tout le monde pensait qu'il était mort dans un accident d'avion jusqu'à ce qu'il se présente en ville, très vivant, et demande des comptes à son meilleur ami et son ex-petite amie.

— *Dios mio*, Diego, tu parles comme les commères d'ici, s'exclama Alejandro en lui passant un bras autour des épaules.

— À qui le dis-tu. J'ai dîné chez Bi et Derek hier soir, et Ma Caruthers était présente aussi, à médire à tour de bras, déclara Diego.

— En tout cas, il se pourrait bien qu'ils se remettent ensemble, constata Inigo.

— Visiblement, acquiesça Diego.

Il n'avait encore jamais rencontré une femme pour qui il serait prêt à se donner ainsi en spectacle, comme était en train de le faire Ethan en ce moment. Mais alors qu'il regardait ce dernier s'approcher de Crissanne et l'embrasser… il se demanda l'effet que cela ferait de trouver une personne spéciale avec qui faire sa vie.

— Vous êtes le suivant, Diego, annonça l'animateur.

— Misère.

Il avait perdu l'occasion de s'éclipser.

En entendant Mo ricaner de façon diabolique derrière lui, il se tourna pour lui asséner un coup de poing dans l'épaule, mais se ravisa à la dernière minute. S'il commençait à se battre avec ses frères, sa mère ne le leur pardonnerait jamais.

— De quoi as-tu peur ? demanda Mo. C'est juste un jeu inoffensif.

Son frère n'avait pas tort. Mais avec l'âge, il avait le sentiment qu'il était temps de laisser tomber cette vente aux enchères. Il n'allait pas non plus y participer indéfiniment.

— Oui, tu as raison. Ce n'est qu'une distraction.

Les quatre frères regardèrent la foule lorsque le nom de Diego fut annoncé. Alejandro lui donna un coup de coude, désignant Pippa, la nounou de la fille de Kinley Caruthers. Celle-ci était proche de la scène, et une expression d'impatience animait son visage en forme de cœur.

Ce n'était pas la première fois que Pippa attirait son attention. La jolie blonde était venue vivre à Cole's Hill deux ans auparavant, quand Kinley avait emménagé ici. Ses cheveux étaient couleur miel et elle les portait généralement en queue-de-cheval, mais ce soir ils lui retombaient sur les épaules en vagues souples. Ses yeux étaient gris, mais pas d'une nuance froide. C'était un gris très doux qui donnait à Diego l'envie de lui murmurer des choses auxquelles il ne voulait même pas s'avouer avoir songé. Et c'était précisément ce qui rendait cette femme si dangereuse. Sa bouche était pulpeuse, et normalement elle ne portait que du gloss — oui, il avait passé beaucoup de temps à y songer. Ce soir, elle avait utilisé un rouge à lèvres qui lui interdisait tout bonnement de pouvoir en détourner les yeux. Ce qui était la dernière chose dont il avait besoin, parce qu'il pensait déjà bien trop à ce que ce serait de l'embrasser.

La robe moulante qu'elle portait était dans un ton bleu azur, et faisait paraître sa peau crémeuse encore plus parfaite que d'habitude. Il n'ignorait pas que ses jambes étaient longues et minces, car elle mettait souvent des leggings, mais ainsi chaussée d'élégants talons, elles semblaient encore plus fines et interminables.

Il poussa un grognement.

— Arrête de faire l'enfant. Franchement, Diego, tu exagères. Je sais que ce sont des femmes et pas tes chevaux adorés, mais ce n'est quand même pas une torture, s'impatienta Mo.

— J'en ai parfaitement conscience, dit Diego en regardant son frère. Ce ne sont pas les femmes qui me font peur.

— Ta réputation en témoigne, ironisa Mo. Alors, quel est le problème ?

Ce dernier se pencha vers le rideau et suivit le regard de son frère.

— Oh ! c'est donc ça.

— Oui. Mais elle n'est pas intéressée, et je suis...

— En retard, acheva Mo.

— Monsieur Diego Velasquez, répéta l'animateur.

Et Diego, poussé par Mo, s'avança sur scène.

Pippa Hamilton-Hoff avait rarement l'occasion de sortir, et encore moins de s'habiller aussi élégamment. Mais elle était là, assise à la table des Caruthers, à l'occasion de la vente aux enchères des célibataires du Country Club des Cinq Familles. Il se jouait une compétition amicale entre les descendants des cinq familles à l'origine de la fondation de Cole's Hill, afin de voir qui réussirait à lever le plus de fonds.

Étant donné que tous les frères Caruthers étaient à présent mariés, à l'exception d'Ethan — et celui-ci venait visiblement de se fiancer — leurs chances de gagner étaient minces cette année. Mais Pippa nourrissait d'autres projets, et le fait qu'elle avait vingt-cinq ans aujourd'hui même et aurait bientôt accès à sa fortune jouait certainement. Elle savait exactement avec qui elle voulait passer cet anniversaire : Diego Velasquez, un grand Texan qui semblait aussi à l'aise vêtu d'un smoking que monté sur un cheval. Pour être tout à fait honnête, elle préférait le voir sur son étalon, Iago. Elle était allée lui rendre visite deux fois avec Penny, la petite fille de quatre ans qu'elle gardait. Penny, la fille de Kinley et Nathan Caruthers, était fan de chevaux, et maintenant que la sœur de Diego, Bianca, avait épousé le Dr Derek Caruthers, celui-ci était de ce fait devenu son oncle.

Le long chemin qu'elle avait parcouru durant ces quatre dernières années touchait à sa fin. Elle n'avait plus à cacher son identité — celle d'une héritière anglaise qui avait fui l'emprise de son père despotique et qui était devenue nounou, tout en essayant de faire des plans pour le futur et de réfléchir à son avenir. Maintenant qu'elle avait vingt-cinq ans, elle pouvait entrer en possession de son héritage et se trouvait libre de faire ce qui lui plaisait. Mais, pour cette nuit, elle voulait encore se sentir jeune et libre, et passer la soirée avec un homme qui ignorait tout de sa fortune, et qui saurait se contenter de Pippa la nounou.

Elle avait suffisamment croisé Diego en ville pour se rendre compte que ces rencontres ne pouvaient être des coïncidences. Le propriétaire d'un grand ranch avec un programme d'amélioration de la race de renommée internationale n'avait pas besoin de venir à Cole's Hill à 10 heures tous les lundis, mercredis et vendredis pour prendre un café. Et pourtant, il le faisait. Ils bavardaient à chaque fois, et elle prenait toujours soin de ne pas laisser cela aller plus loin, mais dans son cœur… elle en voulait plus. Il avait des yeux couleur chocolat qui lui donnaient envie de s'y noyer, si riches et réconfortants. Pourtant, en même temps, il la faisait se sentir vivante… Il lui faisait ressentir des choses auxquelles elle ne s'était même pas permis de penser depuis quatre ans, depuis cette soirée où elle était montée dans un bus pour quitter New York.

Depuis lors, sa vie n'avait été que mensonge. Une grande supercherie où elle devait sans cesse réfléchir à tout ce qu'elle faisait et ne jamais baisser sa garde.

Jusqu'à maintenant.

Jusqu'à ce soir.

Ethan Caruthers avait fait quelque chose de vraiment

romantique, et maintenant lui et Crissanne s'étaient isolés dans un coin et s'embrassaient. Pendant ce temps, Pippa était assise ici, avec bientôt en sa possession une vraie petite fortune, et levait les yeux vers Diego Velasquez. Celui-ci portait son smoking avec aisance et grâce, démontrant ainsi son habitude à revêtir ce genre de vêtements. Quand leurs regards se croisèrent, elle sentit son cœur chavirer, et cette bouffée de désir lui rappela qu'elle était plus qu'une héritière en fuite : elle était une femme avec une idée en tête, ce soir.

Elle en avait fini de se cacher ou d'avoir peur de réclamer son dû. Ce soir elle voulait Diego, et elle était déterminée à l'avoir.

L'enchère débuta et Pippa leva la main afin d'enchérir. Elle continua ainsi, jusqu'à ce qu'elle-même et une autre femme, qui travaillait dans le ranch de Diego, soient les seules restantes. Chantelle, se souvint-elle. Est-ce que Chantelle désirait plus qu'une simple relation employeur-employée ?

Pippa savait qu'elle allait bientôt partir d'ici. Aussitôt que le conseil d'administration de l'entreprise familiale, House of Hamilton, aurait lu son e-mail et accepté qu'elle était bien celle qu'elle prétendait être, Cole's Hill et le Texas ne seraient plus qu'un lointain souvenir. Elle avait fait une croix sur tant de choses durant ces quatre dernières années. Elle s'était ignorée depuis bien trop longtemps, mais c'était terminé à présent. Elle leva sa palette et doubla l'enchère, ce qui fit pousser un cri d'excitation à l'animateur sur scène. Quant à Diego, il haussa les sourcils en la regardant droit dans les yeux.

— J'ai l'impression que cette personne est déterminée à vous obtenir, Diego, et à moins qu'une autre enchérisseuse veuille monter le prix...

L'homme parcourut la pièce du regard, mais Pippa avait poussé l'enchère si loin qu'aucune palette ne se leva.

Pour la première fois depuis que Diego était monté sur l'estrade, elle prit vraiment conscience de la salle et de tous les regards posés sur elle. Son premier réflexe fut de se rasseoir, mais Kinley posa une main sur ses fesses.

— Va donc chercher ton homme, ma grande.

Pippa ne put s'empêcher de sourire à la façon dont Kinley avait dit cela. Les deux femmes avaient beau avoir grandi dans deux mondes très différents, Kin n'en était pas moins une sœur de cœur. Pippa avait toujours pensé que leur rencontre dans ce bus à Las Vegas, le jour de l'accouchement de Kin, n'était pas due à une simple coïncidence, mais à une force plus puissante. Ce matin-là, Pippa faisait le point sur sa situation, à l'intérieur de ce bus, car elle n'avait plus d'argent. Quant à Kinley, elle se rendait à son travail lorsqu'elle avait perdu les eaux.

— Je crois bien qu'il le faut, déclara Pippa en posant soigneusement sa palette sur la table avant de s'avancer vers la scène.

C'était juste pour cette nuit, se dit-elle. Mais en même temps, elle avait le sentiment que cette nuit incarnait en quelque sorte tout ce qu'elle n'avait jamais eu. Elle avait déjà passé quatre anniversaires seule au Texas, angoissée et perdue à chaque fois. C'était uniquement grâce à sa détermination qu'elle était parvenue à tenir jusque-là. Mais tandis qu'elle grimpait les marches de la scène et s'approchait de lui, Pippa oublia tout. Elle remarqua alors que le sourire de Diego était moins assuré que d'habitude, mais toujours aussi séduisant et irrésistible, et elle dut s'avouer qu'elle était charmée.

Une expression désuète, songea-t-elle, mais qui convenait parfaitement à son état d'esprit et à ses émotions.

Comme elle n'avait pas vraiment prêté attention aux autres gagnants, elle ignorait totalement ce qu'il convenait de faire à présent, mais Diego lui prit la main et l'attira contre lui.

— Avec une enchère pareille, je pense que tu mérites de tout avoir de moi.

À cette faible distance, elle remarqua que ses yeux marron étaient tachetés d'or et ses lèvres pleines, joliment dessinées. Il lui adressa un clin d'œil et la fit plonger dans ses bras avant d'abaisser sa bouche sur la sienne. Elle cessa alors de penser et se laissa simplement aller.

Tout en attendant son tour au bar, Diego regardait Pippa qui discutait avec Kinley et Bianca. Sa sœur avait beau être une ancienne mannequin, Pippa la surpassait à ses yeux. Il ignorait ce qu'elles se disaient, mais remarqua que la jeune femme souriait et riait facilement. Après avoir commandé ses deux margaritas, il retourna vers elle.

— J'imagine que ce n'est pas la peine de t'attendre, dit Kinley alors qu'il approchait.

Le regard de Pippa croisa le sien et elle rougit.

— Je ne sais pas du tout, répondit-elle avec son accent britannique si caractéristique. On verra bien comment se passera la soirée.

Elle lui prit une margarita des mains et il leva son verre en direction du sien avant d'en prendre une gorgée. Kinley serra son amie dans ses bras et alla rejoindre son mari à l'autre bout de la salle.

— Maman est très fière de la famille Velasquez ce soir, déclara Bianca.

— Il y a de quoi, ironisa Diego. Elle nous a tous bien élevés, et nous sommes présents ici ce soir... ce qui, tu le sais, la rend toujours heureuse.

— Elle n'est pas la seule à être sur son petit nuage, dit Bianca. Benito a hâte d'être à demain matin pour notre brunch familial. Il adore ses *tios*.

Son neveu n'avait que quatre ans, mais il avait déjà vécu beaucoup de choses durant sa courte vie. Son père était mort en participant à un circuit automobile, ce qui avait rendu la mère de Diego encore plus déterminée à trouver une autre carrière pour Inigo. Mais son plus jeune frère avait la tête dure légendaire des Velasquez.

— Nous l'adorons aussi, répliqua Diego.

— Je n'en doute pas. À présent, je vais essayer de réclamer une danse à mon mari. Il opère tôt demain, donc nous ne pourrons pas rester tard, expliqua sa sœur en lui embrassant la joue.

Puis elle étreignit Pippa et s'éloigna.

Diego jeta un regard à cette jeune femme qui avait toujours

gardé ses distances jusque-là, mais qui ce soir avait fait l'offre la plus généreuse, afin de passer la soirée avec lui.

— Tu aurais pu économiser cet argent si tu m'avais dit oui quand je t'ai demandé de sortir avec moi, il y a quelques semaines.

— Oh ! mais alors l'organisme de bienfaisance n'aurait pas pu récolter autant de fonds. Rien que pour cette raison, ça en valait la peine.

Il y avait quelque chose de différent chez elle ce soir ; elle semblait plus confiante. Elle lui avait toujours paru un peu tendue, le regard se dirigeant fréquemment vers la porte du café où ils se voyaient. Au départ il en avait été irrité, mais avait fini par s'y habituer.

— C'est ce qui t'a fait sortir ton portefeuille ? La charité ?

Elle rougit de nouveau.

— C'est une très bonne cause. Les enfants sont tellement vulnérables et à la merci des adultes.

— C'était ton cas ?

Il ne pouvait s'empêcher d'être curieux au sujet de son passé. Et d'ailleurs, comment une nounou pouvait-elle se permettre de faire une offre si généreuse ? Peut-être parce qu'elle n'avait pas vraiment de dépenses en vivant au Rockin' C, le ranch des Caruthers. Elle lui avait dit une fois que ses cafés latte quotidiens étaient ses seuls plaisirs. Mais quand même. Personne ne savait grand-chose d'elle. Elle ne mentionnait jamais son nom de famille, et il savait de Nathan qu'elle avait rencontré Kin dans un bus partant de Las Vegas... Rien que cela.

C'était une Anglaise qui avait visiblement coupé les ponts avec sa patrie, et pour Diego, si fier d'être américain, c'était incompréhensible.

— J'avais tout ce qu'une enfant pouvait souhaiter de mieux, répondit Pippa. Les meilleurs jouets, une éducation de premier ordre et une écurie remplie de chevaux que même le légendaire Diego Velasquez aurait enviés.

— Légendaire ? répéta-t-il en ignorant la tristesse qui se dégageait de ses paroles.

Elle avait donc grandi dans la richesse, mais avait tout laissé derrière elle en venant aux États-Unis. Il avait bien vu la vie qu'elle menait, et le mot adéquat était « économe ». Mais c'était par choix.

— Ne prends surtout pas la grosse tête, mais tu es une sorte de superstar avec les chevaux. Quand j'ai amené Penny voir tes écuries, j'ai vu comment l'étalon le plus belliqueux s'est calmé avec toi.

— Je m'entends bien avec les chevaux, admit Diego.

— Mais pas avec les gens ?

— Avec certaines personnes.

Mo l'avait averti, à l'époque de ses vingt ans, de ne pas ennuyer les femmes en leur parlant de chevaux ou du programme d'amélioration de la race de son ranch. Diego avait vu son succès augmenter auprès des dames grâce aux conseils avisés de son frère, et de ce fait, continuait à les suivre.

Le DJ était arrivé, la boisson coulait à flots, et de plus en plus de personnes s'avançaient vers la piste de danse. Pippa termina sa margarita.

— Tu veux un autre verre ? demanda-t-il.

Elle haussa les épaules.

— Je ne suis pas une grande fan de tequila.

— Qu'est-ce que tu préfères ?

— Quelque chose de pétillant. Je veux faire la fête.

Il arqua un sourcil et lui prit le verre des mains.

— Je reviens tout de suite.

Quelques minutes plus tard, il fut de retour avec du prosecco cette fois.

— C'est mieux ?

— Beaucoup mieux, répondit-elle en levant son verre vers le sien.

— Que fêtons-nous ?

— Mon anniversaire. J'ai vingt-cinq ans aujourd'hui.

— Joyeux anniversaire, Pippa.

Vingt-cinq ans. Elle avait cinq ans de moins que lui, mais à la façon dont elle l'avait dit, il comprit que l'histoire ne s'arrêtait pas là, et qu'elle ne lui racontait pas tout. Elle but une gorgée et il fit de même, tout en discutant de tout et de rien jusqu'à ce qu'ils aient terminé leurs verres. Le groupe jouait *Despacito*, et Pippa se balançait au rythme de la musique.

— Alors, Pippa, qu'est-ce que nous allons faire ?

— Comment cela, demanda-t-elle en inclinant la tête. Qu'allons-nous faire à quel sujet ?

— Je parle de cette nuit.

Il posa une main sur sa taille et l'attira à lui.

— Je ne sais pas vraiment, dit-elle doucement.

Son haleine sentait le prosecco, et son visage était si proche qu'il sentit ses lèvres le picoter en repensant à la sensation de sa bouche douce et accueillante lorsqu'il l'avait embrassée, un peu plus tôt.

— Eh bien, je t'appartiens… pour ce soir, ajouta-t-il, comme pour se rappeler qu'il ne s'agissait que d'une nuit. Dis-moi ce que tu veux que je fasse.

Elle pencha la tête en arrière et leurs regards se croisèrent. Il sentit alors sa main se poser sur son épaule.

— Fais-moi passer un bon moment, cow-boy.

2

Après la vente aux enchères, quand toutes les gagnantes eurent mis la main sur leurs célibataires, l'effervescence retomba un peu dans la salle. Pippa se sentait plus libre qu'elle ne l'avait été depuis… depuis… toujours, en fait. Elle avait ressenti le poids de son héritage dès sa plus tendre enfance et su qu'elle devrait faire les bons choix, une fois adulte. Sa mère l'avait guidée dans ce sens, lui conseillant de toujours prendre son temps et de ne pas se marier trop jeune, comme elle l'avait elle-même fait, car même si elle aimait sa famille, elle avait le sentiment d'être passée à côté de beaucoup de choses dans sa vie.

Avec son père, c'était une autre histoire. Étant entré par mariage dans le clan des Hamilton, il s'était acharné, sans succès, à laisser sa propre empreinte dans l'entreprise de joaillerie. Elle en avait pris conscience à vingt et un ans, après une discussion franche avec deux de ses cousins. Elle était alors à cet âge étrange, à la fois adulte mais pas encore autorisée à entrer en possession de son héritage, car elle devait attendre pour cela ses vingt-cinq ans. Son père avait plein pouvoir sur beaucoup de choses, y compris ses actions, et donc son droit de vote, ainsi que sa place au conseil d'administration.

— Un autre prosecco ? demanda Diego en interrompant le cours de ses pensées.

— Euh, oui… Ou du champagne. J'ai envie de quelque chose qui pétille.

À présent qu'elle avait remporté l'homme sur lequel elle

craquait depuis deux ans, elle dut admettre qu'elle ne savait pas trop quoi faire de lui.

Sa vie avec Kinley et Penny avait été on ne peut plus calme. Elle connaissait tous les amis de Dora l'exploratrice, mais se sentait vraiment mal à l'aise en compagnie d'un homme. Quelle tristesse. Mais elle était bien décidée à y remédier dès ce soir.

Diego préleva deux coupes de champagne du plateau d'un serveur qui passait par là et lui en tendit une.

— À une soirée pétillante, dit-elle en faisant tinter son verre contre le sien, avant d'en boire une gorgée.

Elle aimait les bulles de champagne et leur sensation sur sa langue. Fermant les yeux, elle garda la boisson dans sa bouche un moment avant de l'avaler. Quand elle les rouvrit, Diego l'observait avec une expression qui la fit se sentir… eh bien, plus du tout gênée en tout cas.

Le DJ jouait un mélange de musiques entraînantes et de ballades plus lentes, ainsi que des classiques pour encourager les générations plus âgées à rejoindre la piste de danse. Mais, après être restée cachée si longtemps, avec pour objectif quotidien de ne pas être découverte, la seule chose à laquelle Pippa pensait, c'était qu'elle était libre. Tout ce temps à prier pour ne pas être retrouvée avant d'avoir pu revendiquer son héritage… À présent, cette peur avait disparu. Sachant que son père avait lancé des détectives à sa recherche, elle avait pris soin de ne jamais divulguer le nom de Hamilton-Hoff. Non pas qu'elle ne puisse faire confiance à Kinley, mais mentir était son choix, et elle ne voulait pas forcer ses amis à faire de même. Il ne lui restait plus qu'à attendre que sa demande soit validée, et ensuite… sa nouvelle vie commencerait.

— Est-ce que tu danses ? demanda Diego d'une voix basse et douce.

— Oui, mais surtout avec Penny, et ce petit lutin se contente plutôt de sauter dans tous les sens et de prendre des poses folles. Je suis sûre que tu n'aimerais pas me voir faire ça.

— Je n'y verrais pas d'inconvénient, mais peut-être pas ici, dit-il en lui adressant un clin d'œil. Mon neveu adore s'allonger sur le sol et tourner sur lui-même en entendant de la musique.

— Penny fait ça aussi. Ça doit être une habitude répandue chez les tout-petits.

— Je ne me souviens pas de mon enfance, mais j'espère que j'avais un peu plus de style.

Soudain la musique changea, passant sur *Can't Stop the Feeling !* de Justin Timberlake.

— Tu veux te lancer ? lui demanda-t-il. Regarde si tu peux résister à l'envie de sauter partout et de prendre des poses folles ?

Elle sourit et acquiesça d'un signe de tête.

— C'est la chanson du film *Les Trolls*, crut-elle bon de préciser.

Elle gémit aussitôt intérieurement. Elle n'avait même pas d'enfants, et ses seuls sujets de conversation tournaient autour d'eux : elle s'était transformée en vieille dame sans même s'en rendre compte.

— Fais comme si tu n'avais rien entendu, s'il te plaît, dit-elle. À partir de maintenant, je vais être une Pippa jeune et spontanée.

— Je n'ai rien contre, dit-il en lui prenant la main et en la conduisant vers la piste de danse.

Elle crut qu'il la lâcherait une fois sur la piste, mais il n'en fit rien et commença à danser au rythme de la musique. Elle se laissa aller, et le suivit, tout en se souvenant de la dernière fois où elle avait dansé ainsi. C'était il y a des années, au bal de l'hiver de son pensionnat, avant que sa mère ne meure et que sa vie bascule.

Après une période de deuil et de chagrin, le conseil d'administration de House of Hamilton avait informé son père qu'il ne faisait plus officiellement partie de la direction et qu'il ne pourrait plus voter qu'au travers des actions de Pippa, et cela uniquement jusqu'aux vingt-cinq ans de cette dernière. Sa relation avec son père avait dès lors changé. À partir de ses dix-huit ans, il s'était montré obsédé par le choix de son futur mari, déterminé à ce qu'elle épouse un cousin éloigné à lui qui était son protégé.

Elle sentit soudain les larmes lui monter aux yeux et s'efforça de refouler ses émotions. Voyant Diego sur le point de lui poser une question, elle tourna sur elle-même et continua de danser dos à lui, jusqu'à avoir de nouveau recouvré la maîtrise d'elle-même.

Son départ avait été provoqué en grande partie par la mort de sa mère, mais tout allait bien à présent. Elle contrôlait la situation et elle savait exactement ce qu'elle allait faire.

Le morceau s'acheva.

— Nous avons eu beaucoup de demandes pour cette chanson, et je pense qu'il est temps que je la passe. *Save a Horse*, de Big & Rich. Alors, mesdames, prenez votre cow-boy par la main et laissez-vous aller.

Elle connaissait bien cette chanson car c'était l'une de ses préférées, mais ce soir c'était la première fois qu'elle avait son cow-boy à elle. Elle lui prit donc la main. Autour d'eux sur la piste de danse, on entendit des rires fuser, puis se transformer rapidement en étreintes et baisers. Mais Diego se contenta de sourire sans la quitter des yeux, et de la regarder chanter et danser.

Son accès de tristesse s'était apaisé, et elle réfléchit au temps qui s'était écoulé depuis la dernière fois où elle avait ainsi relâché ses cheveux, où elle s'était laissée aller à danser...

À la fin de la chanson, Diego l'attira contre lui. Ils se fixèrent quelques instants, puis il baissa la tête et l'embrassa. Contrairement à son baiser de tout à l'heure, sur scène, celui-ci n'était pas destiné à amuser le public.

Ils ne quittèrent pas la piste de danse durant les trois heures qui suivirent. Des couples disparaissaient, puis revenaient... l'air d'avoir pris du bon temps. Mais Diego resta sur la piste, à boire du champagne, ce qui n'échappa pas à Mo. Son frère le regardait d'une façon étrange, et Diego comprit qu'il n'avait pas fini d'entendre parler de cette soirée. Quant à Alejandro, il dansait avec une femme que Diego ne connaissait pas, mais dont il pouvait dire avec certitude que ce n'était pas sa petite amie. Selon les rumeurs qu'il avait entendues au café, tous les deux s'étaient disputés il y a environ six semaines, à propos de l'incapacité d'Alejandro à s'engager, et elle l'avait quitté.

Pippa demeurait tout près lui, et n'avait pas fait le moindre commentaire sur son baiser. Il savait que c'était une enchère de célibataires bon enfant mais, tandis qu'il lui tenait la main et dansait avec elle, il songea qu'il aurait aimé lui appartenir pour de bon. Il aurait voulu qu'elle le revendique vraiment.

— Je ne veux pas que cette soirée se termine, dit-elle alors que le DJ annonçait la dernière chanson.

— Ce n'est pas obligé, déclara-t-il. Attends ici.

Il alla au bar chercher une bouteille de champagne et deux flûtes en plastique, avant de conduire Pippa loin de la salle, vers l'un des patios qui surplombait une partie du parcours de golf. La musique se calma à mesure qu'ils s'éloignaient de la fête.

— Une des choses que j'aime vraiment au Texas, c'est la taille du ciel, dit-elle en levant les yeux, les mains posées sur la balustrade.

La pollution lumineuse étant infime à cet endroit, les étoiles étaient plus que visibles.

— Moi aussi. D'où est-ce que tu viens ? Je veux dire, tu es de toute évidence anglaise.

— Bien deviné, répliqua-t-elle en se retournant et en s'appuyant contre la balustrade.

— Oui, je suis diablement intelligent, rétorqua-t-il en remplissant leurs deux coupes de champagne.

— Je suis née dans le Hampshire, mais nous vivions principalement à Londres, sauf lorsque j'étais en pensionnat, dit-elle.

— Je dois admettre que je ne sais pas où se trouve le Hampshire.

— Ce n'est pas grave. Je ne savais pas non plus où se trouvait Cole's Hill avant que Kinley emménage ici.

— Pourquoi es-tu venue avec elle ? Las Vegas est bien plus excitant qu'ici.

— Il n'y avait rien qui me retenait là-bas, et mon travail de nounou est important pour moi, dit-elle en reprenant une gorgée de champagne. À la naissance de Penny, j'ai fait à Kinley la promesse de rester aussi longtemps qu'elle aura besoin de moi.

— Tu étais présente quand Penny est née ?

C'était plus qu'elle n'avait jamais raconté sur elle depuis qu'il la connaissait, et il était curieux.

— Oui. Quand Kinley a eu ses contractions, nous étions ensemble dans un bus. Je suis restée avec elle pendant son transport à l'hôpital, parce qu'elle était seule et qu'elle avait peur, et que nous avions sympathisé avant qu'elle perde les eaux… Je pense que nous avions toutes les deux besoin d'une amie, à ce moment-là.

À son ton, il comprit qu'encore une fois elle ne lui disait pas tout. Mais elle se contenta de secouer la tête, avant d'ajouter :

— Nous sommes amies depuis. Et toi ? Qui est ton plus vieil ami ?

Il prit une gorgée de champagne ; rien à voir avec du Jack Daniel's, sa marque de whisky préférée. Néanmoins, le goût lui plaisait de plus en plus.

— Je dirais mes frères, pour être honnête. Peut-être Mauricio, qui est plus jeune de quelques minutes que son jumeau Alejandro. Inigo a cinq ans de moins que moi et est plus proche de ma sœur, Bianca. C'est un pilote de Formule 1, tout comme le premier mari de Bianca.

Pourquoi lui disait-il tout cela ? Mais il connaissait la réponse, au fond. Il ne voulait surtout pas la voir fuir à nouveau. Même si elle avait enchéri sur lui ce soir, elle se renfermait chaque fois que Diego essayait de se rapprocher d'elle, et il ne voulait pas laisser la soirée se terminer.

Pas encore.

Pas avant d'avoir découvert tous les secrets cachés derrière ces beaux yeux gris. Elle semblait toujours si calme et maîtresse d'elle-même, mais ce soir il y avait un feu et une passion dans son regard dont il voulait absolument découvrir la source.

— Tu as une si grande famille… Tout comme les Caruthers. Est-ce que c'est propre au Texas ?

Il s'esclaffa.

— Eh bien, on dit que tout est plus grand ici. Les familles de Cole's Hill le sont certainement.

— J'en ai bien l'impression, déclara-t-elle. J'aime bien cette région du Texas. Si luxuriante et jolie avec ses collines verdoyantes. C'est un peu exagéré, mais ça me rappelle nos manoirs en Angleterre.

— Des manoirs ? répéta-t-il.

Elle haussa les épaules.

— Tu sais, ces grandes vieilles demeures de style géorgien qui se transmettent de génération en génération depuis des siècles.

— Comment ça se fait que tu sois ici, au Texas, et non avec ta famille ? demanda-t-il à brûle-pourpoint. On dirait que l'héritage familial est une valeur importante pour toi.

— Oui et non. Ce champagne est délicieux.

Il savait qu'elle cherchait à changer de sujet, et il était tenté de la laisser faire. Mais la lune était pleine, et elle l'avait remporté aux enchères, du moins pour cette nuit. Cela devait tout de même signifier quelque chose.

— Oui, il est bon, mais que voulais-tu dire à propos de ton héritage familial ? demanda-t-il. Tu n'es pas obligée de me répondre, mais je veux tout savoir de toi, Pippa… Je ne connais même pas ton nom de famille.

— Faut-il que tu le connaisses ?

— Si je dois t'embrasser à nouveau, je pense que oui. Ça ne serait que justice. Après tout, tu connais le mien.

C'était idiot mais Pippa était nerveuse à l'idée de lui révéler son nom de famille. Elle avait pourtant contacté ses cousins ainsi que le conseil d'administration pour leur faire savoir qu'elle était en vie et désireuse de récupérer son siège au conseil. Pourtant, sous ce clair de lune et en compagnie de Diego, elle n'avait aucune envie de le lui révéler, car s'il savait qu'elle était l'héritière des joailleries House of Hamilton, cela changerait la donne.

Il pensait qu'elle n'était qu'une nounou…

— Est-ce vraiment si difficile de me faire confiance ? demanda-t-il.

— Oui. Je garde mon identité secrète depuis si longtemps que je… Désolée, ce n'est pas toi. C'est lié à moi.

— Pourquoi caches-tu ton identité ?

La voix de Diego, douce et veloutée, enveloppait ses sens et lui rendait toute concentration extrêmement difficile.

— Mon père a planifié mon avenir, et je veux choisir ma propre voie.

— Je comprends. Alors tu es en fuite ?

— Oui.

Il s'approcha d'elle et s'appuya contre la balustrade, de sorte qu'ils faisaient tous deux face à la rivière qui coulait devant le Country Club des Cinq Familles.

— Alors, sois simplement Pippa pour ce soir. Je te promets que tu n'as rien à craindre de moi.

Elle tendit la main sans réfléchir et la posa sur la cuisse de Diego.

— Je sais.

Mais le picotement électrique qui lui courut le long du bras lui fit se demander si elle n'était pas sur le point de perdre le contrôle. Elle désirait Diego, mais ça ce n'était pas nouveau. Si elle s'était dérobée à lui jusque-là et avait tenté de limiter leurs contacts, c'était bien pour cette raison. C'était une chose d'avoir une aventure sans lendemain avec lui, c'en était une autre de commencer quoi que ce soit en sachant qu'elle partirait bientôt.

De plus, elle allait devoir travailler très dur pour faire ses preuves une fois de retour en Angleterre. Elle n'aurait de temps à consacrer à rien d'autre.

Elle gémit de frustration.

Diego tourna la tête vers elle, et la jeune femme vit du désir dans ses yeux marron. Elle sentit son souffle contre sa joue et ferma les yeux en humant son parfum. Il sentait l'eau de Cologne et le plein air, et ce soir, il était à elle.

Elle avait fait une erreur en lui parlant d'elle et de son passé. Il fallait absolument qu'elle garde le silence sur certaines choses.

Quand Pippa rouvrit les yeux, il était encore en train de l'étudier.

Sans un mot, elle leva la main et la passa sur le léger chaume de sa mâchoire. Ce contact masculin sous ses doigts lui était terriblement agréable. Elle continua à le toucher ainsi, et le vit retenir sa respiration tandis que ses pupilles se dilataient.

Diego effleura également son visage, et cette simple caresse envoya des frissons à travers son cou et ses bras. Ses seins se gonflèrent et Pippa sentit la pulsation chaude du désir vibrer entre ses jambes.

Elle entrouvrit la bouche, et il prit lentement une de ses joues en coupe, faisant passer son pouce sur sa lèvre inférieure. Les sensations s'intensifièrent, se propageant à travers tout son corps en parfaite harmonie avec les battements de son cœur.

Elle imita son geste. Il avait une bouche ferme mais douce au toucher, et son souffle était si agréable et chaud… Diego l'avait embrassée à deux reprises, mais à cause de la foule autour d'eux ça avait toujours été avec retenue. Cette fois, ils étaient enveloppés dans un cocon d'intimité, avec pour seuls témoins la lune et les étoiles.

Et tout cela n'en paraissait que plus réel.

Ce qui la frappait, ce n'était pas qu'il lui ait demandé d'être honnête et qu'elle ait changé de sujet : c'était surtout qu'il n'avait pas été rebuté par ses demi-vérités et ses efforts pour éluder les questions. Il la voulait elle, se répéta-t-elle. Juste elle : Pippa.

La fortune des Hamilton ou ses liens familiaux se révélaient inutiles, pour qu'il puisse voir la femme qu'elle était, et être attiré par elle. C'était si inattendu… Quelque chose qu'elle n'aurait jamais pensé trouver auparavant.

Quand il se pencha vers elle, Pippa prit résolument son visage en coupe. Elle en ressentait le besoin : il l'avait déjà embrassée, et elle voulait que cela vienne d'elle cette fois.

Elle en avait besoin pour elle, et pour effacer les doutes qui l'avaient poussée à fuir le seul monde qu'elle ait jamais connu. Embrasser Diego, c'était sa façon de retrouver celle qu'elle était, et de renouer avec cette part d'elle dont elle n'avait jamais cherché à se débarrasser durant toutes ces années.

Recouvrer sa féminité.

Elle n'était plus la nounou ou la jeune femme en fuite, ni même la clé de l'avenir de House of Hamilton. Elle était simplement Pippa.

— Diego…, murmura-t-elle avant que leurs lèvres s'effleurent.

Il la caressa, ses doigts enserrant légèrement sa nuque, et s'attardant sur le point sensible derrière son oreille. Les yeux de Pippa étaient à moitié fermés quand elle l'embrassa, et elle ressentit la puissance qui émanait de lui. Une puissance sous contrôle néanmoins, car il la laissait prendre à sa guise ce qu'elle voulait.

Elle entrouvrit les lèvres, sentant la chaleur de sa bouche contre la sienne, et fit pointer sa langue pour le goûter. Un simple petit baiser afin de savourer le goût de ce cow-boy dans cette immense nuit texane suffisait à son bonheur.

Oh non.

Mon Dieu, sûrement pas.

Elle enfonça sa langue plus profondément pour mieux se délecter de lui, et il inclina la tête afin de lui donner un meilleur accès. Quand elle se rapprocha, ses seins frôlèrent son torse. La pression qu'il exerçait contre sa nuque était toujours aussi légère, mais la caresse de ses doigts augmentait l'excitation de la jeune femme, et son besoin d'en avoir plus, de le goûter davantage encore.

Il mêla sa langue à la sienne et gémit. La vibration résonna dans la bouche de Pippa, et un frisson la parcourut en même temps qu'une autre pulsation de désir.

Elle se rapprocha de plus belle et perdit un peu l'équilibre contre la balustrade, ce qui rompit leur baiser. L'air lui parut froid contre ses lèvres et elle se redressa en portant les doigts à sa bouche tout en se reculant.

Leurs yeux se croisèrent.

— Je veux te ramener chez moi.

3

Diego lui prit la main. Sa voix était rauque et enrouée, mais il n'y pouvait rien. Il avait été complètement retourné par son baiser. Ce simple contact avait rendu son corps plus dur qu'il n'aurait jamais pu l'imaginer. Mais elle avait dit qu'elle se cachait... Ce dont il se doutait déjà, ainsi que la plupart des habitants de Cole's Hill, et il ne voulait pas qu'elle se sente obligée de rentrer avec lui.

— J'aimerais aussi, dit-elle avec une expression qui le fit se durcir davantage.

Il posa leurs verres sur une des tables qui bordaient le patio et se tourna vers elle en lui tendant la main.

Pippa s'humecta les lèvres et ferma les yeux une seconde.

— Tu as vraiment bon goût, tu sais ? dit-elle.

— Je pense que c'est plutôt toi.

Elle s'avança vers lui en balançant les hanches, et il grogna profondément. Elle était terriblement attirante, et en avait parfaitement conscience. Il laissa errer son regard sur sa silhouette et admira son corps, indifférent à ce qu'elle se rende compte de l'effet qu'elle produisait sur lui.

— Il va donc falloir recommencer jusqu'à tirer ça au clair, dit-elle d'une voix rauque avec une pointe de taquinerie.

— Je n'aurais pas dit mieux. J'ai une maison en ville, dans le quartier des Cinq Familles. Est-ce que tu es d'accord ?

— Parfaitement d'accord. Je vis au ranch des Caruthers et c'est un sacré bout de chemin jusque là-bas. Je ne pourrais pas attendre si longtemps pour te toucher à nouveau, Diego.

Ses paroles ne firent qu'enflammer de plus belle le brasier incontrôlable qui brûlait déjà en lui.

Il enlaça leurs doigts et la conduisit le long de l'allée du patio vers le chemin qui faisait le tour du terrain de golf.

— J'espère que ça ne te dérange pas de marcher un peu, mais j'ai trop bu et je ne me sens pas en état de conduire, même pour un court trajet. Ce n'est qu'à dix minutes d'ici, ajouta-t-il.

— Ça ne me dérange pas du tout.

Il continua de lui tenir la main tout en essayant de se concentrer sur le chemin, mais son parfum fleuri et la chanson *Save a Horse* qu'elle fredonnait le distrayaient et emplissaient son esprit d'images d'elle, nue et le chevauchant. Il grogna à nouveau.

— Est-ce que ça va ?

— *Sí*, répondit-il en se repliant sur l'espagnol.

Sa famille vivait aux États-Unis depuis des générations — leur ranch d'origine ayant été une concession léguée par le roi d'Espagne dans les années 1700 — mais ils avaient toujours été polyglottes.

— Je connais un peu l'espagnol, mais ça n'a rien à voir avec le dialecte mexicain que les gens parlent par ici, dit-elle. J'ai eu une conversation très amusante avec Isabella à ce sujet l'autre jour. C'est quelqu'un que Kinley vient d'engager dans sa boutique d'organisation de mariages et d'événements.

Diego n'écoutait pas vraiment, mais il aimait le son de sa voix, alors il se contenta d'un « hum » et elle continua à parler. Enfin, il aperçut la rangée de maisons dont la sienne faisait partie.

— Par ici, dit-il en lui faisant traverser la rue jusque chez lui.

Ces habitations n'avaient que cinq ans d'ancienneté et avaient été construites à partir de la même pierre de rivière utilisée pour le Country Club. Le chemin menant à la porte d'entrée était fait de pierres plus petites mais lisses, de sorte qu'il était agréable de marcher dessus.

Tout en fouillant dans sa poche pour récupérer ses clés, il comprit que ni la marche ni leur badinage n'avaient rien fait pour le refroidir. Mais ce n'était pas vraiment surprenant, vu la façon dont la jeune femme occupait ses pensées ces dernières semaines.

— Nous y voilà, dit-il. Tu veux toujours entrer ? Sinon, je peux m'arranger pour que quelqu'un te ramène au ranch.

— Diego, j'ai envie de toi. J'ai envie de tout ça. Je ne vais pas changer d'avis.

— Tu me gardes à distance depuis si longtemps, et je sais que tu dois avoir tes raisons, mais je ne veux pas que tu aies des regrets par la suite, déclara-t-il.

Non, il ne le voulait surtout pas. Cette nuit était comme un rêve, et il ne fallait pas que quoi que ce soit vienne la gâcher.

Elle jeta ses bras autour de lui et le serra contre elle.

— Oh ! Diego, je ne te mérite pas, mais en tout cas j'ai envie de toi.

— Bien sûr que tu me mérites, dit-il en la soulevant de terre, avant de poser sa bouche sur la sienne.

Ses lèvres étaient une telle tentation ; pendant tout le temps où elle avait parlé, la seule chose à laquelle il pensait, c'était de l'embrasser à nouveau.

Il la reposa et ouvrit sa porte en grand, puis lui fit signe d'entrer la première. Diego était un homme plutôt traditionnel et la décoration de sa maison s'en ressentait : les meubles étaient en bois massif foncé, et le carrelage d'une couleur de terre cuite qui rappela à Pippa la crinière de son étalon favori. Il jeta ses clés dans une coupelle posée sur une grande commode à gauche de l'entrée, puis défit sa cravate et lui fit suivre le même chemin.

Il surprit alors le regard de Pippa dans le miroir accroché au-dessus du meuble. Elle le fixait avec une expression de désir brut qui faisait écho au sien. Elle s'approcha par-derrière et posa la main sur son épaule, puis remonta ses doigts vers son cou et tira lentement sur sa veste de smoking pour la lui retirer.

Pippa était contente d'avoir gardé ses talons, car Diego était plus grand qu'elle ne l'avait pensé — au moins un mètre quatre-vingt-cinq. Placée derrière lui, elle tendit la main et détacha lentement les boutons de sa chemise. Il y avait longtemps qu'elle ne s'était pas trouvée avec un homme et elle voulait faire durer chaque instant de cette soirée.

— Donne-moi ta main, dit-elle d'une voix plus enrouée qu'elle ne l'aurait voulu.

Il s'exécuta et, sans jamais quitter son reflet du regard, elle fit glisser ses doigts le long de son torse, fascinée et émoustillée par le contraste entre ses ongles manucurés et la peau hâlée de Diego qu'elle dévoilait au fur et à mesure. Sa chemise s'ouvrit jusqu'à la taille, et en voulant continuer plus bas, elle effleura son sexe en érection. Il eut d'abord un sursaut instinctif, avant d'avancer les hanches vers sa main. Elle acheva d'ouvrir la chemise, et eut dans le miroir un aperçu alléchant de son estomac dur comme de la pierre et des muscles de son torse.

— Comment peux-tu être si musclé ? demanda-t-elle.

Il émit un petit rire.

— Je passe ma journée à travailler avec des chevaux que je loue à des prix très élevés à d'autres éleveurs pour la reproduction.

— Et donc ?

— Mon entreprise doit respirer la force, la prospérité et le succès quand mes clients me rendent visite. Ce qui veut dire que je ne peux pas me laisser aller physiquement, expliqua-t-il.

— J'adore ça.

Pippa se mordit la lèvre pour s'empêcher de glisser les mains sous ses vêtements et le toucher.

Patience.

Elle en était capable. Elle avait attendu des années pour réclamer son héritage. La patience devait sûrement être devenue sa principale qualité.

S'attaquant à présent aux boutons de manchette, elle défit un clou et le laissa tomber dans sa paume, avant de passer à l'autre manche. Il referma sa main dessus puis les mit dans la poche de son pantalon.

Tout en le dévorant du regard, Pippa l'aida à retirer sa chemise. Le frottement de son omoplate contre son sein provoqua un nouvel élancement de désir à travers son corps.

Rapidement, la chemise rejoignit la veste et elle put enfin poser ses mains contre son torse. Diego passait le plus clair de son temps à travailler à l'extérieur mais son bronzage n'était pas celui d'un fermier. Il lui parut évident qu'il avait passé beaucoup de temps torse nu, sous le soleil du Texas. Elle continua son exploration plus bas, sur un tatouage en caractères romains qui suivait la courbe d'une cicatrice juste en dessous de ses côtes. Elle passa ses doigts dessus, soupçonnant la blessure d'être ancienne, puis posa une main sur sa taille et l'autre sur le bas de son dos alors qu'elle se penchait pour lire l'écriture.

« LE COURAGE, C'EST DE RESTER EN SELLE,
MÊME MORT DE PEUR. »

— Qu'est-ce que ça représente pour toi ?

— C'est pour me rappeler que je ne dois pas rester paralysé par un échec pour toujours, dit-il en recouvrant sa main de la sienne.

Une fine ligne de poils disparaissait sous la ceinture ouverte de son pantalon. Elle voulut continuer, mais il l'arrêta et saisit son poignet pour ramener ses doigts sur son torse.

— J'aime la façon dont tu me touches, Pippa, déclara-t-il d'une voix si basse et grondante qu'elle lui donna des frissons.

Des frissons qui semblaient se concentrer entre ses jambes à présent.

Elle le désirait avec une telle force.

Ces dernières années avaient été une longue traversée du désert, et elle avait souvent dû se contenter de fantasmer sur les hommes. Diego avait figuré en bonne place sur la liste de ses fantasmes, depuis son arrivée à Cole's Hill, et jamais Pippa n'aurait pensé qu'il puisse surpasser à ce point ses espérances, étant donné que ça n'avait été le cas d'aucune de ses liaisons jusqu'à présent. Mais il y avait une chaleur dans son regard qui l'excitait bien au-delà de ses rêveries.

— J'aime te toucher, avoua-t-elle en poussant sa main dans la braguette ouverte de son pantalon pour caresser son sexe dur à travers l'étoffe de son caleçon.

Il grogna et s'attaqua à la fermeture Éclair de sa robe.

Elle savait, d'après les rumeurs entendues au café, que c'était un séducteur. Beaucoup de femmes étaient déjà sorties avec lui ou rêvaient de le mettre dans leur lit.

— Je suis si chanceux de t'avoir eue ce soir.

— C'est moi qui t'ai eu, fit-elle remarquer.

— C'est vrai.

Il fit courir ses doigts le long de ses hanches, touchant sa peau nue à mesure que la glissière s'ouvrait, puis posa sa main dans son dos et l'attira contre lui, tout en se balançant doucement au rythme d'une célèbre chanson qu'il se mit à fredonner. Elle ferma les yeux, son bras libre passé autour de ses épaules, tout en gardant l'autre main sur son érection.

Diego se pencha, et lui effleura les lèvres puis le lobe de l'oreille.

— C'est à ça que je pensais chaque fois que je te tenais contre moi ce soir, chuchota-t-il.

— Vraiment ?

Elle ouvrit de grands yeux et pencha la tête en arrière pour l'observer. Le regard chocolaté de Diego renfermait tant de mystère et de passion. Pippa voulait que tout cela soit à elle.

— Parfaitement, madame.

— Moi, je pensais à ça, dit-elle en passant la main sous son boxer et en touchant sa chair nue.

Il ne dit rien mais ses pupilles se dilatèrent et il l'embrassa impérieusement, enfonçant profondément sa langue dans sa bouche. Sa main descendit le long de son dos pour s'arrêter au creux de ses reins, puis il plongea un doigt plus bas, et écarta l'étoffe de son string.

Un frisson semblable à une décharge électrique la parcourut alors qu'il lui empoignait les fesses et la soulevait du sol. Elle fut à peine consciente d'être portée hors de la pièce, avant d'être reposée par terre, et vit alors qu'elle se trouvait dans la chambre à coucher. Elle le devina en avisant les couleurs profondes et masculines, ainsi que le grand lit king-size derrière elle.

Diego disparut une minute, puis revint avec une boîte de préservatifs qu'il posa sur la table de chevet. Elle fut soulagée de ne pas avoir à mentionner le sujet et qu'il s'en soit chargé.

— Où est-ce qu'on en était ? demanda-t-il en lui encadrant la tête de ses mains avant de la renverser en arrière.

Puis, il l'embrassa et elle oublia tout.

Elle fit descendre sa main le long de son torse. Sa peau était chaude, et elle laissa ses doigts s'attarder sur la cicatrice près du tatouage, puis le long de son abdomen. Il remua les hanches et son pantalon glissa le long de ses jambes.

— Quel savoir-faire ! dit-elle.

— Merci. Je garde cette technique pour des occasions spéciales.

Elle ne put s'empêcher de sourire à sa plaisanterie. Diego n'était pas comme les autres hommes avec qui elle était sortie. Il était à l'aise avec son corps et avec elle, détendu par rapport à la situation, et il ne lui mettait aucune pression. Elle avait le sentiment qu'il voulait savourer cette nuit et qu'il avait l'intention de prendre son temps. Il y avait quelque chose de très érotique dans cette assurance tranquille.

En découvrant son érection dure comme la pierre érigée contre l'étoffe de son boxer, Pippa ressentit à nouveau une pulsation de désir entre les jambes, et sut qu'elle n'avait jamais rien vu de plus excitant de sa vie. Il ne posait pas, ne faisait pas semblant, il la désirait et n'avait pas besoin d'en faire des tonnes pour l'impressionner.

Après lui avoir retroussé sa robe sur les cuisses, il fit passer le vêtement par-dessus sa tête, de sorte qu'elle se retrouva avec rien d'autre qu'une culotte.

Il poussa un grondement sourd, et quand il tendit la main pour la toucher, elle remarqua que celle-ci tremblait légèrement. Lui prenant délicatement les seins en coupe, il lui caressa les mamelons de ses paumes.

Il lui prodigua des caresses brûlantes sur tout le corps, du cou jusqu'à la taille, s'attardant sur chaque courbe, même sur des zones dont elle n'avait jamais eu conscience auparavant, comme le point sensible sous ses côtes. Ses doigts descendirent plus bas et il fit glisser sa culotte le long de ses jambes. Elle repoussa le sous-vêtement tombé au sol en s'accrochant aux solides épaules de Diego, et il plongea alors la main dans son entrejambe et caressa son clitoris jusqu'à ce qu'elle se sente sur le point de défaillir.

Alors, un bras passé autour de sa taille, il l'allongea sur le lit, et après avoir déroulé un préservatif sur son sexe, la couvrit de son corps. Elle le toucha partout, et enveloppa sa main autour de sa chair palpitante, le caressant de haut en bas depuis la base de son sexe, et glissant le doigt sur son gland à chaque passage. Il frissonnait chaque fois qu'elle le touchait à cet endroit.

Il lui caressa le buste langoureusement, prenant cette fois ses deux seins en coupe. Elle changea de position, sans pour autant le lâcher, de sorte à lui suggérer à quels endroits la toucher. Elle sentit la chaleur de son souffle contre sa peau puis la caresse de sa langue sur son téton, avant qu'il referme ses lèvres dessus pour l'aspirer profondément.

Pippa continua à le caresser, jusqu'à ce qu'il soulève ses hanches vers elle en accompagnant le mouvement de sa main. S'aventurant plus bas, elle captura ses deux bourses et les fit rouler délicatement entre ses doigts avant de les presser légèrement. Il grogna et retira sa bouche de son sein pour agripper sa nuque et l'embrasser passionnément.

Alors qu'il l'attirait à nouveau contre lui, elle garda sa main sur lui et guida l'extrémité de son membre à l'entrée de son sexe.

Il s'enfonça lentement, et elle se délecta de la sensation du bout de son sexe imposant qui la distendait. Il leva alors la tête et prit à nouveau son mamelon en bouche, le mordillant légèrement, et la faisant frissonner. Elle se souleva alors, essayant de le prendre profondément en elle, mais il n'en avait pas encore terminé avec sa douce torture. Il la maintint en place, la pénétrant juste assez pour les rendre tous deux fous.

— Tu es prête pour moi ?

— Oui, dit-elle avec un soupir.

Une seconde plus tard, il s'enfonça en elle, la remplissant totalement.

Pippa ondula pour le prendre tout entier et, quand il toucha un point sensible à l'intérieur de son corps, elle vit des étoiles danser derrière ses paupières closes tandis qu'il se retirait pour mieux plonger en elle l'instant d'après.

Empoignant ses fesses galbées de ses puissantes mains, il la soulevait à chaque poussée, en rythme avec ses coups de plus en plus forts. Bientôt elle fut privée de tout mouvement, incapable de quoi que ce soit d'autre que de ressentir la puissance de son corps viril qui allait et venait en elle.

Elle se cramponna à lui tandis qu'il continuait implacablement, plus vite, plus loin, puis elle sentit tout se tendre et se figer alors qu'elle était emportée par son orgasme. Elle cria son nom quand il enfonça une main dans ses cheveux, secouée par ses assauts, toujours plus durs et plus rapides, puis elle le sentit se tendre et gémir alors qu'il était emporté par la même vague de plaisir qu'elle. Il continua quelques va-et-vient avant que les sensations refluent, puis posa sa tête contre la sienne.

Pippa plongea dans ses yeux sombres et sut que tout avait changé. Elle avait pensé que cette nuit ne serait que du sexe sans conséquence, une simple distraction passagère. Mais Diego n'était pas seulement un fantasme — c'était un véritable homme, de chair et de sang.

Il roula sur le côté, près d'elle, et retira le préservatif avant de revenir la prendre dans ses bras.

— Merci pour cette nuit.

Elle hocha la tête contre son torse, incapable de trouver les mots. Il s'endormit, mais elle resta là à penser à son avenir, qui allait être tellement plus compliqué à présent.

4

Pippa s'étira, puis ouvrit lentement les yeux. On était lundi matin, et d'habitude Penny la réveillait de bonne heure, mais elle se souvint soudain qu'elle était restée chez Diego. Elle se redressa et regarda autour d'elle. La maison était très calme et paraissait vide.

— Zut.

Elle n'avait pas projeté de découcher. Une main posée sur sa tête, elle s'imagina retourner au Country Club à pied dans sa robe de soirée, sous les yeux des parents qui accompagneraient leurs enfants à l'école.

Ce n'était pas que ce qu'elle avait fait qui la gênait : elle s'était réveillée exactement là où elle voulait être. Mais elle allait devoir affronter tous ces regards curieux à présent en sortant ainsi de chez Diego au petit matin.

Tournant la tête vers la table de nuit, elle vit qu'il n'était que 7 heures, donc pas si tard finalement. Elle remarqua alors une feuille de papier marquée d'une écriture aux courbes masculines et audacieuses. Elle la prit et se frotta les yeux avant de la lire.

Bonjour,

J'ai dû partir tôt pour les corvées matinales du ranch. J'attends une jument en vue d'une saillie et je dois tout préparer avant son arrivée. J'adorerais te retrouver pour déjeuner ou dîner. Envoie-moi un SMS quand tu seras réveillée. J'ai fait amener ta voiture à la maison et je t'ai laissé un survêtement et un T-shirt dans la salle de bains. Désolé de ne pas être là à ton réveil.

Diego

Qu'est-ce que je vais faire ? se demanda-t-elle en se rallongeant sur les oreillers.

Diego était une aventure d'une nuit : son petit plaisir avant de quitter le Texas et de retourner à sa vraie vie. Elle n'avait qu'à lui dire non et ne plus jamais le revoir. Rien ne l'en empêchait.

Sauf qu'elle n'en avait aucune envie.

Elle saisit son portable pour envoyer un SMS à Kinley, et vit qu'elle avait déjà reçu deux textos. Le premier était clairement de Penny. La petite utilisait tout le temps la fonction vocale du téléphone de Kinley. Le message disait simplement :

Pippy, tu es où ?

Le SMS de Kinley indiquait :

Ignore le message de la fripouille. Je lui ai dit que tu avais pris ta matinée. Je suppose que tu es avec le séduisant rancher que tu as remporté aux enchères. Je veux des détails.

Argh.

Double argh.

Pippa laissa tomber son téléphone sur la table de nuit sans répondre, et se dirigea vers la salle de bains pour prendre une douche rapide, évitant de se regarder dans le miroir avant d'être propre et vêtue des vêtements laissés par Diego. Le survêtement était immense sur elle mais très confortable. Elle prit une profonde inspiration. Il ne lui manquait plus qu'une tasse de café pour se sentir à nouveau humaine.

Elle descendit donc au rez-de-chaussée pour se préparer un café, trouva ensuite ses clés de voiture puis remonta dans la chambre pour prendre ses affaires. Diego avait même laissé un sac à dos et des tongs près du lit, ce qui la fit sourire : il avait pensé à tout.

C'était un petit détail qui n'aurait pas dû influer sur sa décision de le revoir ou pas, mais pourtant si.

Quelle poisse. Tout chez Diego lui donnait envie de continuer à le voir. Il lui aurait été facile de se convaincre que quatre années d'abstinence auraient fait paraître n'importe quel partenaire mieux qu'il ne l'était en réalité... Mais elle savait très bien que ce n'était pas le cas avec Diego. Elle aurait très bien pu coucher avec quelqu'un la semaine d'avant, Diego l'aurait balayé de sa mémoire aussitôt. À la pensée de le revoir, son corps était pris d'un désir douloureux, et en repensant à la sensation de le tenir entre ses cuisses, son désir ne fit que s'accroître.

Mais il semblait vouloir mieux la connaître. Et tant qu'elle n'avait pas récupéré son héritage, il fallait vraiment qu'elle se fasse discrète et qu'elle reste hors de portée de son père.

Au Texas...

Ça avait été un endroit parfait pour se cacher jusqu'à son vingt-cinquième anniversaire. Mais à présent que le moment de rentrer était venu, entamer quelque chose avec Diego, tout en sachant qu'elle partirait dans quelques semaines, ne lui paraissait pas très honnête.

Elle vit son téléphone clignoter, annonçant l'arrivée d'un message, et alla le chercher. C'était encore Kinley.

Je suis au bureau, passe si tu es en ville.

Elle savait que Kin serait honnête avec elle au sujet de sa situation avec Diego, quitte à se montrer brutale : c'était sa façon d'être.

Pippa mit son portable dans sa poche, prit le sac à dos ainsi que le mot de Diego, et descendit pour récupérer le reste de ses affaires.

Elle trouva le code de l'alarme sur un Post-it et l'actionna avant de sortir, puis monta dans sa voiture et resta assise là un moment, avant de démarrer et de se mettre en route.

La boutique de Kinley était une succursale appartenant à sa patronne, Jacs Veerlin, la célèbre organisatrice de mariages de Las Vegas. C'était pour le travail que Kin avait été envoyée à Cole's Hill, la première fois, afin de s'occuper des préparatifs pour les noces de l'ancien joueur de football américain Hunter Caruthers. Elle avait commencé par refuser cette mission, étant donné que Hunter était le frère du père de son bébé, Nate, lequel avait été très clair sur son refus d'avoir un enfant. S'en était suivie une période compliquée durant laquelle celui-ci n'avait pas saisi que Penny était sa fille, et quand il l'avait découvert, il avait été furieux après Kinley. Mais une fois la colère passée, ils avaient tous deux réalisé à quel point ils s'aimaient et avaient fini par se marier.

Pippa grogna en remarquant que toutes les places de parking étaient prises et qu'elle devait aller se garer plus loin. Cinq minutes plus tard, elle entra dans l'officine. C'était un endroit élégant dont la décoration suggérait l'opulence discrète, avec une musique classique en bruit de fond. Elle savait déjà qu'elle piquerait quelques idées de déco à cette petite boutique en repartant à Londres, afin de moderniser les joailleries familiales.

Elle soupira alors en réalisant qu'elle connaissait déjà la décision à prendre au sujet de Diego.

C'était non.

Elle voulait prouver sa valeur auprès de sa famille et du monde, plus qu'elle ne voulait d'un nouvel amant.

Diego ne s'attendait pas à retrouver son frère cadet chez lui, à Arbol Verde. Mauricio était assis dans la salle du petit déjeuner et dégustait des *huevos rancheros* préparés par Mona, sa gouvernante, le tout accompagné d'un bloody mary.

— Pas besoin de te demander comment s'est passée ta nuit, dit Mo en voyant son frère.

— Pareil pour toi. Mauvaise soirée ?

Mauricio secoua la tête.

— Ne me pose pas la question. Tu commences par le petit déjeuner ou la douche ?

— La douche. J'imagine que tu seras encore là quand je reviendrai, déclara Diego.

— Oui. Je suis venu pour affaires. J'ai une propriété à la périphérie de la ville qui est exactement ce que tu recherches. Va prendre ta douche. Je t'attends ici.

Diego était déjà en train de s'éloigner, mais l'expression abattue de Mo l'arrêta. Il n'aimait pas voir ses frères comme ça. Il fit donc demi-tour puis attrapa l'une des chaises en bois pour la retourner et s'y installer à califourchon.

— Que s'est-il passé hier soir ? demanda-t-il en mordant dans un de ces morceaux de bacon à l'érable et à la cassonade que Mona préparait toujours au petit déjeuner.

— Hadley était là, fit Mauricio.

Évidemment.

— Je pensais qu'elle avait déménagé à Houston.

— Oui, mais elle est revenue pour la vente aux enchères, dit Mauricio avant de prendre une longue gorgée de bloody mary.

— Tu as rompu avec elle, lui rappela Diego aussi gentiment que possible.

Hadley et Mo étaient sortis ensemble à l'époque du lycée. Mo l'avait suivie à l'université du Texas, et quand ils étaient revenus à Cole's Hill, tout le monde s'attendait à ce qu'ils se marient, en particulier Hadley. Mais après cinq années de patience — un délai bien plus long que ce que la plupart des femmes auraient supporté, selon Bianca — Hadley avait fini par lui poser un ultimatum, et Mo avait fait marche arrière.

Hadley avait donc fait ses valises et quitté la maison qu'ils partageaient. Depuis, elle était sortie avec d'autres hommes, et si l'on en croyait les rumeurs, Mauricio s'était mis à collectionner les aventures au Bull Pen.

Le Bull Pen était un grand bar avec une piste de danse à Cole's Hill. On y avait installé un taureau mécanique, et des groupes s'y produisaient régulièrement en soirée. C'était un endroit plutôt respectable jusqu'à minuit, mais après cela l'ambiance changeait.

— Je suis au courant. Ça ne me dérangeait pas de la voir flirter avec des hommes, parce que je savais que ce n'était pas sérieux. Mais hier soir elle était avec Bo Williams. D'après maman, c'était un des célibataires les plus en vue de la soirée. Mais ce type n'est pas assez bien pour elle. Tu sais parfaitement qu'il ne fait que l'utiliser pour m'atteindre.

Diego connaissait Bo Williams et comprenait la colère de son frère. Il fallait dire que les deux hommes avaient toujours été en grande rivalité. Ils avaient concouru dans des équipes de football adverses durant leur enfance, et cet esprit de compétition avait perduré au collège puis au lycée. Mais Diego pensait qu'à leur âge tout cela serait de l'histoire ancienne.

— Peut-être bien.

— Peu importe, dit Mo. Je croyais que tu serais de mon côté.

— De ton côté ? Qu'est-ce que tu as fait ?

Mauricio détourna la tête et marmonna quelque chose que Diego espérait avoir mal compris.

— J'ai dû mal entendre. Tu n'as pas dit ça.

Mauricio se leva.

— Je lui ai dit que ce mec ne faisait que l'utiliser pour m'atteindre, ensuite il m'a frappé, alors je lui ai donné un coup de poing...

— Où est-ce que ça s'est passé ?

— Au bar du Grand Hôtel. Ils sont arrivés pendant que j'étais là-bas avec Everly, tu sais, la copine de Mitch — on faisait que discuter. On peut dire que la soirée s'est mal terminée.

Everly, qui était la sœur de Hadley, n'était probablement pas une grande fan de Mo.

— Sans blague ! Mo, tu veux que Hadley revienne ?

— Je ne sais pas. Mais je ne veux pas que quelqu'un d'autre l'ait non plus.

Diego se leva et posa une main sur l'épaule de son frère.

— Je sais que c'est dur, mon vieux, mais tu ne peux pas avoir les deux.

— Je sais. J'ai juste besoin de temps. C'est ce que je lui ai dit.

— Alors, c'est à elle de décider, fit remarquer Diego le plus délicatement possible.

Il se doutait que son frère devait sûrement en avoir conscience ; c'était un homme intelligent et prévenant qui se souciait vraiment de Hadley.

— Je suis foutu.

— Pourquoi ? Tu n'as qu'à te lancer.

— Je ne peux pas. C'est compliqué. Si je cède, elle saura qu'elle me tient et que je l'aime plus qu'elle ne m'aime, expliqua Mauricio.

— Ce n'est pas de cette façon que l'amour fonctionne.

— Et comment le saurais-tu ? Tu n'as jamais été amoureux, répliqua Mauricio.

— C'est vrai, dit Diego alors qu'une image de Pippa allongée sous lui passait devant ses yeux. Mais je ne pense pas qu'il faille compter les points dans un couple. Personne ne gagne dans ce scénario.

— Tu as raison. Mais je continue de faire des choses stupides et elle sait appuyer où ça fait mal. Je veux dire, pourquoi a-t-elle enchéri sur lui ?

Diego n'en avait aucune idée. Ce serait tellement mieux pour Mauricio d'avoir cette conversation avec leur sœur. Il était sur le point de sortir son téléphone pour lui envoyer un SMS, mais se ravisa en songeant que Bianca voudrait sûrement savoir ce qui s'était passé la nuit dernière avec Pippa, et il n'était pas encore prêt à en parler.

— Les femmes sont un mystère. Regarde Pippa : elle m'a systématiquement rabroué chaque fois que je lui ai demandé de sortir avec moi, ces trois dernières semaines, et pourtant elle a enchéri sur moi hier soir. Ça n'a aucun sens.

— J'aimerais que les filles soient aussi faciles à comprendre que l'immobilier, répondit Mauricio en s'esclaffant.

— Ne dis jamais ça à une femme, le prévint Diego. J'ai de nouveaux chevaux qui arrivent ce matin, si tu veux rester et te salir les mains.

Son frère acquiesça puis retourna à son petit déjeuner. Il se leva, pour aller à la salle de bains prendre enfin sa douche.

— Diego ?

— Oui ? fit-il en regardant par-dessus son épaule.

— Merci. Je sais que je me comporte comme un imbécile dès qu'il s'agit de Hadley, mais c'est plus fort que moi.

— Ne t'en fais pas, Mo. Tu finiras par t'en remettre, et les choses reviendront à la normale, dit Diego avec une assurance qu'il était loin de ressentir.

Lorsqu'il s'agissait de son frère et Hadley, les choses étaient rarement simples.

— Accouche, dit Kinley en raccrochant le téléphone et en tournant son regard vers Pippa.

Celle-ci rougit.

— Qu'est-ce que tu veux entendre ?

— Quelque chose qui me fera oublier Nate, déclara son amie en remuant des papiers sur son bureau.

— Euh, tu as enchéri sur lui, ensuite tu as fait semblant de l'attraper au lasso sur la piste de danse, et pour finir vous vous êtes éclipsés ensemble, fit remarquer Pippa en souriant. Est-ce que tu as réussi à monter ton cow-boy ? Tu devrais peut-être cracher le morceau, toi aussi.

— C'est vrai, mais j'ai besoin d'un peu plus de café. Et toi ? J'imagine que tu n'es pas allée en ville, habillée comme ça..., dit Kinley en passant Pippa en revue une nouvelle fois.

— Non. Je ne voulais pas sortir de la voiture dans les vêtements de Diego, dit-elle en rougissant.

Elle n'avait aucune raison d'être gênée d'avoir couché avec lui. Pourtant... d'une certaine manière, elle l'était. Elle savait que c'était parce qu'elle l'appréciait, mais elle était également décidée à ne plus jamais coucher avec lui.

La situation était tellement compliquée, et par sa propre faute, qui plus est.

— Pippa ? demanda Kinley.

— Hum, hum ?

— Je te demande si tu veux plus de sucre vanillé dans ton latte ce matin.

— Oui. Pardon. Je réfléchissais à Diego et tout le reste... Et c'est compliqué.

Elle allait vraiment devoir trouver une autre façon de décrire sa relation avec lui que par « c'est compliqué ». Kinley ignorait que Pippa comptait partir. Elle n'avait rien voulu dire à personne — même pas à son amie — avant que la situation soit réglée et qu'elle ait atteint l'âge requis pour avoir droit à la totalité de son héritage. Elle ne pouvait pas se permettre de laisser un homme la déstabiliser. Certes, ce ne serait pas la première fois que l'un d'eux chercherait à bouleverser ses plans, mais là c'était tout de même un peu différent.

— Pourquoi ? Donc, deux doses de sucre vanillé ?

— Oui.

D'habitude, elle n'en prenait qu'une car elle faisait attention à sa consommation de sucre, mais ce matin elle en avait besoin, et de caféine aussi.

— J'ai beaucoup de choses à te raconter.

— J'ai entendu dire que Diego était un bon amant, fit Kinley.

— Non… Enfin si, il l'est… mais je ne veux pas parler de ça pour le moment.

— Pourquoi pas ?

— Je ne sais pas. Que veux-tu savoir ? demanda-t-elle.

Kinley haussa les sourcils en regardant Pippa et lui tendit sa tasse de café latte. Elle se retourna ensuite pour s'en servir également une.

— Je veux tout savoir. Je t'ai pourtant bien raconté ma nuit torride avec Nate, le soir où nous étions sur son balcon.

— C'est vrai que c'était torride. Eh bien, Diego est un très bon amant, très à l'écoute de mes réactions, et il m'a donné le sentiment d'être la femme la plus désirée au monde.

— Ça me paraît idyllique. Pourquoi dis-tu que c'est compliqué ? lança son amie en attrapant sa tasse de café, avant de venir s'asseoir sur la causeuse à côté d'elle.

Pippa prit une profonde inspiration et se tourna vers la femme qui était devenue plus proche d'elle que toute autre personne de son sang. Elle espérait que Kinley ne serait pas contrariée quand elle lui apprendrait la vérité.

— Je… Eh bien… Je suis… C'est-à-dire…

— Pour l'amour de Dieu, qu'essayes-tu de me dire ? demanda Kinley. Quoi que ce puisse être, je suis avec toi, ma belle. Tu le sais, n'est-ce pas ?

— Je le sais, dit Pippa en la serrant contre elle. C'est ce qui rend mon aveu encore plus difficile. Je t'ai expliqué que je m'étais enfuie de chez moi et que je me cache depuis ?

— Oui. Est-ce qu'ils t'ont retrouvée ? Nate et moi te protégerons.

Et Ethan est un très bon avocat. Lui aussi pourra te protéger. Dis-nous de quoi tu as besoin.

— Tu es la meilleure, Kinley. J'ai tellement de chance d'avoir été dans ce bus à Las Vegas le jour où tu as accouché.

— Je pourrais dire la même chose, déclara Kinley, tu as tant fait pour moi. Alors laisse-moi t'aider. Que se passe-t-il ?

— Je me suis enfuie à vingt et un ans parce que je n'avais aucun contrôle sur mon héritage ou ma vie. Mon père faisait pression sur moi pour que j'épouse un homme qu'il voulait mettre à ma place au conseil d'administration de notre entreprise familiale.

Kinley arqua ses deux sourcils.

— Mais qui es-tu donc ?

— Euh... Eh bien, mon prénom est Pippa. Je veux dire, tout le monde m'appelle ainsi... Mais mon nom complet est Philippa Georgina Hamilton-Hoff. Ma famille est propriétaire des joailleries House of Hamilton.

— Tu es sérieuse ?

— Oui.

— Alors qu'est-ce qui a changé ? demanda Kinley.

— J'ai eu vingt-cinq ans, et je peux à présent disposer de mon héritage et des actions que je possède dans l'entreprise. C'est la succession de ma mère. Mon père espérait pouvoir prendre le contrôle de l'entreprise en me faisant épouser un de ses cousins éloignés.

— C'est à peine croyable ! s'exclama Kinley. Tu nous quittes, c'est ça ?

Pippa acquiesça.

— Je suis désolée... Mais toi, Nate et Penny êtes une famille maintenant. Tu n'as plus besoin de moi comme avant.

— C'est faux ! Mais je veux aussi que tu récupères ton héritage et que tu cesses de fuir. Je ne suis donc pas en colère contre toi. Combien de temps avons-nous jusqu'à ton départ ?

— Je ne sais pas vraiment. J'ai contacté l'avocat de ma mère à Londres hier...

— Parce que c'était ton anniversaire ?

— Oui. J'aurais pu attendre encore un peu, mais je garde un

œil sur l'entreprise et je sais qu'il y aura une grande réunion du conseil d'administration fin novembre. Je veux pouvoir participer au vote à ce moment-là.

— Je vois. Est-ce qu'il t'a rappelée ?

— Oui. Il doit encore vérifier que je suis bien celle que je prétends être, dit Pippa. Donc je reste dans les limbes jusqu'à ce que j'aie de ses nouvelles.

5

Diego résista à l'envie de sortir son portable de sa poche et de vérifier à nouveau ses SMS, inexistants. Il y avait beaucoup à faire pour préparer le ranch à l'arrivée de cette nouvelle jument, prévue dans l'après-midi. Il avait bien sûr ses propres juments et étalons primés, mais aimait tester d'autres lignées pour tenter d'obtenir des chevaux plus puissants. En tant qu'aîné, tout le monde s'était toujours attendu à ce qu'il reprenne le haras Velasquez. Plus jeune, il avait travaillé en étroite collaboration avec son père afin d'apprendre le métier, et plus tard, auprès de leur contremaître. Il savait reconnaître les signes indiquant qu'une jument était prête à la reproduction, signes qu'il repérait de façon instinctive à présent, et il trouvait sans nul doute les chevaux bien plus faciles à lire que les humains.

Ces mille cinq cents hectares au sein de la région Texas Hill Country appartenaient à la famille Velasquez depuis la fin des années 1700. Diego et son père y avaient travaillé dur afin de préserver les racines du ranch. L'exploitation Arbol Verde était très ancienne, et les bêtes pures races obtenues il y a bien longtemps continuaient d'influer sur leurs lignées actuelles. De plus, la gestion avisée de Diego au cours de la dernière décennie avait grandement contribué au développement du ranch.

Chevauchant Esquire, un étalon à la retraite qui avait engendré trois champions, dont Uptown Girl, il contempla avec tendresse la propriété qui s'étalait devant lui. Il flatta l'encolure de l'animal puis enfonça légèrement les talons dans ses flancs pour le faire galoper à travers les collines verdoyantes, en direction de la grange. Diego s'était toujours senti lié à cette terre, et aujourd'hui ce lien l'aidait à patienter en attendant un message de Pippa.

Il dessella Esquire et le brossa avant de le remettre dans son box. Le ranch était en effervescence et il entendit les voix des palefreniers. L'un d'eux — Pete —, en le voyant, demanda à tout le monde de parler moins fort.

Son téléphone émit un tintement, et il usa de ses dents pour retirer ses gants de travail avant de pouvoir récupérer l'objet au fond de sa poche. Après un coup d'œil sur l'écran verrouillé, il vit qu'il s'agissait de sa sœur.

Pas Pippa.

Bianca voulait amener son neveu faire du cheval dans l'après-midi. Étant donné qu'il n'avait rien de prévu — et qu'il ne comptait pas contacter Pippa en premier et passer pour le plus accro des deux — Diego lui envoya un message pour lui proposer de passer.

Une fois sa journée de travail terminée, il prit le chemin de sa maison, non sans un dernier regard sur cette terre qui appartenait à sa famille depuis des générations. Ses ancêtres faisaient partie à l'époque de la garde royale d'Espagne, et avaient toujours travaillé avec des chevaux. Diego aimait ces animaux. Avec eux, il n'y avait pas de surprises... Contrairement à ce qui était le cas avec les femmes.

Pensif, il se frotta la nuque. Il n'aurait changé son existence pour rien au monde, mais parfois il aspirait à des choses... qui finalement n'étaient pas si importantes. Le ranch était sa vie. Son objectif devait être ici.

Il vit la BMW de Bianca approcher et décida de ne plus penser à la nuit dernière. Sa sœur le bombarderait de questions si elle sentait la moindre faiblesse chez lui. Avoir une conversation avec Mauricio était une chose, discuter avec Bianca qui chercherait à le sonder au sujet de Pippa en était une autre.

Il passa par le cellier, y prit une douche rapide et enfila les vêtements propres qu'il y avait laissés, avant de rentrer chez lui. En entendant Alejandro Fernández chanter, il ne put s'empêcher de sourire. Bianca avait vécu en Espagne durant son bref premier mariage et en avait rapporté de nouvelles influences dont toute la famille profitait.

— *Tio !* s'écria Benito, son neveu de quatre ans, courant vers lui depuis l'autre bout du couloir en faisant claquer ses bottes de cow-boy.

Diego le souleva de terre et le serra dans ses bras.

— Alors comme ça, tu veux faire du cheval ?

— *Sí*. Je dois m'entraîner tous les jours parce que Penny vit maintenant dans un ranch et fait plus de cheval que moi.

— Et quel rapport avec toi ? demanda Diego qui savait que son neveu et Penny étaient les meilleurs amis du monde.

— Je l'aime bien, dit Benito, comme si c'était la seule explication nécessaire.

— Tu es toujours le bienvenu ici et pour monter à cheval. En fait, *tio* Mauricio et moi envisageons d'ouvrir un centre d'équitation plus proche de la ville. Peut-être que toi et ton amie pourriez y venir.

— C'est vrai ? demanda Bianca qui venait d'apparaître à l'autre bout du couloir et avançait vers eux.

— Oui. Il était ici ce matin pour en discuter.

— Vraiment ? C'est étrange. Je pensais avoir vu ta voiture garée devant ta maison de ville, ce matin, déclara Bianca.

— Que faisais-tu là-bas si tôt ?

Bianca avait cinq ans de moins que lui et, en tant qu'unique fille d'une famille dominée par les garçons, elle avait dû apprendre à se défendre dès son plus jeune âge. En fait, Diego préférait se battre contre tous ses frères réunis qu'avoir un tête-à-tête avec elle.

— Derek était d'astreinte, alors je suis allée prendre le petit déjeuner avec maman avant de récupérer *changuito*, expliqua-t-elle en ébouriffant les cheveux de son fils, qu'elle venait d'appeler affectueusement « petit singe ».

— J'avais un peu trop bu hier soir, alors j'ai préféré dormir en ville, expliqua Diego, espérant que sa sœur laisserait tomber le sujet.

— Nous discuterons de P-I-P-P-A plus tard, dit Bianca en épelant le nom afin que Benito ne comprenne pas.

— Ce ne sont pas tes affaires.

— Comme si ça allait m'empêcher de t'interroger.

Benito se tortilla pour descendre de ses bras.

— Qu'est-ce que c'est P-I-P...

— Rien. On va voir les chevaux ? Tu montes aussi ? demanda-t-il à sa sœur.

— Oui. Je crois bien que je vais devoir arrêter d'épeler les mots devant ce petit, dit-elle en même temps qu'ils enfilaient tous les trois des chapeaux de cow-boy en paille.

— Qu'a-t-il épelé d'autre ?

Bianca rougit.

— Ne me demande pas. Derek a trouvé ça drôle, mais c'était embarrassant.

Diego n'alla pas plus loin et se contenta de hocher la tête : visiblement, c'était en rapport avec le sexe.

Il accompagna sa sœur et son neveu à la grange, où il gardait une jument qu'elle aimait bien monter. Alors que Bianca commençait à la seller, Diego emmena son neveu à l'extérieur, et put ainsi se distraire en pensant à autre chose que son téléphone.

Kinley avait rendez-vous avec une mariée qui s'était déplacée depuis Houston. Pour Jacs Veerling, l'une des trois meilleures organisatrices de mariages et d'événements au monde, placer Kinley ici pour la représenter avait été une brillante idée. De nombreuses mariées qui n'étaient pas en mesure de faire le trajet jusqu'à Las Vegas étaient heureuses de pouvoir venir à Cole's Hill, un endroit que sa proximité avec Houston rendait facile d'accès.

Penny étant à la maternelle et Kinley occupée, Pippa se retrouva donc désœuvrée et à tourner en rond dans la boutique, ce qui lui laissa tout le loisir de réfléchir à sa situation et de vérifier ses e-mails encore et encore en attendant un retour de l'avocat de la famille Hamilton. Simon Rooney ne lui avait indiqué aucune date pour sa réponse, mais comme elle avait gardé un œil sur l'entreprise au fil des ans, elle savait que son vingt-cinquième anniversaire coïncidait avec quelques changements cruciaux au sein du conseil d'administration. L'un étant que son grand-oncle Theo prenait sa retraite. Il n'avait pas d'héritiers, et bien que Pippa eût des cousins aux deuxième et troisième degrés, elle était sa seule héritière directe.

Leur charte stipulait qu'un héritier direct, homme ou femme, avait un droit d'accès à la présidence. De plus, Pippa avait fait des études en vue de ce rôle et avait obtenu une maîtrise en gestion d'entreprise. Elle savait que, si House of Hamilton voulait rester une marque de luxe, ils allaient devoir trouver leur place dans le monde moderne. Elle avait fait des recherches sur les stratégies marketing des enseignes comme Tiffany et s'était concentrée sur ce sujet dans ses cours en ligne. Elle avait également pris des cours en conception de bijoux à Las Vegas et à Cole's Hill, et après toutes ces années de travail acharné, elle se sentait impatiente de prendre sa place légitime au sein de l'entreprise.

— Bon, c'est fait, annonça Kinley depuis la porte.

Elle portait une jupe moulante fendue sur le côté qui lui arrivait juste au-dessus du genou, assortie à des bottines et un pull fin. Bien qu'on ne fût qu'en septembre, les températures avaient chuté, annonçant la venue de l'automne.

— Des nouvelles de cette bonne vieille Angleterre ?

Pippa sourit au ton de Kinley et à son imitation de l'accent britannique.

— Non. Et comme je suis nerveuse, je ne veux pas retourner au ranch. J'espère que ça ne te dérange pas si je reste ici, lui demanda-t-elle.

— Bien sûr que non. Parle-moi de votre entreprise familiale, dit-elle avant de glousser. Excuse-moi, mais quand j'entends « entreprise familiale », je pense à la mafia, et tu es si loin de l'image d'une princesse mafieuse.

— Je ne suis ni princesse ni mafieuse, ni quoi que ce soit de ce genre, répondit Pippa en souriant. House of Hamilton...

— Mon Dieu. Je n'arrive toujours pas à croire que tu vas hériter de cette entreprise ! Elle est gigantesque. Jacs va avoir une attaque quand je lui dirai que nous avons une alliée à l'intérieur. Elle a essayé plusieurs fois de les convaincre de la laisser utiliser certaines de leurs créations pour ses diadèmes de mariage.

— Je ne suis même pas certaine qu'ils me reconnaîtront, dit Pippa.

— Ils sont pourtant bien obligés, non ? Tu es l'héritière, après tout. Je devrais appeler Ethan... c'est le seul avocat que je connaisse. Il pourra t'aider.

Pippa secoua la tête.

— Pas encore. Attendons d'abord le retour de l'avocat de la famille. Quel genre de diadèmes veut Jacs ?

Songer aux changements à apporter dans la politique de l'entreprise fut une distraction agréable. Cela l'empêcha de penser à Diego et, pour être honnête, ses pensées dérivaient bien trop souvent vers lui. Il lui avait demandé d'envoyer un SMS et elle l'avait ignoré. Elle n'avait pas besoin d'autres complications dans sa vie en ce moment... mais, en même temps, il la distrayait déjà.

Elle se souvint à quel point cela avait été agréable de dormir dans ses bras la nuit dernière, la tête posée sur son torse à écouter battre son cœur, blottie contre lui. Elle était seule depuis si longtemps. Bien sûr, elle avait Kinley et Penny, mais c'était différent. Hier, le temps d'une nuit, elle avait presque eu l'impression que Diego lui appartenait.

C'était tentant, mais elle devait se concentrer sur sa situation avec House of Hamilton. Diego n'était qu'une aventure passagère, un homme remporté à une enchère de célibataires. Elle se demanda si ce n'était pas la peur qui la poussait à le voir autrement que de cette manière et qui la faisait rêver de rester ici pour vivre une histoire avec lui : la peur d'affronter son père.

Mais Diego était propriétaire d'un ranch. Il faisait partie de Cole's Hill, au même titre que le Grand Hôtel et les boutiques pittoresques de la rue principale. Il appartenait à cet endroit et il ne pourrait jamais en partir. Et après avoir été témoin du genre de rapports qu'entretenaient ses propres parents, de la manipulation et de la lutte pour le pouvoir qui existaient entre eux, Pippa savait qu'elle aurait toutes les peines du monde à s'engager avec un homme. Elle aurait trop peur qu'il veuille la contrôler, tout comme cela avait été le cas avec son père.

Diego n'était donc pas une menace pour elle, car il était impossible qu'il quitte le Texas.

— À quoi penses-tu ? demanda Kinley. Tu as un drôle de regard.

— À Diego.

— Ah. Tu vas lui envoyer un message ? Je pense que tu devrais. Pourquoi ne pas profiter du temps qu'il te reste à Cole's Hill, en attendant d'avoir des nouvelles de chez toi ?

— Parce que je l'aime bien.

— Alors ça sent les ennuis. Je t'assure que la vie serait tellement plus simple si je n'aimais pas Nate, dit Kinley, avant de secouer la tête. Non, je plaisante. La présence de Nate enrichit tellement mon existence.

C'était ce que Pippa aurait voulu, mais en même temps cela lui faisait peur. Contrairement à son amie, elle n'avait pas d'enfant avec Diego, ce qui faisait qu'elle et Kinley ne voyaient pas les choses sous le même angle. Pourtant une part d'elle se demanda ce que ce serait d'avoir un homme avec qui elle pourrait être elle-même. Mais elle chassa immédiatement cette idée : cet homme ne pouvait absolument pas être Diego, car sa vie à lui était ici et qu'elle ne lui avait raconté que des demi-vérités sur elle.

Face à la perspective de dîner seul, et d'être constamment tenté d'écrire un SMS à Pippa, Diego dit à sa gouvernante de prendre sa soirée, et il envoya un message à ses frères et à Derek pour voir si quelqu'un était partant pour une virée au Bull Pen. Il reçut deux oui. Mauricio ne pouvait pas car il était en route pour Dallas, où il devait rencontrer une personne souhaitant vendre sa luxueuse propriété dans la région de Cole's Hill, et qui cherchait un agent immobilier. Par contre, Inigo devait rejoindre son équipe pour la prochaine étape de la compétition de Formule 1, et cette soirée serait leur dernière nuit ensemble avant son départ.

Diego avait besoin de se défouler. En descendant de sa Ferrari, il aperçut Derek Caruthers qui se garait, et lui fit un signe de la main. Derek avait l'air fatigué — Bianca avait effectivement parlé d'une opération ce matin, ce qui expliquait pourquoi.

— Merci pour l'invitation, dit Derek. Je pense que Hunter et un de ses anciens copains de la NFL vont également se joindre à nous. Les femmes passent une soirée entre filles… Tu le savais ?

Ça ne l'étonna pas. Il aurait même pu se mentir et se dire que c'était la raison pour laquelle Pippa ne lui avait pas envoyé de message, mais il était assez lucide pour reconnaître quand il se faisait envoyer sur les roses : il l'avait suffisamment pratiqué lui-même.

Oui, le karma n'était pas toujours très tendre.

C'est une vérité qu'il n'ignorait pas, mais il ne s'était pas attendu à en faire les frais. Après tout, il s'était toujours bien comporté avec les femmes avec lesquelles il couchait, et il les appelait toujours quand il avait promis de le faire. Pourquoi devait-il donc subir ce retour de bâton du karma ?

Pour être honnête, Pippa n'avait jamais dit vouloir plus qu'une simple nuit en sa compagnie.

— Non, je ne le savais pas. C'est la dernière soirée d'Inigo à Cole's Hill avant un bon moment, et je voulais lui organiser une petite fête pour son départ. Il est temps qu'il paye pour la fois où il m'a mis dans un avion à Madrid avec une gueule de bois mémorable, quand je suis allé lui rendre visite.

Derek lui donna une claque dans le dos.

— C'est ça, les petits frères. Quant à moi, je suis content d'être là. Ça a été une longue journée.

— Bianca m'a dit que tu as dû opérer de bonne heure.

Derek sembla vouloir se confier, mais Diego ne savait pas vraiment comment l'interroger, sachant que les médecins étaient tenus au secret professionnel.

— Oui, ça a été difficile. Difficile et très critique pendant un moment. J'ai juste besoin de décompresser, et ta sœur est si douce que je ne peux pas m'énerver à la maison.

— Tu as tendance à t'énerver ? demanda Diego.

Il l'avait toujours trouvé calme, peut-être un peu arrogant, mais pas quelqu'un avec un mauvais caractère.

— Je suis impatient quand je suis fatigué, alors il vaut mieux que je décompresse avant de rentrer. Je ne veux rien dire à Bianca ou Benito qui puisse leur faire de la peine.

Ils entrèrent dans le bar, fréquenté essentiellement par les astronautes et techniciens du centre de formation Mick Tanner. Le projet conjoint entre la NASA et SpaceNow était axé sur la formation et la préparation de candidats à des missions de long terme pour construire une station spatiale à mi-chemin entre la Terre et Mars. C'était en tout cas une clientèle bruyante quand ils s'amusaient.

— Je suis comme ça aussi, mais chez moi il n'y a que moi, les chevaux et ma gouvernante.

— Tu as besoin d'une femme, Diego.

Il avait déjà une femme. Ou du moins, une femme qu'il voulait en particulier, mais qui ne s'était pas manifestée de toute la journée.

— J'aime bien être célibataire.

— Tous les hommes disent ça quand ils sont célibataires, mais la vérité c'est que nous voulons tous appartenir à quelqu'un, répliqua Derek alors qu'ils s'installaient à une grande table haute dans un angle.

— Je vois que j'arrive juste à temps, déclara Inigo en se joignant à eux. Ne laisse pas un Caruthers te parler de monogamie. Ils ont tous la corde au cou maintenant, et ils ne pensent plus qu'à faire subir ça à tous les hommes de Cole's Hill.

— Je vais dire à Bi que d'après toi j'ai une corde au cou.

— Peuh, je le nierai, et comme je suis son petit frère adoré, c'est moi qu'elle croira, se vanta Inigo avec un sourire narquois. Bière ou whisky, les gars ?

— De la bière pour moi, dit Derek.

— Pareil, approuva Diego.

Il valait toujours mieux commencer en douceur quand on buvait avec Inigo.

— Ce garçon est un vrai souci, commenta Derek, une fois celui-ci parti.

— C'est vrai. Il a toujours été turbulent, mais il a changé à la mort de Jose, expliqua Diego. Il est encore plus incontrôlable qu'avant. C'est comme s'il essayait de se prouver quelque chose.

— Bi s'inquiète aussi pour lui. Elle veut qu'il arrête les courses, mais c'est peine perdue. Il est troisième au classement, juste derrière son rival, Lewis. Il veut le battre et il ne s'arrêtera pas avant d'y être arrivé.

— C'est le point commun des hommes Velasquez : nous sommes têtus, déclara Diego.

— Un trait de caractère qui n'a pas épargné Bianca non plus, contrairement à ce qu'elle pense. Et je nierai l'avoir dit si tu lui répètes.

Diego se contenta de hocher la tête. Il ressentit quelque chose qui ressemblait à un pincement au cœur, mais le mit sur le compte de brûlures d'estomac suite à son déjeuner tardif. Il ne voulait pas admettre qu'il désirait ce que Bianca et Derek partageaient. Sa vie lui convenait telle qu'elle était, et il n'avait nul besoin d'une femme.

Mais cela ne l'empêcha pas de rêvasser à une Pippa qui l'attendrait chez lui ce soir...

6

Kinley était à son club de lecture avec Bianca et les autres épouses Caruthers. Elle avait gentiment invité Pippa à se joindre à elles, mais la jeune femme avait refusé : elle ne se sentait pas capable de faire face à la sœur de Diego. Non pas que Bianca ait jamais manifesté la moindre animosité à son égard, mais Pippa luttait contre ses propres démons ; elle essayait, difficilement, de se convaincre qu'elle ne voulait rien avoir à faire avec ce grand Texan. En réalité, elle n'avait fait que s'angoisser pour son avenir toute la journée, et une grande partie de cette angoisse englobait Diego.

Elle avait donc quitté la boutique de son amie puis s'était rendue au restaurant BBQ Famous Manu pour y commander de quoi manger. L'établissement était ouvert depuis à peine six mois, et c'était déjà un endroit très prisé. Le propriétaire, Manu Barrett, était le célèbre entraîneur à la retraite de l'équipe de football américain locale. Il avait acheté une deuxième maison dans le quartier des Cinq Familles pour se rapprocher de son frère Hemi, qui faisait partie de l'équipe de formation des astronautes.

Le sandwich au porc à la recette du Sud, servi sans coleslaw, lui rappelait le *pork baps* qu'elle mangeait chez elle en Angleterre. Elle avait déjà passé sa commande et attendait dans sa voiture, tuant le temps en relisant sur son téléphone le message qu'elle avait écrit, effacé et réécrit une centaine de fois... Bon, peut-être pas cent fois, mais c'était l'impression qu'elle avait.

Elle se sentait ridicule dans sa robe « mère de la mariée », mais elle préférait cela à porter le survêtement de Diego.

Un coup sec fut frappé contre sa vitre. Elle leva les yeux et vit Diego.

En parlant du loup, se dit-elle. Que faisait-il ici ?

— J'ai vu ta voiture et j'ai décidé de venir te dire bonjour.

Il portait un sac à emporter.

— Que fais-tu là ?

— La nourriture au Bull Pen n'est pas aussi bonne qu'ici, alors nous sommes passés prendre à manger, et mon frère a remarqué ta voiture.

Il sentait l'odeur houblonnée de la bière, et elle comprit qu'il avait déjà bu plus de quelques verres.

— J'allais t'envoyer un texto, dit-elle.

— Tiens donc.

Sur la défensive, elle leva son téléphone pour qu'il puisse voir le message qu'elle venait juste de retaper.

Il le regarda, puis à nouveau elle.

— Alors tu ne mentais pas.

Pas à ce sujet, songea-t-elle. Car à présent qu'elle avait contacté sa famille, elle devrait probablement lui parler de qui elle était vraiment.

— Non. C'est juste que... je ne savais pas si tu avais dit ça juste pour être gentil, et je ne suis pas sûre de rester au Texas. Et puis la nuit dernière a été si parfaite, je ne voulais pas gâcher ça, dit-elle d'une traite.

Voilà. Elle avait finalement admis à haute voix ce qui avait tourné dans son cerveau durant la majeure partie de la journée.

— Parfaite ? demanda-t-il, appuyé contre sa voiture. Je pense que je peux faire mieux.

Elle secoua la tête.

— J'en doute.

— Défi accepté.

— Je ne parle pas de sexe. Du moins, pas que de sexe. C'était toute la soirée qui a été comme dans un rêve.

— Je ne parlais pas uniquement de sexe non plus, dit-il en se penchant à la fenêtre.

Son Stetson noir heurta le haut de la portière et bascula en arrière. Il le retira d'un geste impatient et le frappa contre sa cuisse.

— Je t'aime bien, Pippa. J'ai eu beaucoup de temps pour y réfléchir en attendant que tu me contactes aujourd'hui.

En le voyant si sincère et honnête, elle réalisa qu'elle devrait faire preuve de prudence avec lui. Elle l'appréciait aussi, évidemment, mais cette attraction était pour l'essentiel purement hormonale. Il était beau, avec de larges épaules musclées et un corps fin. Elle était d'ailleurs intriguée par sa force quand elle repensait à la façon dont il l'avait portée à travers tout son appartement.

— Moi aussi, admit-elle. Je sais que tu es ici avec des amis, mais tu veux qu'on aille quelque part pour discuter ?

— Je pense bien, oui. Laisse-moi le temps d'aller leur dire de ne pas m'attendre. Où veux-tu aller ?

— Je ne sais pas. J'ai mon propre cottage au Rockin' C, mais c'est un peu loin, et tu n'es pas en état de conduire.

— C'est vrai. Je demanderai à un de mes employés de venir chercher ma Ferrari dans la matinée, déclara Diego. Dylan est toujours partant pour la conduire, et il en sera plus qu'heureux.

Elle acquiesça. C'était une bonne idée de rentrer au ranch : elle pourrait d'abord se changer et enfiler ses propres vêtements, ils discuteraient et elle réussirait peut-être à comprendre enfin ce qu'elle attendait de lui. Elle n'avait pas menti tout à l'heure en disant qu'il ne s'agissait pas que de sexe, mais elle savait également qu'elle n'était pas en position d'exiger plus : elle était sur le point de quitter Cole's Hill. Il était hors de question qu'elle tombe amoureuse de lui et qu'elle abandonne son héritage. Elle avait attendu trop longtemps de pouvoir saisir sa chance.

Son téléphone vibra, lui indiquant que sa commande était prête.

— Laisse-moi juste aller récupérer mon sandwich. Tu veux que je te commande autre chose ?

— Non, ça va. Rendez-vous ici dans un instant.

Il lui ouvrit la portière et, lorsqu'elle sortit de la voiture, la robe ajustée qu'elle portait retomba autour de ses cuisses. Elle la lissa de ses mains, consciente d'être bien trop habillée pour ce genre d'endroit.

— Mince. Tu es de plus en plus belle chaque fois que je te vois.

— Je me sens stupide là-dedans.

— Tu as tort, dit-il. Allez, viens, j'y vais avec toi.

Il ouvrit la porte du Famous Manu, puis posa une main au creux du dos de Pippa et entra avec elle. Les gens se retournèrent à leur entrée et une femme murmura à voix basse, mais assez fort pour être entendue :

— Un peu trop habillée...

Diego haussa un sourcil.

— Mandy, sois gentille.

Ce n'était pas grand-chose mais, pour la première fois, Pippa eut l'impression qu'un homme la soutenait. Elle extrapolait sûrement plus qu'elle ne le devait, mais cela lui fit du bien.

Ils parlèrent à peine sur le chemin du Rockin' C, et Pippa finit par allumer la radio sur une station qui diffusait une musique rock plutôt douce. Diego commença à se détendre mais, comme d'habitude, la proximité de Pippa le fit réagir de manière incontrôlable et assez caractéristique.

Il avait l'impression de manquer d'air. Chaque inspiration lui apportait l'odeur de son parfum et de quelque chose qui lui rappelait le sexe, et cela l'excitait terriblement. Il déplaça ses jambes afin de trouver une position plus confortable face à son érection croissante, et essaya de se concentrer sur le trajet. Pippa était une conductrice prudente, respectueuse du code de la route, et elle mit son clignotant bien avant la sortie à prendre pour se rendre au Rockin' C. Ils se trouvaient à environ quinze kilomètres de l'entrée d'Arbol Verde, là où il vivait la majeure partie de l'année.

La jeune femme se gara devant un petit cottage en pierre avec un porche en bois brut. Les lumières du détecteur de mouvement s'allumèrent dès qu'ils sortirent de la voiture. Sur sa porte d'entrée pendait une couronne et, en s'approchant, Diego vit que celle-ci avait été faite à partir de figurines de chevaux.

Il lui prit le sachet à emporter du BBQ Famous Manu en la voyant peiner à chercher ses clés, et elle finit par ouvrir la porte.

— C'est Penny qui l'a fabriquée pour mon anniversaire, expliqua-t-elle en remarquant qu'il était intrigué par la couronne. Je suis sûre que tu n'ignores pas à quel point elle est folle de chevaux.

— Je sais. Benito m'a dit qu'il voulait prendre des leçons d'équitation pour pouvoir être à son niveau, déclara Diego.

— Ils sont tellement mignons tous les deux, dit Pippa. Ils m'ont manqué aujourd'hui.

— J'aimerais en savoir plus sur la façon dont tu es devenue nounou. Hier soir, tu as dit être en fuite.

Elle ouvrit la voie vers un petit hall d'entrée. Il y avait là un miroir carrelé et une table sur laquelle étaient posés un bol en bois et un vase contenant un unique gardénia. Elle jeta ses clés dans le bol et alluma la lumière tout en s'avançant vers la pièce principale. Diego remarqua un escalier sur la gauche qui menait à une mezzanine, et devina qu'il s'agissait de sa chambre.

Immédiatement, une image d'elle allongée nue dans son lit lui vint à l'esprit, qu'il repoussa. Il était sérieux quand il lui avait dit vouloir plus que du sexe… Restait juste à convaincre son corps.

Le mur du fond était fait en pierre de rivière, avec en son centre une cheminée dont le manteau était taillé dans un bois brut mal dégrossi, assorti à celui du porche. Au-dessus était accrochée une grande horloge, avec un balancier qui indiquait les secondes en faisant tic-tac. Deux fauteuils et une table basse étaient disposés face à la cheminée, et un grand canapé avait été placé devant une armoire qui devait contenir la télévision. Dans l'un des angles se trouvait un coin repas avec une table ronde et quatre chaises.

Pippa se dirigea vers la cuisine.

— Laisse-moi aller chercher des assiettes et des couverts pour que nous puissions manger.

Il posa la nourriture sur la table, près d'un saladier blanc rempli d'oranges, et continua de regarder autour de lui. Il repéra un petit espace bureau, avec un ordinateur portable et, posé à côté, un bloc-notes. La date d'hier avait été encerclée plusieurs fois en rouge sur un calendrier.

Près de celui-ci, Diego remarqua un vieux cadre d'argent patiné, contenant une photo en noir et blanc d'une petite fille dans les bras d'une femme. Toutes les deux étaient souriantes, et ressemblaient de manière frappante à Pippa.

— C'est ma mère et moi, dit-elle en passant devant lui. La photo a été prise par ma tante.

— Qu'est-ce qui t'a poussée à partir de chez toi ? demanda-t-il en s'asseyant.

Entre-temps, Pippa avait disposé sur la table de jolis napperons, posé dessus des assiettes en céramique bleu turquoise et des serviettes en tissu, ainsi que deux verres remplis d'eau.

C'était le couvert le plus élégant qu'il ait jamais vu pour des sandwichs au porc effiloché, mais cela ressemblait tellement à Pippa.

— Euh... Eh bien, ma mère est morte quand j'avais quatorze ans, et mon père a été désigné comme tuteur de ma fortune et de mon héritage. Mais il avait ses propres idées concernant mon avenir, y compris me faire épouser une personne de son choix.

— Tu es mariée ?

Il n'avait jamais pensé qu'elle puisse appartenir à quelqu'un d'autre. Puis il comprit immédiatement qu'il ne la croyait absolument pas capable de coucher avec un homme tout en étant mariée à un autre. C'était son propre sentiment d'insécurité, en réalisant combien il la connaissait peu, qui l'avait poussé à poser cette question.

— Évidemment que non, vu ce qui s'est passé entre nous hier soir. Je me suis enfuie la nuit où il allait me faire sa demande.

Diego se sentit idiot. Il s'adossa à sa chaise et l'étudia attentivement. Elle ne plaisantait donc pas en disant que c'était « compliqué ». Il ne pouvait imaginer son père essayant de le manipuler de cette façon. S'il l'avait fait, Diego aurait probablement réagi de la même manière que Pippa.

— Je suis désolé d'avoir posé cette question. Je savais que tu n'étais pas mariée. C'est juste le choc d'entendre tout ça... Je veux dire, je savais que tu étais plus qu'une nounou, mais ton histoire est plus qu'un simple héritage de bijoux, n'est-ce pas ?

— Oui, c'est bien plus.

— Alors quelle est la prochaine étape ? Est-ce que tu comptes retourner en Angleterre ?

— J'ai entamé les démarches, admit-elle. Mais ils doivent d'abord vérifier que je suis bien celle que je prétends être.

— Y a-t-il un doute ?

— Pas vraiment, mais je devrais répondre à certaines questions, et mon retour va forcément gêner les affaires de mon père, qui gère mes biens depuis ma disparition.

— J'imagine que vous ne vous entendez pas très bien, devina Diego. Je me trompe ?

Sa relation avec son père était compliquée. Au cours des quatre dernières années, elle avait souvent passé des nuits blanches en réfléchissant à combien elle le détestait. Surtout à l'époque où Kinley avait commencé à travailler pour Jacs et où elle avait du mal à joindre les deux bouts. Si Pippa n'avait pas eu des problèmes avec son père, elle aurait pu entrer dans n'importe quelle banque et effectuer un retrait, afin d'aider financièrement son amie et lui permettre d'offrir une vie plus confortable à Penny.

Mais elle aurait dû alors renoncer à sa liberté, car son père avait le contrôle sur pratiquement toute sa fortune jusqu'à ses vingt-cinq ans. Il pouvait également voter comme il l'entendait au conseil d'administration grâce aux actions de Pippa. Le seul recours de cette dernière était de faire opposition, ce qui revenait à dire qu'elle n'avait aucun pouvoir.

D'un autre côté, elle se souvenait également à quel point il avait été brisé à la mort de sa mère, et comme il s'était reclus chez eux pour la pleurer. Elle savait que, s'il avait tant voulu contrôler sa vie, c'était en partie à cause de la disparition de sa femme, mais elle n'avait jamais compris pourquoi sa douleur s'était exprimée de cette façon si particulière.

Le temps n'avait pas apporté plus de réponses à Pippa.

— Je ne sais pas si nous nous entendons ou pas. J'ai grandi avec l'image on ne peut plus normale d'un père aimant jusqu'à la mort de ma mère. Mais à mes vingt et un ans, il m'a posé un ultimatum, ce qui a été une erreur de sa part. Je sais que je peux paraître douce, mais je suis quelqu'un de très têtu.

— *Douce* n'est pas le premier mot qui me vient à l'esprit pour te décrire, déclara Diego. J'ai déjà pu m'apercevoir de ton côté têtu.

Intriguée, Pippa haussa un sourcil. Mais il était hors de question qu'elle lui demande quel qualificatif lui venait à l'esprit.

— Ah bon ? Et quand cela ?

— Quand j'ai payé ton café et que tu as insisté pour me le rembourser. Tu ne voulais rien me devoir.

— Oh ! ça... C'est juste que je ne voulais pas te donner de faux espoirs, dit-elle enfin.

— En me laissant t'offrir un café ?

Son ton amusé était une invitation à rire de la situation, mais ce n'était pas possible pour la jeune femme.

— Parfaitement. J'attends d'avoir vingt-cinq ans depuis l'instant où j'ai abandonné mon ancienne vie, et je ne souhaitais pas te fournir le moindre encouragement qui aurait pu t'amener à croire qu'il pouvait y avoir plus entre nous que...

Elle s'interrompit, comprenant soudain qu'elle venait de lui avouer ne rien vouloir d'autre que du sexe. Toute relation plus profonde lui faisait peur.

C'était peut-être la vérité, mais de là à lui avouer cela de manière aussi brutale...

— Je ne voulais pas dire ça.

— Bien sûr que si, répliqua-t-il. Soyons francs, d'accord ? Je ne vais pas te mentir : je veux plus que juste coucher avec toi. Si nous voulons donner la moindre chance à notre histoire, je pense que nous devons commencer par être honnêtes l'un envers l'autre.

Elle acquiesça.

Être honnête.

Elle pouvait le faire.

— Très bien.

— Alors, où en sommes-nous ? demanda-t-il après un long silence.

Pippa se leva et se mit à débarrasser la table. Diego l'aida en silence, et entreprit de remplir le lave-vaisselle. Elle le soupçonnait de lui laisser le temps de réfléchir à ce qu'elle voulait dire.

— J'attends la réponse de l'avocat de notre famille, expliqua-t-elle enfin. Je ne peux faire aucun plan d'ici là. Même mon argent est bloqué en attendant que mon identité soit confirmée. Je prévois donc de continuer à m'occuper de Penny et de vivre ici jusqu'à ce que tout soit en ordre.

Diego s'essuya les mains sur le torchon et s'appuya contre le comptoir de la cuisine. Elle essaya de se concentrer sur ce qu'il disait, mais le grondement profond de sa voix lui rappelait trop la nuit dernière, quand elle s'était allongée sur son torse et qu'il lui avait souhaité bonne nuit.

Elle savait que, ce qu'elle désirait, c'était à la fois avoir Diego et récupérer son héritage. Tout comme dans les contes de fées qu'elle lisait à Penny avant de la coucher, elle voulait une fin heureuse.

Mais elle n'avait jamais su faire confiance aux autres. Si ça avait été le cas, elle ne se serait peut-être pas enfuie. Elle reconnaissait volontiers que seuls sa colère et son entêtement l'avaient poussée à quitter le luxueux hôtel de Manhattan pour monter dans ce bus, avec pour uniques possessions sa robe haute couture et un peu de liquide dans son portefeuille.

Elle aurait pu essayer de parler à son fiancé potentiel, mais Pippa ignorait si elle pouvait lui faire confiance. C'était comme si le contrôle de sa vie lui échappait.

Mais à présent, dans cette cuisine en compagnie de Diego qui la regardait comme si c'était elle qui avait les cartes en main, Pippa réalisa qu'elle était exactement là où elle voulait être.

— Pippa ?

— Hum ?

— Je te demandais si tu savais combien de temps allaient prendre ces vérifications.

— Plusieurs semaines, j'imagine.

Décroisant les bras, il s'avança vers elle et s'arrêta si près qu'elle sentit son souffle quand il expira en soupirant.

— Selon moi, nous avons deux options, dit-il.

— Lesquelles ?

— Je pars d'ici et nous continuons comme avant. Nous nous sourirons poliment lorsque nous nous croiserons, et nous ferons comme s'il n'y avait aucune attirance entre nous.

Elle hocha la tête en se mordillant la lèvre inférieure, qui la picotait, comme à chaque fois qu'il était près d'elle.

— Et la deuxième option ?

— Nous profitons du temps qu'il te reste avant de quitter le Texas.

— Ça me plairait. Mais pas ce soir, parce que je dois être chez Kinley au réveil de Penny demain matin.

— J'ai bien peur de t'avoir gâché la soirée, et je te remercie de m'avoir autorisé à le faire.

— Je suis heureuse que tu l'aies fait. Je me sentais... pleine de doutes, et je n'aime pas ça. Je suis restée à l'écart des hommes ces dernières années et je me sens vraiment maladroite quand tu es là, admit-elle.

Il semblait si confiant, si sûr de lui, qu'elle aurait aimé être... plus forte.

— Tu es parfaite. Tout le monde dit que je m'y prends mieux avec les chevaux qu'avec les femmes.

— Qui dit ça ?

— Mon frère, mais c'est un crétin, déclara Diego en se dirigeant vers la porte.

Elle l'accompagna, peu désireuse de le voir partir, mais consciente de ses responsabilités vis-à-vis de Penny.

— Bonne nuit, dit-il en posant son chapeau sur sa tête.

— Bonne nuit, Diego.

Elle tendit la main et lui toucha la mâchoire, avant qu'il se retourne et s'éloigne.

7

— Maman a dit que tu partais, lança Penny alors qu'elle prenait son bain, le lendemain soir.

Pippa lui avait déjà lavé les cheveux, et rangeait à présent la salle de bains pendant que la petite jouait dans l'eau.

— C'est vrai, lutin. Tu sais que ma maison n'est pas au Texas.

— Mais je suis là, moi, protesta Penny. Et maman aussi.

Pippa se tourna vers la petite, dont les cheveux roux, semblables à ceux de Kinley, encadraient un visage en forme de cœur. Ses grands yeux bleu-vert étaient emplis de tristesse à l'idée de son départ.

— Rien ne changera entre nous, Penny. Je serai toujours ta Pippy, et nous parlerons tous les jours par visiophone, comme Benito quand sa maman est en voyage. Tu as un papa désormais, et maintenant que vous êtes à Cole's Hill, tu vas voir que je te manquerai de moins en moins.

L'eau ruissela du petit corps de Penny qui se pencha pour serrer Pippa dans ses bras. La jeune femme la câlina tendrement.

— Tu vas me manquer.

— Toi aussi, dit Pippa, les larmes aux yeux. Nous serons toujours « les filles P ».

Elle s'occupait de cette petite fille depuis sa naissance. Le lien qu'elles avaient tissé était si profond…

— C'est vrai, approuva Penny.

Pippa retira le peignoir du porte-serviettes chauffant et aida la fillette à l'enfiler. La petite courut ensuite dans sa chambre pour enfiler le pyjama qu'elle lui avait préparé un peu plus tôt.

La jeune femme termina de vider et nettoyer la baignoire, en pensant à quel point elle avait aimé mener cette vie simple, même si elle avait toujours eu l'impression au fond que quelque chose lui manquait.

Quand Kinley rentra, elles lurent une histoire à Penny avant de la mettre au lit.

— Un verre de vin ? proposa son amie en sortant doucement de la chambre de sa fille.

— Oui. Je suis sur les nerfs à attendre des nouvelles de Londres, admit Pippa en s'installant dans le salon.

— Je deviendrais folle à ta place. Tu me connais.

— Je sais. Penny m'a interrogée sur mon départ.

— Oui, désolée de ne pas t'en avoir parlé avant. Le sujet est arrivé tout seul sur le tapis et j'ai pensé qu'il valait mieux lui dire la vérité, expliqua Kinley. Mais j'aurais dû penser à t'en parler d'abord.

— Ce n'est pas grave. J'espère que cela ne changera pas notre relation.

— Il en est hors de question. Tu me connais mieux que quiconque, et toi et Penny avez un véritable lien. Tu es comme une tante pour elle. Je t'assure que tu ne te débarrasseras pas de nous aussi facilement.

— Je suis heureuse de l'entendre. J'ai vraiment aimé vivre avec vous, mais je pense qu'il est temps pour moi de reprendre le cours de ma vie.

Elles discutèrent de choses et d'autres : des couples qui s'étaient formés depuis la vente aux enchères de dimanche soir, et d'Ethan qui avait été si mignon quand il avait fait sa demande en mariage. Pippa avait vu l'expression de Mason, l'ex-petit ami de Crissanne et meilleur ami d'Ethan, quand cela s'était passé, et il avait paru sincèrement heureux pour eux, malgré les circonstances peu banales qui les avaient réunis.

— Alors, comment ça se passe entre toi et Diego ? demanda finalement Kinley, à sa façon franche.

— Euh, nous avons décidé de sortir ensemble tant que je resterai là, répondit-elle. Je lui ai dit que j'attendais des nouvelles de notre avocat en Angleterre. Je ne voulais pas lui donner de faux espoirs.

— Tu as eu raison. Alors, à quoi ressemblera cette relation ?

— Je ne sais pas trop. Il est très pris par son ranch et, moi, je m'occupe de Penny, donc trouver du temps pour nous voir ne sera pas facile, dit Pippa en se rappelant des SMS qu'ils avaient échangé durant la journée.

En effet, elle avait préféré ne pas répondre aux textos pendant qu'elle était avec la petite, afin de ne pas la négliger.

— Les hommes sont compliqués, déclara son amie.

— Mais ils en valent la peine, dit Nate en entrant dans le salon.

Il fixa sur Kinley un regard si brûlant que même Pippa sentit sa température corporelle augmenter. Elle prit rapidement congé, et se dirigea vers son cottage.

En pénétrant à l'intérieur, elle resta dans l'entrée durant une longue minute, lumières éteintes. La maison sentait le parquet neuf et le nettoyant au citron, car Kin insistait pour que la femme de ménage fasse également le ménage chez elle. Pippa avait décoré les pièces avec des bibelots trouvés en ville ou pendant son séjour à Las Vegas. Derrière la cuisine se trouvait une petite buanderie ainsi qu'une minuscule pièce qu'elle aurait transformée en bibliothèque si elle était restée plus longtemps. Il y avait là des rayonnages sur tous les murs, et une belle banquette donnant sur les pâturages du ranch. Les étagères n'étaient pas remplies, car Pippa possédait essentiellement des livres numériques, mais elle avait récemment rejoint un club de lecture, et dix ouvrages ornaient à présent l'une d'entre elles.

Comme elle avait passé la nuit dernière à vérifier ses e-mails de manière obsessionnelle, elle avait décidé ce soir de se limiter à un dernier regard sur le smartphone que Kinley lui avait donné, espérant que l'avocat se serait manifesté. Mais avec six heures de décalage horaire, c'était peu probable, et elle le savait.

Demain nous serons mercredi, songea-t-elle.

Pippa avait beau savoir qu'il faudrait au moins quelques

jours pour que les vérifications soient faites, elle était si fébrile qu'elle avait l'impression que le temps s'étirait plus lentement que durant ces quatre dernières années.

Le signal sonore indiquant l'arrivée d'un message sur son portable retentit pendant qu'elle se démaquillait. Elle se précipita dans le salon pour voir de qui il s'agissait.

En voyant que c'était un SMS de Diego, un petit frisson la parcourut.

Au lieu de se retrouver pour un café en ville demain, que dirais-tu plutôt de venir faire un tour à Arbol Verde et de prendre un petit déjeuner tardif avec moi ?

La réponse de Pippa fut immédiate.

J'adorerais. Je peux être là après avoir déposé Penny à l'école, vers 9 heures environ.

Parfait. Est-ce que tu as le vertige ?

Non, pourquoi ?

Simple question. Que fais-tu en ce moment ?

Je vais me coucher.

J'aimerais être avec toi.

Moi aussi. Elle le pensa mais ne l'envoya pas. Cette relation devait rester légère et désinvolte. C'était sa ligne de conduite s'agissant de Diego.

Qu'est-ce que tu fais ?

Je m'imagine que je suis dans ta chambre. À quoi est-ce qu'elle ressemble ? Je n'ai pas eu l'occasion de la voir quand je suis venu.

Une relation légère et désinvolte.

Elle hésita un instant, puis écrivit le message qu'elle brûlait de lui envoyer, depuis l'instant où elle avait vu son nom apparaître sur le téléphone.

Viens voir par toi-même…

Aucune réponse au début, puis les trois petits points clignotants lui indiquèrent qu'il était en train d'écrire.

J'arrive.

Diego n'arrivait plus à réfléchir. Il se sentait comme un jeune puceau avec Pippa, ne pensant qu'à elle dès qu'ils n'étaient pas ensemble. Il la voulait dans son lit et non pas vivant sur la propriété de Nate Caruthers.

Il ralentit en arrivant sur la pittoresque route de campagne qui reliait sa propriété au Rockin' C.

Il fallait d'abord passer devant la grande maison principale, puis le bâtiment dortoir, avant d'arriver aux petites résidences derrière. Il savait, grâce à ses visites passées, que le plus grand des trois cottages appartenait à Marcus Quentin, le père de Kinley et ancien contremaître de ranch qui avait pris sa retraite il y a quelques années. Aucune lumière n'était allumée dans le suivant, qui avait l'air inhabité. Le dernier était celui de Pippa. Comme ses phares éclairaient la maison, il constata qu'elle s'était assise sur la balancelle du porche en l'attendant.

Il éteignit le moteur et resta ainsi durant une longue minute, garé devant son cottage. Si elle avait changé d'avis, il ne s'imposerait pas et partirait.

À présent qu'il la voyait, le désir et l'excitation qui l'avaient poussé à conduire à toute vitesse commençaient à retomber. Aussitôt qu'il était avec elle, tout se calmait, et il pouvait enfin se détendre. Ce n'est que lorsqu'ils étaient séparés que le problème se posait.

Parce qu'il savait qu'ils n'avaient pas beaucoup de temps avant qu'elle ne sorte définitivement de sa vie.

Il posa sa tête sur le volant.

Qu'était-il en train de faire ?

Ne ressemblait-il pas à Mauricio, qui poursuivait Hadley dès qu'elle devait sortir avec quelqu'un ? Bien sûr, Diego n'avait pas l'intention de se battre contre qui que ce soit, mais la situation avec Pippa ne le menait à rien non plus. Il voulait bien plus d'elle que ce qu'elle pouvait lui donner... C'était du moins ce que lui disait ce vide dévorant au creux de son âme.

Quand il leva les yeux, il vit qu'elle continuait à se balancer, comme si elle attendait de voir ce qu'il allait faire. Il réalisa alors qu'elle était tout aussi incertaine que lui. Ils n'étaient pas censés se poser autant de questions : ils étaient supposés prendre du bon temps et coucher ensemble à l'occasion, avant de retourner à leurs vies réelles.

Sauf que ce n'était pas ce qui semblait se passer… Ni pour l'un, ni pour l'autre.

Il sortit du pick-up et gravit le chemin de pierre qui menait à son porche.

— Bonsoir, Pippa.

— Diego.

Elle portait une robe en coton qui s'arrêtait au genou, avec un nœud décoratif au niveau du corsage, qui était défait, et qui attirait son regard sur le soupçon de décolleté en dessous. Assise ainsi sur la balancelle, elle semblait indécise à présent qu'il était là.

— Tu veux toujours de moi ici ?

Elle acquiesça d'un signe de la tête.

— Oui.

Il n'ajouta rien et monta les deux marches qui les séparaient, puis s'appuya contre la balustrade. Elle avait tiré ses cheveux en une queue-de-cheval et ne portait pas de maquillage, mais elle ne lui avait jamais paru aussi belle. C'était comme si chaque fois qu'il la voyait, il remarquait à quel point elle était jolie.

— Parle-moi de ce qui t'attend une fois de retour en Angleterre, dit-il.

C'était un sujet qui les préoccupait tous les deux et il voulait en connaître les détails… Même s'il ne savait pas vraiment pourquoi. Après tout, il ne comptait pas quitter Cole's Hill. Sa vie tout comme son âme se trouvaient ici. Sa terre et ses chevaux faisaient tellement partie de l'homme qu'il était, qu'il lui était impossible d'envisager l'accompagner. Mais il voulait savoir ce que Pippa avait laissé derrière elle en venant ici.

Elle détourna le regard avant de répondre.

— C'est l'entreprise familiale qui m'attend. Mon père et moi n'avons jamais été proches, et quand ma mère est morte, le fossé entre nous s'est élargi. C'est lui qui a le contrôle de mes parts et autres participations dans la société jusqu'à mes vingt-cinq ans.

— Donc, à présent que tu as vingt-cinq ans, repartir signifie que tu seras la directrice ? demanda-t-il, essayant de comprendre ce qui était en jeu.

— Oui. Quand je suis partie, il faisait pression sur moi afin que j'épouse un homme rangé à son avis concernant les affaires. Mais je n'étais pas d'accord. Évidemment, il ne m'aurait pas forcée à me marier, mais j'ai réalisé qu'il ne m'écouterait jamais. Ma disparition entraînait le blocage de toute participation au vote du conseil d'administration lié à mes actions, et ce jusqu'à ce que je sois retrouvée. Et effectivement, tout a été bloqué pendant mon absence. L'entreprise a continué de fonctionner en restant sur mon dernier vote. J'ai donc pu ralentir ses plans et me donner un petit sursis.

Diego la rejoignit sur la balancelle et étira son bras pour venir le placer sur le dossier derrière elle. Pippa se blottit contre lui et posa sa tête sur son épaule, puis elle le regarda de ses magnifiques yeux gris, si sincères et vulnérables qu'il voulut la serrer dans ses bras et lui promettre que plus jamais on ne lui ferait de mal. Mais il savait que c'était une promesse impossible à tenir. L'homme qui l'avait blessée allait probablement se battre bec et ongles pour récupérer sa fortune.

— Comment puis-je t'aider ? s'enquit-il.

— Aide-moi simplement à oublier ce qui m'attend. J'aime être avec toi, Diego. Tu es si loin de ce monde et... Ne te moque pas mais... tu me donnes le sentiment d'être appréciée pour ce que je suis. Toutes mes imperfections me semblent minimes quand je suis avec toi.

— Je ne vois pas de quoi tu parles, étant donné que tu es parfaite, dit-il en glissant un bras sous ses cuisses pour la soulever et venir la déposer en travers de ses genoux.

Pippa avait été trop bavarde. Elle n'avait pas eu l'intention de parler de son passé, mais il y avait quelque chose chez Diego, et dans la confiance tranquille qui émanait de son regard, qui lui donnait l'impression que tout irait bien avec lui.

Le cottage se trouvait au milieu de nulle part, coincé entre les vastes pâturages qui s'étendaient à l'infini et l'immense ciel nocturne du Texas. Le bâtiment dortoir, la grange et la maison principale se trouvaient de l'autre côté, tout comme le cottage que Ma et Pa Caruthers partageaient. C'était comme s'ils étaient seuls au monde, ce soir.

Pippa passa le bras autour de ses épaules et leurs yeux se croisèrent, ceux de Diego si grands et sombres, éclairés uniquement par la lumière du porche. Soudain elle se demanda si elle avait raison de lui faire confiance : quelque chose dans son regard affamé le rendait presque... différent de l'homme qui l'avait écoutée avec douceur jusque-là.

Il y avait un aspect en lui qui donnait l'impression d'être indompté. D'un côté, son esprit la mettait en garde et lui conseillait de se méfier ; de l'autre, une part plus primitive en elle le voulait pour elle seule. Mais Pippa ne pourrait jamais le dompter, car elle n'aurait pas le temps nécessaire pour cela.

Elle changea de position afin de le chevaucher, et pressa ses lèvres contre les siennes. Il écarta les jambes sous elle, lui faisant ouvrir davantage les cuisses, et elle ondula contre lui, sentant son érection grossir alors que leur baiser s'intensifiait.

Son haleine était chaude et douce. Elle sentait la menthe poivrée et le whisky. Pippa se recula en plaçant ses paumes sur les joues de Diego.

— Tu as pris un bonbon à la menthe pour moi ?

Il rougit et cela la charma.

— Oui.

— Merci. Moi, je n'ai rien fait pour me préparer à ta visite.

— Tu n'en as pas besoin.

Elle sentit les mains de Diego qui lui caressaient les cuisses de haut en bas, accompagnant le mouvement de ses propres hanches, et qui se rapprochaient de ses fesses à chaque passage.

Prise entre ses mains chaudes sur ses cuisses et son sexe dur et tendu sous elle, Pippa renversa la tête en arrière, exposant sa gorge, et sentit le souffle de Diego contre sa peau, un instant avant que sa bouche fonde sur elle. Il l'embrassa doucement au début, mais alors que ses mains puissantes encourageaient Pippa à augmenter la cadence de ses hanches, il lui suçota le cou et des frissons se propagèrent à travers tout son corps.

Diego portait une chemise western à pressions qui s'ouvrit en grand lorsqu'elle tira dessus d'un coup sec. Elle recula légèrement sur ses cuisses et il écarta davantage les jambes. Elle défit le bouton de son jean et abaissa la fermeture Éclair, faisant apparaître son sexe dressé et tendu à l'extrême qui se pressait contre l'étoffe de son caleçon.

D'un mouvement des hanches, il libéra son pénis et tendit un préservatif à la jeune femme. Elle sourit en le prenant d'une main, alors que de l'autre elle titillait le mamelon de Diego. Puis elle fit passer son ongle le long de son ventre dur comme la pierre, s'attardant sur son tatouage qu'elle retraça avant de descendre plus bas.

Elle sortit le préservatif de l'emballage et le déroula sur son sexe.

Diego se redressa et l'attira un peu plus contre lui, jusqu'à ce qu'elle sente la pointe de son érection face à sa chair palpitante. Il poussa un grognement sourd et défit les lacets de son corsage, dévoilant ainsi ses seins. Elle n'avait pas mis de soutien-gorge, ce soir, et quand il plongea ses doigts sous le tissu de la robe, il entra directement en contact avec ses mamelons dressés. Pippa frissonna et se cambra à sa rencontre.

Toujours assise sur ses genoux, elle se rapprocha de lui et son sexe tendu appuya contre son clitoris. Elle se délecta de la sensation de ses paumes brûlantes sous sa jupe, qui caressaient ses cuisses et prenaient ses fesses à pleines mains. Il l'embrassa dans le cou, descendit plus bas pour mordre sa clavicule alors qu'elle pressait ses tétons contre son torse.

Submergée par les sensations, elle frissonna et se cramponna à ses épaules, écrasant son corps avec davantage de force contre lui.

Il fit glisser ses doigts plus bas, au creux de ses cuisses, et elle les sentit s'insinuer entre les replis de sa chair et pousser à l'intérieur. Elle était humide et prête pour lui. Il se pencha en avant et écrasa ses lèvres contre les siennes tout en continuant à ouvrir son corps de ses caresses exquises.

Elle prit son visage entre ses mains et le tira vers elle pour répondre avidement à son baiser, enfonçant sa langue dans sa bouche au même moment où il s'enfonçait en elle, et elle ondula fiévreusement contre lui.

Du pouce, il trouva le centre de son désir et la caressa tandis qu'elle continuait à remuer. De sa main libre, il lui empoigna les fesses pour guider ses mouvements et lui imprimer un rythme plus rapide, puis baissa la tête et passa la langue sur son téton avant de l'aspirer dans sa bouche.

Balayée par l'orgasme, le corps tendu à l'extrême et resserrée autour de lui, Pippa s'accrocha de toutes ses forces à ses épaules, emportée par la vague de plaisir. Elle s'effondra ensuite contre son torse et il la serra contre lui, laissant sa tête reposer contre son épaule tandis qu'ils restaient ainsi sans parler.

Elle aurait voulu prétendre que c'était parce qu'il n'y avait rien à dire, mais elle savait au contraire que c'était parce qu'il y avait trop.

8

Il y avait beaucoup de jolies boutiques dans le quartier historique de Cole's Hill, mais Penny et Benito voulaient aller à Jump, une aire de jeux gonflables intérieure. Pippa s'était proposée de passer les prendre après l'école et de les y emmener, puis d'aller leur choisir des déguisements pour Halloween.

Bianca était à New York pour une séance photo exceptionnelle avec un célèbre designer américain. La rumeur en ville disait que celui-ci lui avait confié son défilé de printemps mais qu'elle avait refusé. Kinley avait énormément de travail et avait dû se rendre à Las Vegas avec plusieurs futures mariées. Donc, Pippa gardait les deux enfants de quatre ans ce soir, pour une soirée pyjama. Diego avait suggéré une promenade à cheval au coucher du soleil, puis de dîner autour d'un feu de camp sur sa propriété.

Après avoir obtenu l'accord des parents, Pippa finit par accepter. Leur relation avait pris une tournure... quelque peu artificielle, quand Pippa y songeait avec honnêteté. Ils se voyaient lorsque leur emploi du temps le permettait et dormaient chez l'un ou chez l'autre au moins trois fois par semaine.

Elle avait la sensation au fond d'elle que ça ne durerait pas, mais pas seulement à cause de son prochain départ. La raison avait plus à voir avec cette paix étrange qui régnait entre eux. C'était comme s'ils s'efforçaient tous deux de montrer le meilleur d'eux-mêmes. La relation qu'ils développaient était donc forcément fausse. Du moins en ce qui la concernait, car ce qu'elle donnait à voir d'elle-même ne correspondait pas vraiment à sa personnalité : elle était loin d'être aussi douce et gentille que Diego semblait le penser.

Par exemple, elle aurait dû foudroyer du regard la serveuse qui avait oublié de sucrer son café l'autre matin, mais parce que Diego était avec elle ce jour-là, elle avait juste souri et dit que ça irait, qu'elle faisait de toute façon attention à sa ligne.

De plus, elle savait qu'il était impossible pour un rancher aussi occupé que lui de trouver le temps de venir prendre un café en ville avec elle tous les matins : c'était l'heure de pointe dans un ranch. Elle le savait car elle voyait bien que c'était le moment où Nate et ses employés au Rockin' C étaient le plus occupés.

Ce qui signifiait que Diego n'était pas naturel non plus.

D'ailleurs, elle en avait eu la preuve l'autre soir, quand il avait déclaré préférer regarder la rediffusion d'une émission de téléréalité typiquement féminine, plutôt que le match de basket des Spurs. Or Pippa savait que c'était absolument faux. Elle sourit au souvenir de l'avoir taquiné en lui demandant quelle était sa candidate préférée. Quand il était allé chercher du pop-corn, elle en avait profité pour zapper sur le match des Spurs. Elle ne comprenait rien au basket mais, à voir sa surprise et le soulagement qui s'était répandu sur son visage, cela en avait valu la peine.

Elle réalisait aussi que certaines choses étaient néanmoins vraies entre eux — à commencer par leur passion. Mais de manière générale, elle avait conscience que la fin prochaine de leur relation, et à une date inconnue, les rendait bien trop prévenants l'un envers l'autre. Ils savaient tous deux que leur histoire toucherait bientôt à sa fin, mais ignoraient quand, ce qui faisait qu'aucun d'eux ne voulait gâcher leurs derniers instants ensemble.

Cela faisait presque dix jours, et elle n'avait toujours aucune nouvelle de l'avocat, sauf qu'il avait reçu les informations nécessaires et avait pu confirmer son identité. Pour ce qui était d'entrer en possession de sa fortune et de sa place au sein du conseil d'administration de House of Hamilton, il y travaillait toujours. Il lui avait fait un petit virement bancaire à la banque de Cole's Hill, et elle avait donc un peu d'argent à sa disposition, même si elle n'en avait pas vraiment besoin étant donné sa situation actuelle, le gîte et le couvert étant assurés par Kinley. Et puis il y avait les revenus générés par sa boutique en ligne sur Etsy, où elle vendait ses créations artistiques afin de s'entraîner en conception de bijoux. Certaines étaient assez réussies, d'autres passables.

— Pippy, c'était tellement bien ! J'espère que je trouverai le déguisement parfait, déclara Penny alors qu'elle et Benito quittaient l'aire de jeux.

— Ça avait l'air amusant, confirma cette dernière tout en les aidant à remettre leurs chaussures. Ça t'a plu, Benito ?

— Oui, c'est moi qui ai sauté le plus haut, dit-il.

— C'est vrai. J'ai essayé de le battre, mais je n'ai pas pu.

— Tout ne doit pas être une compétition, expliqua alors Pippa aux deux petits.

— On sait, répondirent-ils à l'unisson.

— Qu'est-ce que vous voulez comme costumes ? demanda-t-elle en leur prenant la main pour leur faire traverser la rue.

Le magasin de déguisements était situé en face du parking, et comme la journée était ensoleillée et chaude, il n'y avait aucune raison de ne pas s'y rendre à pied.

— Cow-girl ! s'écria Penny en sautillant à ses côtés.

— Ça ne m'étonne pas de toi, mais tu sais qu'Halloween est l'occasion d'être quelque chose de différent de d'habitude. Et tu es déjà une cow-girl, lui fit remarquer Pippa.

— Vraiment ? lui demanda Benito.

— Oui. Et toi, tu veux être quoi ? répliqua la petite fille.

— Je voulais être docteur, comme papa, mais je pourrais alors être un astronaute.

Le père biologique de Benito était décédé quand il avait six mois. Mais depuis que Bianca et Derek s'étaient mariés, il appelait celui-ci « papa ».

— C'est une bonne idée, approuva Pippa.

En entrant dans le magasin, Penny fila directement aux costumes de cow-girl, mais elle lorgna également sur un déguisement rose de princesse.

— Quel est le problème, lutin ? demanda Pippa.

— Est-ce que je peux être une princesse cow-girl ?

— Bien sûr. Ou juste une princesse, dit Pippa en cherchant les tailles.

— Youpi ! s'écria Penny en allant aider Benito.

Le petit garçon choisit un déguisement d'astronaute, puis les enfants réclamèrent des bonbons une fois à la caisse, mais Pippa opta pour un compromis et leur proposa une sucette à la place.

— Et toi ? demanda Penny. Que vas-tu être ?

La jeune femme ignorait toujours si elle serait encore au Texas à ce moment-là. Probablement que tout serait déjà réglé bien avant.

— Je n'ai pas encore décidé.

— J'espère que tous les bons déguisements ne seront pas déjà partis, s'inquiéta Penny.

— Je suis sûre que non, la rassura Pippa.

Diego attendait dans la grange quand Pippa et les enfants arrivèrent. Chaque fois qu'ils prévoyaient quelque chose tous les deux, il avait conscience que leurs plans pouvaient être annulés en raison de la situation de Pippa, et c'était quelque chose qui le mettait sur les nerfs. De plus, être parfait — ou aussi parfait que possible — en présence de la jeune femme le rendait colérique avec ses frères. En particulier avec Mauricio, ce qui n'était pas vraiment un problème car lui-même était d'une humeur massacrante à cause de Hadley qui sortait avec un autre homme.

Les deux frères Velasquez passaient donc beaucoup trop de temps à la salle de boxe. Diego avait quelques ecchymoses sur les flancs et ses jointures lui faisaient mal, car lui et Mo préféraient les combats sans gants.

Il sourit en voyant Pippa. Elle portait un jean délavé qui rendait ses jambes encore plus interminables que d'habitude, et une chemise rose pâle qui faisait ressortir ses cheveux blonds et ses yeux gris. Penny aussi était en jean et bottes, et elle portait un chapeau de cow-girl rose sur la tête. Quant à Benito, il était habillé de la même manière, sauf que son chapeau de cow-boy était noir.

Diego avait fait monter par ses employés le nécessaire pour prendre un repas au sommet d'une colline, ce qui représenterait une promenade facile de trente minutes. Les chevaux étaient sellés, les plus doux étant réservés aux deux petits. Pippa lui avait dit qu'elle avait fait de l'équitation durant son enfance, et Nate lui avait confirmé qu'elle était une bonne cavalière. Diego lui avait donc choisi une jument pleine d'entrain qu'il espérait correspondre à ses compétences.

— *Tio*, je vais être un astronaute pour Halloween ! s'écria Benito en sautant dans ses bras.

Diego souleva le petit garçon et le serra contre lui. Il avait été heureux du retour de Bianca à Cole's Hill après la mort de Jose. Cela lui permettait de voir son neveu grandir.

— Quelle bonne idée. Tu sais que j'ai rencontré le frère d'un des astronautes du centre de formation ? Peut-être que je peux m'arranger pour que tu ailles lui rendre visite, proposa Diego, pensant que Manu serait probablement en mesure d'organiser cela.

— Je peux y aller aussi ? demanda Penny.

— Je pense que Diego devra d'abord s'assurer que les enfants sont autorisés à y aller, intervint Pippa.

— Oui, bien sûr. En tout cas je sais que, là tout de suite, nous pouvons aller faire un tour à cheval. Qui est partant ?

— Moi ! hurlèrent les enfants à l'unisson.

Benito se tortilla pour descendre des bras de son oncle, puis prit la main de Penny, et tous deux coururent vers les chevaux.

— Désolé, j'étais en train de faire une promesse que je n'étais pas sûr de pouvoir tenir.

— Complètement. Ce n'est pas si grave, mais demain Penny va raconter à tout le monde à l'école que tu a prévu de les emmener à la station spatiale.

— Tu dois deviner que je n'ai pas vraiment l'habitude des enfants, dit-il.

— Oui, et j'aime ça. Pour une fois, j'ai l'impression d'en savoir plus que toi.

— C'est faux, réfuta-t-il. Tu connais des tonnes de choses de plus que moi sur beaucoup de sujets.

— Pas sur les chevaux, en tout cas.

— Nate dit que tu te débrouilles bien. M'aurait-il menti ?

Pippa secoua la tête.

— Je sais monter à cheval, mais je n'ai pas l'habitude des selles western. Kinley m'a donné quelques leçons pendant les week-ends quand Penny s'est mise à insister pour que nous montions tous ensemble.

Diego s'arrêta juste devant la grange, et elle l'imita. De là, il pouvait entendre les deux enfants parler aux palefreniers, à qui il avait demandé d'assister les petits.

— Elle ne va pas te manquer ? demanda-t-il.

Pippa se mordit la lèvre inférieure.

— Si. Elle me manquera terriblement, mais ma vie n'est pas ici. Je le sais, tout comme Kinley et Nate. Nous nous aimons et apprécions le temps passé tous ensemble, mais je sais qu'ils ont hâte de se retrouver entre eux, comme une vraie famille.

Diego la prit dans ses bras et la serra contre lui.

— Je ne peux pas imaginer ce que ça doit être.

Pourtant si. Il le comprenait, dans une certaine mesure, car durant les quelques semaines qui venaient de s'écouler, ç'avait été comme si elle était à lui. Cela lui avait paru une excellente idée, à l'époque où il se consumait de désir pour elle – et toujours maintenant, quand ils étaient nus... Mais à présent qu'il réalisait pouvoir la perdre à tout instant, que quand il prévoyait une soirée, il devait patienter toute la journée en espérant qu'elle serait bien là, il se rendait compte que ça n'avait pas été une si bonne idée que cela.

S'il n'avait été question que d'attraction physique entre eux, les choses auraient été plus faciles. Ou si Pippa avait été une personne hautaine. Mais elle était gentille avec tout le monde, même avec la serveuse qui se trompait tout le temps dans les commandes : lui-même s'était énervé plus d'une fois après elle, mais pas Pippa. Elle s'était simplement contentée de sourire et de mettre la femme à l'aise.

Diego avait alors réalisé à quel point il l'appréciait. Il essayait pourtant de se comporter de manière raisonnable et de ne pas s'attacher plus que cela, mais la seule manière d'y parvenir aurait été de garder ses distances avec elle, et il en était absolument incapable.

Il ne voulait pas perdre une seule minute du temps qui lui était imparti. Il s'efforçait donc de la voir autant que possible, lorsqu'elle était disponible, pour ne pas avoir de regrets une fois qu'elle serait partie.

— À quoi penses-tu ? lui demanda-t-elle.

— À combien tu vas me manquer quand tu seras partie, répliqua-t-il, avant d'entrer dans la grange.

Il sella son cheval, Iago, et entendit Pippa parler aux enfants alors que tous trois enfilaient leurs bombes et se mettaient en selle, aidés des palefreniers. Diego se dit alors qu'il aurait dû passer plus de temps sur le ring avec Mauricio aujourd'hui, car il n'était pas dans son assiette. Il fallait absolument qu'il se calme.

Avec un peu de chance, la promenade à cheval l'y aiderait.

Pippa savait qu'elle avait bouleversé Diego, et elle le comprenait. Il aurait sans doute mieux valu qu'elle quitte Cole's Hill dès à présent et cesse de repousser l'inévitable. Mais elle n'avait pas vraiment d'endroit où aller, tant qu'elle n'avait pas eu de retour de l'avocat. Même son passeport était périmé. Cependant, rester ici et entamer une liaison avec Diego, même s'ils avaient tous deux été d'accord sur le fait que ce serait provisoire, n'avait pas vraiment été la meilleure des idées.

— Le Texas est tellement différent de Las Vegas, fit remarquer Pippa durant la promenade.

Les enfants avaient un peu d'avance sur eux, mais Diego ne les quittait jamais des yeux.

— C'est beau, non ? Je ne peux m'imaginer vivre ailleurs qu'ici.

À ces paroles, l'espoir secret que Pippa avait à peine eu conscience d'entretenir mourut. Diego ne serait jamais le genre d'homme qu'elle pourrait avoir auprès d'elle dans sa nouvelle vie. Non pas qu'elle eût besoin d'un homme à ses côtés, mais ça aurait été si agréable de ne pas retourner seule en Angleterre, et Kinley ne pouvait évidemment pas l'accompagner.

— Arrêtez vos chevaux, lança Diego aux enfants. Vous vous souvenez comment faire ?

— On tire sur les rênes, dit Benito.

— Je le savais aussi, renchérit Penny.

Ils arrêtèrent tous deux leurs chevaux avec aisance et tinrent les rênes sans les serrer, à la manière de Diego. Celui-ci guida Iago à côté des enfants, et Pippa les vit le regarder avec des expressions ravies. Elle sortit son téléphone portable et prit une photo d'eux pendant que Diego leur donnait des instructions. Elle savait déjà que ça serait une de ses photos les plus chères, car elle lui rappellerait cette période heureuse et ce moment où elle avait compris que Diego comptait plus pour elle qu'elle ne l'avait présagé.

Après trente minutes, ils arrivèrent à un feu de camp. Diego avait tout prévu pour cette sortie : il avait fait installer quatre chaises autour du feu et allumer des torches. Un de ses employés préparait le repas et deux autres attendaient afin de ramener les chevaux à la grange. Elle remarqua alors un quad garé non loin, ainsi que des vestes et des couvertures pour les enfants, au cas où la soirée se rafraîchirait, mais pour le moment le temps était parfait, avec juste une légère brise.

— J'ai fait du chili de cow-boy pour le dîner, expliqua Diego. Cette recette est dans notre famille depuis deux cents ans. Autrefois, on en faisait de grandes quantités et c'était tout ce que les ouvriers avaient à manger pendant une semaine.

Benito et Penny s'approchèrent tandis qu'il leur racontait l'histoire des premiers ancêtres Velasquez qui s'étaient installés avec leurs familles au Texas, par ordre du roi d'Espagne. Il divertit ensuite Pippa et les deux petits pendant le repas, qu'il n'avait pas pimenté exprès, afin que les enfants puissent en manger. Pour le dessert, il leur servit des gaufrettes et de la guimauve fondue, une douceur que Pippa avait découverte et appris à aimer depuis qu'elle vivait au Texas.

Elle se rendait compte à quel point Diego et le Texas lui manqueraient. Les histoires d'ici étaient de grandes légendes qui enflammaient l'imagination, mais c'était avant tout Diego qui allait lui manquer. Il était clair pour elle qu'il ne quitterait jamais son ranch et ne la suivrait pas en Angleterre. Il en aurait été incapable : son histoire était là, ainsi que ses chevaux et son programme d'amélioration de la race, qui venait justement de remporter un autre prix, si elle en croyait la conversation qu'elle avait surprise entre deux palefreniers.

Il appartenait à cet endroit ; alors qu'elle, non.

— Les cow-boys et les cow-girls utilisaient les étoiles pour retrouver leur chemin, expliquait Diego.

Les enfants avaient la tête levée vers le ciel. Ils étaient suffisamment loin de la ville et de la pollution lumineuse, ici, pour pouvoir contempler un immense ciel étoilé.

— Je vous montrerai comment après le repas, ajouta-t-il.

— Cet été, papa va m'emmener à un rassemblement de troupeaux, déclara Penny.

— Vraiment ? Au Rockin' C ?

— Non. Fort... quelque chose. Tu te souviens, Pippy ?

— Fort Worth, répondit cette dernière. Apparemment, ils font encore du rassemblement de troupeau dans les rues deux fois par jour.

— C'est exact. C'est une des plus anciennes traditions de l'État. Il y avait autrefois un marché aux bestiaux, et tout le monde conduisait ses troupeaux à la vente, expliqua Diego.

Alors qu'il continuait à discuter avec les enfants et à leur expliquer comment se déroulait un convoi de bétail, Pippa resta assise là à l'écouter.

Elle se demanda pourquoi il n'était pas marié. Diego était vraiment doué avec les enfants. Penny et Benito s'étaient tous deux rapprochés de lui pour se blottir sur ses genoux pendant qu'il leur parlait.

Leurs regards se croisèrent par-dessus les deux petites têtes, et le cœur de Pippa se mit à battre un peu plus vite. Diego lui fit un clin d'œil, et la tension de tout à l'heure disparut, au moins durant quelques instants.

Elle ferma les yeux, et un peu du ressentiment qu'elle traînait derrière elle depuis qu'elle avait quitté son ancienne vie se dissipa. Elle n'aurait jamais été ici sans les événements qui l'avaient poussée à fuir.

— Les cinq familles qui ont fondé Cole's Hill mettaient leurs ressources en commun et se rendaient ensemble aux marchés aux bestiaux. À l'époque, il existait toutes sortes de dangers : comme les serpents, les hors-la-loi, les traversées dangereuses de rivières. C'est ce lien qui a fait de Cole's Hill la ville qu'elle est aujourd'hui.

Ils finirent leur repas et Pippa débarbouilla les enfants. Puis ils s'entassèrent dans le quad et Diego les ramena chez lui. Il s'arrêta à mi-chemin de son ranch, dans une zone particulièrement sombre.

— Fermez les yeux pendant quelques minutes, et ensuite je vous montrerai l'étoile qui vous ramènera à la maison.

Pippa tourna la tête vers la banquette arrière du véhicule sans toit, où les enfants étaient attachés dans leurs sièges d'auto. Quand elle se retourna, Diego en profita pour se rapprocher d'elle, si près que leurs respirations se mêlèrent. Puis il l'embrassa. Ce fut un baiser dur, passionné et exigeant, qui se termina à peine commencé.

— Je n'ai pas pu résister à tes lèvres, murmura-t-il.

Avant de s'adresser aux enfants, à voix haute cette fois :

— Ouvrez les yeux, les enfants, penchez la tête en arrière et regardez vers l'avant du véhicule. Vous voyez l'étoile à gauche de la lune ?

Comme les deux petits ne savaient pas vraiment différencier leur droite de leur gauche, Pippa s'installa à l'arrière entre eux pour les aider. Elle leva les yeux, presque sûre que Diego parlait de Vénus.

Une bonne légende du Texas, songea-t-elle, *tout comme l'homme lui-même...*

Elle désigna soigneusement l'étoile en question pour que Penny et Benito puissent la trouver.

— Maintenant, vous pourrez toujours retrouver votre chemin, dit-elle.

— Nous le pourrons tous, ajouta Diego.

Elle retourna alors à sa place, et il les ramena au ranch.

— Tu veux venir chez Pippa pour notre soirée pyjama ? demanda Benito.

— Hum...

— S'il te plaît, l'implora le garçonnet.

— Ce serait bien si tu venais, ajouta Pippa.

— Dans ce cas, d'accord. Mais je devrai rentrer tôt.

— Parfait.

Pippa fit monter Penny dans sa voiture, et Diego la suivit avec Benito. Tout en conduisant, elle ne put s'empêcher de se faire la réflexion qu'un foyer ne semblait pas forcément devoir être ce qu'elle s'était représenté dans le passé.

Non seulement elle n'avait pas imaginé à l époque qu'elle vivrait un jour ailleurs qu'à Londres, mais en plus l'idée qu'elle se faisait d'un chez-soi était en train de changer, et se transformait depuis quelque temps en quelque chose de nouveau.

Et cela lui parut dangereux.

9

Diego suivit Pippa avec son pick-up, Benito attaché dans son siège auto installé à côté de lui. Son neveu parla avec enthousiasme durant tout le trajet menant au cottage.

Le temps d'arriver, les enfants tombaient déjà de sommeil. Diego aida Pippa à leur donner le bain et à les mettre au lit, puis attendit qu'elle vérifie ses e-mails.

— Rien de précis encore. Mais je viens de recevoir un bref message de l'avocat. Il me dit qu'il devrait avoir du nouveau au plus tard vendredi.

On était mercredi.

Il lui restait donc deux nuits en sa compagnie. Ses tripes lui disaient de la prendre autant de fois que possible et d'imprimer sa marque en elle, afin qu'une fois de retour en Angleterre elle ne puisse jamais l'oublier.

— Est-ce que tu peux entendre les enfants quand nous sommes en bas ? demanda-t-il en lui prenant la main.

— Oui. J'ai une application de surveillance sur le smartphone que Kinley m'a donné. Pourquoi ?

— J'ai envie de toi, dit-il dans un souffle.

Elle rougit.

— Moi aussi.

Diego attendit qu'elle se soit assurée que les deux enfants dormaient à poings fermés dans son grand lit, avant de la conduire dans les escaliers puis vers la cuisine, où il la souleva et la posa sur le plan de travail. Les doigts enfouis dans ses cheveux, il l'embrassa avec fougue.

Il se disait que c'était pour qu'elle ne l'oublie jamais, mais il savait en vérité que c'était pour lui. Il la voulait autant de fois et de toutes les manières possibles. Pour lui, et pour les longues nuits d'hiver à venir ; de longues nuits solitaires où il serait affamé et éperdu de désir pour une femme qui ne l'avait jamais considéré comme autre chose qu'une aventure passagère.

Pippa glissa ses paumes chaudes sous la chemise de Diego et les posa sur son dos, puis prit ses fesses dures à pleines mains pour le presser entre ses jambes. Il frotta son sexe durci contre elle, tout en laissant ses doigts courir de haut en bas sur son dos, et la serra avec empressement contre lui, mais il y avait trop de vêtements entre eux.

Il la fit descendre du plan de travail et s'agenouilla afin de l'aider à retirer ses bottes. Elle posa un pied sur sa cuisse et il lui retira la première botte, puis fit de même pour l'autre.

Elle portait des chaussettes avec des motifs en forme de cœurs et de fleurs. Il les lui enleva également et les jeta sur les bottes. Ses pieds paraissaient si petits et délicats dans ses grandes mains. Elle avait mis un vernis à ongles rouge qui lui rappela le rouge à lèvres qu'elle portait aux enchères de célibataires.

Son sexe tressauta en repensant à cette nuit-là, et il grogna à la sensation douloureuse. Il recula et défit le bouton de son jean afin de libérer son pénis en érection. Pippa en profita pour insinuer ses doigts dans l'ouverture, et lui dispensa une caresse langoureuse.

Le souffle coupé par la sensation, il lui prit la main pour la poser sur la table. Il était au bord de l'explosion, et si elle continuait à le toucher ainsi, il se répandrait à l'instant dans son pantalon, et ce serait le rapport charnel le plus court de l'histoire. Il en était hors de question.

Après avoir déboutonné le pantalon de Pippa, il le fit descendre le long de ses jambes. Elle l'aida en se tortillant et bientôt sa culotte suivit le même chemin. Il fouilla alors dans sa poche arrière, où il avait mis un préservatif plus tôt dans la soirée.

Elle lui sourit d'un air malicieux.

— J'aime qu'un homme soit préparé à toute éventualité, dit-elle.

— C'est mon côté boy-scout.

Il déchira le sachet et sortit le préservatif qu'il déroula sur son sexe.

Elle l'arrêta alors d'une main posée sur sa hanche, et Diego réalisa qu'il allait trop vite. Le sang-froid dont il s'était toujours targué était sur le point de l'abandonner. L'e-mail qu'elle venait de recevoir de la part de son avocat lui avait rappelé le peu de temps qu'il lui restait, et les émotions qui le submergeaient étaient trop difficiles à gérer.

Mais pour l'instant, elle était à lui, et c'était la seule chose à laquelle il voulait penser ce soir.

— Enroule tes jambes autour de moi, lui intima-t-il

Elle obtempéra, et il l'installa de manière à positionner la pointe de son sexe à l'entrée du sien.

Mais elle n'était pas encore prête. Il jura et se pencha pour prendre possession de sa bouche, taquinant sa langue de la sienne et jouant avec, tout en défaisant les boutons de sa chemise. Elle l'embrassa fiévreusement tandis que ses mains pressaient ses fesses dures pour l'attirer vers elle. Quand les doigts de Diego s'activèrent sur son soutien-gorge caraco et tâtonnèrent pour en trouver l'agrafe, elle se cambra vers lui. Réalisant qu'il n'y en avait pas, il tira sur le sous-vêtement afin de libérer ses seins, puis entreprit d'agacer son mamelon qui se dressa aussitôt sous la caresse experte de son doigt.

Pippa écarta un peu plus les jambes et il pinça le téton tout en poussant à nouveau contre sa chair douce et moite. Cette fois, il se glissa facilement à l'intérieur. Elle arqua le dos, exposant ainsi ses deux globes telles des offrandes et, ne pouvant y résister, Diego pencha la tête pour cueillir un mamelon dans sa bouche et le sucer avidement.

Suffoquant sous cette caresse brûlante, Pippa lui agrippa les cheveux et ondula de plus en plus vite contre lui, jusqu'à ce qu'elle émette ce petit hoquet, annonciateur des prémices de l'orgasme qui montait en elle. Il leva alors la tête de son sein et s'empara de sa bouche avec urgence, étouffant ses cris alors qu'il accélérait ses va-et-vient, avant de succomber à un orgasme foudroyant. Diego la sentit se resserrer autour de lui, son corps l'épousant à la perfection, et il continua à pousser jusqu'à ce qu'il la sente frissonner, emportée par la même vague de plaisir.

Il la garda ainsi contre son torse, attendant que leurs souffles s'apaisent et que leurs rythmes cardiaques se calment. Pippa passa ses bras autour de son cou et le serra contre elle.

Il espéra, à cet instant, ne pas être le seul à avoir du mal à dire au revoir le moment venu.

Diego savait qu'il ne pourrait pas passer la nuit ici, mais il n'avait pas envie de partir déjà. Il convainquit donc Pippa de prendre le babyphone et de se rendre avec lui sur son porche arrière, où il y avait un brasero. Il alluma un feu, puis s'assit dans l'un des grands fauteuils de jardin, et l'attira sur ses genoux.

— Tu as toujours su que tu reprendrais le ranch ? demanda-t-elle en appuyant sa tête contre son épaule.

Il réfléchissait à la sensation de vide qu'il ressentirait après son départ, et la serra plus étroitement contre lui.

— Oui, dit-il enfin.

Une bûche dégringola dans le feu et des étincelles s'élevèrent en dansant dans le ciel nocturne. Il les observa tout en réfléchissant à leur situation.

S'il avait été un autre homme, il aurait tout abandonné pour la suivre ; mais il ne l'était pas. Il avait toujours su qu'il était destiné à vivre à Arbol Verde et n'avait jamais eu le moindre doute à ce sujet. Il était allé à l'université A & M du Texas, où il avait étudié l'ingénierie en élevage d'animaux. À l'époque, il rentrait à la maison tous les week-ends, parce que sa terre et ses chevaux lui manquaient trop.

Diego se demanda s'il existait une solution lui permettant de continuer à voir Pippa après son retour en Angleterre. Le problème, c'était qu'elle n'en avait jamais suggéré l'éventualité. Mais il était conscient qu'il vivrait mal son départ. Il se demandait souvent avec consternation comment il avait pu développer des sentiments aussi forts pour une femme qu'il connaissait depuis si peu de temps.

Mais elle n'était pas n'importe quelle femme. C'était Pippa.

Elle était élégante et drôle, fougueuse et sexy. Cependant, malgré leurs longues heures de discussion, elle demeurait un mystère pour lui, et il savait déjà qu'il ne serait pas aisé de la laisser partir.

— Raconte-moi un peu comment c'est possible, dit-elle avec une note d'humour dans la voix.

Comment expliquer cela ?

— Tu sais comment c'est, quand certaines personnes grandissent et n'arrivent jamais à quitter leur ville natale.

Elle acquiesça à ses propos d'un hochement de tête.

— Oui, mais je n'en faisais pas partie. Je voulais désespérément échapper à l'emprise de mon père.

— Je n'ai pas connu ça. Mon père et moi avons toujours été sur la même longueur d'onde en ce qui concerne le haras. Les premiers souvenirs que j'ai sont de moi en train de le suivre dans la grange. Je pense que j'ai appris à monter à cheval dès que j'ai pu tenir sur une selle. Il n'y a jamais eu un moment où je n'ai pas eu le sentiment d'appartenir à cette terre.

— J'aimerais tant connaître ce sentiment d'appartenance. Je me suis souvent sentie perdue ces dernières années, mais au moins rencontrer Kinley et l'aider à élever Penny m'a donné quelques racines. Je veux dire, je savais que c'était temporaire, mais en même temps je n'aurais voulu être nulle part ailleurs. Ça a été ce que j'ai connu de plus proche d'un foyer depuis la mort de ma mère.

— Je suis désolé pour ta mère.

Diego préférait ne pas penser à ce que serait sa vie sans la sienne. C'était une force de la nature, et avec sa longue carrière à la télévision, elle avait toujours fait preuve d'une franchise à toute épreuve, et encouragé ses enfants à faire de même.

— Merci. Je ne me rendais pas compte à l'époque à quel point elle faisait tampon entre mon père et moi... jusqu'à sa mort.

J'étais en pensionnat la majeure partie de l'année, et après son décès, mon père et moi nous voyions à peine. Je n'avais jamais réalisé à quel point cette relation était creuse. Je pensais que… Enfin, c'est sans importance car j'avais tort.

Elle se tourna vers le feu et se pencha en avant. Diego se fit la remarque qu'à la moindre allusion à son père une barrière se dressait aussitôt autour d'elle. Il doutait d'ailleurs qu'elle en soit consciente, mais elle venait de changer. Il y avait une froideur en elle soudain, qui n'était pas là un instant auparavant.

Son premier réflexe fut de la prendre dans ses bras, mais il s'était déjà bien trop attaché à elle, et préféra s'abstenir.

— Parle-moi de votre entreprise familiale.

— Nous concevons des bijoux de luxe, expliqua-t-elle. J'ai suivi des cours de commerce en ligne à l'université pendant que je vivais avec Kinley, ainsi que quelques modules sur l'art.

— Tu as des croquis à ramener avec toi ?

— Oui. J'en ai fait plein, mais nous sommes une très ancienne entreprise. Les différends que j'ai pu avoir avec mon père venaient en grande partie du fait que je voulais que nous évoluions avec notre époque et que nous nous modernisions, expliqua-t-elle.

— Est-ce que le reste du conseil d'administration te soutiendra ? Tu as dit que c'était ton père qui votait en ton nom, alors je suppose que tous les membres du conseil sont de la famille, n'est-ce pas ?

Elle se leva de ses genoux et s'éloigna de quelques pas avant de lever les yeux vers le ciel nocturne, comme pour y chercher quelque chose. Puis son regard revint vers lui.

— Oui. La plupart sont de la famille, mais ce sont des cousins aux deuxième et troisième degrés… Je suis la principale actionnaire.

— C'est donc pour ça que ton père dirigeait l'entreprise ?

Il voulait essayer de comprendre ce qu'elle allait devoir affronter une fois chez elle.

— Oui. Lui et ma mère étaient cousins au troisième degré, il possède donc une petite participation dans l'entreprise, mais les actions de ma mère, qui sont maintenant à moi, lui donnent la majorité. Je pense qu'il se battra pour empêcher ma réintégration.

Diego espérait que non. Le visage de Pippa trahissait l'intensité de sa lutte intérieure lorsqu'elle parlait de l'entreprise et de son père. Si seulement celui-ci pouvait accepter gracieusement son retour et lui céder la place.

— Tu penses il y a une chance qu'il se soit adouci ? Peut-être que ton absence lui a fait réaliser tout ce qu'il a perdu, émit Diego.

— C'est une jolie pensée. Mais j'en doute fort.

Il aurait voulu être capable de la laisser seule, se montrer détaché et prétendre qu'elle ne lui avait pas déjà tourné la tête plus qu'il ne l'aurait voulu. Mais au lieu de cela, il se leva et se dirigea vers Pippa, puis la prit dans ses bras. Diego la garda contre lui jusqu'à ce que le feu s'éteigne et qu'ils décident de rentrer. Il aurait aimé pouvoir rester et revendiquer chaque seconde qu'il leur restait, mais les enfants étaient à l'étage... Après lui avoir dit au revoir, il rentra finalement chez lui, loin d'elle, se demandant ce que le futur lui réservait et comment il allait gérer l'avenir.

Penny et Benito se levèrent tôt, et Pippa qui n'avait pas beaucoup dormi eut toutes les peines du monde à ne pas se montrer grincheuse avec eux. Elle fut soulagée quand Kinley, qui était revenue de Las Vegas durant la nuit, se proposa pour les emmener à l'école. Elle confia donc les enfants à son amie et, devant l'air interrogateur de celle-ci, qui semblait vouloir lui poser quelques questions, elle secoua simplement la tête et leur fit un petit signe de la main.

Après cela, Pippa retourna s'asseoir devant son ordinateur. Toujours pas de réponses. Elle était frustrée et même un peu en colère contre elle-même, parce qu'elle savait qu'une part d'elle n'était pas vraiment contrariée par la lenteur des démarches. Plus l'avocat tardait à répondre, plus elle passait de temps avec Diego.

N'apprendrait-elle donc jamais rien ?

N'avait-elle pas vu ce qui s'était passé lorsqu'un homme qu'elle aimait avait tenté de prendre le contrôle de sa vie ? Si elle se trouvait ici en ce moment, n'était-ce pas parce que son père avait refusé de se contenter de ce qu'il avait ?

Elle prit une douche et s'habilla, puis s'installa sur le porche avec son carnet et ses crayons. Elle se remémora la nuit dernière, assise ici, dans les bras de Diego. Il la faisait se sentir... comblée, s'avoua Pippa. Protégée, en sécurité, désirée, et aspirant à quelque chose qu'elle ne savait pas nommer.

La jeune femme canalisa toutes ses émotions dans son carnet, se laissant emporter par le souvenir des étincelles dansantes du feu, et elle créa une esquisse pour un collier comportant une série de rubis courant le long d'une fine chaîne en or et s'élevant à partir d'une grosse pierre centrale.

Une fois terminé, Pippa peaufina le croquis, et réalisa soudain que la matinée avait filé. Mais elle se sentait mieux à présent. Après avoir tressé ses cheveux, elle envoya un SMS à Kinley pour lui demander si elle était disponible pour déjeuner au Country Club des Cinq Familles.

Sa réponse fut un non, car son amie avait apparemment une mariée despote sur les bras.

Pippa, qui n'avait jamais été le genre de femme à se sentir à l'aise seule au restaurant, envisagea donc de rester à la maison, mais son frigo était vide. Elle prit la voiture et, au lieu de se rendre en ville, elle quitta la propriété du Rockin' C et se dirigea vers Arbol Verde.

C'était peut-être son but depuis le début, songea-t-elle en secouant la tête. Depuis quand s'était-elle mise à se voiler la face ?

Elle aurait voulu pouvoir se dire que Diego ne représentait rien pour elle : un simple ami, avec qui elle couchait de temps en temps – car il était clair depuis le départ qu'ils partageaient un lien qui pouvait presque être qualifié d'amitié. Mais il y avait également autre chose...

Quelque chose qu'elle refoulait au plus profond d'elle afin de ne pas perturber son bien-être émotionnel, préférant prétendre qu'il n'y avait rien de plus entre eux.

Elle tourna sous la grande arche en fer forgé où était inscrit le nom du ranch et conduisit lentement jusqu'à la maison principale. Elle vit le pick-up de Diego ainsi que sa voiture de sport garés dans l'allée et, à côté, une remorque à chevaux.

La jeune femme se gara et, soudain emplie de doutes, resta

assise un moment, le moteur toujours allumé, en se disant qu'elle aurait probablement dû appeler ou envoyer un SMS avant de venir. Elle s'apprêtait à faire marche arrière, quand Diego apparut à côté de la remorque et l'aperçut.

Il ôta son Stetson noir et leva une main pour lui faire signe. N'ayant plus le choix, Pippa descendit de voiture après avoir coupé le moteur et s'avança vers lui, tandis qu'il remettait son chapeau et s'approchait d'elle.

— Salut, dit-elle. Je... J'allais déjeuner et je me demandais si tu avais le temps de venir avec moi.

Diego se pencha et déposa un baiser léger sur ses lèvres, avant de se reculer. Il sentait le soleil, l'automne et cette eau de Cologne épicée qu'il portait toujours. Pippa ferma les yeux et comprit qu'elle était exactement là où elle voulait être. Ce n'était pas un sentiment qu'elle avait souvent ressenti au cours de sa vie, mais aujourd'hui c'était le cas.

— Si tu veux que nous allions en ville, il faudra que tu patientes un peu, le temps que je prenne une douche et que je me change, et aussi que je donne quelques directives à mon personnel. Sinon, nous pourrions déjeuner ici. Je peux demander à ma gouvernante de nous préparer rapidement quelque chose.

— Ça ne me dérange pas d'attendre. Je dois récupérer Penny à 14 heures, donc je dois partir vers 13 h 15.

— Alors déjeunons ici. Tu préfères m'accompagner à la grange ou m'attendre à la maison ?

— À la grange, répondit-elle sans hésitation.

Elle n'était pas venue jusqu'ici pour tenir compagnie à la gouvernante.

— Bien. J'ai deux nouveaux chevaux, que Mauricio et moi nous employons à dresser, et je pense que nous pourrons les utiliser au futur centre équestre. Nous avons sécurisé la propriété et tout devrait être terminé d'ici la fin de la semaine, déclara-t-il. J'ai hâte de commencer la construction du bâtiment. Un de nos anciens camarades de lycée possède une entreprise dans le nord du Texas qui construit ce genre d'installations, et nous essayons de le convaincre de prendre ce chantier.

— Ça me paraît très excitant.

— Est-ce que ça va ? demanda-t-il à brûle-pourpoint.

Il sortit son téléphone et tapa un message, sans doute destiné à sa gouvernante.

— Oui. J'attends le week-end avec impatience. Je devrais avoir des nouvelles d'ici là.

— Ça sera un soulagement pour toi, dit-il. J'ai beau ne pas être directement concerné, je suis sur les nerfs. J'espère que je n'ai pas été trop insistant la nuit dernière, mais j'ai l'impression de devoir tirer le meilleur parti de chaque instant que nous passons ensemble.

— Non, rassure-toi. Je ressens la même chose, et c'est d'ailleurs la raison de ma visite ici.

— Je suis heureux que tu sois là.

Ils entrèrent dans la grange. L'endroit sentait le foin et le cuir, et était empli du son apaisant des chevaux. Il la laissa dans le bureau, pour aller discuter de quelque chose avec un employé. Pippa s'assit et observa les photos sur le mur. On y voyait un Diego plus jeune en compagnie de son père, et en les observant, elle reconnut ressentir un sentiment de jalousie par rapport à la jeunesse qu'il avait eue : une famille qui l'avait entouré d'amour et qui l'avait laissé devenir l'homme qu'il était aujourd'hui... Jusqu'à son vingt et unième anniversaire, elle-même s'était contentée de vivre selon la voie que son père lui avait tracée, sans jamais comprendre qu'en réalité elle était invisible pour lui, et qu'il lui prêtait attention uniquement quand elle lui était d'une quelconque utilité pour ses affaires.

10

Le déjeuner avec Diego se passa agréablement, mais Pippa ne cessa de vérifier ses messages dans l'espoir d'une réponse de l'avocat. Il avait dit qu'il reviendrait vers elle au plus tard le lendemain, mais elle était déjà à bout de patience. N'y tenant plus, Diego finit par lui en faire la remarque.

— Que regardes-tu ?

— J'attends cet e-mail. Je sais qu'il est tard à Londres, mais je ne veux pas manquer le message de l'avocat.

— Ça ne risque pas.

— Excuse-moi. Je suppose que je n'aurais pas dû venir ici.

Mais elle s'était dit qu'ils étaient amis, et elle avait besoin de quelqu'un pour la soutenir en ce moment, car elle se sentait trop vulnérable et dans le doute.

— Pourquoi l'avoir fait dans ce cas ?

Elle haussa les épaules. Que répondre à cela ? Ce n'était pas si simple, et puis elle n'était même pas sûre de ce que l'avenir leur réservait. La vérité, c'était qu'elle ressentait un lien avec Diego. Mais comment l'exprimer ? Lui avouer que, lorsqu'elle se sentait nerveuse, sa première pensée était de le retrouver ? Que le simple fait d'être en sa compagnie l'apaisait ?

Pippa se rendait compte que cette situation n'était pas juste pour Diego, elle avait le sentiment de l'utiliser.

— Je... Avec toi, je me sens en sécurité, dit-elle enfin. J'ai l'impression que, en ta présence, je saurai mieux gérer les mauvaises nouvelles que je pourrais recevoir.

Il soupira et repoussa sa chaise, avant de se lever puis de s'éloigner de quelques pas, fixant le paysage depuis le patio où ils s'étaient installés, qui surplombait le paddock et les collines. En le voyant ainsi, les mains sur les hanches et l'air pensif, elle se demanda ce qu'il pouvait ressentir à cette vue. En ce qui la concernait, quand elle se connectait au site Internet de House of Hamilton pour y glaner désespérément la moindre information, elle ressentait un sentiment de possession et d'espoir, car elle faisait partie de cette entreprise.

Même si, pour le moment, elle avait l'impression d'être une étrangère.

— J'aimerais que tu ne dises pas ce genre de choses.

— Pourquoi ? C'est la vérité, rétorqua-t-elle en pliant soigneusement sa serviette.

Pippa se leva de table et alla le rejoindre pour observer avec lui les champs alentour.

— Nous avions pourtant dit qu'il n'y aurait pas de mensonges entre nous, ajouta-t-elle.

— Je pensais que ce serait plus sûr, mais ce n'est pas le cas.

— Comment ça, plus sûr ?

— Que, peut-être, se montrer honnêtes l'un envers l'autre m'aiderait à envisager un avenir où tu ne seras plus à mes côtés avec plus de recul. Mais ce n'est pas du tout le cas. Je déteste te voir constamment vérifier tes e-mails et sembler si impatiente de partir loin de moi. Ce n'est pas que je pense avoir le moindre droit sur toi, Pippa : je connais notre situation. Mais la pensée de ton départ m'obsède à longueur de journée, et même parfois la nuit.

Elle posa une main apaisante sur son dos et appuya sa tête contre son épaule, les yeux fermés, s'imprégnant de sa chaleur et de son odeur. Puis elle passa les bras autour de sa taille et le serra fort.

Elle aurait souhaité... Elle était incapable de dire ce qu'elle aurait souhaité... Peut-être qu'il reste cette distraction passagère qu'il avait été le soir de son anniversaire, à la vente aux enchères des célibataires. Mais il était devenu tellement plus pour elle.

Diego recouvrit sa main de la sienne.

— Qu'attends-tu comme réponse de la part de l'avocat ?

— Je ne sais pas, répondit-elle avec franchise.

Pippa n'osait pas s'avouer son espoir de voir son père l'aimer assez pour lui céder sa place sans batailler. Elle avait au contraire le sentiment qu'elle allait devoir se battre pour récupérer ses actions, et elle savait qu'elle devrait faire ses preuves.

— Je pense que ça va être difficile, mais cette attente est bien pire. Tu sais, comme quand, enfant, tu entends un bruit à l'extérieur et que tu es certain que c'est un monstre ? C'est ce que je ressens en ce moment. Tout me paraît comme un monstre sous le lit. Je sais que je suis en mesure de me battre, sauf que je ne sais pas quel genre de combat ça sera, dit-elle en dénouant ses bras pour se placer à côté de Diego.

Bien que sa présence la réconfortât, elle ne pouvait se permettre de compter sur lui. Il fallait qu'elle se débrouille seule. Elle l'avait toujours su, mais pourtant elle ne pouvait s'empêcher d'être irrémédiablement attirée vers lui.

Pippa avait l'impression d'être perdue. Jamais elle ne s'était sentie ainsi auparavant — jamais — et cela lui faisait peur.

— Depuis quatre ans, je pense à ce moment tous les jours, sans savoir comment ça se passera... Et attendre plus longtemps de cette façon, c'est bien pire que ce que tu peux imaginer.

Diego se tourna vers elle, les mains sur les hanches, le chapeau penché en avant sur la tête, de sorte que ses yeux étaient dans l'ombre.

— Je comprends ce que tu ressens. Mon beau frère Jose a eu un accident d'avion et nous avons dû attendre trois jours pour connaître le nom des survivants. Ça reste entre nous, mais nous étions au courant qu'il trompait Bianca, et en tant que famille, nous ne savions pas comment réagir et ce que nous devions ressentir. Je voulais que ma sœur puisse s'expliquer avec lui, mais elle n'a jamais pu le faire. Je comprends donc ce que c'est que d'avoir l'impression que le temps s'est arrêté et de ne plus pouvoir supporter l'attente.

Pippa ignorait que le premier mari de Bianca avait été infidèle. L'ancien mannequin était non seulement magnifique, mais c'était une des personnes les plus douces que Pippa ait jamais rencontrée.

— Je ne dirai rien, le rassura-t-elle. Et je te crois quand tu dis comprendre ce que je ressens.

— Je ferai tout ce qui est en mon pouvoir pour t'aider, ma douce, dit-il avec tendresse et gentillesse.

Chaque fois qu'il employait ce genre de termes affectueux, Pippa ressentait des choses qu'elle ne voulait pas s'avouer.

— Merci. Ça compte beaucoup plus que tu ne l'imagines, répondit-elle.

Son téléphone se mit à sonner à ce moment, et son regard se porta immédiatement dessus, avant de revenir sur Diego.

— Vas-y. Va voir si c'est le message que tu attends, dit-il.

Il y avait une intonation dans sa voix que Pippa n'arriva pas à identifier, mais elle était trop fébrile pour s'y attarder. Elle alla donc prendre son portable, resté sur la table, et le déverrouilla. Comme elle avait mis une alerte spéciale pour les messages provenant de l'avocat, elle savait sans l'ombre d'un doute qu'il s'agissait de lui.

Diego continua d'observer les pâturages et le paddock où ses juments, toutes médaillées, s'ébrouaient en liberté. Le cheptel de reproduction d'Arbol Verde était son véritable atout, et il lui arrivait même de vendre des juments à des acheteurs par-delà les mers, en particulier aux Émirats arabes unis. Mais aujourd'hui, pour la première fois de sa vie, la vue de sa terre ne lui procura pas le plaisir habituel, et il ne chercha même pas à en comprendre la raison.

— Je dois lui parler sur un visiophone sécurisé, déclara-t-elle.

Sa voix tendue donna à Diego l'envie de la prendre dans ses bras et de l'emmener loin d'ici, pour qu'elle n'ait pas à vivre tout cela. Mais en vérité, Pippa avait absolument besoin d'affronter cette situation, et il le savait.

— Tu peux utiliser mon bureau, dit-il.

— Merci.

Il l'accompagna à l'intérieur, où il faisait un peu plus frais. On était début octobre, et un froid automnal s'était installé. En tout début de journée, quand il avait sorti son étalon pour une course matinale, il avait eu presque froid.

Les talons de ses bottes résonnèrent sur le carrelage, et il entendit des bruits provenant de la cuisine, où Mona, sa gouvernante, s'activait. Elle préparait des enchiladas pour les ouvriers du ranch, avant de partir à son club de lecture en ville.

Il serait donc seul pour dîner.

À moins qu'il réussisse à convaincre Pippa de passer la soirée avec lui. C'était une idée épouvantable, et Diego la repoussa au loin : faire comme si elle était sa petite amie régulière au lieu de reconnaître qu'elle était sur le départ serait une grave erreur.

— C'est ici. Tu veux utiliser mon ordinateur pour ton appel en visio ? demanda-t-il. Tu auras sûrement une meilleure connexion car il est connecté au câble au lieu du wi-fi.

— D'accord, dit-elle en glissant une mèche de cheveux derrière son oreille. Je te remercie.

C'était peut-être le fruit de son imagination, mais il lui semblait que l'attitude de Pippa avait changé depuis cet e-mail. Elle se tenait plus droite, paraissait plus calme, et la passion et la joie de vivre qui la caractérisaient semblaient avoir disparu.

Diego s'avança vers son bureau, fait en chêne espagnol -un trésor hérité de ses ancêtres et apporté de Cadix lorsque ces derniers étaient venus sur cette terre inconnue pour y commencer une nouvelle vie. Il passa sa main sur la surface, et comme à chaque fois se sentit imprégné par le poids du passé contenu dans la fibre du bois. Puis il recula sa chaise et se pencha pour allumer l'ordinateur. Le fond d'écran était une photo provenant du site Internet de leur haras : lui à cheval sur leur étalon primé, King of the Night.

— Voilà. Je serai à la grange si tu as besoin de moi, dit-il.

Il se dirigea vers la porte en tentant d'ignorer la proximité de Pippa, mais l'odeur de son parfum fleuri lui emplit les narines, et il ressentit un pincement au cœur en comprenant que c'était là son premier pas vers un adieu. Elle posa une main légère sur son bras, qui lui fit baisser le regard vers elle.

— Merci, Diego.

— De rien, mon ange.

Puis, craignant de faire quelque chose de complètement stupide, comme la prendre dans ses bras et lui faire l'amour sur son bureau afin de renforcer ce lien qui grandissait de jour en jour entre eux depuis la vente aux enchères, il s'éloigna rapidement. Il n'avait jamais vraiment cru au coup de foudre, même à présent, et pourtant c'était bien ce sentiment qu'il ressentait pour Pippa, songea-t-il en quittant la maison.

Lorsqu'il entra dans la grange, Diego entendit son frère Mauricio qui discutait avec Brenda, l'une de ses meilleures entraîneuses.

— Dis-lui simplement que je suis passé et que je ne voulais pas le déranger. J'ai laissé des documents sur son bureau, disait Mauricio.

— Compris, Mo. Je te promets de lui faire la commission, répondit Brenda.

— C'est bon, je suis là, lança Diego.

— Dieu merci. À l'entendre, on croirait que je suis incapable de transmettre un message, maugréa Brenda avec arrogance, comme à son habitude.

Probablement parce qu'elle les connaissait lui et ses frères depuis l'enfance. Elle avait été embauchée au ranch à ses dix-huit ans et les avait tous vus grandir.

— Ce n'est pas que je ne te fais pas confiance, Brenda, répliqua Mo avec un sourire.

— Mais oui..., grommela-t-elle en s'éloignant. Il faut que j'aille préparer les chevaux. J'ai des leçons à donner cet après-midi.

— À plus tard, dit Diego alors qu'elle quittait la grange.

— Je ne voulais pas te déranger, mais le contrat concernant la propriété du centre de formation est signé, et comme nous devons faire avancer ce projet...

— Tu ne me déranges pas, dit Diego en prenant la direction d'une petite pièce dans le fond faisant office de bureau.

— Ce n'est pas la voiture de Pippa, garée dans l'allée ?

— Si.

Il s'assit et prit le dossier que Mauricio avait déposé, l'ouvrit et fixa les mots qui dansaient devant ses yeux, incapable de se concentrer. Son esprit tourbillonnait en réfléchissant à Pippa qui se trouvait chez lui et recevait probablement en ce moment même les clés de sa nouvelle vie, pavant ainsi le chemin qui lui permettrait de quitter le Texas et de rentrer chez elle.

— Diego ?

— Oui ?

— Je te parlais de Pippa.

Son frère ne comptait pas abandonner le sujet. Diego se demanda quelle réponse il pouvait bien lui faire. Comment allait-il réussir à lui faire croire que le départ de la jeune femme ne l'affectait pas, alors qu'il avait l'impression qu'une part de lui se mourait sans elle ? Bon sang, il se comportait comme une mauviette. Il était plus fort que cela tout de même ! Il allait donner le change avec Mo, et une fois Pippa partie, il se soûlerait et finirait par l'oublier.

— Donc ?

— Donc quoi ? Elle est venue déjeuner, et je pense qu'elle part demain.

— Mince. C'est...

— La réalité.

— J'allais dire que c'était terrible. Je reviendrai plus tard, ajouta-t-il quand Diego eut signé tous les papiers. Mais il faut que je remette tout ça au courtier avant.

— Tu n'as pas à le faire.

— Bien sûr que si. Nous sommes frères.

Pippa ne s'était jamais sentie plus nerveuse que lorsque Diego avait quitté le bureau et qu'elle s'était assise face à son ordinateur. Elle avait revérifié le numéro mentionné dans l'e-mail de l'avocat, puis l'avait tapé.

Dès que la fenêtre pop-up de la caméra s'ouvrit sur l'écran, elle se regarda. Elle portait un peu plus de maquillage que d'habitude et semblait plus élégante mais, objectivement, elle se trouvait bien. Pippa lissa ses cheveux et s'assura que le collier que sa mère lui avait offert à ses dix ans soit visible.

Puis elle prit une profonde inspiration, avant d'appuyer sur le bouton de connexion. L'avocat Simon Rooney répondit dès la première sonnerie.

— Philippa, nous sommes ravis que vous ayez pu nous appeler aujourd'hui. J'ai votre père dans l'autre pièce, avec Giles Montgomery.

Giles était le directeur des opérations chez House of Hamilton. Elle le savait grâce à ses recherches sur Internet au sujet de l'entreprise.

— Je suis heureuse que vous ayez pu confirmer mon identité si rapidement, dit-elle.

— Il en va de même pour moi. Avant de faire entrer les autres personnes, je voulais vous faire savoir que votre père ne signera pas le transfert d'actions tant qu'il ne vous aura pas vue en personne. Malheureusement, il est prêt à intenter une procédure judiciaire pour soutenir sa position, ce qui pourrait bloquer les choses devant les tribunaux, s'il y a procès. Vous aviez mentionné dans votre premier e-mail vouloir participer au vote lors de la réunion du conseil d'administration de novembre. Nous avons besoin de vous ici dès que possible pour cela.

— Je suis prête à partir, répondit-elle, pas tout à fait certaine que ce soit la stricte vérité.

Elle avait tant d'êtres chers ici. Ils lui manqueraient tous… Surtout Diego. Mais c'était l'avenir qu'elle avait choisi.

— J'ai un jet privé à ma disposition, appartenant à des amis, les Caruthers. Je pourrai le prendre aussitôt que j'aurai reçu mon nouveau passeport.

— Parfait. J'ai envoyé tous les documents à l'adresse que vous m'aviez donnée. Ils devraient arriver avant 18 heures, heure de chez vous.

— Merci, monsieur Rooney.

— Je vous en prie. Maintenant, je vais faire entrer votre père en premier. Je ne sais pas si vous avez suivi les dernières actualités concernant l'entreprise.

— De très près ; du moins, aussi près que possible, étant donné que je vis sur un autre continent. J'ai lu des rumeurs au sujet de luttes intestines entre père et le conseil d'administration.

— Je crains bien que ce soit plus que des rumeurs. Giles ne vous dira donc pas grand-chose en présence de votre père. Sachez que votre réapparition arrive à un moment crucial pour l'entreprise. Mais je vais laisser votre père et Giles vous exposer leurs positions.

— Merci. Monsieur Rooney...

— Appelez-moi Simon.

— Très bien. J'ai encore une question : est-ce que vous travaillez pour moi, ou bien pour l'entreprise, ou pour mon père ? demanda-t-elle.

— Je travaille pour vous. J'espère que vous serez satisfaite du travail que j'ai fourni quand vous aurez vu tout ce que j'ai fait pour défendre vos intérêts au cours des quatre dernières années. Pourquoi me demandez-vous cela ?

— Je voulais juste savoir qui est de mon côté, dit-elle.

— Je le suis.

— Très bien. Je suis prête à voir mon père.

Simon hocha la tête et disparut de l'écran. Elle entendit le bruit d'une porte qui s'ouvrait et le grondement d'une voix.

Ses paumes se mirent à transpirer, et Pippa réalisa qu'elle avait le souffle court. Elle ferma les yeux et se souvint de la façon dont Diego l'avait tenue dans ses bras la nuit dernière, quand ils étaient assis devant le feu, et comme elle s'était sentie confiante et en sécurité à ce moment. Puis elle rouvrit les yeux et vit son père assis à la place de Simon.

Il avait l'air plus vieux, se dit-elle. Bien sûr, quatre ans s'étaient écoulés, mais il paraissait avoir vieilli de bien plus. Son visage, qui avait toujours été mince, semblait maintenant décharné, et ses yeux bleus étaient plus ternes que dans ses souvenirs. Ses cheveux auparavant poivre et sel étaient complètement gris à présent.

En voyant Pippa à l'écran, celui-ci fixa son visage sans un mot. Probablement pour assimiler cette apparition, tout comme elle-même était en train de le faire, songea-t-elle.

— Père.

— Pippa, répondit-il de cette même voix basse et profonde.

Pendant un instant, elle fut déchirée entre les souvenirs de l'homme qui avait essayé de la forcer à se marier et de celui qui lui avait lu des histoires au coucher quand elle était petite.

— Je suis heureuse de vous revoir, dit-elle, ses bonnes manières reprenant le dessus.

— Cela me semble très difficile à croire étant donné que tu te caches de moi depuis quatre ans.

— Vous ne m'avez pas laissé le choix. Je n'avais pas l'impression d'avoir beaucoup d'options.

Il inclina la tête.

— Je n'ai toujours eu à cœur que tes intérêts et ceux de ta mère. Je pensais qu'elle aurait voulu te voir mariée à un homme bien, et qui aurait été en mesure de t'offrir la vie que tu as toujours connue.

Pippa sentit les larmes lui monter aux yeux à la mention de sa mère.

— Je ne pense pas que maman aurait voulu que j'épouse un homme qui ne m'aime pas et qui soit un étranger pour moi.

— Soyons donc d'accord pour être en désaccord sur ce point... Ainsi donc, tu reviens. Qu'est-ce que ça implique ?

— Je vais récupérer mes actions et prendre la place qui me revient au sein du conseil d'administration. Visiblement, nous n'attendons plus que votre signature sur les documents, dit-elle.

— Oui. Je voulais m'assurer que c'était bien toi. J'ai envoyé des hommes à ta recherche, ces dernières années. Il y a même eu quelques fausses pistes.

— Maintenant vous savez que c'est bien moi.

— Effectivement. Je signerai les papiers une fois que tu seras rentrée à Londres, déclara-t-il en se levant.

Pippa serra ses bras autour d'elle tout en les frottant pour en chasser la chair de poule.

— Père ?

— Oui ?

— Rien, fit-elle finalement.

Qu'aurait-elle pu ajouter ? Reconnaître qu'elle était effectivement contente de le revoir ? Lui demander s'il était heureux qu'elle soit en vie ?

Il s'éloigna de l'écran, et Giles Montgomery prit sa place. Le chef des opérations se déclara ravi qu'elle assume un rôle temporaire dans l'entreprise, le temps de faire ses preuves, avant d'en prendre la direction.

— Pippa, je suis tellement content de votre retour. Je suis partant pour vous faire un topo et vous informer de notre situation actuelle.

— Merci, dit-elle. Je souhaite prendre une part active dans la société et ne pas être juste une figure de proue.

— Nous ne demandons pas mieux. Nous étions au point mort durant votre absence, et nous sommes tous impatients de nous remettre au travail et de faire avancer l'entreprise.

— Je le suis également, et j'ai quelques idées à vous soumettre, annonça Pippa.

— Nous pourrons commencer à en discuter dès votre retour, mais pour l'instant je pensais que vous voudriez peut-être en savoir plus sur les administrateurs et notre positionnement stratégique sur le marché. J'ai demandé à Simon de vous faire parvenir un message contenant toutes ces informations.

— Merci. Je comptais revenir fin octobre.

— Nous avons besoin de vous avant cela, affirma Giles. Nous sommes en conflit avec le personnel, et maintenant que vous êtes de retour, si nous pouvions organiser une réunion d'urgence, nous pourrions résoudre le problème en ce qui concerne les salaires.

L'appel se termina au bout de deux heures. Le dos douloureux, Pippa se leva et s'étira. Puis elle sortit du bureau et longea le couloir en direction de la salle à manger, où elle trouva Diego assis dans un grand fauteuil en cuir, qui regardait dans sa direction.

— C'est réglé ?

Elle acquiesça.

— Je pars demain.

11

Pippa resta là, sous le regard de Diego, les bras serrés autour d'elle et l'air… secoué.

— Mon père s'est montré si froid et impersonnel…, dit-elle. Je suppose que j'aurais dû m'y attendre. Je pense que j'ai passé trop de temps à Cole's Hill en compagnie des Caruthers. Je me suis imaginé que les liens familiaux seraient les plus forts.

Diego se leva et s'avança vers elle pour la prendre dans ses bras. Pippa se tint raide contre lui pendant quelques secondes, puis elle le serra également, le nez écrasé contre son torse. Il lui caressa le dos de haut en bas de manière apaisante, essayant de faire abstraction du désir qu'elle éveillait en lui. Le fait était qu'à chaque fois qu'il la tenait dans ses bras ou pensait à elle, il réagissait invariablement de la même manière. Mais le moment était mal choisi, et il changea de position afin qu'elle ne remarque rien.

— Alors tu pars demain ?

— Oui, dit-elle en s'éloignant de lui. À condition de pouvoir utiliser le jet des Caruthers comme Nate me l'avait proposé. Il faut juste que je m'en assure. Mon passeport arrivera au Rockin' C dans la journée.

Pippa se frotta encore les bras de haut en bas avant d'ajouter :

— J'ai encore tant de choses à faire.

Elle avait effectivement beaucoup à faire et peu de temps. Diego passa mentalement en revue son emploi du temps pour la semaine à venir, et assigna dans sa tête la plupart des tâches en question à différents employés du ranch. Avec un peu d'habileté et d'organisation, il pourrait peut-être prendre une semaine de congé.

— Je sais que c'est l'impulsion du moment, dit-il, mais veux-tu que je t'accompagne à Londres ?

Elle pencha la tête sur le côté, et ses lèvres s'entrouvrirent tandis que ses yeux gris plongeaient dans les siens.

— Tu peux faire ça ?

— Je vais devoir jongler un peu avec mon emploi du temps mais, oui, je peux le faire.

— Oh ! Diego, oui, s'il te plaît. J'adorerais que tu viennes avec moi.

— Alors c'est réglé. J'ai besoin de passer quelques coups de fil et de discuter avec mes employés. Tu veux que je fasse autre chose ?

— Pas pour le moment, répondit-elle. Es-tu sûr de vouloir m'accompagner ?

Non, il ne l'était pas, mais il ne voulait pas lui dire au revoir maintenant, et de cette façon. Elle avait d'autres choses en tête pour le moment, et elle comptait bien trop pour lui pour qu'il se résolve à la quitter aussi brutalement. Il préférait d'ailleurs ne pas trop s'attarder sur ce sentiment, mais la vérité était qu'aucune femme n'avait jamais occupé ainsi ses pensées ni éveillé en lui des sentiments… À part sa sœur ou sa mère.

Il n'était peut-être pas le plus intelligent des hommes en ce qui concernait le sexe opposé, mais son père lui avait dit une chose qui l'avait marqué quand il était adolescent, à une période où il surmontait sa première rupture amoureuse. Il lui avait dit de ne jamais laisser partir une femme bien, à moins d'être sûr qu'ils ne soient pas faits l'un pour l'autre.

— J'en suis certain. Est-ce que tu dois retourner au Rockin' C maintenant ?

— Je… Pourquoi ?

— Je dois discuter avec mes employés, puis faire mes bagages, et je t'avoue que je n'ai aucune idée de ce qu'il faut emporter à Londres, déclara-t-il.

— Que dirais-tu d'aller t'entretenir avec tes employés pendant que je te prépare des vêtements en attendant ? Il fera froid et pluvieux, et il n'est pas rare qu'il neige en octobre.

— Neiger ? ! Dans quoi est-ce que je me suis embarqué ?...

— Il n'est pas trop tard pour changer d'avis.

Diego s'approcha d'elle, et d'un geste instinctif lui caressa la joue, car se trouver près de Pippa sans la toucher lui était presque impossible. Il fit courir son doigt sur sa nuque, et l'attira vers lui pour l'embrasser.

— Si, ça l'est, dit-il après ce baiser. Je t'ai donné ma parole et, chez les Velasquez, une promesse est une promesse.

— Ça compte beaucoup pour moi. J'ai beau savoir que je saurai me débrouiller seule, t'avoir à mes côtés sera un véritable soulagement.

— Fais-moi juste une liste des choses que je dois prendre et puis, si ça ne te dérange pas, je viendrai chez toi ce soir. Comme ça, je serai prêt à partir en même temps que toi.

— C'est une excellente idée, dit-elle en prenant aussitôt le couloir en direction de sa chambre.

Il la regarda s'éloigner pendant une minute, pensant à toutes les choses qu'il avait à faire. Mais une seule l'intéressait.

Pippa.

Dans son lit, pour la dernière fois.

La profondeur du besoin qu'il avait d'elle le surprit mais il préféra ne pas s'y attarder. Il voulait que ce rapport soit purement physique, car c'était le dernier moment de ce genre qu'il vivrait. Des moments où elle n'était rien qu'à lui.

— Je pensais que tu avais des choses à faire, dit-elle en le voyant arriver.

— Oui, répondit-il. Et tu es tout en haut de la liste.

— Moi ?

— À moins que tu ne veuilles pas de moi.

Pippa secoua la tête en s'appuyant contre la porte de son dressing.

— Ne sois pas stupide. Je voudrai toujours de toi.

Diego espérait que ce soit vrai, mais elle partait demain pour retourner à sa vraie vie. Bientôt, l'éleveur de Cole's Hill ne serait plus qu'un lointain souvenir. De l'avenir qui attendait Pippa, il ignorait tout, mais il savait qu'une liaison à longue distance avec lui n'en faisait certainement pas partie.

L'idée le rendit à la fois triste et furieux, car il aurait voulu lui demander de rester. Mais quel droit avait-il de lui demander une chose pareille ? Elle devait se concentrer sur son retour en Angleterre et sur la façon de récupérer tout ce qui lui revenait de droit.

— Diego ?

Trop ému pour dire quoi que ce soit, il se contenta de la prendre dans ses bras. La seule chose dont il avait besoin pour le moment, c'était de cette femme contre lui.

Lorsqu'il la souleva pour la porter à sa chambre, elle en eut le souffle coupé. Il la déposa près du lit. L'étoffe de sa robe bleu marine était vaporeuse et douce au toucher ; elle offrait un contraste saisissant avec ses cheveux blonds et sa peau crémeuse. Il trouva la fermeture Éclair sur le côté et tira lentement dessus, regardant chaque parcelle de sa peau se dévoiler.

Pippa leva les bras et les enroula autour de son cou, tandis qu'il passait une main dans l'ouverture, la caressant tout en cheminant vers son dos jusqu'à atteindre l'agrafe de son soutien-gorge, qu'il défit d'une main.

Diego sentit des doigts légers posés sur son torse qui ouvraient lentement les boutons de sa chemise, un par un, avant de repousser le vêtement le long de ses bras. Les boutons aux poignets maintenaient encore la chemise en place, et Pippa s'y attaqua soigneusement, jusqu'à ce que celle-ci finisse par glisser au sol.

Puis il y eut la caresse de ses cheveux soyeux contre son torse, suivie de la chaleur de ses lèvres alors qu'elle mordillait ses pectoraux, sa cicatrice et son tatouage, avant d'en tracer les contours du bout de sa langue. Un grognement lui monta à la gorge quand elle appuya la pression de ses dents.

Paralysé, Diego fut incapable de faire autre chose que la regarder parcourir lentement son corps, tandis que son jean lui paraissait de plus en plus étroit à chaque seconde. Il fixa sa petite langue qui taquinait son mamelon, et ne put empêcher le mouvement de ses propres hanches vers l'avant quand Pippa posa une main sur la braguette boutonnée de son pantalon.

N'y tenant plus, il la souleva d'un bras posé sur sa hanche et, quand elle encadra son visage de ses deux mains, leurs regards plongèrent l'un dans l'autre. Diego voulut y voir une tendresse et un désespoir équivalents à ce qu'il ressentait au plus profond de son âme.

Pippa l'embrassa avec passion et, tandis que leurs langues se mêlaient, il réalisa qu'il avait désespérément faim d'elle... Une faim impossible à combler en seulement une semaine.

Rompant leur baiser, il la laissa glisser le long de son corps et la reposa au sol. Il entreprit alors de sortir ses bras de la robe, qu'il fit ensuite descendre le long de son buste jusqu'au niveau de ses hanches, où celle-ci se trouva bloquée par leurs deux corps pressés l'un contre l'autre. Du doigt, il traça le contour de son soutien-gorge bleu marine, assorti à sa robe, là où commençait la peau crémeuse de sa poitrine.

Pippa fut parcourue d'un tremblement quand il pressa son sexe dur et brûlant contre ses hanches et qu'il lui retira son soutien-gorge pour l'envoyer au sol rejoindre sa chemise.

Puis il la serra fort dans ses bras, poitrine contre poitrine, se délectant de la sensation de ses tétons durcis contre son torse. Il lui caressa le dos et plongea la tête au creux de son cou, là où l'odeur de son parfum était la plus forte.

Pippa lui caressa les épaules, griffa son dos, et passa la main entre leurs deux corps, traçant le contour de chacun de ses muscles tout en laissant ses doigts descendre plus bas vers la fermeture de son jean.

Le cœur de Diego battait à tout rompre, si fort que ce dernier en sentait la pulsation dans son pénis, et il dut se maîtriser pour ne pas s'abandonner à la jouissance. C'était primordial, car il fallait que ce moment dure.

Pippa caressa langoureusement son sexe tendu par-dessus l'étoffe de son jean, et soudain le temps se figea. Plus rien d'autre ne compta qu'elle, nue dans son lit. Il avait besoin d'être en elle, maintenant.

Avec une petite poussée, il la fit basculer sur le lit, et défit les boutons de son jean tout en immisçant une cuisse entre ses jambes écartées. Elle gémit lorsqu'il alterna caresses et doux tapotements à travers l'étoffe de sa culotte, et écarta un peu plus les jambes quand il effleura les boucles soyeuses de sa toison. Sa culotte en dentelle était chaude et humide, et il insinua un doigt en dessous en soutenant son regard.

Pippa l'observait à travers ses paupières à moitié closes et se suça la lèvre inférieure tandis que ses hanches se soulevaient et poussaient contre lui. Diego crut alors suffoquer, et seul le profond désir de la voir jouir au moins une fois avant de la pénétrer lui permit de se retenir.

Elle ondula contre lui et il enfonça son doigt en elle, la taquinant avec des caresses légères.

— Diego..., haleta-t-elle, éperdue.

— Hum ?

— C'est si bon, mais je veux...

— Ça ? demanda-t-il en poussant son doigt au fond de sa chair.

— Oh... Oh ! oui.

Pippa se déhanchait de façon impudique contre son doigt à présent. Il voulait prolonger son supplice et la laisser encore un peu à la lisière des cimes vertigineuses du plaisir.

— Diego, je t'en supplie.

De son pouce, il caressa le contour de son clitoris, et elle ondula encore plus fort contre sa main, arquant le dos, ses hanches se soulevant frénétiquement. Le regard de Diego se fixa sur ses seins pleins et ses mamelons érigés. Il en prit un entre ses lèvres et le suça avec force tout en continuant son exquise torture avec ses doigts et son pouce. Foudroyée de plaisir, Pippa rejeta la tête en arrière et cria son nom.

Il sentit sa chair tendre se resserrer autour de ses doigts tandis qu'elle continuait d'onduler contre lui, avant de finalement s'effondrer dans ses bras.

Les doigts toujours à l'intérieur de son corps, il recommença lentement à la caresser et à faire renaître son plaisir. Puis il pencha la tête et captura sa bouche. Quand elle entrouvrit docilement les lèvres, Diego dut s'exhorter au calme. Il voulait continuer lentement, et que cela ne s'arrête jamais. Il lui fallait prolonger leur extase le plus longtemps possible, parce qu'une fois qu'ils auraient quitté la chambre elle entamerait le processus final de son départ, même s'il allait l'accompagner une semaine à Londres.

Mais Pippa ne voulait pas ralentir. Ses ongles s'enfoncèrent dans ses épaules et elle se déhancha avec force, le corps à ce point cambré que les pointes dures de ses tétons frottèrent contre son torse.

Il maintint ses hanches de son avant-bras tout en lui mordillant la nuque, et usa de son autre main pour lui presser fermement les fesses.

Pippa ferma les yeux et expira un souffle fiévreux sous ses caresses brûlantes. Il étouffa ses doux gémissements d'un baiser impérieux, et elle inclina la tête afin de le laisser explorer sa bouche à sa guise. Agrippée à ses épaules, elle se souleva à nouveau vers lui, frottant désespérément son sexe contre son érection.

Diego déboutonna son pantalon et libéra son sexe raidi, puis il tendit la main vers la boîte de préservatifs qu'il gardait dans le tiroir de la table de nuit. Il chercha à tâtons dans la boîte, en trouva enfin un, et recula pour le sortir de l'emballage d'aluminium et le dérouler sur lui. Quand ce fut fait, il revint vers elle et posa ses mains de chaque côté de ses hanches alors qu'il se positionnait face à son intimité moite et palpitante. Pippa frissonna violemment, et il la contempla dans cette position, seins tendus et implorants la caresse de sa bouche. N'y résistant pas, il baissa la tête et aspira un de ses mamelons.

Il continua d'essayer de faire durer leurs caresses et de ralentir le mouvement tandis qu'il couvrait son corps du sien. Leurs regards se verrouillèrent l'un dans l'autre, leurs respirations se mêlèrent, et Diego plongea alors en elle d'un coup de reins profond, pour ne s'arrêter qu'une fois enfoui au plus profond de son intimité brûlante, le souffle court.

Il voulait conserver le souvenir d'elle allongée sous lui et l'enserrant de ses jambes pour toujours. Il voulait aussi qu'elle se souvienne de lui longtemps après qu'il serait retourné à Cole's

Hill et à sa chambre solitaire, pendant qu'elle reprendrait les rênes de son entreprise.

Il voulait s'assurer que Pippa ne l'oublierait jamais.

Alors il la revendiqua, il la revendiqua comme sienne, même si seule son âme pouvait le savoir.

Il entama un va-et-vient dans son corps doux et serré. Ses yeux étaient fermés, ses hanches bougeaient doucement contre lui, et quand Diego souffla sur son mamelon, il vit la chair de poule se répandre sur tout son corps.

Il aimait la façon dont Pippa réagissait à sa bouche. Il suça la peau de sa clavicule tout en s'enfonçant jusqu'à la garde en elle. Il savait qu'il lui laisserait une marque profonde et l'idée lui plut : il voulait qu'elle se souvienne de ce moment et de ce qu'ils avaient partagé quand elle serait seule, plus tard. Diego continua ainsi à la torturer de la plus exquises des façons, jusqu'à ce qu'elle finisse par lui agripper les cheveux et ondule plus fort contre lui.

— Jouis en même temps que moi, dit-il.

Les yeux de Pippa s'écarquillaient à présent à chacun de ses assauts. Elle crispa les mains sur ses hanches, les yeux à moitié fermés, la tête rejetée en arrière. Diego reprit délicatement un mamelon entre ses dents et elle se démena de plus belle, de plus en plus vite, le pressant d'accélérer, mais il maintint un rythme lent et régulier, faisant monter lentement le plaisir entre eux.

Quand il changea de position pour la rendre plus sensible encore à ses assauts, Pippa crispa les mains dans ses cheveux, folle de plaisir. Il varia le rythme de ses coups de reins, comme s'il cherchait un moyen de graver cet instant dans son corps, enchevêtré dans ses membres soyeux pour toujours.

— Accroche-toi à moi.

Elle s'exécuta et Diego la fit passer au-dessus de lui. Il remonta alors ses jambes fuselées bien haut et s'enfonça entièrement en elle. Elle se tint ainsi sur lui, ouverte et totalement vulnérable.

— Maintenant, Pippa.

Aussitôt il sentit sa chair palpitante se resserrer autour de lui, et son sang rugit dans ses oreilles tandis que tout son être se concentrait sur cette femme incroyable.

Il cria son nom en jouissant et regarda les yeux de Pippa se perdre dans le vague au moment où le raz-de-marée déferla en elle. Puis elle s'effondra et il roula à côté d'elle, la tenant dans ses bras jusqu'à ce que leur respiration s'apaise et que la sueur sèche sur leurs corps. Aucun d'eux ne prononça un mot, et ils restèrent ainsi un long moment, enlacés.

Puis Diego se fit violence pour se détacher de Pippa et aller prendre une douche, avant de quitter la maison pour s'en aller parler à ses employés.

Il avait trop peur de la supplier s'il restait plus longtemps...

12

— J'aimerais pouvoir venir avec toi, dit Kinley en se tenant à côté du placard de Pippa.

— Moi aussi. Je ne m'étais pas rendu compte que j'avais accumulé autant de choses.

— Ne t'inquiète pas pour ça. Prends ce dont tu as besoin. Je te ferai envoyer le reste.

Kinley la serra dans ses bras.

— Je pensais que j'étais prête à te laisser partir, mais je ne le suis pas. Je veux dire, je n'ai toujours pas décidé quoi faire à propos de Nate et d'avoir un autre bébé. Et tu es la seule avec qui je peux râler contre lui, parce que tu sais que je l'aime et que, si je me comporte comme une idiote, c'est juste parce que j'ai peur.

Pippa serra son amie dans ses bras.

— Je ressens la même chose. Je n'ai même pas eu le temps de te parler de Diego ou de la froideur de mon père lors de l'appel... Nous devrions fixer un rendez-vous régulier par appel vidéo.

Kinley recula et s'assit sur le lit.

— Bonne idée. Faisons ça les samedis, comme ça Penny pourra discuter avec toi. Elle est en colère, au fait. Elle m'a dit que je pouvais te dire au revoir à sa place.

Le cœur de Pippa se brisa en entendant cela.

— J'aurais aimé qu'il y ait un autre moyen, mais je ne peux pas rester.

— Je sais. Nous le savons toutes les deux. Même Penny. Elle

t'a fait ça, déclara Kinley en se dirigeant vers son grand sac Louis Vuitton pour en sortir une petite pile de papiers attachés par un fil.

— C'est un livre sur les filles P, déclara Pippa en regardant la couverture où étaient dessinées à la main deux filles, l'une avec les cheveux roux et l'autre blonde.

La jeune femme serra le livre contre elle et cligna des yeux pour ne pas pleurer.

— Tu regarderas plus tard, dit Kinley. Nous y travaillons depuis que tu m'as dit que tu partais.

— Merci, Kin. Tu es plus proche de moi qu'une sœur et je ne peux m'empêcher de me demander quel gâchis ma vie aurait été si tu n'avais pas été là.

— C'est simple : nous nous sommes trouvées.

— C'est vrai, approuva Pippa en sortant de sa commode une boîte qu'elle y avait laissée plus tôt. C'est pour toi.

— Tu n'avais pas à m'offrir quelque chose, mais merci.

Kinley ouvrit la boîte. Elle contenait deux colliers assortis, décorés de « charms », que Pippa avait faits pendant l'été au cours de séances au centre artistique de Cole's Hill. Celle-ci savait qu'elle partirait à l'automne et avait voulu créer des souvenirs pour Kinley et Penny.

— Le plus petit est pour le lutin.

— Tu vas tellement nous manquer. Ils sont parfaits.

Des coups se firent entendre à la porte d'entrée avant qu'elle puisse répondre.

— J'y vais. Termine tes bagages.

Pippa s'assit sur le lit après le départ de Kinley, les bras enroulés autour de sa taille. Qui aurait pensé que quitter cette nouvelle vie qu'elle s'était inventée serait si difficile ? Mais là encore, tout ce qu'elle avait vécu avec Kinley et Penny était bien réel. Son amie et elle-même étaient si jeunes et effrayées à l'époque où elles s'étaient rencontrées.

Pippa était fière du chemin que toutes deux avaient parcouru. Mais même si se dire au revoir était très dur, elle savait qu'elle ne pouvait rester indéfiniment ici.

Quelqu'un frappa au mur près de l'entrée de sa chambre. Elle leva les yeux et vit qu'il s'agissait de Diego. Il tenait un petit sac dans une main et son Stetson dans l'autre.

— C'est tout ce que tu prends ?

— Non, dit-il. J'ai laissé ma valise en bas. Kinley m'a demandé de te rappeler que le jet peut partir dès que tu le souhaites. Je lui ai suggéré que tu pourrais peut-être vouloir partir ce soir.

L'idée était bonne. Elle n'y avait même pas pensé, d'une certaine manière désireuse de retarder le moment de monter dans l'avion et de retourner en Angleterre.

— Oui, tu as raison. J'imagine que je repousse les retrouvailles avec mon père et que j'ai un peu peur de ce qui m'attend là-bas.

— Eh bien, en tout cas, je suis prêt à partir. C'est à toi de décider.

Il était peut-être prêt à partir, mais seulement temporairement. Elle savait qu'il n'était qu'une béquille dont elle allait devoir apprendre à se passer, mais une semaine c'était mieux que rien. Diego ne pouvait absolument pas rester plus longtemps que cela. Il lui avait dit un peu plus tôt qu'il attendait l'arrivée d'un étalon dans deux semaines et que l'animal avait bien trop de valeur pour le laisser à la charge de ses collaborateurs.

— Dès que j'aurai terminé ça, je serai prête à partir. Tu veux bien prévenir Kinley et Nate que nous partirons ce soir ? Je devrais avoir fini dans une heure.

— Ça me va. On ira à l'aéroport avec mon pick-up, comme ça à mon retour... je pourrai rentrer chez moi.

Le poids de ses paroles pesa entre eux, et ils se fixèrent un instant. Puis Diego se retourna et descendit les marches. Pippa réalisa tout ce qu'elle allait devoir abandonner pour récupérer son héritage, et cela la remplit d'amertume, car une part d'elle ne demandait pas mieux que vivre cette vie qu'elle aurait pu appeler la sienne, ici, à Cole's Hill. Mais elle refusait de laisser son père gagner : cet homme incapable de lui dire qu'elle lui avait manqué et qui l'avait regardée avec irritation.

Elle savait que Diego la comprenait, mais cela ne rendait pas les choses plus faciles pour autant. Plongée dans ce genre de réflexions, elle termina ses bagages et quitta son cottage pour aller dire au revoir à tout le monde. Le clan Caruthers en entier l'attendait à l'extérieur. Benito lui fit un doux câlin, et au dernier moment, Penny sortit en courant de la maison pour se jeter dans les bras de Pippa.

— Prends soin de toi, lutin.

— Toi aussi, Pippy.

Elle reposa la fillette puis monta dans le pick-up de Diego, la tête tournée vers les pâturages vallonnés afin de masquer ses larmes, et le fait qu'une partie de son âme se sentait triste et vidée.

Pippa était nerveuse. Diego le voyait rien qu'à sa façon de regarder par la fenêtre, mais il ne trouvait pas de mots pour la réconforter. Il savait que son père avait été froid comme la glace lors de l'appel, mais il ignorait ce qui les attendait une fois arrivés. L'avion privé de la famille Caruthers était déjà une véritable chance : l'occasion pour eux d'être seuls avant qu'elle ne se confronte à cet avenir incertain.

Même s'il l'accompagnait, ils savaient tous deux que son séjour au Royaume Uni ne pouvait être que temporaire. Il avait Arbol Verde, dont il ne pouvait rester éloigné trop longtemps. Et à supposer qu'il fût disposé à en envisager la possibilité, d'une part il n'était pas citoyen britannique, et d'autre part il n'était pas certain de vouloir vivre dans une ville froide et brumeuse, même si la présence de Pippa à ses côtés était presque suffisante pour qu'il s'en sente tenté.

Il la regarda soupirer, tout en mâchant son bonbon à la menthe. Ils étaient les seuls passagers à bord. Le pilote et le copilote étaient à l'avant, mais il n'y avait qu'eux deux à l'arrière.

— Est-ce que tu portes des sous-vêtements ? demanda-t-il en fixant la veste en fausse fourrure qu'elle avait sur le dos.

Elle se retourna sur son siège et le regarda.

— Oui, pourquoi ?

— Va les enlever, ainsi que ton chemisier, et reviens avec juste ton manteau de fourrure.

— Diego...

— Fais-le, bébé. Ça détournera tes pensées de ce qui t'attend là-bas.

Pippa s'humecta les lèvres.

— Je… D'accord, dit-elle en se levant lentement.

Il s'était attendu à ce qu'elle fasse cela aux toilettes, mais Pippa leva vers lui l'un de ses pieds, chaussés de bottes montantes à talons aiguilles.

— Tu veux bien m'aider à les enlever ?

Son sexe durcit instantanément et il dut étirer les jambes afin de trouver une position plus confortable. Diego baissa la fermeture Éclair et sortit le pied de la botte, puis le posa sur le siège vacant à côté du sien. Il déchaussa ensuite l'autre pied, et quand Pippa remonta lentement sa jupe sur ses jambes, il vit qu'elle portait des bas sans jarretelles. Elle tint la jupe ainsi retroussée à sa taille.

— Je crois que j'ai besoin d'aide, Diego, dit-elle d'un ton aguicheur.

Il posa les mains des deux côtés de sa taille, non sans avoir effleuré au passage son tendre pubis, et tira lentement la culotte le long de ses cuisses, laissant ses doigts s'attarder sur la peau nue. L'étoffe couleur ivoire tomba aux pieds de Pippa, qui l'enjamba. Diego la ramassa et la mit dans sa poche.

Elle haussa un sourcil, et il y répondit par un sourire.

Le manteau suivit ensuite : elle le fit glisser le long de ses bras et le posa sur le siège sur lequel elle était assise un instant plus tôt, puis sortit lentement son chemisier de sa jupe avant d'en défaire les boutons un par un, dévoilant au fur et à mesure ses deux globes rehaussés par son soutien-gorge corbeille. Une fois tous les boutons ouverts, Pippa ôta le vêtement et lui tourna le dos, puis se pencha lentement afin de le poser dans son bagage à main.

Le souffle coupé, Diego se figea, le regard fixé sur le galbe de ses fesses en forme de cœur, et y posa la main. Elle poussa son bassin vers lui et il émit un grognement sourd. Puis elle se redressa et se retourna, toujours vêtue de son soutien-gorge qui mettait ses seins terriblement en valeur, et qui empêchait Diego de détourner le regard. Quand elle leva les bras pour en défaire l'agrafe, il remarqua le bout d'un téton qui dépassait. Pippa ôta alors le soutien-gorge et le lui tendit.

— Tu le veux aussi ? Ce serait dommage de ne pas l'avoir, il est assorti à la culotte.

Il le prit et le fourra dans son sac d'ordinateur. Elle se tint là, fière et confiante, les épaules en arrière et les seins nus. C'était cette Pippa qu'il voulait voir, et non celle si angoissée de tout à l'heure.

— Tu es sûr pour le manteau de fourrure ? demanda-t-elle.

— Oui. Je pense que tu aimeras la sensation contre tes mamelons.

Il le prit de la chaise et se leva pour le lui tendre. Elle se retourna pour glisser les bras dans les manches. Diego la tira alors vers lui et la prit dans ses bras, chaque main prenant un de ses seins en coupe. Il déposa une pluie de baisers dans son cou tout en jouant avec ses mamelons, qui durcirent aussitôt.

Puis il referma le manteau doublé de satin sur ses tétons érigés. Elle haleta, reculant son bassin pour frotter ses fesses contre son érection.

Diego mordit doucement sa clavicule et glissa une main dans l'ouverture de son manteau pour taquiner ses seins en même temps.

Pippa gémit tandis qu'il pressait son sexe contre son dos, leurs deux corps s'emboîtant à la perfection. Il laissa sa main libre errer plus bas et remonta sa jupe haut sur ses cuisses, à l'endroit où s'arrêtaient ses bas. Là, il passa un doigt sur la bande en dentelle, puis monta plus haut, jusqu'à son entrejambe, et caressa sa toison avec légèreté. Elle gémit, éperdue, et posa sa main sur la sienne, qu'il saisit aussitôt pour séparer avec ses doigts les replis intimes de sa chair moite.

— Ouvre-toi pour moi, lui chuchota-t-il à l'oreille.

Elle frissonna contre lui et hocha la tête.

Diego caressa doucement son clitoris ainsi exposé, en le tapotant légèrement de temps en temps. Pippa laissait échapper des gémissements à chaque contact. Il continua ainsi en augmentant à mesure la pression de ses caresses, s'attardant autour de son bourgeon sensible, les entrecoupant de tapotements, jusqu'à ce qu'elle se torde de plaisir dans ses bras. Elle agrippa son poignet de sa main libre, cambrant le dos de plus belle, et tourna la tête pour chercher sa bouche. Leurs langues se mêlèrent et elle l'embrassa avidement tandis qu'il enfonçait un doigt en elle. Il sentit sa chair douce et humide se resserrer autour de lui alors qu'elle ondulait contre sa main, avant de pousser un cri de jouissance, emportée par la force de son orgasme.

Diego la souleva et s'assit sur son large siège en la posant sur ses genoux. Pippa se blottit contre son torse tandis qu'il conservait son doigt entre ses jambes, allant et venant en d'apaisantes caresses jusqu'à ce qu'elle se calme dans ses bras.

Alanguie ainsi contre Diego, vêtue uniquement de sa jupe et d'un manteau de fourrure, Pippa n'aurait jamais pensé se sentir autant en sécurité, et si elle osait le dire : autant acceptée.

Avec lui, elle se sentait si vivante et entière. Aucune personne ayant connu son nom, sa vie et sa fortune ne l'avait jamais fait se sentir si importante, comme si elle suffisait à elle seule. Personne avant Diego.

Elle passa la main entre leurs deux corps et baissa sa fermeture Éclair, jusqu'à pouvoir glisser les doigts dans son pantalon. Son sexe était toujours aussi dur que de la pierre, et alors qu'elle se hissait maladroitement sur lui afin de le chevaucher, elle sentit une goutte d'humidité sur la pointe de son pénis. Elle la préleva du doigt et, d'un geste impudique, la porta à ses lèvres. Diego grogna fiévreusement.

— Tu peux sortir mon portefeuille ? demanda-t-il en soulevant ses hanches.

Elle tâtonna près de sa poche arrière pour trouver le portefeuille, et faillit presque tomber de ses genoux en tirant dessus, ce qui la fit glapir et lui rire.

Pippa lui remit l'objet et il l'ouvrit pour en sortir le préservatif qu'elle l'avait vu y mettre un peu plus tôt.

— Et si tu n'en trouvais pas en Angleterre ? plaisanta-t-elle.

— Ne t'en fais pas pour ça. On y arrivera, dit-il avec un clin d'œil.

Elle était de son avis... Du moins tant que leur histoire durerait.

Au moins une semaine de plus.

Alors qu'il déroulait le préservatif d'une main, elle baissa les yeux sur lui, totalement vêtu à l'exception de son pénis offert à son regard. L'idée qu'ils puissent paraître présentables pour un spectateur extérieur, alors qu'elle était secrètement à deux doigts de perdre la raison, lui parut amusante.

Pippa aurait pu se mentir et prétendre que ce qu'elle vivait avec Diego n'était qu'une aventure passagère, mais elle savait que c'était bien plus. Il faisait ressortir en elle des aspects qu'elle n'avait jamais explorés, ni même pensé à explorer.

Posant ses mains sur ses puissantes épaules, elle se positionna de façon à pouvoir le sentir à l'entrée de son sexe.

— Mon genre d'équitation préféré, dit-elle.

Elle prit alors son membre érigé dans sa main et le rapprocha d'elle, écartant davantage les jambes pour être totalement ouverte à lui.

Leurs regards plongés l'un dans l'autre, elle glissa le long de son pénis, l'enfonçant au plus profond de son corps. Elle bascula la tête en arrière et sentit le souffle de Diego sur son sein, aussitôt remplacé par sa bouche qui se referma sur son mamelon. Elle frissonna et enroula ses bras autour de ses épaules, le serrant contre elle tandis qu'elle entamait un mouvement de va-et-vient sur lui de haut en bas.

Diego continua sa délicieuse torture sur son téton, le suçant avec force et raclant délicatement ses dents sur la peau sensible. De la main, il joua avec son autre sein, l'excitant et la faisant se cambrer contre lui, folle de désir.

Il finit par lever la tête, et colla son torse contre ses mamelons humides et durcis, avant de s'enfoncer encore plus profondément en elle. Elle plongea alors dans son regard, lui faisant ressentir la communion de leurs âmes.

Elle espérait qu'il lui pardonnerait de n'avoir pas voulu rentrer seule à Londres.

— Pippa. Maintenant.

Sa voix déclencha une réaction en chaîne et elle s'arqua de nouveau contre lui, la tête rejetée en arrière, tandis qu'elle était balayée par son orgasme. Il continua son va-et-vient, et lui agrippa les cheveux afin d'abaisser sa tête vers sa bouche, et elle le sentit donner une dernière poussée avant de se figer et de sombrer dans l'extase.

Elle s'effondra sur lui, toujours couverte de son manteau, et il la retint de ses bras, l'apaisant avec des caresses sur son dos, jusqu'à ce qu'elle finisse par s'endormir.

Diego la tint contre lui, sachant que c'était les derniers instants qu'ils vivaient avant qu'elle ne redevienne Philippa Hamilton-Hoff, l'héritière milliardaire et chef d'une entreprise qui battait de l'aile depuis quatre ans. Il se demanda s'il avait fait une grosse erreur en lui proposant de l'accompagner à Londres, mais il savait au plus profond de lui qu'il n'avait pas eu d'autre choix.

Il n'était pas prêt à la laisser partir.

Pas encore.

13

Diego enfila son manteau au moment de sortir de la zone de contrôle de l'aéroport privé où l'avion Carũthers avait atterri. Le temps était couvert et une légère pluie tombait. Le pilote et le copilote devaient rester en Angleterre durant une semaine, et le ramener samedi. Diego en était reconnaissant, même s'il aurait très bien pu prendre un vol commercial.

— Je suis tellement nerveuse. Simon a dit qu'il nous enverrait une voiture et je ne sais pas si mon père sera à la maison de ville dont j'ai hérité, déclara Pippa.

Il posa sa main au creux de ses reins et avança à ses côtés, quand soudain elle s'arrêta brusquement. Un homme à la mine sévère se tenait devant elle, lui bloquant le passage.

— Père.

— Philippa.

Diego observa l'homme d'un certain âge, vêtu d'un costume et d'un pardessus. Debout près de lui, quelqu'un lui tenait un parapluie au-dessus de la tête pour l'empêcher d'être mouillé par la pluie.

— Bonjour, monsieur. Je suis Diego Velasquez.

— Monsieur Velasquez, êtes-vous le... Qu'êtes-vous pour ma fille ? demanda-t-il.

— Son ami, répondit Diego.

— Je ne m'attendais pas à vous voir aujourd'hui, dit Pippa.

— J'ai demandé à Simon de m'informer de ton arrivée. Je devais te faire un résumé des conséquences qu'ont eues les décisions de Giles Montgomery pour notre famille, déclara son père. Peut-être que nous pourrions en discuter pendant le petit déjeuner ?

Diego remarqua que le visage de Pippa s'était figé et durci.

— Je ne peux pas, père. J'ai une réunion avec Giles cet après-midi, et Diego et moi espérions pouvoir nous installer avant cela.

L'homme acquiesça.

— Alors tu as déjà pris ta décision ? Giles t'a retournée contre moi.

— Ce n'est pas du tout ça, père. J'ai eu quatre ans pour réfléchir à ce que vous feriez à mon retour et…

Elle s'interrompit, visiblement gagnée par l'émotion. Avait-elle perdu son flegme britannique après tant d'années à vivre aux États-Unis ?

Son père lui saisit la main.

— Moi aussi.

Juste ces deux mots, laconiques et sans émotion. Mais l'expression de son regard parut faire douter Pippa.

Elle regarda Diego, qui hocha subtilement la tête, puis se tourna vers son père.

— D'accord. Prenons le petit déjeuner, et vous pourrez m'expliquer ce que vous faites.

Son père eut l'air soulagé.

— Je vais vous laisser le temps de vous installer, et peut-être que nous pourrions nous donner rendez-vous au Costa, près de ta maison, dans deux heures. Ça ira ?

— Oui.

Sur ce, il se retourna et se dirigea vers la Bentley qui l'attendait. Pippa le regarda partir. La bruine avait recouvert ses cheveux et elle semblait frigorifiée. Mais pour la première fois, Diego lui vit une expression entêtée.

— Je ne saurais dire s'il essayait de me manipuler ou s'il ressent quelque chose pour moi. Mais s'il pense pouvoir me manipuler, il sera déçu.

— Je veux bien te croire, dit Diego alors qu'un homme en costume noir s'approchait d'eux.

— Madame Hamilton-Hoff ?

— Oui.

— Je suis Dylan, votre chauffeur. Je suis ici pour vous conduire chez vous, et bien sûr partout où vous voudrez aller, expliqua-t-il. Ce sont vos bagages ?

Il désigna les trois valises empilées près du trottoir.

— Oui.

— Installez-vous tous les deux dans la voiture pendant que je m'en charge.

Diego suivit Pippa et prit place sur la banquette arrière à côté d'elle. Elle ne disait rien et, cette fois, il n'avait aucune idée de quoi faire. Elle semblait vouloir se replier sur elle-même et se soustraire à tout contact, et il était assez intelligent pour la laisser tranquille.

— Désolée pour tout ça. Je pense que mon père ne va pas me faciliter la tâche.

Il était triste que son père n'ait pas essayé de l'embrasser ou de lui témoigner le moindre signe d'affection. Mais c'était peut-être juste une sorte de flegme britannique auquel lui-même n'était pas habitué. En ce qui le concernait, la veille de son départ, ses parents étaient venus jusqu'à Arbol Verde pour l'embrasser et lui souhaiter un bon voyage. Et ce n'était qu'un séjour d'une semaine. S'il revenait après quatre années d'absence, ses parents auraient eu autre chose en tête que lui parler affaires.

— On aurait dit que ça lui était égal que je sois de retour. Durant l'appel vidéo, je me suis dit que sa retenue venait peut-être du fait qu'il était mal à l'aise de discuter par écrans interposés, ou parce qu'il était dans le bureau de Simon… Mais non, il ne m'aime vraiment pas, dit Pippa.

Diego tendit le bras et l'attira contre son corps.

— Chacun a sa façon d'exprimer ses émotions.

Elle recula et le fixa.

— Ah bon ? Tu penses vraiment qu'il y avait une once d'émotion en lui ?

— Non. Mais je ne le connais pas. Toi, oui. Tu as dit qu'après le décès de ta mère il t'a envoyée en pensionnat. Peut-être que sa façon de gérer ses émotions est de les refouler... Je ne sais pas.

— Moi non plus, je ne sais pas. Désolée d'être sèche. Je suis fatiguée, et tout ici me paraît plus difficile que je ne le pensais.

Et ils n'avaient même pas encore quitté l'aéroport. Diego se demanda s'il n'avait pas fait une erreur en venant avec elle. Son but avait bien sûr été de l'aider, mais visiblement les prochains jours allaient être très difficiles et il ne lui serait d'aucune utilité, le domaine d'activité de sa famille étant aussi éloigné que possible du sien. Ils étaient joailliers, un monde qui n'avait rien à voir avec celui des chevaux.

Quand le chauffeur s'installa derrière le volant et se mit en route pour les conduire chez elle, Diego réalisa alors combien ce pays était différent du sien. Il dut s'adapter mentalement à la conduite à gauche ; durant une minute, il crut que le chauffeur conduisait n'importe comment. Mais quand ils prirent l'autoroute, il comprit vraiment qu'il n'était plus à Cole's Hill : aucun pick-up ou camionnette, juste des berlines de luxe et des voitures de ville. Quand ils empruntèrent la sortie et se dirigèrent vers la maison de Pippa, il ne put s'empêcher de remarquer à quel point les rangées de résidences géorgiennes étaient resserrées. Il y avait peu d'espace, contrairement à ce à quoi il était habitué. Diego était hors de son élément, et il réalisa qu'aimer Pippa ne suffirait pas.

C'est en pénétrant dans sa maison, qu'il commença vraiment à avoir une idée plus précise de la fortune de Pippa. Celle-ci était remplie d'antiquités. C'était le genre d'endroit que sa mère aurait adoré : elle avait décoré son appartement à Houston de manière très similaire.

Pippa lui montra immédiatement leur chambre et lui dit qu'il pouvait aller se coucher.

— Où vas-tu ?

— Je dois retrouver mon père, puis j'ai rendez-vous avec Giles, mais je devrais être de retour pour le dîner.

— D'accord. Je t'accompagne, dit-il.

— Tu vas trouver ça ennuyeux.

Elle semblait surtout préférer qu'il ne vienne pas.

— Très bien. À quelle heure, le dîner ?

— 19 heures.

Il n'était que 10 heures du matin.

— Merci, dit-elle en lui donnant un léger baiser sur la joue, avant de s'en aller.

Diego la regarda partir, assis dans cette maison qui n'était pas la sienne. Il était environ 4 heures du matin à Cole's Hill, et il envoya donc un SMS à son frère pour lui demander de l'appeler à son réveil. Il allait devoir trouver un moyen de s'occuper durant son séjour ici, sinon il aurait l'impression d'avoir suivi Pippa pour des raisons auxquelles il préférait ne pas penser.

Il voulait qu'elle fasse partie de sa vie car il tenait à elle. Mais elle n'était pas dans une disposition d'esprit favorable pour ce genre de relation, réalisa-t-il. Elle était concentrée à récupérer son héritage et il espérait être assez fort pour la soutenir dans cette tâche.

Mauricio l'appela à son réveil. Parler avec son frère lui fit du bien.

— J'ai entendu dire qu'il y a des écuries pas trop loin de l'endroit où tu résides, lui annonça ce dernier. Dans le Surrey, je crois. C'est le genre d'opération dont nous avions parlé.

— J'irai voir ça. Envoie-moi les détails.

— Je le ferai. Alors, comment tu trouves cette bonne vieille Angleterre ?

— Froide, dit-il.

Et solitaire. Mais il était hors de question qu'il l'avoue à son frère.

— Heureusement que tu as Pippa pour te réchauffer.

— Heureusement, répéta-t-il, avant de mettre fin à la conversation.

Désormais, il avait un projet. Il appela ces écuries dans le Surrey et fixa un rendez-vous pour le lendemain. Après quoi il reçut un SMS de Bartolome Figueras, un de ses amis, joueur de polo et grand mondain, qui voulait son avis sur un cheval qu'il comptait acheter. Lorsque celui-ci lui envoya la photo de l'animal, Diego réalisa qu'il était lui aussi en Angleterre. Il organisa donc une rencontre avec lui durant la semaine. À présent, il avait des occupations autres que de rester assis à attendre son héritière.

Après six jours passés à Londres, Pippa n'avait toujours pas terminé d'être formée. Elle rentrait tard tous les soirs, passait quelques minutes à écouter Diego lui raconter sa journée, avant de s'écrouler de sommeil. Parfois, il lui faisait l'amour au milieu de la nuit, mais la plupart du temps elle était trop fatiguée pour ça. Quand le réveil sonnait le matin, ils gémissaient tous les deux, et elle se précipitait hors du lit pour se rendre aux bureaux Hamilton sur Bond Street, où un portier en uniforme et chapeau haut de forme la saluait avec déférence. Elle pénétrait alors dans le magasin avant de monter au bureau situé au cinquième étage.

La jeune femme se rendait compte que ce ne serait pas de sitôt qu'elle pourrait concevoir des bijoux ou parler de nouvelles orientations pour l'entreprise. La lutte de pouvoir entre son père et le conseil d'administration avait fait des ravages au sein de la société, et elle était prise au milieu de tout ça. Maintenant qu'elle était de retour, Pippa devait prendre des décisions difficiles et elle se sentait prête à le faire. S'il n'avait été question que de revanche, cela aurait été on ne peut plus facile, mais d'un point de vue commercial c'était plus délicat.

Le fait était que certaines idées de son père s'avéraient finalement assez bonnes, mais toutes ces luttes intestines faisaient que le conseil les rejetait d'emblée. Ajouté à cela ses manières arrogantes, qui dissuadaient la jeune femme de se ranger de son côté.

Il lui fallait quelqu'un à qui parler en ce moment, mais quand elle avait demandé à Diego de passer la prendre pour déjeuner, il lui avait répondu qu'il était en route pour rencontrer des éleveurs du Hampshire. Pippa s'était sentie quelque peu agacée mais s'était rapidement reprise en se souvenant qu'il était ici pour elle, et qu'elle ne pouvait décemment pas exiger de lui qu'il reste assis toute la journée à l'attendre. Pourtant, une part d'elle — la part épuisée et emplie de doutes — était contrariée que ce ne soit pas le cas.

— J'ai rendez-vous à 10 heures et, selon le GPS, je devrais pouvoir être de retour à Londres à 14 heures. Tu veux qu'on se voie à ce moment-là ? lui demanda Diego au téléphone.

— Non, je ne pourrai pas. J'ai une réunion qui débute à 14 h 15, répliqua-t-elle.

— Nous n'avons qu'à discuter pendant que je conduis. Sauf que cet engin n'arrête pas d'essayer de me faire prendre des petites routes à sens unique. Je pense qu'il y a un problème avec le programme GPS de mon téléphone. Je vais demander à Alejandro d'y jeter un coup d'œil. C'est un véritable génie de la programmation.

Pippa n'avait vraiment pas le temps pour ce genre de considérations.

— Je pense que c'est simplement les routes d'ici qui sont comme ça. Écoute, on en parlera plus tard. N'oublie pas que nous avons un dîner ce soir avec le conseil d'administration. Il faudra porter une cravate noire. Si tu n'en as pas…

— Je ne suis pas un bouseux, Pippa. Je sais ce que c'est qu'une cravate noire. Tu rentres d'abord à la maison ou est-ce que je dois te retrouver sur place ?

Sa voix avait pris un ton qu'elle ne lui connaissait pas et qui lui donna l'impression de parler à un inconnu. Elle n'avait encore jamais ressenti cela avec Diego. Même au début, quand ils se voyaient au café et n'échangeaient que quelques mots, il n'avait jamais paru si distant.

— J'essayerai de rentrer.

— Je serai prêt quand tu arriveras, dit-il.

— Diego ?

— Oui ?

— Merci d'être venu avec moi.

Elle savait que la semaine ne s'était pas déroulée comme il l'avait imaginé, et qu'il devait retourner à Cole's Hill samedi. C'est-à-dire dans deux jours.

— Je t'en prie. Je suis désolé que tout ce qui accompagne ton héritage soit plus difficile que prévu.

Elle aussi. Elle s'était attendue à ce que ce soit difficile, mais pas à ce point. Elle était même surprise, car le plus grand obstacle à surmonter pour diriger l'entreprise n'était finalement pas son père. Pippa réalisait également qu'elle avait fantasmé sur son retour durant toutes ces années, s'imaginant qu'elle n'aurait qu'à débouler ici, présenter ses créations et ses propositions concernant une nouvelle collection « mariage », et que tous l'applaudiraient. Tout se serait passé comme si elle ne s'était jamais enfuie ou qu'il n'y avait jamais eu de lutte de pouvoir entre elle et son père.

Mais sa réintégration au sein de House of Hamilton ne se passait pas du tout ainsi. Ni de près, ni de loin.

— J'imagine que c'est ce qu'on appelle mettre le pied dans la réalité, dit-elle.

— J'en ai bien l'impression.

Elle entendit alors un klaxon, et Diego jura copieusement.

— Je vais te laisser, dit-elle. Sois prudent.

— Toi aussi.

Après avoir raccroché, Pippa posa le téléphone sur son bureau, et vit en levant les yeux que Giles se tenait dans l'embrasure de la porte.

— Tu as le temps de prendre un café rapide ? demanda-t-il.

— Bien sûr.

Giles aussi faisait partie du problème. Tout en prenant le café avec lui, elle comprit que lui et son père se jouaient tous les deux d'elle. Ils partaient chacun du principe qu'elle allait devoir forcément en soutenir un pour garder le contrôle de l'entreprise.

— Je sais que tu as mentionné un partenariat avec Jacs Veerling pour une collection de mariage en édition limitée et je voulais te faire savoir que, une fois que nous aurons tout réglé lors de la réunion du conseil d'administration, nous aimerions que tu entames des discussions avec elle.

— Je suis contente que tu aimes l'idée. J'ai déjà entamé des négociations, Giles. Je sais que nous devrons agir rapidement si nous voulons avoir de nouveaux produits à proposer l'année prochaine. Mon père et toi avez tous deux des idées bien arrêtées concernant l'entreprise.

— Nous sommes des hommes déterminés.

— C'est vrai.

Pippa prit conscience à ce moment qu'il lui fallait réagir. Elle avait été sincère en disant vouloir prendre une part active dans la gestion de l'entreprise, mais visiblement Giles s'imaginait qu'elle allait se ranger à son opinion et le laisser diriger la société à sa guise. Elle avait besoin de connaître la position des autres membres du conseil d'administration car, chaque fois qu'elle franchissait le seuil de House of Hamilton, Pippa pensait à son héritage, et elle se sentait la responsabilité de préserver ce luxe et cette qualité pour les générations à venir.

Après son entretien avec Giles, la jeune femme résolut donc d'aller sonder ces derniers, car elle avait pris sa décision : la seule solution qui lui convenait était celle où aucun des deux hommes ne conserverait le contrôle dans la gestion quotidienne de l'entreprise.

Pippa passa quelques coups de fil, puis quitta son bureau pour se rendre aux réunions qu'elle venait d'organiser. Elle fut surprise de découvrir que de nombreux membres du conseil n'avaient pas compris qu'elle était revenue pour reprendre les rênes de l'entreprise. Elle passa donc le reste de l'après-midi et le début de la soirée à les convaincre qu'elle était prête pour cette fonction.

Dans le taxi qui la ramenait à la maison, Pippa réfléchit à tout le travail qu'il lui restait à accomplir et aux obstacles à surmonter. En entrant chez elle, elle entendit des voix provenant du salon.

Elle suivit le son, et trouva Diego en compagnie de deux très belles femmes et d'un homme. Il se leva en la voyant.

— Pippa, je suis si content que tu sois rentrée. Viens que je te présente à mes amis.

Mais elle ne voulait pas rencontrer ses amis. Elle avait prévu de lui parler de ce qu'elle avait appris aujourd'hui, puis ils devaient traverser la ville en moins de quarante minutes pour se rendre à la réception.

— Je dois me changer, dit-elle en tournant les talons et en quittant la pièce.

À quoi s'était-elle attendue ? Elle aurait été incapable de le dire, sauf qu'elle avait espéré plus de la part de Diego. La jeune femme entra dans sa chambre, consciente qu'elle s'était comportée de façon épouvantable avec ses invités et qu'elle n'avait pas été une très bonne… Une très bonne quoi, d'ailleurs ? Elle n'était pas sa petite amie. Il devait partir samedi, tandis qu'elle resterait ici à se battre et à s'acharner pour tenter de sauver son héritage.

Une douleur sourde jaillit du plus profond d'elle, qu'elle se hâta de repousser aussitôt. Leur histoire touchait à sa fin. Pippa savait qu'elle pleurerait longtemps, mais elle serait accaparée par ses fonctions, afin de s'assurer que l'entreprise House of Hamilton aurait l'avenir qu'elle méritait.

Diego avait été surpris de tomber sur Bartolome Figueras en se rendant aux écuries qu'il avait visitées durant la journée. Le joueur de polo argentin était mannequin à présent, et passait ses journées à travailler en étroite collaboration avec les éleveurs équins, dans le but d'améliorer la race de ses poneys déjà primés. Tous deux s'étaient rencontrés l'année précédente, quand Bart était venu à Arbol Verde pour voir les juments de Diego, à des fins de reproduction. Donc, lorsque Bart lui avait envoyé un SMS en début de semaine, lui demandant conseil pour un cheval, Diego l'avait invité à venir prendre un verre ce soir avant le dîner, espérant qu'il pourrait parler affaires mais aussi lui présenter Pippa.

C'était la première soirée depuis son arrivée ici où il ne s'était pas senti comme un simple étalon, et où il avait eu l'impression d'avoir un but à Londres. Mais la jeune femme avait soudain fait irruption dans le salon, et la grossièreté dont elle avait fait preuve l'avait consterné.

Bart arqua un sourcil après que Pippa eut quitté la pièce, et les deux femmes qui l'accompagnaient, sa sœur Zaira et son amie Luisana, se regardèrent.

— Je dirais qu'elle n'est pas vraiment ravie de notre présence, s'aventura Luisana.

— Elle subit beaucoup de stress, déclara Diego.

— J'ai lu ça dans la presse locale, dit Zaira. J'ai souvent pensé à m'enfuir et à me cacher de mon frère autoritaire mais, hélas, il tient les cordons de la bourse, et je suis forcée de rester.

Luisana rit, et Bart secoua la tête.

— Nous allons partir et te laisser avec ton amie. Mais j'aimerais amener mon étalon à Arbol Verde, Diego.

— J'attends ça avec impatience.

Il raccompagna ses invités jusqu'à la porte puis monta à l'étage pour retrouver Pippa.

Elle s'était déjà changée et arborait une jolie robe de velours bleu marine, avec un corsage ajusté, qui s'évasait à partir de la taille jusqu'aux genoux. Ses cheveux étaient coiffés en un chignon haut et elle portait un collier de perles autour du cou.

— Je suis désolée d'avoir été impolie. J'ai eu une très longue journée, dit-elle en guise d'excuse.

— Ne t'inquiète pas pour ça. Bart est de passage en Angleterre, et j'ai une opportunité pour faire affaires avec lui. J'ai cru que ce serait bien que tu voies que je suis plus qu'un simple... Qu'est-ce que tu penses que je suis, au fait ?

Il aurait pu excuser sa fatigue, mais là c'était plus que de la fatigue. Diego avait senti une distance grandir entre eux depuis son premier rendez-vous professionnel, le jour de leur atterrissage.

— Comment cela ?

— Je veux dire que tu m'ignores la plupart du temps mais, dès que tu as besoin de moi, tu t'attends à ce que je laisse tout tomber...

— Ne fais pas ça. J'étais juste surprise que tu reçoives des invités. J'ai agi comme une enfant et je suis désolée. Restons-en là.

Il aurait bien voulu en rester là, sauf qu'il partait dans deux jours et que c'était une discussion à avoir en face à face.

— Je ne peux pas.

— Je sais, dit-elle en s'asseyant sur le lit.

Il comprit alors qu'elle avait déjà pris sa décision.

— Revenir dans ce monde a été plus difficile que je ne le pensais. Je sais que je ne suis pas douée pour montrer ma gratitude, mais t'avoir à mes côtés m'a donné la force de défendre mes opinions et d'essayer d'y voir plus clair dans ce que je suis en mesure d'apporter à l'entreprise.

Dubitatif, Diego s'assit près d'elle sur le lit, avec l'impression que des océans les séparaient. Il ressentit clairement le fossé entre son monde et le sien. Pour la première fois, il se dit que ce n'était pas qu'une simple question d'argent, mais plutôt de mode de vie.

— Je suis heureux de l'entendre. Je ne me suis pas du tout senti à ma place ici, mais mon rendez-vous d'aujourd'hui avec le sélectionneur m'a fait du bien. Je suis désolé que tu aies passé une mauvaise journée.

Pippa soupira, et il la suivit du regard quand elle se leva. Elle lui tournait le dos, offrant à sa vue le profond décolleté en V de sa robe qui laissait paraître sa peau crémeuse, et Diego sentit le désir monter en lui, comme à chaque fois. Mais il voyait bien qu'elle essayait de lui dire quelque chose.

Peut-être un au revoir ?

— Ce n'est pas qu'une simple mauvaise journée. Je n'avais aucune idée de la quantité de travail qui m'attendait. Je pense que je m'imaginais pouvoir t'avoir, toi, ainsi que l'entreprise, et que tout finirait par s'arranger. Mais ce n'est pas juste pour toi. Tu as une vie et une entreprise à toi, dit-elle.

— Oui. Mais je suis... Je pense que nous savions tous les deux que ça n'irait jamais plus loin que cette semaine, déclara-t-il enfin.

Il avait espéré plus, mais la vérité n'avait jamais été bien loin. Il ne pouvait pas vivre ici, et sa place à elle était à Londres.

Il avait besoin de rentrer à Cole's Hill. Discuter affaires aujourd'hui avec Bart avait été formidable, mais son programme d'élevage se cantonnait au marché américain, et même s'il pensait que ce serait bien de s'étendre à l'Europe et peut-être au marché du polo, Diego savait qu'il se mentait à lui-même, et qu'il essayait de trouver une raison de rester. Une raison de revenir à Londres pour pouvoir voir Pippa plus souvent.

Mais elle n'avait visiblement pas de temps à consacrer à un homme ou à une relation.

— Je pense que tu essayes de trouver une façon de me dire

que c'est terminé. Que le bon moment que tu voulais passer avec le célibataire que tu as remporté aux enchères de Cole's Hill est terminé.

— Oh ! Diego... Je ne sais pas si c'est le cas.

Mais il le devina à son ton : elle le savait sans l'ombre d'un doute.

— Je pense que si. On s'est bien amusés, Pippa, et j'aurais souhaité... que nous soyons différents pour que ça puisse fonctionner, mais je pense qu'il est temps pour moi de partir.

Elle hocha la tête, se tenant là maladroitement, les bras serrés autour de la taille à attendre. Il espéra voir un signe de sa part, qu'elle lui demande de rester, mais rien ne vint.

Alors il se dirigea vers l'armoire et en sortit sa valise. Elle le suivit du regard pendant une minute tout en se mordillant la lèvre inférieure, avant de dire :

— Dans ce cas, au revoir.

Pippa sortit de la chambre, et Diego la regarda partir, raide, et bien plus calme en apparence que le torrent d'émotions qui le secouait de l'intérieur.

Il fit ses valises pendant son absence et laissa un mot, ainsi que le bracelet qu'il lui avait acheté plus tôt dans la semaine, quand il espérait encore pouvoir trouver un moyen de prolonger leur histoire. Puis il s'en alla.

14

Pippa savait cette nuit-là que Diego serait parti à son retour du dîner, mais trouver la maison vide en rentrant lui avait tout de même fait du mal. Elle n'avait pas ouvert le mot qu'il avait déposé sur la table de nuit mais avait porté le bijou qu'il lui avait laissé. C'était un minuscule bracelet à charnière de chez House of Hamilton en or rose, avec deux diamants de chaque côté. Mais ce qui en faisait la valeur, c'était l'inscription qu'il y avait fait graver.

LE COURAGE, C'EST DE RESTER EN SELLE,
MÊME MORT DE PEUR.

C'était une petite parcelle du courage de Diego que Pippa portait ainsi à son poignet. Elle avait repris sa société à Giles et à son père. Il était trop tard à présent pour préparer le lancement d'un nouveau produit pour Noël, mais l'entreprise avait de solides projets pour les saisons à venir.

Décembre fut solitaire, et Pippa dut admettre que Kinley et Penny, avec qui elle avait partagé ses vacances jusqu'à aujourd'hui, lui manquaient. Malgré ses conversations hebdomadaires avec son amie par visiophone, elle se sentait toujours seule, et le Texas aussi lui manquait.

— Tu m'écoutes ? demanda Kinley.

— Non, pas vraiment, avoua-t-elle.

Elle regardait son bracelet à la place en se demandant si la douleur de perdre Diego disparaîtrait un jour.

— Au moins, tu es honnête, ironisa Kinley. J'ai du nouveau.

— Tu es enceinte ?

— Non. Et ne le dis pas si fort. Nate m'a assuré qu'il me laisserait du temps, et il a été si gentil..., déclara Kinley en regardant par-dessus son épaule. J'ai arrêté de prendre la pilule.

— Bien. Tu sais que je suis ton amie et que je te soutiens, mais Nate et toi devez faire d'autres enfants. Le lutin se transforme en diva. Elle a besoin d'un frère ou d'une sœur pour la remettre dans le droit chemin.

— C'est vrai. De plus, comme Bianca est enceinte, Nate et Penny sont dans tous leurs états.

— Je suis sûre que Nate apprécie que tu dises qu'il est « dans tous ses états ».

C'était agréable d'avoir des nouvelles de Cole's Hill, mais c'était au sujet de Diego qu'elle aurait voulu en savoir plus. Elle se demanda si elle devait poser la question.

— Pas de danger : il est parti faire un tour à cheval avec Penny, dit Kinley. En fait, je lui ai demandé d'emmener la petite parce que je dois me comporter comme une peau de vache avec toi aujourd'hui.

— À quel propos ?

— Diego.

— Il n'y a rien de plus à en dire, Kin. Je t'ai expliqué que nous avions compris lui et moi que cela ne marcherait pas. J'ai été très occupée avec le conseil d'administration, ainsi qu'à renouer mes contacts professionnels et à travailler avec Jacs. Nous sommes tous les deux satisfaits de cette décision.

Kinley se pencha en avant et s'appuya sur ses coudes.

— Tu es une menteuse éhontée. Je sais qu'il te manque, et à moins que tu ne veuilles faire preuve d'entêtement, tu reconnaîtras que j'ai raison.

Pippa se laissa retomber contre les coussins du fauteuil dans lequel elle était assise et observa la rue. Une légère neige tombait et elle pouvait voir les enfants du voisin jouer à l'extérieur. Évidemment qu'il lui manquait. Elle ne s'était pas attendue à ce qu'il prenne autant de place dans son cœur. Jamais elle n'aurait pensé qu'elle pouvait tomber amoureuse d'un homme aussi rapidement et totalement.

Elle avait essayé de faire d'autres rencontres depuis le départ de Diego, mais personne ne lui arrivait à la cheville. C'était lui qu'elle voulait.

Pippa toucha le bracelet à son poignet.

— Il me manque. Mais nous avons pris cette décision à deux, Kin. Je ne peux pas revenir comme ça dans sa vie. De plus, ma place est ici, et la sienne, à Cole's Hill.

Son amie secoua la tête.

— Ce sont des détails, ma grande. Je prends l'avion pour Las Vegas deux fois par semaine tous les mois, et Nate et moi faisons en sorte que ça fonctionne.

— Vous avez un enfant ensemble, souligna Pippa.

— Ça n'a rien à voir et tu le sais. Si tu l'aimes, le reste suivra. Tu l'aimes, n'est-ce pas ?

Oui. Mais elle n'était pas prête à prononcer ces mots à voix haute, et elle ne voulait pas les dire à Kinley.

— Et s'il ne veut plus de moi ? Et s'il était passé à autre chose ?

— Tu dois vraiment me prendre pour une horrible amie. Est-ce que je te parlerais de lui s'il était passé à autre chose ?

Pippa secoua la tête.

— Non, bien sûr que non. Comment va-t-il ?

— Eh bien, il buvait au Bull Pen hier soir, et Derek a dû interrompre une bagarre entre lui et Mo. Ils ont tous les deux le cœur brisé… Toute la ville le sait. Mo, au moins, le mérite — c'est de notoriété publique qu'il ne veut pas s'engager avec Hadley. Mais personne ne comprend ce qui s'est passé entre vous deux. Tout le monde pense que, étant une héritière, tu peux vivre où tu veux.

Pippa soupira.

— Ce n'est pas aussi simple. Diriger House of Hamilton prend beaucoup de temps et d'énergie, et je ne veux pas m'en éloigner trop.

— Je pense que Diego serait prêt à trouver un compromis avec toi. Tu sais qu'il a commencé un nouveau programme de reproduction avec Bart je-ne-sais-plus-quoi, cet Argentin canon. Même Nate a dû admettre qu'il était beau.

— Comment as-tu réussi à obtenir un tel aveu de Nate ?

— Nous prenions tous les deux un verre avec Diego, dit Kinley. Bref, ce n'est pas le propos. Si tu l'aimes, tu dois venir le lui dire. Il est malheureux, et toi aussi. Je pense qu'il a l'impression qu'il ne peut pas te demander de revenir. Et puis, tu me manques. Ça serait bien que tu puisses revenir ici, même une fois par mois, ou tous les deux mois...

Pippa raccrocha quelques minutes plus tard, mais son esprit était toujours auprès de Diego et revenait sans cesse sur le fait qu'il l'avait accompagnée ici pour la soutenir. Il avait supporté sa mauvaise humeur et sa froideur avec patience, sans poser de questions. Si elle voulait le ramener dans sa vie, elle allait devoir le lui demander en personne, le soutenir et lui montrer qu'elle était là pour lui, elle aussi.

Pippa savait que Kinley avait raison : elle aimait Diego. Il était temps de retourner à Cole's Hill et de revendiquer son éleveur.

Mais il lui fallait un coup de pouce pour cela, et elle savait exactement vers qui elle pouvait se tourner.

Diego s'était réveillé avec une gueule de bois carabinée, ce qui n'était guère surprenant, puisque Mauricio et lui avaient de nouveau passé la soirée d'hier au Bull Pen. Ils y avaient trouvé Manu qui célébrait la victoire de l'équipe de football du lycée aux matchs régionaux décisifs. De fil en aiguille, les choses avaient quelque peu dérapé.

Mais cela l'avait distrait du fait qu'il ne restait plus que trois jours avant Noël, et que la seule chose qu'il désirait était une certaine Anglaise qui lui avait pourtant clairement fait savoir qu'elle n'avait plus besoin de lui.

Durant les premières semaines de son retour, il s'était attendu à ce que Pippa le contacte. Le bracelet qu'il lui avait offert était un cadeau sentimental, et il avait pensé qu'elle... Qu'elle quoi ? Qu'elle réaliserait soudain qu'elle l'aimait et reviendrait en courant vers lui ?

Arrête de rêver, idiot.

Il n'ignorait pourtant pas que sa vie était à Londres, ayant suivi de près sa prise de contrôle de House of Hamilton en lisant le *Financial Times* et en regardant le reportage que la chaîne business lui avait consacré. Elle avait repris ses droits et s'employait à laisser sa propre empreinte en repositionnant l'entreprise sur un marché d'avenir : la nouvelle génération de clients de luxe.

Diego avait été impressionné et s'était senti fier d'elle.

Peu importe le temps qu'il passait loin d'elle ou la distance qui les séparait, il savait qu'il ne l'oublierait jamais. Il ne lui avait pas fallu longtemps pour en prendre conscience. Quant à lui, il avait continué à gérer son élevage, et Mauricio s'occupait du nouveau centre équestre. Bart était venu lui rendre visite et était resté quelques semaines en novembre. Ils avaient décidé de débuter un nouveau programme de reproduction, basé sur l'endurance de ses chevaux et l'agilité de ceux de Bart. Tous deux étaient ravis de cette perspective.

Honnêtement, ses affaires ne s'étaient jamais aussi bien portées. Chaque soir, il s'écroulait dans son lit, épuisé, mais ne réussissait qu'à dormir une trentaine de minutes avant de se réveiller, le corps enflammé de désir pour Pippa. La prendre une dernière fois dans sa chambre avant son départ pour Londres avait été une idée stupide parce que, à chaque fois qu'il s'allongeait sur son lit, il se souvenait de l'avoir tenue dans ses bras ici, et elle ne lui en manquait que davantage.

Diego se leva et se dirigea, nu, vers la salle de bains. Il se doucha mais ne se rasa pas, puis se contenta d'enfiler une chemise et un jean : c'était tout ce dont il avait besoin. On avait beau être en hiver, les températures avaient été clémentes à Cole's Hill : on avait même atteint les vingt degrés cette semaine.

En descendant, il trouva sa sœur et Benito dans la salle du petit déjeuner.

— Bianca, que fais-tu ici ?

— Je m'inquiète pour toi, dit-elle. J'ai déjà envoyé Alejandro s'occuper de Mo car, comme ils sont jumeaux, ce lien les aide parfois. Mais toi, que se passe-t-il ?

— Eh bien, je prévois de prendre mon petit déjeuner, puis j'irai probablement voir comment se portent mes juments. Nous en avons deux qui pourraient pouliner prématurément, ce qui bien sûr n'est pas une bonne nouvelle.

Il attrapa un burrito dans l'assiette que sa gouvernante lui avait laissé sur la table, et se versa une tasse de café avant de s'asseoir à côté de Benito. Il embrassa son neveu sur la tête, lequel le serra dans ses bras avant de sauter de sa chaise.

— Je peux regarder la télévision maintenant ? demanda-t-il.

— Oui. Laisse-moi t'installer, dit Bianca tout en l'accompagnant dans la pièce voisine.

Diego prit une énorme bouchée de son burrito en se demandant s'il ne ferait pas mieux de disparaître pendant que Bianca était occupée. Il se leva, repoussa sa chaise, et était à mi-chemin de la porte quand la voix de Bianca s'éleva :

— N'y pense même pas. Je suis enceinte, et j'ai déjà vomi une fois ce matin. Si en plus je dois te pourchasser à travers la maison, je t'assure que ça va mal se terminer.

— Euh… désolé, sœurette. Je n'ai vraiment pas envie d'avoir cette conversation.

— Moi non plus. Tu es mon grand frère et un des meilleurs hommes que je connaisse. Donc je déteste te voir comme ça.

— Ce n'est rien, dit-il. Je m'en remettrai. J'ai juste besoin de temps.

Elle secoua la tête.

— Je ne pense pas que le temps guérira ça.

— Moi si.

Point final. Il était hors de question qu'il se mette à parler de son cœur brisé et de ses espoirs insensés concernant Pippa. Tout était terminé.

— Tu es sûr que tu vas bien ? demanda-t-elle.

— Oui, affirma-t-il en se rasseyant. Merci de t'en inquiéter.

— Bien sûr que je m'en inquiète, grand idiot. Écoute, j'ai une amie qui arrive à Houston cet après-midi, et Derek ne pourra pas aller la chercher car il est d'astreinte. Et, comme je l'ai dit, j'ai été malade ce matin… Est-ce que tu pourrais passer la prendre ?

— C'est encore un coup tordu ? demanda-t-il, rendu méfiant par le ton de sa sœur. Je ne suis pas prêt pour ça, Bianca.

— Je sais, dit-elle en posant une main sur son poignet. Crois-moi, je le sais. Je ne complote rien du tout. J'ai juste besoin que quelqu'un aille la chercher.

— Dans ce cas, c'est d'accord.

— Merci. Je t'enverrai tout à l'heure les détails par SMS sur le lieu de rendez-vous. Mais je pense que la zone de récupération des bagages serait pas mal.

— Saura-t-elle me reconnaître ?

Il n'était toujours pas certain que cette histoire soit vraie, mais il n'allait pas prolonger cet interrogatoire indéfiniment. De plus, il se demandait s'il ne devrait pas en profiter, une fois là-bas, pour réserver un billet d'avion afin de partir un peu durant la période des fêtes, histoire de s'éloigner de tout ce qui lui rappelait Pippa.

— Oui, je lui ai dit que ça serait toi, répliqua Bianca. Porte ton Stetson noir pour qu'elle puisse te repérer.

Sa sœur resta quelques heures. Ils discutèrent de Noël, et Bianca lui confia combien cela lui semblait étrange de devoir à présent partager son temps entre la famille Velasquez et les Caruthers. Diego pensait avoir réussi à donner le change mais, dès qu'elle fut partie, il ressentit à nouveau ce vide béant et sut qu'il ne se remettait pas aussi rapidement qu'il le devait.

Il ne voulait pas que Pippa lui manque pour le restant de ses jours.

Mais l'idée de passer les fêtes de Noël sans elle le rendait triste. Il se promit de passer à autre chose à partir du 1er janvier. Il le fallait. Il n'aimait pas l'homme qu'il était devenu : boire, se battre, vouloir quelque chose qui était hors de sa portée. Ce n'était pas lui.

Il avait fallu plus de temps que prévu à Pippa pour passer le service des douanes de l'aéroport de Houston. Il lui restait à peine le temps de se précipiter dans les toilettes pour réparer son maquillage et mettre de l'ordre dans sa coiffure. Une fois fait, elle s'inspecta dans le miroir, et se trouva la mine inquiète et fatiguée.

Elle fut presque — presque — tentée de retourner dans la salle d'embarquement et de repartir pour Londres. Mais elle se ravisa.

À moins que Diego ne lui dise qu'il ne voulait plus rien avoir à faire avec elle... Chose à laquelle elle s'était parfaitement préparée.

Elle allait simplement... Elle ne savait pas vraiment quoi au juste, mais comme Kinley était à Las Vegas avec Nate et Penny aujourd'hui, Bianca avait promis de venir la chercher. Elle s'entraînerait à répéter ce qu'elle allait dire à Diego sur le chemin de Cole's Hill.

Pippa envoya un SMS à Bianca et reçut une réponse immédiate de la jeune femme, qui lui disait qu'elle l'attendait à la zone de récupération des bagages. Elle tira donc sa valise derrière elle dans cette direction, et se figea en apercevant une grande silhouette familière, avec ce Stetson noir distinctif sur la tête, debout près des tapis roulants.

Bianca l'avait bien eue. Mais Pippa ne lui en voulait pas. Après tout, mieux valait faire ça ici, à Houston. Mais pas dans la zone de récupération des bagages, avec toutes ces personnes autour...

Elle essaya de réfléchir à un moyen de se rendre au salon VIP pour se changer rapidement et enfiler quelque chose de plus seyant, quand Diego leva la tête, et que leurs regards se rivèrent l'un à l'autre. Soudain plus rien n'eut d'importance, ni l'endroit où ils se trouvaient, ni ce qu'ils portaient.

Il fut surpris de la voir en tout cas. Ce fut la première chose qu'elle remarqua. Puis elle réalisa qu'il avait laissé pousser sa barbe et que cela lui allait bien.

Il se redressa de contre le mur auquel il était adossé, et se dirigea vers elle. Pippa laissa aussitôt tomber sa valise et courut se jeter dans ses bras. Diego la souleva de terre, et elle lui encadra le visage de ses mains pour l'embrasser avec toute la fougue et la passion dont elle était capable.

— Tu m'as tellement manqué.

— Tu m'as manqué aussi, dit-il.

Il l'embrassa à nouveau puis la posa au sol.

— Sortons d'ici, et nous pourrons parler.

Pippa acquiesça, mais sans lui lâcher la main à laquelle elle s'agrippait sans pouvoir s'en empêcher. Le voir avait renforcé la suggestion de Kinley : il devait forcément y avoir un moyen pour faire fonctionner leur histoire.

Il prit sa valise et ils sortirent sous le soleil de Houston, qui lui réchauffa agréablement la peau.

Il n'y avait pas que Diego qui lui avait manqué, réalisa-t-elle.

Celui-ci se dirigea vers son pick-up et abaissa le hayon puis, après avoir jeté sa valise à l'arrière, il la souleva pour la déposer à l'intérieur du véhicule.

Diego s'appuya ensuite contre la paroi à côté d'elle.

— Alors... Tu es de retour pour Noël ? demanda-t-il.

— Oui et non, répliqua-t-elle. En réalité je suis de retour pour toi, Diego. J'ai compris que je n'aurais jamais dû te laisser partir. Je t'aime. Je veux trouver une solution pour que nous puissions continuer à être ensemble.

Il ne dit rien, et Pippa prit peur à l'idée qu'il ne l'aimait peut-être pas.

Pourquoi n'y avait-elle pas songé avant de venir ?

Mais quelle importance, après tout. Cela ne changeait rien au fait que, elle, elle l'aimait.

Soudain, il se redressa et vint se placer entre ses jambes, les mains posées sur ses fines hanches.

— Je t'aime aussi, Pippa, déclara-t-il. Dieu, comme tu m'as manqué !

La jeune femme le prit dans ses bras pour un baiser fougueux et passionné.

— Alors, comment va-t-on faire ? demanda-t-il.

— J'ai bien quelques idées, mais en vérité je ne savais même pas à quoi m'attendre en venant ici.

— Très bien. Alors rentrons d'abord à la maison pour que je puisse te faire l'amour et te souhaiter la bienvenue comme il se doit. Ensuite nous pourrons essayer de trouver des solutions à notre problème.

— J'ai hâte.

Il la ramena chez lui, et ils firent l'amour dès qu'ils furent sur sa propriété. Il gara le pick-up sur le bas-côté de la route et la prit sauvagement, avec une urgence qui témoignait de leur passion, tandis qu'ils se regardaient dans les yeux et se juraient leur amour.

Quand ils arrivèrent chez lui, ils refirent l'amour dans la baignoire, puis s'installèrent dans son grand lit pour discuter de l'avenir.

— Combien de temps peux-tu rester cette fois ? demanda-t-il.

— Je suis en congé jusqu'au 7 janvier.

— Bien. Je peux repartir en avion avec toi, si tu veux. Tu te souviens de Bart, le joueur de polo ?

Elle gémit.

— Comment pourrais-je l'oublier. Je me suis comportée comme une véritable harpie ce soir-là.

— Pas du tout, et tout le monde a compris ce que tu traversais. Lui et moi travaillons ensemble, ici au Texas, mais il a acheté une grande maison de campagne avec des écuries, en Angleterre, qu'il veut utiliser pour reproduire des poneys de polo. Je suis un de ses investisseurs.

— C'est génial ! Alors, tu resterais avec lui ?

— Durant la semaine, déclara Diego. Ensuite, nous pourrons passer les week-ends ensemble. Je ne peux pas rester loin d'Arbol Verde plus de trois jours par semaine.

— Ça sera jouable pour moi. Je peux venir ici et travailler du Texas pendant quelques semaines. Nous tenterons ça au feeling les premiers temps, jusqu'à trouver un mode de fonctionnement qui nous convienne à tous les deux.

— Ça me va parfaitement. Ensemble, j'ai l'impression que nous pouvons tout faire, dit Diego.

Ils savaient que ce serait un chemin semé d'embûches, et qu'au début Pippa devrait passer plus de temps en Angleterre qu'au Texas, mais ils finirent par trouver un arrangement qui leur parut faisable.

— L'important, c'est de continuer à faire partie de la vie de l'autre, dit-elle.

— Amen.